名 探 偵 の は ら わ た

명정의 창자

MEITANTEI NO HARAWATA

by SHIRAI TOMOYUKI

名探偵のはらわた

명탐정의 창자

시라이 도모유키 소설
구수영 옮김

◈ 차례

◈ **등장인물**

⊙ **우라노 큐** 우라노 탐정사무소 소장

⊙ **하라다 와타루** 우라노 탐정사무소 조수, 별명은 '하라와타'

⊙ **미요코** 와타루의 여자친구

⊙ **마쓰야니 넨자쿠** 미요코의 아버지, 야쿠자 두목

⊙ **오사베 구조** 야쿠자 두목, 오사베구미 조장

⊙ **이누마루 도루** 기지타니 파견소 주재 경찰관

⊙ **구니나카 아쓰시** 경찰청장을 역임했던 전직 경찰 관료

⊙ **구니나카 고야** 아쓰시의 아버지, 전직 경찰

⊙ **스즈무라 아이지** 절에서 여섯 명이 사망한 사건의 유일한 생존자

⊙ **로쿠구루마 다카시** 기지타니 향토자료관 관장

⊙ **무카이 도키오** 한 마을에서 서른 명을 살해한 희대의 살인마

⊙ **무나카타 다다시** 30여 년 전에 기지타니에서 쫓겨난 인물

⊙ **고조 린도** 80년 전에 활약했던 명탐정

생각대로는 되지 않았다.

도이 무쓰오

| 다마노이케 토막 살인사건 |

1932년 3월 7일, 도쿄 부 미나미가쓰시카 군의 유흥가 하수구에서 유카타와 두꺼운 종이에 감싸인 남성의 흉부, 요부, 목, 팔 등이 발견되었다. 피해자의 신원은 판명되지 않았고 수사는 혼란을 겪었지만, 같은 해 10월, 하마카와 류타로와 그의 남동생, 여동생이 체포되었다. 이후의 진술에 의해 류타로 일당이 여동생과 내연 관계였던 남자를 살해한 후 토막을 내 유기한 것이 판명되었다.

| 아베 사다 사건 |

1936년 5월 18일, 도쿄 시 아라카와 구 오바라초의 한 여관에서 음식점 종업원 아베 사다가 연인인 이시모토 기치조의 목을 졸라 살해한 후 절단한 성기를 가지고 도주했다. 신문이나 라디오는 사건을 선정적으로 보도했고, 용모가 유사한 여성이 나타날 때마다 각지에서 해프닝이 벌어졌다. 사건 발생 이틀 후인 20일, 아베는 에도가와 구의 여관에 숙박 중인 것이 발견되어 체포되었다.

| 쓰케야마 사건 |

1938년 5월 21일 심야, 오카야마 현 도마타 군 기지타니무라의 청년 무카이 도키오가 조모를 살해한 후, 같은 마을의 가옥에 연이어 들이닥쳐 엽총과 일본도로 주민들을 살해했다. 희생자는 서른 명에 이른다. 도키오는 범행 후, 아라마타 고개에서 유서를 작성한 다음 엽총으로 심장을 쏴서 자살했다.

| 셰이긴도 사건 |

1948년 1월 27일 저녁, 도쿄 도 도시마 구의 보석점 셰이긴도에 후생성 직원을 사칭한 남자가 나타나 이질 예방약을 먹으라고 명령했다. 지시에 따라 약을 먹은 열여섯 명 중 열두 명이 사망. 남자는 현금과 보석을 훔쳐 도주했다. 같은 해 8월, 화가인 남성이 체포되지만, 재판에서 무죄를 주장했다. 그는 사형 판결이 확정된 후에도 1987년에 사망하기 전까지 계속해서 재심 청구를 하였다.

| 쓰바키 산부인과 사건 |

1944년부터 1948년까지 도쿄 도 신주쿠 구 야나기초의 쓰바키 산부인과에서 오쿠보 원장 부부가 자녀 양육에 곤란을 겪는 100쌍 이상의 부모에게서 어린 아이들의 양육을 위탁받았지만, 밥을 주지 않아 아이들이 사망했다. 부부는 부모들에게서 고액의 양육비를 받은 것 외에도 산부인과에 들어오는 배급품을 암시장에 부정 유출하여 뒷돈을 챙겼다.

| 요쓰바 은행 인질사건 |

1979년 1월 26일, 마쓰노 도시유키가 엽총을 들고 오사카 시 스미요시 구의 요쓰바 은행 지점에 들이닥쳐 손님과 은행원을 인질로 삼고 인질극을 벌였다. 농성 중 경찰관과 은행원 네 명을 사살한 것 외에 인질을 나체로 만들어 '인간 방패'로 삼기도 했다. 사건발생 42시간 후, 기동대가 현장에 돌입하여 마쓰노를 사살했다.

| 농약 콜라 사건 |

1985년 4월부터 11월까지 7개월 동안 살충제가 혼입된 콜라병이자동판매기에 놓였고, 그것을 마신 사람들이 사망했다. 도쿄, 지바, 사이타마에서 열두 명이 사망했지만, 물증이 부족하여 수사는 난항을 겪었고, 2000년에 시효가 성립되었다.

(일본범죄총람에서 발췌)

간노지 사건

1

"가려운 게 아니라 야쿠자라고."

밤의 중화요리점에 충만해 있던 대화 소리가 뚝 끊겼다. 옆 테이블에서 라멘을 먹던 백발노인이 미요코에게서 눈을 돌리더니 괴로운 듯 콜록거렸다.

2015년 12월 24일. 크리스마스이브임에도 단골손님들은 평소와 다르지 않은 모습으로 맥주나 소주를 들이켜는 중이었다.

"야쿠자?"

"그래, 야쿠자."

하라다 와타루가 앵무새처럼 되묻자, 미요코는 코맹맹이 소리로 말하고는 집게손가락으로 다시 한번 뺨에 선을 그었다. 야쿠자를 나타내는 몸짓인 모양이다.

"미요코, 너 야쿠자였어?"

"그게 아니라." 미요코는 몸을 앞으로 내밀고는 목소리에 분노를 담았다. "내가 아니라, 우리 아빠가."

"야쿠자?"

"그렇다니까."

미요코는 말과 함께 한숨을 내쉬더니 등받이에 몸을 기댔다.

와타루는 그럴싸한 말을 건네고 싶었지만, 생각할수록 무슨 말을 해야 좋을지 알 수 없게 되었다. "그것참 큰일이었겠네"라고 동정하는 것은 억지스럽고, "나는 전혀 신경 쓰지 않아"라고 아량이 넓은 모습을 어필하는 것도 뭔가 기분 나쁘다. 고민한 결과, 와타루는 혼잣말처럼 중얼거렸다. "대박이네."

미요코는 도쿄 대학 문학부 4학년으로, 사회심리학 연구실에 소속되어 있다. 검도부 전 주장이며 중화요리점 '저백계'의 전 아르바이트생이자 와타루의 여자친구이기도 했다.

와타루가 탐정사무소에서 근무를 시작했을 무렵, 첫 월급을 받고 마음이 들떠 저백계에서 탄탄면 세트를 먹고 있자니, 옆자리에서 얼굴이 불콰한 아저씨가 점원의 엉덩이를 열심히 주무르기 시작했다. 점원은 여성 패션 잡지 〈팝틴〉의 모델을 대량생산 기계로 찍어낸 것처럼 적당히 귀여운 여자아이였고, 아저씨가 무척이나 부러워진 와타루는 자랑하는 완력과 술기운에 몸을 맡겨 아저씨를 건너편 아파트 쓰레기장에 처박아버렸다. '흔들다리 효과'가 제대로 발휘된 덕인지 와타루는 그 점원과 사귀게 되었고, 3년간의 교제를 거쳐 현재에 이른다.

그런 미요코에게서 "중요한 이야기가 있어"라는 메시지가 도착한 것이 세 시간 전의 일이었다. 세상이 어떻게 굴러가는지 영 관심이 없는 와타루도 '중요한 이야기'가 유쾌한 것만은 아니라는 사실은 쉽게 상상할 수 있었다. 역시 헤어지자는 이야기를 꺼내려는 걸까. 하지만 왜? 맞다, 성격 차이인지 뭔지 하는 그거 아닐까. 와타루는 콜라를 좋아하지만, 미요코는 홍차만 마신다. 와타루는 저백계의 탄탄면만 먹고도 살 수 있지만, 미요코는 꼬부랑말로 된 들어본 적 없는 요리를 좋아한다. 와타루는 사몬 가도로의 소설을 애독하지만, 미요코는 오로지 요코미조 세이시뿐이다…….

아니다. 3년간 지속된 관계를 청산하는 것이니, 보다 심각한 이유이지 않을까. 미요코는 외모만 보면 여성 패션 잡지에 나올 법한 이미지지만, 비가 오는 날에도 바람이 부는 날에도 검도장에서 연습하고, 숄더백에는 독일어나 프랑스어로 된 어려워 보이는 책을 넣고 다니며, 머릿속으로는 항상 〈뉴턴〉이나 〈닛케이 비즈니스〉나 〈문예춘추〉 같은 잡지에 실린 것들을 생각한다. 사귀기 시작했을 무렵, 그렇게 노력해서 어디에 쓸 것인지 물어보자 미요코는 달관한 노파 같은 지르퉁한 표정으로 "다음 생은 없으니까"라고 답했다. 짧은 인생을 대충 살았다며 후회하고 싶지 않다고 했다.

그 후로 3년. 와타루도 미요코의 성향을 다소는 알게 되었다. 미요코가 초등학생 때까지 살았던 오카야마 현의 산골 마을은 어떤 사정이라도 있는지 미요코는 그곳을 무척이나 싫어했다. 미요코가 끊임없이 공부하는 이유는 도쿄에서 여러 지식과 인맥을 얻어 고향에서 떨어진 땅에 자신의 뿌리를 넓히고 싶기 때문이 아닐까, 라는 것이 와타루의 추측이었다.

그런 미요코와는 정반대로 와타루는 21년간 노력과는 담을 쌓고, 다음 생에 큰 기대를 품고 살아왔다. 이래서는 교제 상대로 어울리지 않는다. 미요코도 그 사실을 깨닫고 만 것이리라.

와타루는 캔맥주를 들이켜서 뇌를 술로 절인 후에 나카노 역 앞의 저백계로 발길을 옮겼지만, 그곳에서 와타루를 기다리고 있던 것은 상상을 훨씬 뛰어넘는 커밍아웃이었다.

"우리 아빠는 경찰의 블랙리스트에 올라 있는 '맛코카이' 의 직참(直参, 야쿠자 두목과 직접 술잔을 나누며 맹세를 나눈 직계 간부를 의미한다—옮긴이)으로, '마쓰야니구미'라는 산하 단체의 조장이야."

미요코는 가래를 내뱉듯 말하고는 테이블에 양 팔꿈치를 대고 좌우의 관자놀이를 눌렀다.

맛코카이라는 이름은 와타루도 들어본 적이 있었다. 오카야마에 거점을 둔 폭력단으로, 구성원은 적지만 지방 진출을 노리는 야쿠자와 과격한 전쟁을 반복해 일본 굴지의 무력 단체라며 두려움을 사고 있었다.

"조장이라면 종종 사람을 죽이거나 하나?"

"나도 몰라. 일단 손가락은 전부 있긴 해."

미요코는 질린 듯한 표정으로 양손을 쥐었다 폈다 했다.

"미요코도 야쿠자들이랑 친하게 지내?"

"무슨! 말도 안 돼. 아빠와 만나는 건 1년에 한두 번이야. 마쓰야니구미에서도 나를 아는 건 간부들뿐이고. 전쟁이 벌어졌을 때 딸을 노리지 못하게 하기 위해서래."

와타루는 미요코의 집이 집 안에서 길을 잃을 정도로 컸던 것을 떠올렸다. 그 호화 저택은 야쿠자가 세운 것이었을까.

"미요코가 고향을 싫어한 건 아버지가 야쿠자여서야?"

"그것도 있어. 하라와타, 지금까지 말 안 해서 미안."

미요코가 고개를 숙이자, 흘러내린 앞머리 한 가닥이 간장 종지에 들어갔다. '하라와타'라는 것은 하라다 와타루의 별명이다.

"사과할 거 없어. 우리 부모님도 제대로 된 사람들은 아니었으니까."

"고마워. 그래서 본론은 이제부터인데."

아직도 할 이야기가 더 남았나. 와타루는 목을 움츠렸다.

"하라와타랑 사귄 것도 벌써 3년이잖아. 나도 내년 봄부터는 사회인이고, 이젠 장래에 대해서도 제대로 생각해야 할 것 같아서. 그래서 지난 생일에 아빠를 만났을 때 와타루에 관해서 말했거든."

갑자기 위가 묵직해졌다. 불길한 예감이 든다.

"헤어지래?"

"그런 거 아니야. 하지만 진짜로 시키는 거라면 얼굴이라도 한번 보여달래."

옆 테이블에서 백발노인이 면발을 내뿜었다.

와타루는 우라노 탐정사무소에서 조수로 일하고 있다. 탐정사무소라는 곳은 위자료를 잔뜩 뜯어내기 위한 불륜 증거를 모으는 일에 온 힘을 쏟는 곳이 태반이지만, 우라노 탐정사무소는 그렇지 않다. 대표인 우라노 큐는 30년 가까이 경찰에 협력해 수많은 사건을 해결한 범죄 수사의 전문가다. 그중에서도 7년 전, 폭력단 간부가 마약 밀수를 지시한 문서를 발견하여 폭력단 일제 적발에 공헌한 이야기는 널리 알려져 있다. 때문에 우라노 탐정사무소를 눈엣가시로 여기는 야쿠자는 지금도 많으리라.

"내가 탐정 조수라는 건 알고 계셔?"

"응. 다 말했어."

'숨기더라도 들킬 테니까.' 미요코의 얼굴에 쓰여 있었다.

"나, 살해당하는 거 아니야?"

"괜찮아. 우리 아빠, 내가 경찰과 야쿠자 외에는 누구랑 결혼해도 불만은 없다고 하셨거든."

그렇다고 안심할 수는 없다. 와타루는 학교에 다닌 적이 한 번도 없었고, 3년 전까지는 제대로 일한 적도 없는 정처 없는 삶을 보냈다. 뽐낼 만한 것은 노느니 몸을 움직이는 것이 낫다며 연마한 완력과 커다란 몸뚱이 정도지만, 폭력을 생업으로 삼은 사람들에게 자랑할 만한 정도도 아니다.

미요코와는 앞으로도 좋은 관계를 쌓아가고 싶지만, 그것과 이것은 다른 이야기다. 야쿠자에게 총을 맞아 죽는다면 그것은 개죽음일 뿐이다.

"좋은 일은 서두르는 게 좋다고 하잖아. 이번 주말, 비어 있어?"

"이번 주말? 뭔가 예정이 있었던 거 같은데, 뭐였더라."

미요코의 시선에서 도망치듯 고개를 돌리자, 천장 구석 아래쪽에 놓인 액정 텔레비전이 눈에 들어왔다. 추레한 아저씨와 아주머니가 입씨름 중이었다. 드라마 〈세상살이 귀신천지〉다. 엔드 크레딧이 나오는가 싶더니, 갑자기 화면이 바뀌고는 정장을 입은 남자가 등장했다.

"뉴스를 전해드리겠습니다. 오카야마 현 쓰케야마 시의 기지타니 지구에서 절이 전소되었습니다. 불은 오후 7시경에 진화되었지만, 네 명이 사망하고 세 명이 의식불명 상태입니다. 기지타니 지구에서는 9월 이후 네 건의 화재가 이어지고 있었으며, 경찰 당국에서는 방화로 보고 경계를 강화 중이었습니다⋯⋯."

오른쪽 아래에 '시청자 제보'라는 자막과 함께 거대한 불에 삼켜진 목조 건물이 보였다. 사방의 벽이 벗겨진 채 대량의 화염과 검은 연기가 솟아올랐다. 갑자기 화면이 위아래로 흔들리더니 기와지붕에서 불길이 치솟았다.

"말도 안 돼. 간노지神咒寺잖아?"

미요코는 나직이 중얼거리더니, 아차, 하는 표정을 지었다. 쓰케야마 시라는 곳이 미요코가 싫어하는 고향인 걸까.

와타루가 할 말을 찾지 못하고 있자, 와타루를 돕듯이 스마트폰이 진동했다. 미요코에게 양해를 구하고 전화를 받았다.

"뉴스 봤나? 오카야마에 방화사건이 일어났네."

우라노의 목소리는 딱딱했다.

"보고 있어요."

"오카야마 현경縣警의 요자와 형사부장에게서 협력 요청이 들어왔어. 20시 30분 도쿄발 도카이도 신칸센을 타고 싶은데."

"지금요? 우라노 선생님은 가능하세요?"

우라노는 호도가야의 유괴사건과 신사이바시의 여고생 살인사건 수사 탓에 가나가와와 오사카를 이틀 간격으로 오가는 중이었다. 그런 상황에 사건을 더 맡는다면 몸이 견디기 어려울 것이다.

"괜찮아. 호도가야 사건은 유괴범의 거주지를 특정했네.

신사이바시 사건도 크로켓 가게 점주가 범행을 자백했고. 나머지는 경찰의 일이야. 하라와타 군도 오카야마에 갈 수 있지?"

"물론이죠."

우라노는 도쿄 역 어디서 만날 것인지 거듭 확인한 후 전화를 끊었다.

"일이 들어왔어. 가봐야겠어."

와타루가 몸을 일으키자, 미요코는 불만 섞인 표정으로 턱을 괴었다.

"일정이 비는 날짜, 나중에 문자로 보내줘."

"알겠어. 나중에 봐."

가벼운 말투로 말하자, 미요코가 팔을 붙잡더니 못을 박듯 몸을 내밀었다.

"약속이야, 하라와타. 다음 생은 없으니까."

옆 테이블에서 백발노인이 히쭉히쭉 웃었다.

2

하라다 가문의 인간은 자주 목이 잘린다.

와타루가 이 세상에 첫 울음을 터뜨린 지 반년 후, 아버지가 금속 가공 공장의 커터에 목이 절단되었고, 그 직후 어머니가 JR 소부 선 열차 바퀴에 목이 짓눌려 죽었다. 아버지의 노동자 재해보상 보험을 일시금으로 받을 수 있다는 사실을 알게 된 친척들이 여기저기에서 와타루에게 손을 뻗쳤지만, 어머니의 사고로 JR에게 배상금을 청구당하자 바로 손을 뺐다. 와타루는 친척 집을 전전한 끝에 할아버지에게 맡겨지게 되었다.

할아버지는 지은 지 40년 된 이노쿠비 아파트 단지에서 연금 생활을 보내고 있었고, 와타루가 철이 들기 시작했을 무렵에는 기억 해마가 흐물흐물해진 상태였다. 컨디션이 좋을 때는 전쟁에 징병되었을 때의 일을 떠벌리곤 했지만, 그럴 때 말고는 몇 시간이고 벽의 얼룩을 바라보거나 "넌 참 가여운 아이야"라고 말하고는 울음을 터뜨리곤 했다.

와타루는 학교에 다니지 않았기에 유소년 시절의 대부분을 이노쿠비 단지 내에서 보냈다. 할아버지의 책장에는 문고본 책이 많았고, 와타루는 지루할 때면 탐정소설을 읽으며 시간을 보냈다. 내용은 절반 정도밖에 이해하지 못했지만, 탐정소설을 읽는 것은 즐거웠다.

열한 살 여름, 어느 찌는 듯 무더웠던 밤의 일이다. 와타루는 단지 구석에 있는 광장에서 사몬 가도로가 쓴 《용과 달의 사체》를 읽고 있었다. 다이쇼 시대(1912년~1926년)부터 쇼와 시대(1926년~1989년) 초기까지 활약한 명탐정 '반뇌의 천재', 다시 말해 고조 린도가 벨벳 망토를 걸친 연쇄살인범과 대결하는 장편 탐정소설이었다.

할아버지는 코를 심하게 골았고 한밤중에 갑자기 일어나서 고함을 칠 때가 있었기에 책에 집중하고 싶을 때는 자주 이 광장에 오곤 했다. 가로등이 벤치를 밝혔고 아파트 사이를 가로지르는 마른 바람이 기분 좋았다.

"야, 꼬마."

고조 린도의 추리가 가경에 들어선 참이라 늦게 깨달은 것이 문제였다. 고개를 들었을 때는 벤치 앞에 서 있던 남자의 관자놀이에 핏줄이 불거져 있었다. 짧게 자른 머리에 여우 같은 눈, 두툼하고 거무튀튀한 팔. 나이에 비해 덩치가 큰 편인 와타루와 비교해도 몸통이 두 배는 더 되어 보였다.

이노쿠비 역 앞으로 뻗은 큰길 옆에는 술집과 도박장, 윤락업소가 밀집한 골목이 있었고, 밤이 깊어지면 술에 취한 사람들이 이노쿠비 단지로 흘러들어오곤 했다. 술로 머리가 둔해진 어른들은 단지를 보면 소년으로 돌아간 기분이 들어 부지를 탐험하고 싶어지는 듯했다.

또다시 술에 취한 사람이 흘러들어왔다고 생각했지만, 이날의 덩치 큰 남자는 달랐다. 술에 취하긴 했지만, 등줄기가 쭉 뻗어 있었고 목소리에도 힘이 담겨 있었다.

"그 책, 훔친 거 아니야?"

덩치 큰 남자가 턱을 치켜세우며 와타루의 무릎 위에 있는 문고본을 가리켰다. 서점 직원일까.

"아니에요. 할아버지 책이에요."

와타루는 팔락팔락 페이지를 넘겨 보았다. 종이는 갈색으로 바랬고 구깃거리는 모서리도 눈에 띄었다. 도저히 새 것으로는 보이지 않았다.

"아닐 리 있나. 너 때문에 난 점장에게 얻어맞고 밤늦게까지 가게를 감시하게 됐거든! 내게는 널 때릴 권리가 있어."

남자는 멱살을 잡아 와타루를 일으키더니, 와타루가 막는 것보다도 먼저 배의 한복판을 걷어찼다.

의식이 몇 초쯤 날아갔고, 정신을 차리자 하늘을 보며 쓰러져 있었다.

밤의 단지는 폭력으로 넘친다. 의붓자식을 샌드백처럼 때리는 백수인 아버지나, 목을 조르고 실신시킨 후에 불륜 상대와 섹스하는 남자, 늙은 부모의 머리를 욕조에 밀어 넣으며 기분 전환을 하는 물장사하는 여자 등……. 그런 것은 셀 수 없을 정도로 많다.

와타루는 어쩔 수 없는 경우를 제외하고는 폭력과 거리를 두었다. 사람은 폭력에 계속해서 노출되면 감각이 마비되어 버린다. 그렇게 되면 끝장이다. 제대로 살아가려면 제대로 도망치는 것이 최선이라는 것이 와타루의 신조였다.

"그만 하세요. 전 도둑이 아니에요!"

"너희 더러운 애새끼들 때문에 평범한 인간이 얼마나 고생하는지 알아? 두 번 다시 그런 짓 못 하도록 눈깔을 뽑아

주지."

남자는 와타루의 오른손을 밟았다. 와타루가 고통에 자신도 모르게 고개를 들자 이번에는 왼쪽 눈을 걷어차였다. 와타루는 돌멩이처럼 지면을 굴렀다. 시야가 뒤틀리고, 피인지 눈물인지 알 수 없는 액체가 눈에서 흘러나왔다.

"아하하하하! 아프냐? 그건 네 탓이야!"

남자는 목소리를 높였다.

와타루는 오른손으로 눈을 누르려고 했지만, 남자에게 밟힌 탓에 손에 힘이 들어가지 않았다. 머리를 돌려 왼쪽 눈을 지키자, 바로 오른쪽 눈에 발차기가 들어왔다. 눈구멍 안쪽에 찌릿한 통증이 느껴졌고 주변이 전혀 보이지 않게 되었다.

"반성했냐?" 남자가 외쳤다. "그래도 용서 못 해!"

갑자기 머리가 잡혀 올라가더니 얼굴이 딱딱한 뭔가에 부딪혔다. 남자는 와타루의 뒤통수를 잡고 얼굴을 벤치 모서리에 내리친 것이었다. 온몸에 힘이 빠지고 팔다리를 늘어뜨린 채 지면에 쓰러졌다.

남자는 와타루의 의식이 사라질 때까지 집요하게 얼굴을 걷어찼다.

다음 날 아침, 할아버지의 비명에 눈을 떴다.

냉장고가 돌아가는 소리로 할아버지의 집에 있다는 사실을 알 수 있었다. 무의식중에 광장에서 도망쳐온 듯했다. 주변이 보이지 않아서 정말로 눈알이 깨진 것은 아닐까 걱정했지만, 조금씩 방 안이 보이기 시작해서 안심했다. 눈꺼풀이 부어서 시야가 좁아진 상태인 듯했다.

거울을 보자, 좌우의 눈이 새빨갛게 부어올라서 얼굴이 잠자리처럼 변해 있었다.

"아이고, 와타루야. 가엽게도. 경찰한테 가서 범인을 잡아달라고 하자. 할아버지가 경찰서에 가서 신고하고 오마."

극한 상황에 몰리면 초인적인 힘이 나온다는 이야기는 들은 적이 있는데, 이날 할아버지의 목소리는 그야말로 다른 사람처럼 멀쩡하게 들렸다.

할아버지는 와타루가 막아서도 "두렵다고 도망치면 안 돼"라고 말하며 양보하지 않았다. 경찰에게 있는 사실 없는 사실 미주알고주알 늘어놓으면 곤란하기에 어쩔 수 없이 둘이 함께 파출소에 가기로 했다.

하지만 이노쿠비 역 앞 파출소까지는 와타루가 뛰어도 한 시간은 걸린다. 할아버지와 함께 걸어가면 도착하기 전에 해가 떨어질 것만 같았다. 어떻게 하면 좋지, 하고 막막해하던 참에, 할아버지는 서랍에서 운전면허증과 자동차 열쇠를 꺼내더니 팔팔한 걸음으로 단지 안쪽의 주차장으로 향했다.

"할아버지 차란다."

그것은 바닐라 색 경차였다. 친구와 놀다가 몇 번이고 본 적 있지만, 보닛이 움푹 패고 앞 유리에 금이 가 있었기에 추돌 사고라도 일으키고 누군가 버린 차라고만 생각했다.

　근처의 셀프 주유소에서 기름을 넣은 후에 할아버지의 운전으로 이노쿠비 역으로 향했다. 차를 탄 것은 손에 꼽을 정도였기에 할아버지의 실력이 어떤지는 알 수 없었지만, 사고 없이 15분 정도 만에 목적지에 도착했다.

　파출소 앞에 차를 세우자, 두 명의 남자가 놀라 튀어나왔다. 한 명은 감색 경찰 제복, 다른 한 명은 비싸 보이는 회색 정장을 입고 있었다.

　"무슨 일이신가요?"

　경찰 제복을 입은 남자의 재촉에 할아버지와 함께 차에서 내렸다.

　와타루는 그때의 충격을 평생 잊을 수 없으리라.

　문을 닫고 경찰관의 얼굴을 본 순간, 숨이 멎을 것만 같았다. 와타루를 때린 덩치 큰 남자가 감색 제복을 입고 서 있던 것이다.

　"너 때문에 난 점장에게 얻어맞고 밤늦게까지 가게를 감시하게 됐거든!"

　어젯밤에 남자가 한 말이 머릿속에 되살아났다.

　이 녀석은 서점 직원이 아니라 경찰이었다.

　"보세요. 너무 심하지 않나요?"

　덩치 큰 남자는 할아버지의 아우성을 무시하고 와타루를 가만히 바라보았다. 아주 짧은 순간, 입술 끝이 올라가는 것처럼 보였지만 금세 경찰다운 차분한 표정으로 돌아갔다.

"상처가 심하군요. 불량배들에게 당했나 보네요. 사정을 자세히 들어야겠으니 안쪽으로 들어오시죠."

온몸에 닭살이 돋았다.

이 남자는 전혀 초조해하지 않는다. 일방적인 폭력에 노출된 아이가 눈앞의 어른을 고발하지 못할 거라는 사실을 알고 있었다.

심장 박동이 맹렬하게 빨라졌고 눈꺼풀 안쪽이 아파왔다.

"괜찮니?"

와타루가 우뚝 멈춰 선 것을 보더니 덩치 큰 남자는 과장되게 고개를 갸웃거렸다. 다른 한 명의 정장 남자는 관심이 없는 듯 핸드폰을 만지작거리는 중이었다.

"와타루, 왜 그러냐?"

할아버지가 불안한 듯 어깨를 떨었다.

"어라?"

덩치 큰 남자는 무릎을 굽혀 와타루의 오른손을 쥐었다. 집게손가락과 가운뎃손가락의 두 번째 관절 바깥쪽 피부가 까져서 고름이 차 있었다. 남자에게 밟힌 상처였다.

"딱딱한 것에 부딪히면 손가락 바깥쪽에 상처가 생기지. 너도 최근에 뭔가 때린 거 아니야? 혹시 얼굴의 상처, 스스로 그런 거야?"

남자는 값이라도 매기는 듯 와타루의 얼굴과 손가락을 번

갈아 바라보았다.

"당신, 무슨 말을 하는 거야?" 할아버지가 들어본 적 없을 정도로 큰 소리를 냈다. "자기가 자신을 때릴 리 없잖아."

"그렇지도 않거든요. 일반적으로 상해보험에서는 자해에 의한 상처는 보상 받지 못하지만, 범죄 피해에 의한 상처는 보상 받을 수 있습니다. 폭행당했다고 말하며 경찰서에 신고해 보험금을 편취하는 사기는 드물지 않아요."

"무슨 그런 말도 안 되는 소리를 하는 거야! 와타루, 어제 있었던 일을 말해보렴. 덩치가 커다란 어른에게 맞은 거지?"

할아버지가 와타루의 얼굴을 들여다보았다.

"답변을 유도하지 마세요. 그런데 이 차는 꽤 상태가 안 좋군요. 보험증과 면허증은 가지고 계시나요?"

"다, 당연하지. 여기."

할아버지가 뒷주머니에서 면허증을 꺼냈다. 덩치 큰 남자는 그것을 보고 어이가 없다는 듯 턱을 긁었다.

"하라다 다케조 씨. 5년 전에 기한이 끝났는데요? 악질적인 무면허 운전입니다. 차량 점검 의무 위반도 의심되고, 안에서 이야기를 좀 들어야겠네요."

할아버지는 힘없이 입술을 벌리더니 얼빠진 듯 허공을 바라보았다.

이 경찰관은 자신들보다 몇 수는 위다. 와타루가 고발한들 인정할 리가 없다. 그런 짓을 했다가는 와타루가 보복을 당할 뿐만 아니라, 할아버지까지 범죄자가 되어버린다.

와타루는 위에서 역류한 쓰디쓴 즙을 삼켰다. 지금은 물러서는 편이 좋다. 제대로 살아가려면 제대로 도망치는 것이 최선이다. 와타루는 최선을 다해 사람 좋아 보이는 미소를 보였다.

"저기, 죄송해요. 실은…….."

"잠깐만."

휴대전화를 만지던 정장 차림의 남자가 끼어들었다. 할아버지와 덩치 큰 남자가 나란히 그쪽으로 고개를 돌렸다.

"히로세 순경, 자네는 이노쿠비 역 앞 파출소에 배속된 지 몇 년째지?"

"곧 1년이 되는데요."

덩치 큰 남자가 의아한 듯 답했다. 정장 남자는 답을 하지 않고 와타루 쪽을 바라보았다.

"너, 이름이 뭐니?"

"하라다 와타루입니다."

"와타루 군, 너는 진실을 말해야 해."

남자는 안경테를 콧등 위로 치키더니 와타루의 눈을 똑바로 바라보았다.

"진실?"

"나는 경찰의 수사 협력자이기는 한데, 경찰에 속한 인간은 아니야. 자, 말해야 할 걸 말하렴."

왜 남자가 그런 말을 하는지 알 수 없었다. 하지만 자신에게 아군이 있다고 생각하자 갑자기 용기가 샘솟았다.

와타루는 심호흡을 한 후에 제복 차림의 남자를 가리켰다.

"이 사람한테 맞았어요."

"하하. 무슨 말을 하는 거야." 덩치 큰 남자가 쓴웃음을 짓더니 오른손을 휙휙 휘저었다. "난 경찰이야. 사람을 발로 차거나 하지 않아."

"거짓말하지 말게. 히로세 순경, 와타루를 폭행한 건 바로 자네야."

정장 남자가 목소리를 바꾸지 않고 말했다.

그것이 우라노 큐와의 첫 만남이었다.

3

"우라노 선생님, 다음 생이라는 게 있다고 생각하세요?"

말하고 나서야 애들이나 할 법한 질문이라고 생각했다.

12월 25일 오전 10시. 하라다 와타루는 경찰차 뒷좌석에서 우라노와 나란히 앉아 있었다. 산길이 포장되어 있지 않은 탓에 몇 초 간격으로 좌석이 튕겨 올랐다. 운전석에서 핸들을 쥔 것은 오카야마 현경의 이누마루 도루 순경이었다.

"죽어본 적이 없어서 모르지만, 100년 전의 인간이 되살아난다면 지금이 12월이라고는 생각하지 않을 것 같군."

우라노는 머리 위를 뒤덮은 나무 사이로 하늘을 올려다보았다. 푸른 하늘에 떠 있는 뭉게구름을 보다 보니 금방이라도 매미 울음소리가 들려올 것만 같았다. 올해 일본 열도는 기록적으로 따뜻했고, 11월의 도쿄 일평균 기온은 15도가 넘었다. 12월에 들어서자 그제야 한기가 남하하며 평년과 비슷한 추위가 찾아왔지만, 며칠 전부터 고기압이 북상하여 다시 기온이 높아진 상태였다.

"어제도 이렇게 더웠나요?"

"네. 저녁부터는 구름이 좀 더 끼기는 했지만요."

이누마루 순경이 처진 눈을 더욱 떨어뜨리더니 선바이저를 앞으로 내렸다. 이 남자는 기지타니 파견소에 근무하는 주재원으로, 오늘은 우라노 일행을 안내 중이다.

오카야마 현경 본부의 요자와 형사부장이 살짝 들려준 이야기에 따르면, 이누마루 순경은 2년 전, 이송 중인 피의자를 놓쳐서 오카야마 시내의 경찰서에서 이곳으로 좌천되었다고 했다. 둔하지만 애교가 있고, 당나귀를 닮았다고 소문이 자자했다.

우라노를 부른 장본인인 요자와 형사부장은 쓰케야마 경찰서에 수사본부를 설치하기 위한 준비 중이었다. 우라노와 와타루는 오카야마 시내의 호텔에서 하룻밤 머문 후, 기차와 관광버스를 갈아타고 기지타니에 도착했다.

기지타니는 주고쿠 산지의 산간을 흐르는 기지 강의 강변에 점재해 있는 작은 마을 중 하나다. 쓰케야마 시가지에서는 북쪽으로 15킬로미터 정도. 남동쪽의 덴구즈 산, 북서쪽의 덴구바라 산에 끼어 있으며, 약 2백 명 정도가 살고 있다. 과거에는 기지타니무라라는 이름으로 독립해 있었지만, 2005년에 쓰케야마 시에 편입되었다. 마을이라고 해도 가옥이 한곳에 모여 있는 곳은 열 채 정도이고, 나머지는 산림이나 계단식 논 사이에 듬성듬성 펴져 있다. 미요코도 이들 가옥 가운데 어딘가에서 어린 시절을 보냈으리라.

 화재가 발생한 간노지는 기지타니 중심지에서 남동쪽, 덴구즈 산의 산길을 700미터 정도 올라간 곳에 있었다. 우라노와 와타루는 파견소에서 이누마루 순경과 인사를 나눈 후, 곧장 간노지로 향했다.

 "도착했습니다."

 이누마루 순경이 엔진을 끄고 키를 뽑았다.

 산문 앞에서 내리자, 탄 냄새가 코를 찔렀다.

 "일곱 명이 발견된 곳은 이쪽입니다. 여섯 명이 사망하고 한 명이 전신 화상으로 의식불명의 중태입니다."

 이누마루 순경의 뒤를 따라 산문을 넘어서자, 본당이 흔적도 없이 불타 없어진 것이 보였다. 검게 그을린 목재가 그을음과 먼지투성이인 채로 쌓여 있었다.

 화재 현장에서는 쓰케야마 경찰서 형사의 현장 검증과 소방서 조사관의 화재 조사가 동시에 이뤄지고 있었다. 본당을 둘러싸듯 출입 금지 테이프가 처져 있었고, 바깥쪽에서는 지역 텔레비전 방송국 직원 몇몇이 촬영 중이었다. 도쿄였다면 이보다 열 배는 되는 언론사가 밀어닥쳤을 것이다.

"하라와타 군, 팸플릿 좀."

우라노의 말에 가방에서 간노지의 팸플릿을 꺼냈다. 오카야마 역을 나올 때 관광안내소에서 받은 것으로, '천태종 기지타니 간노지'라고 해서체로 적혀 있다. '도키오 씨'라는 지역 홍보 캐릭터가 그려진 부채도 함께였지만, 그것은 정중하게 거절했다.

우라노가 팸플릿을 펼쳤다. 기와지붕 위로 솟아오른 황금색 장식이 표지를 장식하고 있었다.

"그건 화염보주라고 해. 불을 본뜬 조각판으로 여의보주를 꾸민 거지. 이게 방화 현장의 상징이었다는 점이 의미심장하군."

우라노가 목소리를 낮춘 채 말했다. 화재 현장을 둘러보았지만 화염보주가 어디에 파묻혀 있는지는 알 수 없었다.

팸플릿 뒤쪽에는 간단한 평면도가 실려 있었다. 둘은 산문 주춧돌에 올라 간노지 부지를 둘러보았다. 정면에 본당이 불탄 잔해가 있고, 바로 옆에 석등과 작은 연못이 있다. 그 오른쪽에는 돌계단이 있고, 벚나무 건너편에 수장고와 선당 지붕이 보였다.

경내에는 기와 잔해가 여기저기 흩뿌려져 있었다. 기둥이 쓰러지며 바닥에 쏟아진 기와 조각을 소방단원들이 생존자를 찾기 위해 치워둔 것이리라. 덕분에 본당 내부가 훤히 드러난 상태였다.

본당 넓이는 50제곱미터 정도. 평면도에 있는 여덟 개의 기둥 중 남아 있는 것은 둘 뿐으로, 나머지 여섯 개는 주춧돌째 옆으로 쓰러진 상태였다.

시신은 모두 이송된 상태였고, 숫자가 적힌 감식 표식이 잿더미 위에 놓여 있었다. 피해자들은 본당 앞쪽, 평면도에 외진外陣이라고 적힌 곳에 쓰러져 있었다고 했다. 심하게 타버린 탓에 마루판이 무너져 지면에 잿더미가 쌓여 있었다.

본당 안쪽, 내진內陣이라고 적힌 주변은 외진과 비교할 때 불길이 조금 약했는지 공물함이나 주물鑄物이 반쯤 탄 채 남아 있었다. 그럼에도 수미단과 연화좌는 녹아서 비스듬히 뒤틀리고, 연화좌 위에 놓여 있었을 터인 좌상이 거대한 숯덩이 같은 모습으로 쓰러진 채였다.

우라노는 팸플릿을 와타루에게 넘기고는 주춧돌에서 내려섰다. 그러더니 장갑을 끼고 잿더미 안쪽에서 나무판을 잡아당겼다. 2미터 정도의 폭에, 중간에는 아치 형태의 금속이 붙어 있었다. 본당의 문이었다.

우라노는 그것을 잠시 바라보다가 갑자기 이누마루 순경을 불렀다.

"이누마루 씨. 이누마루 씨도 구조 활동에 참가했습니까?"

"네. 저도 소방단원이거든요."

이누마루 순경은 모자를 벗고 손수건으로 이마를 닦았다.

"일곱 명의 피해자에게는 화상 말고도 상처가 있었나요?"

"딱히 눈에 띄는 건 없었던 것 같은데요."

"묶인 듯한 흔적은요?"

"없었어요. 왜 그러시나요?"

우라노는 잠시 생각한 후에 본당 문을 가리켰다.

"이 문에는 자물쇠가 없어요. 본당에 들어가는 것도 나오는 것도 자유로웠을 테죠. 그뿐 아니라 경내에는 연못이 있습니다."

일동이 오른쪽 연못을 바라보자, 잉어가 뛰며 첨벙 소리를 냈다.

"제가 피해자 중 한 명이었다면 화재가 발생했을 경우, 곧장 바깥으로 뛰어나왔을 거예요. 경내 밖으로 도망칠 힘까지는 없다고 해도 연못에 뛰어들 수는 있습니다. 하지만 그들은 그렇게 하지 않았어요. 상처도 없고 묶여 있지도 않았는데 왜 도망치지 않은 걸까요?"

"흠. 듣고 보니 그렇네요."

이누마루 순경은 유령이라도 본 것 같은 불가사의한 표정을 지었다.

"우선 해부 결과를 기다려 보죠. 피해자에 대해 알려주시겠습니까?"

"네. 잠시만요."

이누마루 순경이 주머니에서 수첩을 꺼내 들었다. 우라노도 서류 가방에서 오렌지색 노트와 만년필을 꺼냈다.

"일곱 명의 피해자는 모두 기지타니 주민입니다. 가장 어린 이쿠노 마리가 24세, 가장 나이가 많은 오코치 히로시가 36세. 모두 청년단 멤버였습니다. 간노지에서는 1월에 구나驅儺 의식을 여는데, 그 준비와 운영을 청년단이 맡고 있습니다."

"구나라면 역귀를 쫓아내는 궁중 의식 말인가요?"

우라노가 노트에 메모하며 물었다.

"맞습니다. 마을에서 악귀를 쫓아내는 액막이 의식이에요. 행사는 1월 2일에 열리는데, 12월부터 준비에 들어갑니다. 요 며칠, 덴구즈 산에서는 큰북 소리가 자주 들리곤 했죠."

"그들은 24일 밤에도 준비를 위해 간노지에 모여 있었던 건가요?"

"아니요. 어제는 저기에서 목목회라는 연회를 벌이고 있었어요."

이누마루 순경이 가리킨 끝에는 수장고와 선당이 위치해 있었다.

"어느 쪽이죠?"

"선당 쪽입니다. 목목회란, 기지타니木慈谷 청년단이 '목'요일에 여는 술자리를 말해요."

팸플릿에 따르면 기존 선당은 노후화가 진행된 탓에 시주를 모아 1989년에 새로 세웠다고 했다. 그 때문에 본당이나 수납고보다 지붕과 외벽의 색이 화려했다. 큰 창문이 설치되어 있고 마루 또한 개방감이 있다. 젊은이들이 모인다면 선당을 선택하리라.

우라노는 노트에 간노지의 평면도를 그리고는 선당에 선을 긋고 '연회'라고 적었다.

"금요일에는 각자 다니는 직장의 술자리가 많다 보니 목요일이 모이기 좋다는 모양이에요. 나이 든 사람이 많은 마을이니까 평소에는 어깨를 펴고 살지 못하겠죠. 그래서 한 달에 한 번, 산속으로 술을 날라서 젊은이들만이 저녁부터 밤이 샐 때까지 떠들썩하게 놀게 된 겁니다."

와타루는 스마트폰으로 달력을 열었다. 어제는 24일 목요일, 오늘은 25일 금요일이다.

"이번 목목회는 구나 의식을 대비한 결기 모임도 겸했다고 하더라고요. 선당에는 마시다 만 술병이 잔뜩 놓여 있었습니다."

"청년단에게 악감정을 품은 사람은 있습니까?"

우라노는 목소리를 낮췄다.

"글쎄요. 쌈박질을 좋아하는 사람이나 술버릇이 나쁜 사람도 있으니 싫어하는 사람이 있을지도 모르죠. 하지만 그들

모두를 미워할 만한 동기는 딱히 떠오르지 않네요."

"청년단에 내부 다툼이 벌어졌을 가능성은요?"

"싸움이라고 할 것까지는 없지만, 11월에 도난 소동이 벌어진 적은 있었어요. 목목회에서 지갑을 잃어버린 이쿠노마리가 누군가가 훔쳐 간 거라고 주장했거든요. 저도 경내에서 지갑을 찾는 걸 도왔지만, 결국 찾지 못했습니다."

우라노는 애매하게 고개를 끄덕였다. 일곱 명을 불태워 죽일 동기가 될 정도의 사건은 아닌 듯했다.

"사체를 발견하게 된 경위를 부탁드립니다."

"잠시만요." 이누마루 순경은 손가락을 핥은 후 수첩을 펼쳤다. "어제 오후 5시 45분, 마을 주민이 간노지에서 불길이 치솟고 있다고 소방서에 신고했습니다. 기지타니에서 화재가 발생하면 쓰케야마의 소방본부에서 파견소로 무선 방송이 들어오고, 화재 발생 시각과 장소가 전달됩니다. 그 연락을 받은 제가 스피커로 경보를 울리고, 경보를 들은 소방단원이 집합 장소에 모여서 현장으로 출동하는 거죠."

"방재용 무선 수신기가 각 집마다 비치되어 있지는 않나요?"

"네. 본부의 예산이 부족해서요."

자신들을 책망한 것으로 생각했는지 이누마루 순경은 뱀과 맞닥뜨린 개구리 같은 표정을 지었다.

우라노는 반년 전에도 시즈오카에서 발생한 연쇄 방화사

건 수사에 관여한 적이 있었다. 사건 무대가 된 항구 마을에
는 모든 가정에 방재용 무선 수신기가 비치되어 있었다. 고
령자가 많은 지방이나 화재가 많은 바닷가 주변 및 산간 지
역에서는 지자체가 주도하여 수신기의 정비가 이루어지는
일이 많다고 했다.

"방화가 연이어 벌어지고 있는데 대책을 세우지 않았다는
점은 다소 아쉽군요. 순찰을 돌다가 무선 방송을 놓치는 일
도 있을 테고요."

"지당하신 말씀입니다. 일단 마을 안 공영 시설에 수신기
가 하나 더 있어요. 평일에는 그곳 직원도 경보를 울릴 수
있습니다. 실제로 그렇게 한 적은 없지만요."

우라노는 "그렇군요"라고 중얼거린 후에 시선으로 다음
말을 재촉했다.

"우리 소방단원은 트럭을 타고 현장에 도착해 소화 활동
을 시작했습니다. 오후 7시 15분에 진화를 확인했고, 병행
해서 화재 현장에 떨어진 기와지붕을 경내로 옮기다 일곱
명의 피해자를 발견했습니다. 다들 등유를 뒤집어쓴 채 몸
에 불이 붙은 듯한 상태였습니다. 이 시점에서 일곱 명 중
네 명의 사망을 확인, 아직 숨이 붙어 있던 세 명이 쓰케야
마 쪽 병원으로 이송되었고요."

엄밀하게 말하면 기지타니도 쓰케야마에 속하지만, 이쪽
에서는 역 주변 시가지를 쓰케야마라고 부르는 듯했다.

"이후, 오늘 새벽까지 두 명이 추가로 사망했고, 한 명이 의식불명의 중태입니다."

"여섯 명의 사인은 일산화탄소 중독인가요?"

"아마도요. 화상이 심했기에 그쪽이 사인일 가능성도 있지만, 어찌 됐든 화재가 원인으로 죽은 건 틀림없습니다. 자세한 건 해부 결과를 기다리는 중이고요."

어느 쪽이든 범인은 살아 있는 인간에게 불을 지른 것이다.

"발화 장소는 일곱 명이 쓰러져 있던 외진이겠네요."

"네. 아까 소방 측에서도 보고가 있었어요. 일곱 명이 쓰러져 있던 주변이 소손燒損이 가장 심했고, 그들의 몸이 발화점이었던 것으로 보입니다."

"등유는 범인이 가지고 온 건가요?"

"아니요. 화재 현장에서 발견된 기름통은 피해자 중 한 명이 자택에서 사용하던 것이었습니다. 구나 의식을 준비할 때 등유 난로로 본당을 따뜻하게 데우려고 등유를 가지고 온 것 같습니다."

우라노는 이마를 긁으며 노트의 메모를 들여다보았다. 피해자의 상태나 사체 발견 경위가 정리되어 있었다.

"혼자 살아남은 청년에 대해 자세하게 알려주실 수 있을까요?"

유일한 생존자를 의심하는 것은 철칙이다.

"스즈무라 아이지, 32세. IT 벤처회사의 기술 책임자로,

청년단의 리더도 맡고 있었습니다."

"IT 벤처? 이런 산골 마을에서요?"

"네. 마침 저랑 똑같이 2년 전에 이사 온 사람인데, 원격으로 농업을 가능케 하는 시스템을 개발하고 있다며 밭을 사서 실험장을 만드는 중입니다. 자세한 건 잘 모르지만요."

"이누마루 씨가 볼 때 어떤 사람이었나요?"

"열심히 공부하는 청년이었어요. 심야에 손전등을 가지고 다니는 걸 보고 신경이 쓰여서 말을 걸었더니, 산속으로 버섯균을 채집하러 가는 중이라고 듣고 놀란 적이 있습니다. 이사 와서 2년 만에 청년단 리더로 뽑힐 정도니까, 다른 사람들의 인망도 두텁지 않았을까요."

"혼자만 죽음을 면한 걸 보면 다른 여섯 명보다 화상을 덜 입은 건가요?"

"일곱 명 모두 큰 차이는 없습니다. 이런 식으로 말해서는 안 되겠지만, 온몸이 문드러져서 괴물 같았어요. 스즈무라 씨도 시간문제일 겁니다."

우라노는 그 이상은 파고들지 않고 노트에서 시선을 떼고 화재 현장을 바라보았다. 스즈무라가 중상을 입은 이상, 그가 범인이라고 생각하기는 어려웠다.

"달리 현장에서 발견된 건 없습니까?"

"없어진 거라면 있습니다. 일곱 명 모두 지갑이 없는 상태였습니다."

우라노는 튕기듯 이누마루 순경을 되돌아보았다.

"그건 묘하네요. 일곱 명의 몸에 불을 붙여 놓고 돈을 노린 범행으로 위장하는 건 무리가 있죠. 범인의 목적을 모르겠네요. 11월의 도난 소동과 관계가 있는 걸까요."

"지금까지 벌어진 방화사건에서도 금품이 없어졌으니 동일범의 소행으로 위장하려고 했을지도 모르겠습니다."

"아, 그렇군요."

우라노가 건성으로 대답했다. 그러고 보니 텔레비전 뉴스 속보에서도 9월부터 네 건의 화재가 연이어 발생했다고 보도했었다.

"파견소로 돌아가면 지금까지의 방화사건 자료도 있습니다. 보시겠습니까?"

"네, 부탁드립니다."

이누마루 순경의 제안에 우라노가 끄덕였다. 미간에는 주름이 잡혀 있었다.

경찰차를 타고 파견소로 돌아가자, 이누마루 순경은 사물함 잠금장치를 열고 벽돌도 넣을 수 있을 만한 파일 세 개를 꺼냈다.

"세 건과 관련된 수사 자료의 복사본입니다."

"어라? 방화사건은 총 네 건이라고 들었는데요."

와타루가 묻자, 이누마루 순경은 사람 좋은 미소를 보였다.

"12월 22일에도 집회소에서 화재가 있었지만, 소방서의 조사 결과, 벽의 전기 플러그에서 발생한 트래킹 현상이 발화 원인으로 확인되었거든요. 그러니까 방화사건은 세 건입니다."

그렇군. 방송국의 조사가 부족했던 것이다. 와타루는 머리를 긁으며 "이브의 이브의 이브네요"라고 의미를 알 수 없는 말을 했다.

"첫 번째 사건이 발생한 건 9월 3일 오후 4시 반쯤. 마을 북서부, 덴구바라 산 산기슭에서 오모리 마사히코 씨와 오모리 교코 씨 부부가 사는 단독주택과 헛간이 전소했습니다. 오모리 부부는 원래 농업에 종사했지만, 2년 전에 땅을 팔고 지금은 연금 생활 중입니다. 사건 당일에는 부부가 함께 쓰케야마 병원에서 진료를 받고 있었기에 무사했지만, 화재 진화 후에 침실 옷장에 있던 귀금속이 도난당한 사실이 밝혀졌습니다."

이누마루 순경이 첫 번째 파일을 열고 중간 정도의 페이지를 이쪽으로 향했다. 첫 번째가 화재 현장의 전경 사진, 두 번째가 검게 타버린 침실 사진이었다.

"이쪽 침실이 발화 장소인가요?"

"네. 옷장 안쪽에 등유가 뿌려져 있었습니다. 화재 현장에서는 성냥이 탄 흔적이 발견되었고요. 범인은 서랍에서 귀금속을 꺼낸 후, 지문 등의 흔적을 없애기 위해 서랍을 태운 듯합니다."

이누마루 순경은 우라노가 현장 사진을 다 확인할 때까지 기다렸다 두 번째 파일을 펼쳤다.

"두 번째 화재가 발생한 건 10월 13일, 시각은 조금 늦은 오후 5시 무렵이네요. 기지타니의 남동부, 덴구즈 산 산기슭에 있는 2층 연립주택 빌리지 기지타니에 불이 났고, 약 한 시간 후에 전소했습니다. 발화 장소는 103호로, 이쿠노 마리 씨의 책상 서랍에서 통장과 동전 지갑이 도난당한 상태였습니다. 책상 안에 등유를 뿌리고 성냥으로 불을 지른다는, 첫 번째와 같은 수법입니다."

"이쿠노 마리?" 왼손의 만년필이 빙글 돌았다. "어디선가 들어본 이름이네요."

"간노지 방화사건의 희생자입니다. 그녀도 청년단에 속해 있었습니다. 평소에는 쓰케야마의 화장품 공장에서 사무직 아르바이트를 했습니다."

빌라가 불에 탄 두 달 후에 자신이 불에 타 죽다니, 엎친 데 덮친 격이다.

"이 사건에서는 사망자도 나왔습니다. 연립주택 주인으로, 101호에 살던 호로타 겐토쿠 씨, 85세. 사인은 일산화탄소 중독입니다. 연립주택에는 그 밖에도 두 명의 거주자가 있었지만, 외출 중이어서 무사했습니다."

우라노가 페이지를 넘기자 불에 탄 사체 사진이 나타났다.

피부는 검붉은 무늬로 뒤덮여 있었다. 얼굴 피부가 녹아서 앙다문 이빨이 드러나 있고 팔다리는 시합 중인 권투 선수처럼 휘어진 상태였다.

"세 번째도 동일한 수법인가요?"

"네. 꽤 비슷합니다."

이누마루 순경이 세 번째 파일을 펼쳤다.

"11월 16일 오후 4시 50분경, 마을 북서부에서 오타 요지 씨가 소유한 건물과 창고가 전소했습니다. 오타 씨는 올해 56세. 큰아버지에게 물려받은 요양 시설을 경영하고 있었지만, 시내에 사는 형이 뇌출혈로 쓰러진 후에는 경영을 남에게 넘기고 새로 연립주택을 빌려 형을 돌보고 있었다고 합니다. 기지타니의 자택에는 한 달에 몇 번 정도밖에 돌아오지 않았고, 16일에도 쓰케야마의 연립주택에 있었기에 무사했습니다."

불행 덕에 더 큰 화를 면했다고 할 수 있을까.

"역시 금품을 도난당했습니까?"

"네. 화재 현장을 조사한 결과, 현금 20만 엔이 사라진 사실이 밝혀졌습니다."

"잘 돌아오지도 않는 집에 20만 엔이나 놓아둔 건가요?"

"문자 그대로 장롱 저금이네요. 본인도 부주의했다고 반성했지만, 형을 돌보느라 정신이 없어서 그것까지는 신경 쓰지 못한 거겠죠."

"그렇군요. 발화 장소는 이 방인가 보네요."

우라노가 화재 현장 사진에 시선을 떨궜다. 복도 쪽에서 방을 촬영한 사진으로, 열린 미닫이문 바로 오른쪽에 불에 타 쓰러진 장롱이 찍혀 있었다. 나무판이 검게 탄화되었고 생선 비늘처럼 요철이 드러나 있었다.

"범인은 앞서와 마찬가지로 장롱에 등유를 뿌리고 성냥으로 불을 붙인 것 같습니다. 화재 현장에서 성냥 흔적이 발견되었습니다. 바로 앞 페이지가 방화 전의 방 사진입니다."

재촉받은 대로 페이지를 넘겼다. 사진에서는 나이 지긋한 남성이 꽃다발을 들고 부끄러운 듯이 미소 짓고 있었다. 경영 일선에서 물러났을 때의 기념사진이리라. 배경에는 옻칠이 된 훌륭한 장롱이 찍혀 있었다. 깊이가 깊어 보여서 서랍을 꺼낸다면 방에 들고 나는 것이 어려울 것 같았다.

"이건 범인 발자국인가요?"

우라노가 페이지를 넘기며 물었다. 다시금 불탄 후의 사진으로, 발화 장소인 방으로 통하는 복도가 찍혀 있었다. 소손이 심하지 않은 바닥 부분이 있었고, 발자국이 확실히 남아 있었다. 오른발, 왼발, 오른발의 세 걸음이 찍혀 있고, 어느 쪽이든 발끝은 방을 향해 있었다.

"아마도요." 이누마루 순경이 끄덕였다. "오타 씨의 신발과는 발바닥 형태가 일치하지 않기에 범인이 현장에 침입했을 때의 발자국으로 보고 있습니다."

"신발을 신은 채 집에 들어가다니 예의도 없는 범인이네요."

"신발은 쓰케야마의 양판점에서도 파는 스니커즈로, 범인을 특정할 만한 단서라 보기에는 부족하죠. 보폭이 좁은 건 돈이 될 만한 걸 찾으며 주변을 둘러보며 걸었기 때문으로 보입니다."

우라노는 가만히 사진을 보더니 안경테를 콧등 위로 치켜올렸다.

"발자국의 이 부분, 색이 진한 건 어째서죠?"

듣고 보니 오른발의 두 발자국만 발끝 주변의 색이 진하게 보였다.

"그을음이네요. 걷는 도중에 바닥에 떨어진 재라도 밟은 게 아닐까요?"

이누마루 순경이 사진 아래 여백을 가리켰다. 감식과 직원이 작성한 듯한 '그을음'이라는 메모가 있었다.

우라노는 이 사진이 신경 쓰이는 듯 찌푸린 채 잠시 노려본 후에 이누마루 순경에게 방 사진과 함께 복사를 부탁했다.

"방화가 발생한 세 건의 건물 주민 사이에 공통점은 없습니다. 물론 작은 마을이니까 서로 면식은 있지만, 누군가에게 이 정도의 원한을 살 만한 일은 없었을 겁니다. 경찰에서도 절도범의 수법으로 보고 순찰을 강화한 상태였고요."

"그런데 네 번째에서 범행 패턴이 붕괴되고 여섯 명이 사망하는 참사가 벌어졌다는 거군요. 경찰은 기지타니 주민

중에 범인이 있다고 보고 있나요?"

"네." 이누마루 순경은 불안한 듯 끄덕였다. "범행은 전부 오후 4시 반부터 6시 사이에 벌어졌습니다. 저물녘이라고는 해도 잠자리에 들 정도의 시간은 아니죠. 다른 마을 사람이 돌아다녔다면 눈에 띄었을 테니 범인은 마을 주민이라고 봐도 좋을 것 같습니다. 그렇지 않을까요?"

"저도 같은 생각입니다. 범인은 기본적으로 사람이 없는 집을 노렸으니, 주민의 생활패턴을 알고 있었거나 의심을 받지 않고 주민을 관찰할 수 있었던 인물일 겁니다. 다른 마을 사람으로는 보이지 않네요."

이누마루 순경은 안심한 모습으로 눈꼬리를 낮췄다.

"신경 쓰이는 건 역시 네 번째 사건이네요. 집이 아니라 왜 절에 불을 질렀는지. 여섯 명이나 되는 사망자가 왜 나왔는지. 피해자들은 왜 본당에서 도망치지 않았는지. 이들 의문이 사건 해결의 열쇠가 될 것 같습니다."

우라노가 소리를 내며 파일을 덮었다.

아직은 세 명 모두 답을 찾을 수 없었다.

오후 2시, 이누마루 순경은 수사 회의에 참석하기 위해 산 아래 쓰케야마 경찰서로 향했다.

우라노와 와타루는 세 건의 방화 현장을 둘러보았다. 인근 주민에게도 화재 당시의 상황을 물었지만 새로운 정보는 얻을 수 없었다.

오카야마 시내의 호텔로 돌아가려면 오후 8시 반의 버스를 탈 필요가 있었지만, 우라노의 판단으로 기지타니의 여관에 하루 머물기로 했다.

이누마루 순경에게 소개를 받은 '도도메장'은 이엉지붕을 얹은 여관으로, 뒤로는 소나무 숲이 울창하게 우거져 있었다. 대문에는 도자기로 된 너구리와 지역 홍보 캐릭터인 도키오 씨의 등신대 인형이 놓여 있었다. 도키오 씨는 얼핏 보면 귀여운 교복 차림의 청년이지만, 잘 보면 등에 칼과 엽총을 매고 입에는 뾰족한 못을 물고 있었다.

"유능한 탐정님이라고 들었습니다. 잘 오셨습니다. 같이 오신 분은 비서분이신가요?"

주인은 허리가 굽은 노인으로, 아이가 그대로 나이를 먹은 것처럼 보일 정도의 동안이었다.

"네, 뭐, 경호원이라고 할까요."

와타루가 살짝 거드름부리며 말했다.

"이 친구는 조수인 하라다 와타루입니다. 하라와타 군, 직함은 정확히 말하지 않으면 곤란해. 신분을 숨기고 일을 하면 사기죄가 성립할 수도 있다네."

우라노가 과장되게 그렇게 말하니 노인은 손자를 보는 것처럼 눈에 주름을 만들었다.

객실에 짐을 놓고 욕탕으로 향했다. 그을음과 먼지를 씻어내는데, 주인이 문을 두드리고는 우라노를 불렀다. 오카야마 현경에서 전화가 왔다고 했다. 우라노는 서둘러 물기를 닦고 유카타를 걸친 채 프런트로 향했다.

와타루가 조수로서 일하기 시작한 것이 3년 전. 우라노는 그즈음부터 휴대전화를 가지고 다니지 않게 되었다. 수사 의뢰가 쇄도해서 일에 집중할 수가 없다는 것이 그 이유로, 호텔이나 여관에 머물 때는 이런 일이 자주 발생하고는 했다.

와타루가 목욕을 마치고 객실로 돌아가자, 우라노가 한발 먼저 차를 끓여 놓고 기다리고 있었다. 책상에는 본 적 있는 문고본이 놓여 있었다.

"주인 할아버지, 엄청난 탐정소설 마니아였어. 전화기 옆 책장에 사몬 가도로의 소설이 많더군. 이상하게 즐거워 보였는데 진짜 탐정을 만난 게 기뻤나 봐."

우라노가 표지를 이쪽으로 향했다. 사몬 가도로의《방상시方相氏는 왜 살해당하는가》였다. 사몬이 발표한 일곱 번째 장편으로, 1920년대의 도쿄를 무대로 고조 린도와 살인 파계승의 사투를 그린 대표작이다.

사몬 가도로의 소설에는 두 가지 특징이 있다. 하나는 작중에 실존 인물이 등장하는 점이다. 이야기의 주역은 반뇌의 천재, 다시 말해 고조 린도. 1921년에 시베리아 전투에서 머리에 부상을 입어 뇌의 3분의 1을 잃게 된다. 하지만 부상에서 회복하자 탁월한 추리력을 발휘하며 사립 탐정이 되었고, 수많은 미제 사건을 해결한 전설적인 인물이다. 그 밖에도 민완 형사이자 후에 세이조 경찰서의 초대 서장에 취임하는 구니나카 지카하루, 사업가인 오가와라 기시치로, 〈도쿄 니치니치 신문〉 기자인 이소자키 슈헤이 등이 실명으로 활약한다.

또 하나의 특징은 작중에 실제 사건이 그려진다는 점이다. 미요코가 애독하는 요코미조 세이시의 소설에서도 긴다이치 고스케나 유리 린타로 등 실존하는 탐정이 활약하지만, 묘사되는 사건 대부분은 작가가 창작한 것이다. 하지만 사몬 가도로의 고조 린도 작품은 전부 작가가 보고 들은 사실을 바탕으로 하고 있다.

사몬은 고조 린도의 친구로, 1929년부터는 탐정사무소에서 조수를 맡았다. 하지만 1936년 봄, 고조가 갑자기 모습을 감춘다. 어떤 사건에 휘말려 목숨을 잃었다는 사실을 경찰이 숨기고 있는 것이 아닌가 하는 소문이 돌았지만, 아직껏 진상은 밝혀지지 않은 채다. 남겨진 사몬은 비탄에 잠겨 막대한 수사 자료를 봉인해버린다.

하지만 제2차 세계대전 이후, 수많은 탐정소설 잡지가 창간되기에 이르자, 사몬은 더는 참지 못한다. 창고에서 자료를 발굴하여 고조 린도가 해결한 사건을 탐정소설로 정리해 발표한 것이다. 사몬의 소설은 큰 화제를 불렀고, 고조 린도의 이름은 다시금 세상에 널리 알려지게 되었다.

"하라와타 군도 사건을 소설로 써 보는 게 어때?"

우라노가 맛있게 차를 들이켜더니 진심인지 농담인지 알 수 없는 말을 했다.

"사몬 가도로가 소설가가 된 건 고조 린도가 실종된 이후예요. 재수 없는 소리는 하지 마세요."

"그런가. 그럼 저세상에 갔을 때의 재밋거리로 남겨두지." 우라노는 찻잔을 내려놓고 서류 가방에서 오렌지색 노트와 만년필을 꺼냈다. "좋아. 독자들에게 해결편이 늦다는 불만을 듣지 않게끔 얼른 사건을 해결해보세."

"방금 전화는 이누마루 순경인가요?"

"아니, 요자와 형사부장이었네. 수사 회의의 정보 공유라고 말하면서 우리 쪽 움직임을 파악해두고 싶은 것 같더군. 아쉽게도 실속 있는 이야기는 나누지 못했지만."

"요자와 씨에게서 새로운 정보는 없었나요?"

"몇 개쯤. 간노지 안쪽, 덴구즈 산 경사면에서 발자국이 발견되었다더군. 그을음이 묻어 있지만, 등유는 묻어 있지 않았어. 피해자에게 등유를 끼얹은 범인이 불타는 본당 뒤쪽의 덴구즈 산으로 도망친 거겠지."

"생존자인 스즈무라 아이지가 범인일 가능성은 사라지겠네요."

우라노가 끄덕였다. 간노지를 뛰어나와 산속으로 뛰어드는 범인의 모습이 뇌리에 떠오른다.

"간노지 화재 현장에서는 많은 불구佛具가 발견되었네. 그에 따라 수사본부에서는 세 번째 방화의 피해자, 즉 오타 요지를 불러 불구가 본당에 있었던 것인지 확인하게 했지."

"왜 오타 씨한테요?"

"그의 아버지가 간노지의 마지막 주지였다더군. 아버지가 사망한 이후에는 주지가 없는 절이 되었지만, 오타가 가끔씩 관리를 하고 있었다고 해. 대부분의 불구는 전부터 본당에 있던 것이 확인되었지만, 딱 하나, 원래는 없었던 게 있었다더군. 바로 오고령五鈷鈴이야."

우라노가 간노지의 팸플릿을 펼쳤다. 수장품의 하나로서 오고령이 소개되어 있었다. 범종 모양의 금색 방울로, 초목을 형상화한 무늬가 새겨져 있다.

"금강령 중 하나로, 부처나 보살의 주의를 끌기 위해 울리는 밀교 법구라네. 오타는 수장고에 보관했다고 주장하고 있어."

"범인이 본당으로 가지고 왔다는 건가요?"

"그렇다는 말이 되지만, 경찰은 반신반의하고 있는 듯해. 오타가 잘못 기억하고 있을 수도 있으니까."

범인은 종을 이용한 요술로 젊은이들을 본당에 가두어둔 걸까.

"생사의 갈림길에 서 있는 스즈무라 아이지가 의식을 되찾으면 사건은 해결될 테지만, 용태가 꽤 좋지 않은 듯하더군. 그리고 오카야마 대학 의학부에서 피해자 여섯 명의 사체 해부가 끝나 사인이 판정되었네. 네 명이 일산화탄소 중독, 두 명이 호흡 곤란에 의한 질식사. 어느 쪽이든 화재가 벌어지기 전까지 살아 있었다는 말이 돼. 몸에 묶인 흔적 같은 건 없고, 화상을 제외한 상처도 없어. 약물도 검출되지 않았지. 역시 신경 쓰이는 건 그들이 본당에서 도망치지 못했던 이유일세."

우라노가 의문점을 늘어놓았다. 와타루는 목욕을 하면서 몇 가지 가설을 세운 상태였다.

"청년단은 집단 자살한 거 아닐까요. 이누마루 순경도 젊은이들은 눈칫밥을 먹는 생활을 했다고 했죠. 자신들의 의사로 불을 지른 거라면 본당에서 도망치지 않은 것도 당연하겠죠."

"등유를 끼얹은 이유는?"

"확실히 목숨을 끊기 위해서요. 단순히 불을 지르는 것만으로는 불안했을 테니까요."

"일곱 명의 지갑이 없어진 건?"

"타살로 보이려고 한 위장이에요."

"틀렸어." 우라노가 살짝 고개를 저었다. "덴구즈 산의 발자국을 설명할 길이 없어. 누군가가 현장에서 도주한 건 확실해."

"청년단원 중 한 명이 겁을 먹고 도망친 거예요."

"그것도 아니야. 발자국에 그을음이 묻은 이상, 그 인물은 절이 불타기 시작한 이후에 산으로 도망쳤다는 말이 돼. 청년단 멤버라면 등유가 끼얹어진 상태였을 텐데, 발자국에서 등유는 검출되지 않았네."

찍소리도 못하겠다. 와타루는 생각을 전환했다.

"지금 건 잊어주세요. 생각한 게 하나 더 있습니다."

"흐음."

"범인은 일곱 명이 도망치지 못하도록 엽총 같은 총기로 그들을 위협한 거 아닐까요?"

"뭣 때문에?"

"강도죠. 범인은 젊은이들이 떠들고 있는 선당에 들어가서 총기로 그들을 위협해 지갑을 빼앗습니다. 그리고 그들을 본당으로 이동하게 한 후에 기름통의 등유를 뒤집어쓰라고 명령한 다음에 불을 지르고 도망친 거예요."

"왜 선당에서 본당으로 옮겨간 거지?"

"선당은 새로 지어진 건물이니까 방화 설비가 정비된 상태라고 생각했기 때문이죠."

"그렇군. 하지만 젊은 사람이 일곱 명이나 있는데 아무도 도망치려고 하지 않은 건가?"

"총기로 위협당하면 보통은 저항하지 못할 테니까요."

"과연 그럴까? 몸에 불이 붙은 시점에 피해자는 참기 어려운 고통을 맛봤을 거야. 범인이 총기로 위협하고 있다고 해도 가만히 있을 수 있으리라고는 생각하기 어렵지. 본당 바깥까지 도망치지 못하더라도, 이리저리 날뛰거나 배를 바닥에 짓이기면서 불을 끄려고 했을 거야. 하지만 일곱 명의 몸에는 화상 말고 눈에 띄는 상처는 없었네."

"아, 그렇네요."

와타루는 백기를 들었다. 범인은 정말로 요술로 그들을 꼼짝 못하게 만들었던 걸까.

"선생님은 달리 짐작가는 바가 있으신가요?"

"아직 단서가 부족해. 사건의 수수께끼를 풀기에는 기지타니라는 토지에 대해 너무 모르는 상태란 말이지." 우라노는 의미심장하게 노트를 닫았다. "내일은 향토자료관에 가보도록 하세."

와타루는 미요코에게 "오늘은 기지타니에서 잘 거야"라고 메시지를 보내고 이불로 파고들었다.

'해결편'까지는 다소 시간이 걸릴 듯했다.

***

이노쿠비 역으로 향하는 사람들은 할아버지의 경차를 발견하고는 다들 발을 멈추고서 불법 투기된 쓰레기라도 보는 양 눈썹을 찌푸린 후에 파출소 앞을 빠른 걸음으로 지나쳤다.

"……히로세 순경, 와타루를 폭행한 건 바로 자네야."

우라노는 조용한 말투로 덩치 큰 히로세 순경에게 말했다. 할아버지는 실탄을 삼킨 비둘기 같은 표정으로 우라노를 바라보았다.

"이거 곤란하군요. 선생님은 저보다 아이의 말을 믿으시는 건가요?"

히로세 순경은 어이없다는 표정으로 눈썹을 치켜 올렸다. 갑자기 시작된 추리 드라마를 보는 듯한 기분이었다.

"얕보지 말아주겠나? 아이의 말이니까 믿은 게 아니야. 저 차가 파출소 앞에 정차했을 때, 자네는 무슨 생각을 했지?"

우라노는 할아버지의 경차로 시선을 돌렸다. 보닛이 찌부러지고 앞 유리에 금이 가 있다.

"나는 당연히 이건 교통사고라고 생각했어. 녹이 슨 고물차를 무리해서 운전하려다가 어딘가를 들이받았다고. 그래서 놀라 자네와 파출소에서 나왔는데, 자동차 문이 열리고는 고령의 남성과 소년이 내렸지. 소년은 얼굴에 상처를 입은 상태였네. 교통사고를 일으킨 노인이 통신 수단이 없었기에 경찰에게 연락하지 못하고 직접 파출소에 사고 발생을 통보하러 왔다. 이렇게 추측하는 게 자연스러울 테지.

하지만 자네는 와타루 군에게 이렇게 말했어. '불량배들에게 당했나 보네요'라고. 이야기를 듣다 보니 아무래도 폭행을 당한 건 사실인 듯한데, 왜 자네는 와타루 군이 교통사고가 아니라 폭행을 당했다고 생각한 거지?"

히로세 순경의 반론보다 우라노의 다음 말이 빨랐다.

"가능성은 몇 가지쯤 있지. 자네는 이 마을의 경찰이야. 미리 이 자동차에 대해 알고 있었을지도 몰라. 과거에 검문 같은 걸 한 결과, 이 자동차가 문제없이 달릴 수 있는 상태라는 것을 확인했다고 치면, 자네가 교통사고가 아니라 폭력 사건이라고 판단한 것도 납득할 수 있네.

하지만 하라다 다케조 씨의 면허증은 5년 전에 기한이 끝난 상태였어. 한편, 자네가 이노쿠비 역 앞 파출소에 부임한 건 1년 전이야. 자네가 과거에 이 차를 검문한 상태라면, 그 시점에 이미 면허증의 기한이 지났다는 말이 되지. 과실 이외의 무면허 운전 시에는 벌점 25점이 가산되어 2년간은 면허를 취득할 수 없게 돼. 자네가 다케조 씨를 기억하고 있었다면 그의 면허가 유효하지 않다는 사실도 알고 있었을 거야.

하지만 자네는 다케조 씨에게 면허증을 보여달라고 했고, 다케조 씨도 기한이 끝난 면허증을 내밀었네. 즉, 자네는 이 차를 한 번도 본 적이 없다는 말이 되지. 따라서 이 가설은 성립하지 않아. 자네는 이 두 명이 경찰서에 오기 전부터 와타루 군이 폭행을 당했다는 사실을 알고 있었어. 이건 사실이야."

우라노는 와타루에게 날카로운 시선을 향한 후에 곧장 히로세 순경을 바라보았다.

"그렇다면 자네는 왜 와타루 군이 상처를 입은 원인을 알고 있었을까. 여기에서도 이유는 두 가지를 생각할 수 있네. 와타루 군이 상처를 입는 장면을 우연히 목격했거나, 자네가 와타루 군을 폭행한 본인이거나, 둘 중 하나야.

하지만 자네는 와타루 군의 손가락 상처를 근거로 그의 자작극을 의심하기 시작했어. 만약 정말로 와타루 군이 자해를 했고, 자네가 그걸 봤다면 솔직하게 그 사실을 말하면 돼. 나아가 폭행당하는 장면을 봤다면 사실을 은폐하려는 듯한 행동을 취할 이유가 없어. 따라서 가능성은 하나. 자네가 와타루 군을 폭행한 거야."

우라노의 말은 대본을 읽고 있는 것처럼 막힘이 없었다.

와타루와 할아버지가 경찰서를 방문해서 히로세 순경과 이야기를 나눈 건 불과 5분 남짓이다. 그 짧은 대화만으로 우라노는 진실을 알아맞혔다. 이 남자는 도대체 정체가 뭘까.

히로세 순경이 수세에 몰린 것은 명백했지만, 덩치 큰 남자는 과장된 미소를 보이더니 정신없이 앞머리를 긁었다.

"교통사고가 아니라 폭행사건이라는 점을 간파했다는 이유로 제가 범인이라는 건가요? 선생님, 현장의 경찰관을 너무 바보 취급하는 거 아닌가요? 우리의 가장 큰 무기는 현장에서 갈고 닦은 감입니다. 1년이나 파출소에 서 있다 보면 이 마을에 어떤 사람이 살고 있고 어떤 사건이 자주 벌어지는지 알게 되죠. 저는 저 자신의 감으로 이 소년이 폭행당했을 가능성이 크다고 판단했어요. 그뿐입니다."

"창피한 줄도 모르고. 자네는 아이에게 죄를 뒤집어씌우려고 했어. 입에 담기도 부끄럽군."

우라노의 목소리에 희미한 분노가 배어 나왔다.

"범인이라고 지적당했을 때, 자네는 경찰이니까 사람을 발로 차거나 하지 않는다고 했지. 와타루 군은 누군가에게 차였다고는 한마디도 하지 않았네. 손가락 상태를 보면 오히려 와타루 군이 자신의 주먹으로 얼굴을 때렸다고 추측할 수 있을 정도였어. 그런데 왜 발에 차였다고 생각했는지 설명해줄 수 있나?"

히로세 순경의 시선이 허공을 떠돌았다. 부어오른 얼굴을 본 것만으로는 주먹에 맞은 것인지 발에 차인 것인지 간파할 수 없다. 그는 잠시 말 없이 있더니 천천히 입을 열었다.

"선생님, 선생님은 이노쿠비 제1빌딩의 연쇄 자살사건 현장을 보러 오신 거 아닌가요? 제 일에 간섭하지 말아주셨으면 하는데요."

"내가 여기에 온 건 이 마을에서 발생한 연쇄 폭행 상해사건 때문이었네."

히로세 순경의 표정이 확연히 달라졌다. 어젯밤과 마찬가지로 여우 같은 사나운 눈길로 우라노를 노려보았다.

"요 3개월간, 이노쿠비 역 주변에서 소년이 폭행당하는 장면을 봤다는 글이 인터넷 게시판에 연이어 올라왔지. 폭행은 지극히도 일방적이었고, 불량배 간의 싸움으로는 보이지 않았다고 적혀 있었어. 하지만 경찰에 문의하니, 피해 신고는 한 건도 되어 있지 않은 상태였네.

나는 범인이 경찰에 상담하기 어려운 비행 청소년을 노리고 있는 건 아닐까 추측했어. 이노쿠비 역 주변에서 발생한 비행사건을 파악하고 있는 건 누구지? 그 지역의 경찰관이야. 나는 이노쿠비 역 앞 파출소 순경이 작성한 조서와 보고서를 확인했네. 결과는 예상대로였지. 폭행을 목격했다는 글이 올라온 날에는 어느 날이든 이노쿠비 역 주변에서 여러 건의 도난 피해가 발생한 상태였어. 폭행사건은 경찰관의 분풀이였던 거야.

나는 현경 본부 감찰실에 연락한 후에 증거를 찾기 위해 직접 이 파출소를 찾아온 거라네. 나머지는 자네도 알고 있는 바고."

"나를 속인 건가."

히로세 순경의 목소리에는 억양이 없었다.

"자네가 제멋대로 무덤을 판 거지. 참고로 내 휴대전화는 10분 전부터 감찰실 전화기와 연결되어 있는 상태라네. 자네가 한 짓은 이미 다 전해졌어. 잠시 후 사람들이 이곳으로 올 거야."

우라노가 주머니에서 휴대전화를 꺼내 화면을 내보였다. 히로세 순경은 몇 초간 입을 닫은 후에 어깨를 크게 떨구더니 얌전히 양손을 들었다.

"제가 잘못했습니다. 더 이상 이런 짓은 하지 않을게요. 그러니까 일을 키우지 말아주세요. 저한테도 지켜야 할 삶이란 게 있으니까요."

히로세 순경은 휴대전화의 마이크에 들어가지 않을 정도로 목소리를 낮춰서 말하더니, 우라노에게 몇 걸음 다가가 갑자기 주머니에서 잭나이프를 꺼냈다. 날카로운 칼날이 우라노의 가슴을 찔렀다.

"허이구!"

할아버지가 외쳤다.

"어이가 없군. 자기 무덤을 더 깊게 파면 어쩌겠다는 거지?"

나이프에 찔린 상태임에도 우라노의 표정은 전혀 달라지지 않았다.

"젠장!"

히로세 순경은 혀를 찬 뒤 도로로 뛰어들었지만, 달리던 택시의 뒷문에 격돌하며 쓰러졌고, 오른쪽 다리가 타이어에 휘말려 들어갔다. 그대로 20미터 정도 끌려가다 피투성이가 된 채 아스팔트를 굴렀다. 오른쪽 다리가 U자 형태로 휘어져 있었다.

"어이구. 아프겠네."

할아버지가 혀를 덴 듯한 표정을 지었다.

우라노는 가슴에 꽂힌 나이프를 뽑더니 손수건에 싸서 주머니에 넣었다. 셔츠가 세로로 찢겨 있었지만, 출혈은 없었다.

"왜 아무렇지도 않은 겐가?"

"방검조끼입니다. 일본은 총기보다 날붙이를 사용한 범죄가 잦으니까 방탄조끼보다 실용적이죠."

아무렇지도 않은 말투였지만, 만약 권총에 맞았다면 죽었을 거라는 뜻이다.

우라노는 셔츠의 주름을 펴더니 둘을 향해 서서는 깊이 고개를 숙였다.

"하루라도 빨리 저 남자를 잡았다면 와타루 군은 무사했을 겁니다. 능력이 부족해서 죄송합니다."

"그런 말씀 마시게나." 할아버지가 눈을 동그랗게 뜨고 머리를 긁었다. "선생에게는 큰 신세를 졌네. 하마터면 누명을 쓸 뻔했지 뭔가."

"저기, 아저씨는 뭐 하는 사람이에요?"

실례가 되는 말투를 썼다는 생각이 들었지만, 우라노는 얼굴색을 바꾸지 않고 답했다.

"탐정인 우라노 큐라고 합니다."

4

"우라노 선생님, 우라노 선생님."

12월 26일 오전 6시 반. 와타루는 도도메장 주인이 우라노를 부르는 소리에 눈을 떴다.

"또 요자와 씨인가요?"

우라노가 일어나서 안경을 쓰자 동안의 노인이 기쁜 듯 말을 이었다.

"아니요. 오사카 경찰의 다카쓰키라는 분입니다."

탐정소설 마니아라는 말은 진짜인 모양이다.

우라노는 유카타를 갖춰 입고 빠른 걸음으로 프런트로 향했다. 오사카 경찰은 기지타니의 사건과는 관련이 없으니, 급한 용건이 있어서 오카야마 현경에 우라노의 숙박지를 물었을 것이다. 이렇게 이른 아침부터 무슨 일일까.

몇 분 후, 프런트에서 돌아온 우라노의 얼굴에는 드물게도 동요의 빛이 어려 있었다.

"신사이바시의 여고생 살인사건에 새로운 움직임이 있었네. 어젯밤, 피해자의 여동생이 귀가 도중에 칼에 베였다고 해."

그 사건이라면 크로켓 가게의 남자가 혐의를 인정했다고 했었다.

"모방범인가요?"

"모르겠네. 뭔가 놓친 게 있는 걸까."

피해자는 세 자매의 장녀로, 장녀가 고등학교 1학년, 차녀가 중학교 2학년, 삼녀가 초등학교 6학년이었다. 범인이 자매를 노리고 있는 것이라면, 사건이 계속될 가능성이 있다.

우라노는 침착하지 못한 태도로 어젯밤에 끓인 식은 차에 입을 가져다 댔다.

"이대로는 좋지 않아. 나는 오사카에 갔다 올 테니, 자네는 기지타니에서 수사를 계속해주게."

"저, 저 혼자서요?"

갑자기 자신이 없어졌다. 조수 역도 제대로 해내지 못하는데 우라노 큐의 대타를 맡기에는 어깨가 무겁다.

"걱정 말게. 향토자료관에서 기지타니의 과거를 조사해주면 돼. 과거 이 땅에서는 처참한 살인사건이 벌어졌네. 그 사건은 지금도 주민들에게 영향을 끼치고 있을 거야. 아마 방화사건의 수수께끼를 풀 열쇠도 거기에 있지 않을까."

그런 이야기는 처음 듣지만, 동시에 뭔가 수긍이 가는 듯한 느낌이 있었다. 미요코가 고향에 대해 말하지 않은 이유는 그 살인사건과도 관련이 있을 터였다.

우라노는 식은 차를 전부 마신 후, 옷장에서 옷을 꺼냈다.

"급한 일이 있으면 오사카 경찰 쪽으로 전화하게. 나도 일이 일단락되면 연락하도록 하지."

"앗, 그러니까……."

거기까지 말을 꺼낸 후에 뒷말을 말하기가 부끄러워졌다. 우라노가 슬랙스를 입는 손을 멈췄다.

"뭔가. 말해보게."

"어, 그게 말이죠. 만에 하나 범인에게 습격당할 때를 대비해서 조끼를 빌려주실 수 있나요?"

우라노를 처음 만났을 때, 이노쿠비 역 앞 파출소의 경찰관에게서 그의 몸을 지킨 그 방검조끼 말이다. 우라노는 눈을 깜박인 후에 미소를 지었다.

"얼마든지."

우라노는 옷장에서 방검조끼를 꺼내더니 와타루에게 건넸다. 생각한 것보다 가볍고 부드러웠다.

"총탄은 관통하니까 총에 맞지는 말게."

우라노는 슬랙스를 입고 재킷을 걸친 후에 빠른 걸음으로 도도메장을 떠났다.

깨달았을 때는 와타루 혼자서 빈 찻잔과 검은 조끼를 바라보고 있었다.

오전 9시 40분. 방검조끼를 입고 셔츠를 위에 겹쳐 입은 후에 방을 나섰다.

프런트에서 향토자료관으로 가는 길을 물었다.

"거기에 간다면 구당가람 담배 한 갑을 사 가는 게 좋아요."

주인은 광고지 뒷면에 지도를 그리고는 게임 속 NPC 캐릭터 같은 말을 했다. 사정을 묻자, 주인은 방긋방긋 웃으며 "그건 가보면 압니다"라고밖에 말하지 않았다. 어쩔 수 없이 담뱃가게에 들러 할머니에게 구당가람 담배 한 갑을 사서 향토자료관으로 향했다.

지도에 의지하며 휴경지인 논두렁길을 누비듯 나아가다 보니 목덜미에 땀이 배어났다. 산에서 부는 바람에 열기가 담겨 있었다. 발밑으로는 습한 땅과 풀 냄새가 풍겼다. 도저히 12월이라고는 생각하기 어려웠다.

토요일이기도 해서 이곳저곳의 가옥에서 텔레비전 소리가 들렸다. 툇마루에서 맛있게 담배를 피우는 아저씨를 보자 왠지 부러운 듯한 기분이 들었다.

기지 강변길을 북동쪽으로 10분쯤 나아가자 통나무로 된 다리가 나타났다. 그곳을 건넌 곳에 향토자료관이 있었다.

도도메장의 주인 말에 따르면, 이 통나무 다리는 향토자료관이 개관했을 때 함께 만들어진 것이라고 했다. 향토자료관은 몇 번인가 새로 지어졌지만, 다리만은 당시 그대로인 모양이다. 대발처럼 통나무를 연결한 간결한 구조로, 한 발짝 걸을 때마다 끼익끼익 불길한 소리가 났다. 와타루는 발밑을 보지 않으려 애쓰며 서둘러 다리를 건넜다.

향토자료관은 크림색의 단층 건물로, 외관은 커다란 가정집과 다르지 않았다. 개관 시간은 오전 10시부터 오후 6시. 스마트폰으로 10시가 넘은 것을 확인한 후, 여닫이문을 열었다.

정면에 리놀륨 복도가 뻗어 있고 왼쪽에 작은 창구가 있었다. 아크릴판에 뚫린 방사 형태의 창문을 통해 남자의 호

통 소리가 들려왔다. 사무실을 들여다보자 백발이 뒤섞인 머리에 수염을 기른 강인해 보이는 남자가 스마트폰에 대고 "시치미 떼지 마!", "네놈의 머리는 뭣 때문에 달려 있는 건데!", "가만 안 둘 줄 알아!"라고 성난 목소리를 내지르는 중이었다. 나이는 60대 중반 정도일까.

남자는 와타루가 온 것을 알아차리고는 스마트폰을 쥔 채로 창구로 얼굴을 가져오더니 커다란 음량 그대로 속삭이듯 말했다.

"아이고, 이거 죄송합니다. 잠시만 기다려 주십쇼."

아크릴판 구멍 너머로도 입에서 담배 냄새가 느껴졌다. 와타루가 우뚝 서서 기다리자, 곧장 "정말 가만 안 둘 줄 알아!"라고 재개했다.

불편한 마음으로 통화가 끝나기를 기다리다 보니, 발밑의 매트 표면이 움푹 팬 것을 깨달았다. 빌딩 입구에서 자주 볼 수 있는 녹색의 현관 매트였는데, 원형 제품을 놓아둔 것처럼 한가운데의 섬유가 움푹 들어가 있었다. 지름은 80센티미터 정도로, 원의 가운데만 햇볕에 바래지 않아 색도 화려했다. 등신대의 도키오 인형이라도 놓아두었던 걸까.

"이미 죽은 걸 어쩌라고!"

불길한 말투에 제정신을 되찾았다. 정말로 이곳은 향토자료관이 맞는 걸까.

창구를 들여다보니, 10제곱미터 정도의 방에 두 개의 책상이 서로 마주 보듯 놓여 있었고, 노트북과 고정전화기가 설치되어 있었다. 사물함 위에는 방재용 무선 수신기가 놓여 있다. 일단 야쿠자의 사무소는 아닌 모양이다.

남자는 5분 정도 성난 목소리를 내지른 후, 끝내 "손님이 왔으니까 이번에는 용서해주지"라고 흔해 빠진 대사를 내뱉더니 전화를 끊었다.

"아이고, 미안합니다. 그저께 난 화재로 저희 아르바이트생이 죽어버려서요. 저 혼자는 손이 부족해서 시의 관광과에 어떻게든 해달라고 부탁하던 참입니다."

방금 그게 누군가에게 부탁하는 말투였다고?

"그래서 오늘은 무슨 용건이신가요?"

남자는 작은 창문을 열고 카운터에 팔꿈치를 괬다.

"저기, 그러니까, 이거 받으세요."

와타루는 구당가람 담배를 내밀었다. 남자는 아이처럼 표정을 바꾸더니, "아니, 형씨, 이럼 곤란한데"라고 말하며 담뱃갑을 열더니 곧장 한 개비를 꺼내 라이터로 불을 붙였다. 불꽃이 피어오르고 달콤한 냄새가 퍼졌다.

"나, 몇 살로 보이나?"

"육십…… 오, 정도요."

"올해로 쉰여덟이야. 이렇게 보여도 최근까지 피우지 않았어. 지난달, 담뱃가게 할머니와의 내기에서 져버려서 한 대 피워 봤더니 맛있더라고. 형씨도 한 개비 줄까?"

환갑 직전에 담배 데뷔라니, 드문 일이다. 담배는 정중히 거절했다.

"그래서 무슨 용건이랬지?"

"저, 도쿄에서 기자를 하고 있거든요. 화재를 취재하러 왔는데, 기지타니에 대해 좀 더 알고 싶어서요."

사전에 생각해둔 대사였다. '직함은 정확히 말하라'고 우라노에게 혼이 난 지 얼마 되지 않은 참이지만, 아무리 그래도 탐정 조수라고 하면 너무 의심스럽다. 이번만은 거짓말도 하나의 방편이다.

남자는 한순간 놀란 표정을 지었지만, 곧장 뻣뻣한 태도로 끄덕이더니 창구 옆의 문을 통해 몸을 드러냈다.

"안내하지. 내가 관장인 로쿠구루마야. 이쪽으로."

로쿠구루마는 구당가람의 달콤한 냄새를 풍기면서 성큼성큼 복도를 걸어갔다. 벽의 안내판을 보자, 복도 모서리를 돌면 작은 라운지가 있고, 그 정면이 '상설전시실', 오른쪽이 '자료보관실'이었다. 로쿠구루마는 라운지 오른쪽 문에 손을 가져다 댔다.

"어, 그러니까." 와타루가 놀라 말했다. 그 때문인지 목소리가 평소보다 높은 음정으로 나왔다. 그곳은 자료보관실이다. "일반인을 대상으로 한 전시면 충분한데요."

"뭐야. 그런 건가."

로쿠구루마는 실망한 태도로 문손잡이에서 손을 떼더니

라운지를 가로질러 상설전시실 문을 열었다. 담배가 없었다면 저 손으로 와타루의 목을 부러뜨렸을지도 모른다.

로쿠구루마는 벽의 스위치를 눌러 조명을 켰다. 학교 교실 크기의 정사각형 방으로, 백화점의 식품 판매장 같은 쇼케이스가 벽에 나란히 놓여 있었다. 벽면에는 기지타니 지구의 항공 사진과 '기지타니의 역사'라고 이름이 붙은 연표, 그리고 들어본 적 없는 화가의 서양화가 이어졌다.

"기지타니는 원래 스물두 개의 작은 마을로 나뉘어 있었지만, 1889년에 지방 정비가 실시되어 우선 네 개의 촌으로 합쳐지게 되었지. 그 이듬해, 세 명이 곰에게 잡아먹혀서 죽었는데 그때 현지사인 지사카 다카마사가 장례식에 참석해서는 우리 할아버지네 집에 묵었어."

로쿠구루마가 애드립을 섞어 가며 연표를 읽었다.

와타루가 알고 싶은 것은 과거 기지타니에서 일어났다는 살인사건의 상세한 내용이었다. 적당히 맞장구를 치면서 연표 끝으로 눈길을 향했다. 1938년 항목에 '쓰케야마 사건. 하룻밤에 서른 명의 사망자가 나오다'라고 적혀 있었다. 이거다.

"저기, 이건 뭔가요?"

와타루가 가리킨 항목을 보고, 로쿠구루마는 얼굴이 휘어질 정도로 눈썹을 찌푸렸다.

"뭐야, 결국 알고 싶은 건 그건가?"

"유명한 사건인가요?"

"당신네 기자들이 텔레비전에서 때가 될 때마다 떠들곤 했잖아. 최근에는 미국에서 영화로도 만들어졌고. 그런데 그걸 모른다고?"

로쿠구루마는 귀찮다는 표정으로 연표 아래의 유리 케이스를 손가락으로 두드렸다. 아직 담배가 효과를 발휘하는 모양이다.

전시에는 '쓰케야마 사건의 비극과 부흥'이라고 적혀 있었고, 당시의 신문 기사와 관을 향해 손을 모은 아이의 사진이 놓여 있었다.

1938년 5월 21일 새벽, 무카이 도키오라는 한 젊은이가 서른 명을 살해하는 사건을 일으킨다. 도키오는 전봇대에 올라가 송전선을 절단하여 마을의 전기를 끊은 후, 자택으로 돌아가 조모를 살해한다. 손전등을 붉은 머리띠에 고정한 기이한 모습으로 마을로 들어서더니, 차례로 민가에 들이닥쳐 일본도와 개조한 엽총으로 마을 사람들을 살육한다. 도키오는 범행 후, 아라마타 고개에서 유서를 남기고 자신의 심장을 쏴서 자살한다.

"엄청나네요. 정말로 미국 영화 같은데요."

"자네, 우리를 바보로 여기는 건가?"

로쿠구루마가 눈을 희번덕이며 와타루를 노려보았다. 싸움에서 져 본 적은 없지만, 소동을 일으켜서 우라노에게 폐를 끼쳐서는 안 된다. 와타루는 얌전히 고개를 숙였다.

"죄송합니다."

"기지타니 출신이라는 점만으로 결혼이 파혼에 이르는 자도 있어. 텔레비전 때문에 우리가 입은 피해는 자네 상상 이상으로 커."

미요코가 출신지를 숨기고 도쿄에 계속 살려고 하는 것도 같은 이유일 것이다. 그렇다고는 해도 '도키오 씨'라는 캐릭터 굿즈가 만들어지고 있다는 점을 생각하면, 주민들이 사건을 받아들이는 방식에도 농도의 차이가 있는 듯했다.

"범인의 동기는 뭔가요?"

"상식적인 설은 마을 사람에 대한 복수지." 로쿠구루마는 달콤한 숨을 내쉬며 유리 케이스 안의 신문 기사를 가리켰다. "도키오는 자신을 매몰차게 대한 마을 사람에 대한 분노를 유서에 상세히 적었어. 폐병 감염, 그리고 그걸 고치기 위해 했던 묘한 행동이 원인이 되어 도키오는 마을 사람들에게 따돌림을 당했지. 반했던 여자가 매몰차게 군 것도 커다란 계기가 되었을 테고."

"상식적인 설이라는 말은, 그렇지 않은 설도 있는 건가요?"

"많지. 패주 무사의 저주를 받았다거나, 구 일본군의 군사 훈련이라거나. 농담 같은 설이지만, 오래전부터 이 마을에 사는 어르신들에게 이야기를 들으면 아무렇지도 않게 믿게 되기도 해."

"뭔가 믿을 만한 이유가 있나요?"

"그게 또 있단 말이야." 로쿠구루마는 무당 같은 축축한 표정을 지었다. "16세기 중반, 모리의 맹공을 받은 아마고의 가신이 기지타니에 숨어들었어. 패잔병은 열여섯 명으로, 전부 큰 상처를 입고 있었지. 처음에는 마을 사람들도 이들을 환영했지만, 모리 일당의 탐색의 손길이 뻗치면서 마을 사람들의 의견이 갈리고 말았어. 패주 무사를 숨기고 있다는 걸 모리 일당에게 들키면 마을 사람들에게도 위험이 미칠 테니까.

그러던 중, 산 건너편 마을에서 마을 사람이 패주 무사를 숨기고 있던 게 들통났지. 모리의 군대는 마을 사람들을 무참하게 벤 후에 불을 질러서 전부 죽였어. 이 소식을 듣고 기지타니 사람들은 결국 마음을 바꿔 먹었지. 패주 무사들에게 독주를 먹이고 몸을 마비시킨 후에 숙소에 불을 질러 열여섯 명을 불태워 죽인 거야."

도도매장의 텔레비전에서 본 불타는 간노지의 영상이 뇌리에 되살아났다. 로쿠구루마는 이 이야기가 특기인 듯, 청산유수처럼 설명을 계속했다.

"여기에 귀신이 있다! 불타는 숙소 안에서 패주 무사의 대장은 그렇게 외쳤다고 해. 같은 해, 기지타니는 큰 가뭄을 맞게 되지. 역병이 만연하고 원인 불명의 화재가 연이으며 논밭을 태웠어. 패주 무사의 저주를 두려워한 마을 사람들은 간노지에 음양사를 불러서 구나 의식을 행했지. 그러자 재앙은 멈췄고, 마을에 평온이 되돌아왔어."

와타루는 침을 삼켰다. 기지타니 사람들은 450년 전부터 불로 사람을 죽이고, 불을 겁내며 살아왔다는 말이 된다.

"간노지에서는 지금도 구나 의식을 행하고 있죠?"

"맞아. 하지만 과거에 한 번, 사람들이 군대에 끌려간 탓에 인원이 부족해서 의식을 치르지 못한 해가 있어. 그게 바로 1938년, 쓰케야마 사건이 일어난 해지. 어르신들이 패주 무사의 저주를 믿는 것도 이상한 일은 아니야."

와타루는 끄덕였다.

"로쿠구루마 씨, 자세히 알고 계시네요."

"당연하지. 나는 향토자료관 관장이니까. 여기에는 패주 무사를 죽이고 빼앗은 마도魔刀 '아카고코로시'도 보관되어 있거든."

로쿠구루마가 득의양양하게 말했다. 오컬트 마니아가 좋아할 것 같은 칼이다. 와타루가 유리 케이스를 둘러보며 칼을 찾자, "전시는 안 해. 1868년에 간노지의 주지가 천 년된 삼나무로 만든 나무상자에 봉인한 이후, 그 봉인이 풀린 적은 없어. 흔해 빠진 요도妖刀와는 차원이 다르거든."

로쿠구루마는 어린아이를 놀리는 듯한 표정을 지었다.

문제는 과거 사건이 현재의 방화사건과 어떻게 관련되어 있는가 하는 점이다. 450년 전의 패주 무사 살해는 제쳐두고, 77년 전의 쓰케야마 사건이 이번 사건에 영향을 끼쳤을 가능성은 충분히 있다.

"무카이 도키오의 피를 이은 사람은 지금도 기지타니에 있나요?"

"설마." 로쿠구루마의 목소리가 딱딱해졌다. "도키오에게 자식은 없었고, 이치노미야로 시집을 간 누나도 소식이 끊겼지. 애초에 도키오는 덴구바라 산 건너편의 마가타眞方 마을 출신이다 보니 기지타니에 친척도 없고."

"피해자의 유족은요?"

"그 사람들은 물론 아직 있지. 서른 명이나 죽긴 했지만."

"소개해주실 수 있나요?"

"아니."

반론의 여지도 없었다. '그렇군요'라고 속으로 중얼거렸다.

"자네, 진짜로는 뭘 알고 싶은 거지?"

"어, 그게 말이죠." 와타루는 순식간에 기자다운 대사를 쥐어짰다. "가족이 살해당한 유족은 범인을 증오하지 않을까요? 하지만 범인은 자살해버렸으니 분노를 풀 방법이 없죠. 그럴 때, 유족의 감정은 어떨까 싶어서요."

화를 내리라 생각했지만 로쿠구루마는 복잡한 표정으로 가느다란 눈을 기지타니의 지도로 향했다.

"시효도 지났으니 좋은 걸 알려주지. 도키오의 범행 동기 중 하나는 여자에게 차인 거라고 했지? 도키오는 미야케 유코라는 여자에게 푹 빠져 있었지만, 이 여자는 도키오를 버리고 마가타로 시집을 갔어. 하지만 사건 후에는 도키오와의 관계 때문에 마가타에서도 운신의 폭이 좁아졌지. 결국 전쟁에 나간 남편이 죽고 수년 후, 세 명의 자식과 함께 행방이 묘연해졌어."

지도를 보자, 기지타니와 마가타는 10킬로미터도 채 떨어져 있지 않았다. 옆 마을 주민들에게도 사건은 큰 충격을 끼쳤으리라.

"내가 스물여덟 살 때니까 30년 전, 1985년의 일이야. 집회소 근처의 폐가에 웬 아저씨가 이사 왔어. 성격 좋아 보이는 아저씨로, 낮부터 간노지 주변을 자주 배회하곤 했지. 마당에는 석가여래상이 많이 장식되어 있었으니 원래는 불상 조각가였을 거야. 아이들은 무네 씨라고 부르며 그를 잘 따랐지. 하지만 혼자 살면서 친척도 없다며, 어른들은 그를 유쾌하게 생각하지 않았어.

그러던 중, 기지타니에 이상한 소문이 떠돌기 시작했지. 마가타로 향하는 산길에 도키오의 무덤이 있는데, 무네 씨가 그곳을 향해 손을 모으고 있는 모습을 봤다는 아이가 나온 거야. 도키오의 자손도 아닌 이상, 그런 자를 향해 공양하는 것도 이상하지. 그래서 무네 씨는 도키오와 미야케 유코의 피를 이은 게 아니냐는 소문이 퍼졌어."

로쿠구루마는 추위를 떨쳐내듯 폭이 넓은 어깨를 움츠렸다.

"무슨 근거라도 있었나요?"

"피부가 하얗고 잘생겼고, 뭔가 분위기가 도키오와 닮았었어. 그뿐이야. 어른들은 무네 씨를 마을에서 따돌렸지. 대화도 안 하고 눈도 안 마주쳤어. 물건도 팔지 않고 쓰레기도 수거하지 않았지. 무네 씨 집에 놀러 다니던 아이들은 자주 부모에게 혼이 나기도 했고.

그래도 무네 씨는 기지타니에 남았어. 몸이 안 좋아서 이사를 못 했다는 둥, 기지타니에 연이 있어서 움직이지 못했다는 둥, 정확한 이유는 잘 모르지만. 어쨌든 무네 씨는 혼자서 폐가에 계속 살았던 거야.

그러다가 사건이 벌어졌어. 질 나쁜 패거리가 기지타니에 들어와서 무네 씨의 집에 불을 지른 거지."

로쿠구루마는 집게손가락으로 볼에 선을 그었다. 가려운 것이 아니다, 야쿠자다.

"누군지는 모르지만, 쓰케야마의 야쿠자에게 돈을 건네서 무네 씨를 쫓아내려고 한 거야. 그 대가는 무네 씨의 집에 있던 저금으로 지급했다는 소문이 돌았고."

집에 불을 지르고 돈이 될 만한 것을 빼앗는다. 30년 전에 야쿠자가 했던 것은 지금의 방화범이 하는 행위와 똑같았다. 기지타니의 과거와 현재가 이어졌다.

"무네 씨는 죽었나요?"

"몰라. 내가 아는 건 기지타니에서 무네 씨가 사라졌다는 것뿐."

로쿠구루마는 제정신으로 돌아온 듯 눈을 깜박이고는 손을 내저은 뒤에 입을 닫았다.

만약 무네 씨가 살아 있다면 지금도 기지타니 사람들을 심히 원망하고 있을 것이다. 야쿠자에게 자신을 습격하라고 부탁한 사람을 찾아내서 30년 전에 자신이 당한 것과 똑같은 방법으로 기지타니에서 쫓아내려고 생각했다고 해도 이상한 일은 아니다.

하지만 그것으로는 간노지 방화사건이 설명되지 않는다. 희생당한 것은 20대에서 30대의 젊은이들로, 무네 씨 사건이 일어난 30년 전에는 태어나지 않았거나 아직 세상 물정도 모르던 아이였다. 그들에게는 살해당할 이유가 없다.

기지타니에는 아직 숨겨진 과거가 있다. 와타루는 그렇게 확신했다.

"도키오의 무덤은 지금도 산속에 있나요?"

"아니, 없어. 강에서 주운 돌을 쌓았을 뿐인 무덤이었지만, 9년 전의 태풍에 의한 호우로 휩쓸려가버렸거든."

"30년 전에 야쿠자를 부른 건 누군가요? 그 사람과 이야기해보고 싶은데요."

"바보 같은 소리 하지 마." 로쿠구루마는 목소리를 깔았다. "그 사건은 이미 시효가 지났어. 절대로 파헤치면 안 돼."

로쿠구루마에게 더 이상의 이야기를 끌어내기는 어려울

듯했다. 행운인지 불행인지 오카야마 현의 야쿠자와는 때마침 좋은 끈이 있다.

"지역의 역사를 배우는 건 재밌네요. 감사했습니다."

와타루는 적당히 예를 표하고는 향토자료관을 뒤로했다.

기지 강변의 수풀 속을 헤집고 들어가 메신저를 켰다. 미요코에게 "지금 시간 있어?"라고 메시지를 보내자, 곧장 전화가 걸려 왔다.

"어쩐 일이야?"

미요코의 목소리는 딱딱했다. 고향에 관해 묻는 것을 경계하는 걸까. 검도장인 듯, 뒤에서는 얍! 얍! 하는 구호가 들려왔다.

"저기 말이야. 미요코네 아버지, 쓰케야마에도 안면이 좀 있으려나?"

"뭐?"

와타루는 수사 중인 사건에 야쿠자가 관여되어 있다는 점, 누가 야쿠자에게 일을 맡겼는지 알아낸다면 진상에 다가설 수 있을 것 같다는 점을 설명했다.

"미요코네 아버지라면 알 수 있지 않을까 싶어서. 어떤 일이든 전문가에게 맡기는 게 제일이잖아."

"그 사람이 맛코카이의 하부 단체 조직원이라면 알 수도 있을 것 같기는 해. 아빠한테 물어볼 수는 있지만, 하라와타는 그래도 정말 괜찮아?"

미요코가 신중하게 말을 고르는 것이 느껴졌다.

"무슨 의미야?"

"조장이 타인에게 정보를 누설할 수는 없잖아. 아빠한테 협력해달라고 한다면, 하라와타도 우리 가족이라는 말이 돼."

그렇군, 그런 의미인가.

야쿠자에게 빚을 지는 것은 두렵지만, 미요코와 교제를 계속하려면 도망칠 수 없는 길이다. 무엇보다 방화사건의 수수께끼를 풀어서 우라노의 기대에 부응하고 싶었다.

"사건이 정리되면 제대로 인사하러 갈게."

"알았어. 그럼 남자친구가 곤란한 상황이라고 부탁해볼게."

미요코는 살짝 목청을 돋우었다.

오후 3시 반. 배를 채우려고 정식집에 들어가자, 이누마루 순경과 젊은 경찰관이 냉면을 먹고 있었다. 파견소에 들를 수고를 덜 수 있을 것 같았다.

"고생 많으십니다. 여기 냉면 맛있어요."

이누마루 순경이 부채로 얼굴을 부쳤다. 12월이라고는 생각하기 어려운 광경이다.

"수사에 진전은 있었나요?"

와타루도 중화 냉면을 주문하고 방석 위에 앉았다.

"아직 별거 없습니다. 200명의 주민에게 닥치는 대로 탐문을 하고 있는데, 뭔가 잘 풀리지 않네요. 실은 수상한 남자 한 명이 수사선상에 올랐지만, 바로 알리바이가 확인되었거든요."

이누마루 순경은 복잡한 표정으로 삶은 달걀을 씹었다.

"수상한 남자요?"

"이구치 미쓰오. 과거에 사냥꾼을 하던 노인입니다. 청년단을 전부 죽이고 싶다고 술자리에서 떠든 적이 있다고 그의 술친구가 털어놨거든요. 그가 말하길 자신의 강아지를 청년단이 죽였다고 주장했다더군요."

그 말대로라면 분명 의심스럽기는 하다.

"저도 술집에서 이구치 씨와 술을 마신 적이 있지만, 아무래도 치매가 시작된 것 같았어요. 키우던 시바견이 9월에 죽은 건 사실이지만, 단골 수의사가 판정한 사인은 등유 중독이었거든요. 정원에 놓여 있던 등유통을 핥아서 그렇게 된 거예요. 그런데 이구치 씨는 그 일은 완전히 잊고 청년단이 독을 먹였다고 주장한 겁니다."

"곤란한 할아버지네요."

"정말 그렇습니다. 혹시나 해서 다른 수의사에게도 물어봤는데, 역시 사인은 등유 중독이 틀림없다고 합니다. 건강한 강아지는 등유를 핥거나 하지 않지만, 비강에 종양이 생겨서 냄새를 맡지 못하게 되면 실수로 핥는 일도 있다더라고요."

"이구치 씨가 간노지에 불을 질렀을 가능성은 없다는 거죠?"

"네. 24일에는 저녁부터 술집에서 술주정을 하고 있었다니, 알리바이는 완벽합니다."

이누마루 순경은 고개를 숙이고 수염을 긁었다.

"그쪽은 이렇다 할 발견이 있었나요?"

"향토자료관에서 로쿠구루마 관장에게 이야기를 들었는데, 발견이라고 할 정도의 내용은 아니었습니다."

무네 씨 사건을 조사 중이라는 이야기는 숨겼다. 이누마루 순경이 부임한 것은 2년 전이니, 30년 전의 사건에 대해서는 잘 모를 터였다.

"로쿠구루마 씨를 만나셨군요. 참 난폭한 남자죠? 그가 성질을 내지는 않던가요?"

"네, 뭐."

와타루는 쓴웃음을 지었다. 담배 덕이다.

"로쿠구루마 씨도 소방단원인데 말이죠. 그 사람이 맨날 화를 내는 탓에 젊은이들이 전부 그만둬버렸어요. 덕분에 단원의 고령화가 진행되어 곤란한 상태입니다."

이누마루 순경은 피곤한 얼굴로 이쑤시개를 물었다.

젊은이들이 소방단을 그만둔 것에 대한 분풀이로 로쿠구루마가 그들을 불태워 죽였다는 것은 아무리 그래도 망상이 지나치겠지.

"그 사람, 일은 제대로 하고 있나요?"

"관장으로서는 모르겠지만, 소방단원으로서는 핵심 전력이에요. 원래 학교 선생이었기에 단체 행동에 익숙하거든요. 언제나 집합에 늦는 건 옥에 티지만요. 다만 집회소 화재 때는 드물게도 가장 먼저 앞장섰고 현장에서도 대활약했어요."

이브의 이브의 이브에 발생한 화재 말이다.

"아직 정년은 아닐 텐데, 왜 학교를 그만둔 거죠?"

"불법 카지노에 출입하는 게 들켜서 해고되었어요. 어째서 쓰케야마 시 관광과가 그 사람을 고용했는지가 신기할 정도예요."

"그러고 보니, 간노지 화재의 희생자 중에는 향토자료관 아르바이트생도 있었던 듯하더군요."

"가토 고 씨 말이군요. 참 착한 친구였어요. 주에 3, 4일은 그곳에서 일했을 거예요. 마음이 약한 친구라, 로쿠구루마 씨 밑에서 일하다가는 언젠가 탈이 날 거라 생각했지만, 쓸데없는 걱정이었어요. 이렇게 죽다니, 참 마음이 안 좋아요."

이누마루 순경은 컵의 물을 비우고는 한숨과 트림이 뒤섞인 것을 내뱉었다.

오후 5시 15분.

도도메장의 객실에 돌아온 참에 스마트폰이 진동했다.

"하라와타 군, 조사는 잘 되고 있나?"

우라노에게서 온 전화였다.

와타루는 향토자료관의 로쿠구루마 관장에게 들은 기지타니의 과거, 16세기 중반의 패주 무사 살해나 1938년의 쓰케야마 사건, 그리고 1985년의 무네 씨 주택 방화사건에 대해 빠짐없이 보고했다.

"고맙네. 무네 씨 사건은 이번 사건과 관계가 있어 보이는군."

우라노의 생각은 와타루와 동일했다.

"신사이바시의 사건은 어떤가요?"

"언니를 죽인 범인과 동생을 찌른 범인은 다른 사람이야. 지난번 범인은 지문이나 모발을 열심히 제거했지만, 이번 범인은 범행 흔적에 전혀 관심이 없는 사람이었네. 피를 뒤집어쓴 채 걸어가다 통행인에게 목격되기도 했지."

"금방 체포할 수 있겠네요."

"그러길 바라고 있네. 다행히 피해자의 의식이 확실해서 내일 아침에는 이야기할 수 있을 듯해. 진술에 모순이 없는지 확인하면 서둘러 기지타니로 돌아가도록 하지."

"최대한 정보를 많이 모아서 선생님이 돌아오는 걸 기다릴게요."

와타루가 말하자, 몇 초의 침묵 끝에 우라노가 진지하게 말했다.

"하라와타 군, 자네는 내 조수라네. 직함은 올바르게 말하라고 했지만, 꼭 직함에 얽매일 필요는 없어. 내가 왜 경찰 수사에 협력한다고 생각하나?"

"한시라도 빨리 사건을 해결하기 위해서, 아닌가요?"

"맞아. 그게 피해자의 원한을 풀고 다음 비극을 방지하는 일로 이어진다고 믿고 있네. 만약 자네가 진상을 깨달았다면 나를 기다려서는 안 돼. 한시라도 빨리 범인을 잡아야 하네."

우라노가 자신을 격려하고 있다는 사실을 알 수 있었다.

"걱정 말게. 자네라면 할 수 있어."

5

12월 27일, 아침에 눈을 뜨자 안개 같은 이슬비가 내리고 있었다.

이불에서 기어 나와 스마트폰을 확인하자, 미요코에게서 "이거?" 하고 메시지가 와 있었다. 첨부된 사진에 주간지 기사가 찍혀 있었다.

1985년 12월, 쓰케야마 시에 본부를 둔 맛코카이 계열 산토구미의 조직원이 기지타니의 주민에게 의뢰를 받아 권리문제와 관련된 교섭에 임했다. 의뢰인은 요양 시설 오너의 조카로, 시설에 입주해 있던 전 야쿠자 조직원이 중개한 것으로 보인다.

와타루는 절로 휘파람이 나왔다.

세 번째 방화의 피해자인 오타 요지는 요양 시설의 경영을 숙부에게 물려받았다고 했다. 그가 요양 시설의 입주자였던 옛 야쿠자 조직원을 통해 야쿠자에게 의뢰하여 무네 씨를 마을에서 쫓아낸 걸까.

그로부터 30년 후, 오타의 집이 누군가에 의해 불에 탔다. 이것이 우연이라고는 생각하기 어려웠다.

혹시나 하는 마음에 도도메장의 주인에게 확인해보았는데, 당시의 기지타니 주민 중에 요양 시설에 근무했던 사람은 오타 요지 말고는 없다고 했다.

와타루는 옷을 챙겨 입고 도도메장을 나와 파견소를 방문해 이누마루 순경에게 오타 요지의 현재 주소를 물었다.

"형님을 돌보기 위해 쓰케야마의 연립주택에 살고 있을 거예요. 오타 씨에게 무슨 용건이라도?"

"확인하고 싶은 게 있어서요."

와타루는 말끝을 흐렸다. 무네 씨가 범인이라고 확정된 것도 아니고, 조사 내용을 밝히기는 아직 일렀다.

이누마루 순경이 가르쳐준 주소를 스마트폰 지도 앱에 입력해 가는 길을 조사했다.

"저는 오늘도 주민들에게 탐문하러 다닐 겁니다. 이것 참, 쉽지 않네요."

이누마루 순경이 비가 내리는 하늘을 올려다보았다. 패기가 없는 얼굴이 당나귀와 똑 닮았다.

와타루는 오전 7시 5분발 쓰케야마 시청행 버스를 타고 40분, 시청에서 내려 도보로 15분을 걸어 오타 요지가 사는 '탈리제 쓰케야마'를 방문했다.

탈리제 쓰케야마는 오래된 2층 연립주택으로, 검붉게 녹이 슨 함석지붕과 담쟁이에 뒤덮인 목조 벽이 눈에 띄었다. 휘어 있는 물받이 통에서 물이 흘러넘쳤다. 지은 지 50년은 넘어 보였다.

2층의 문을 노크하고 10초 정도 기다리자, 50대 중반의 남자가 얼굴을 내밀었다. 키가 작고 조금 통통한 체형으로, 지장보살 같은 풍채였다. 야쿠자와 인연이 있는 사람으로는 보이지 않았다. 애굣살이 두툼한 탓에 당장이라도 눈물을 터뜨리지는 않을지 불안해졌다.

"우라노 탐정사무소의 조수 하라다라고 합니다. 오카야마 현경의 수사에 협력 중입니다."

직함은 정확하게. 이번에는 우라노의 당부를 지켰다.

"지금 외출하려던 참인데요."

"시간을 많이 빼앗지는 않을 겁니다. 30년 전, 무네 씨 집의 방화사건에 대해 들려주실 수 있을까요?"

오타는 심장마비라도 걸린 것처럼 눈을 크게 떴지만, 곧장 어깨를 떨구고는 죽음을 받아들인 난치병 환자 같은 표정을 지었다.

"이쪽으로 오시죠."

안내받은 대로 집으로 들어섰다. 방은 10제곱미터 정도로, 접이식 매트와 낮은 밥상만으로 꽉 찰 정도였다. 방화사건 탓에 임시로 살던 집이 유일한 거주지로 바뀌어버린 탓이리라.

와타루는 밥상을 사이에 두고 방석에 앉아 오타와 마주보았다.

"30년 전, 방화사건을 계획한 건 당신이죠?"

"어떻게 아셨나요?"

"그건……. 정보원은 밝힐 수 없습니다."

그럴싸하게 얼버무렸다. 여자친구의 아버지에게 물어보았다고는 입이 찢어져도 말할 수 없다.

"당신은 이번 방화사건이 30년 전에 마을에서 쫓겨난 남자의 복수라는 사실을 깨달았을 겁니다. 하지만 과거가 밝혀지는 게 두려워 그 사실을 숨겼죠."

"확신은 없었습니다." 오타가 힘없이 고개를 저었다. "과거의 일을 경찰에게 말하지 않은 건 사실이지만, 결과적으로는 그러길 잘했다고 생각합니다."

"어째서죠?"

"간노지 사건에서 청년단원들이 죽었기 때문입니다. 무네 씨, 아니, 무나카타 다다시 씨의 집이 불탔을 때, 그들은 아직 아이이거나 태어나지 않았습니다. 무나카타 씨가 범인이라면 그들을 노릴 이유가 없습니다."

"다른 피해자는 무나카타 씨가 노릴 만한 이유가 있는 건
가요?"

"처음으로 집이 불탄 오모리 부부와 두 번째 화재로 돌아
가신 호로타 겐토쿠 씨는 30년 전에도 기지타니에 살았으
니까요."

"당시에 기지타니에 살았다면 원한을 사도 어쩔 수 없다
는 말인가요?"

"그렇습니다." 오타는 쓴 것을 내뱉는 듯한 표정을 지었다.
"오락거리가 없는 시골에서는 외부에서 온 자의 잘못을 찾
아서 놀림 대상으로 삼는 것으로 기분을 풀곤 했으니까요.
무나카타 씨는 누구에게도 폐를 끼치지 않는 선량한 남자
였어요. 하지만 무카이 도키오와 미야케 유코의 자손이라는
소문이 퍼진 이후부터는 그를 외톨이로 만드는 행위에 가담
하지 않는 건 자살행위였습니다."

타인의 일을 말하는 듯한 말투였지만, 야쿠자를 부른 것은
오타 본인이다.

"당신은 왜 산토구미의 조직원을 시켜 무나카타 씨를 습
격한 거죠?"

"그 남자가 기지타니에 위협이 된다고 느꼈기 때문입니다."

"방금 무나카타 씨는 누구에게도 폐를 끼치지 않는 선량
한 남자라고 하지 않았나요?"

오타는 잠시 침묵했지만, 이윽고 천천히 고개를 들었다.

"저는 자주 간노지에 드나들었습니다. 경내 청소나 불구 손질을 위해서였죠. 아버지는 간노지의 주지였지만, 저는 불문에 들지 않았습니다. 스무 살 때 아버지가 돌아가신 후, 그저 절이 황폐해지는 길 보고만 있을 수는 없었을 뿐입니다.

그 무렵은 청년단의 목목회도 없었기에 구나 의식을 할 때를 제외하고는 간노지는 폐쇄되어 있었습니다. 그곳을 찾아온 게 무나카타 씨입니다. 그 사람은 꽤 신앙심이 깊은 듯, 매일 빠지지 않고 간노지에 참배하러 왔습니다. 이야기를 들어보니 불상 조각이 취미로, 불상 조각가의 제자가 된 적도 있다고 하더군요. 저희는 얼굴을 마주할 때마다 대화를 나누는 사이가 되었습니다."

오타는 핵심으로 들어가는 것이 주저되는 듯 손바닥을 밥상에 문질렀다.

"그러던 중, 무나카타 씨가 무카이 도키오와 미야케 유코의 피를 이었다는 그 소문이 퍼졌습니다. 30년 전에는 지금처럼 쓰케야마 사건의 기억이 옅어지지 않은 상태였고, 무카이 도키오를 생생히 기억하고 있는 사람도 많았습니다. 미야케 유코에 대해서도 마을 남자들에게 몸을 팔아 용돈을 벌었다거나 무카이 도키오를 농락해서 땅을 팔게 했다거나 하는 진위를 알 수 없는 소문이 퍼져 있었습니다. 제아무리 선량한 사람이라도 그들의 피를 이은 자가 이 마을에 사는 건 있을 수 없는 일입니다. 저는 참배 온 무나카타 씨를 붙잡고 그 진위를 물었습니다."

오타의 울대가 올라갔다. 와타루도 자신도 모르게 침을 삼켰다.

"무나카타 씨는 자신이 무카이 도키오와 미야케 유코의 손자임을 인정했습니다."

소문은 사실이었다.

"무나카타 씨는 뭣 때문에 기지타니에 온 거죠?"

"저도 같은 걸 물었습니다. 무나카타 씨는 평소와 마찬가지로 사람 좋아 보이는 미소를 보이며 답했습니다. 선조의 분노를 풀고 싶다고."

"병으로 차별을 받은 할아버지의 원한 말인가요? 아니면 마을에서 쫓겨난 할머니의 원한?"

"그것들 전부를 포함해 쓰케야마의 과거 전부에 대한 원한입니다."

'뭐야, 그게.'

"무나카타 씨는 다섯 살부터 일곱 살까지 3년간, 귀신의 목소리를 들을 수 있었다고 합니다. 귀신의 정체는 과거 기지타니에서 불타 죽은 무사들이었습니다. 사후에 지옥에 떨어진 자들 중, 범상치 않은 악행을 저지른 자가 염라대왕에게 뽑혀 옥졸이 되는 경우가 있지요. 이것이 바로 인귀人鬼입니다. 450년 전, 지옥에 떨어진 무사들은 마을 사람들에 대한 원한을 풀기 위해 스스로 원해서 인귀가 되었습니다. 그리고 수백 년의 시간을 지나 어린 무나카타 씨에게 말을 건 거지요."

"잠시만요." 커다란 침방울이 밥상 위에 떨어졌다. "무나카타 씨는 마약에라도 취해 있었나요?"

"저로서는 알 수 없습니다. 무나카타 씨가 기지타니로 이사한 건 소나召儺 의식을 하기 위해서였습니다. 소나란 귀신을 현세로 소환하는 걸 말합니다. 구나가 귀신을 지옥으로 보내는 의식이라면, 소나는 반대로 지옥에서 귀신을 불러오는 의식입니다. 석가모니가 사람들에게 전하지 않은 이 의식을 무라카타 씨는 인귀에게 배운 듯합니다.

제가 질문한 시점에 무나카타 씨는 이미 두 번이나 소나 의식에 도전한 상태였습니다. 첫 번째는 귀신 중에서도 흉악한 우두牛頭를 되살리려고 했지만, 육체에 우두를 받아들이지 못해서 실패. 보다 인간과 닮은 귀신이라면 제대로 풀리리라 생각해 450년 전에 인귀가 된 무사를 되살리려고 했지만, 이것도 실패. 세 번째는 지금까지의 실패를 바탕 삼아 죽은 지 그리 오래 되지 않은, 최근 수십 년 사이에 죽은 젊은 인귀로 소나를 시험하고 싶다고 말했습니다."

"망상입니다! 상대할 가치도 없는 이야기 아닌가요?"

"그렇겠죠. 하지만 기지타니 사람들이 구나 의식 덕에 어두운 역사를 극복해 온 것도 사실입니다. 그 처참한 쓰케야마 사건조차도 구나를 행하지 않은 벌이라는 의미로 해석할 수 있었기에 더더욱 어떻게든 극복할 수 있었죠. 그런 땅에서 이런 말도 안 되는 소나 의식이 행해진다면 사람들의 마음은 부서질 겁니다. 그래서 저는 무나카타 씨를 쫓아내기로 마음먹었습니다."

그때의 각오가 선명하게 되살아난 듯 오타의 이마에 땀방울이 번졌다.

"무나카타 씨는 죽은 겁니까?"

"산토구미의 조직원에게는 죽이지 말라고 부탁했지만, 어떻게 되었는지는 모르겠습니다."

"무나카타 씨가 다시 기지타니에 나타나면, 당신은 그를 알아볼 수 있습니까?"

"흠, 글쎄요."

오타가 힘없이 고개를 저었다. 만약 무나카타가 살아 있다면 언젠가는 기지타니에 되돌아와서 소나 의식을 행하려고 할 것이다.

"오타 씨는 소나 의식의 방법에 대해 들으셨나요?"

"조금은요. 무나카타 씨는 석가모니를 욕보이고, 자신의 육체가 가진 불성을 없앰으로써 귀신을 불러낼 수 있다고 말했습니다."

"석가모니를 욕보인다고요? 무슨 말이죠, 그게."

"석가여래상을 불태우는 거예요." 오타는 고개를 숙인 채 말했다. "그 사람은 태우기 위해 불상을 조각한 겁니다."

6

탈리제 쓰케야마의 계단을 내려오는데 스마트폰이 진동했다. 화면에는 공중전화에서 걸려온 전화라는 표시가 떴다. 떠오르는 상대는 한 명밖에 없다. 와타루는 바로 전화를 받았다.

"하라와타 군, 큰일 났네."

역시 우라노의 목소리였다. 역의 구내인 듯, 전철의 도착 안내 음성이 반향되어 들렸다.

"신사이바시 사건인가요?"

"아니야. 미안하지만 설명할 시간이 없어. 현재 서둘러 쓰케야마로 향하는 중이야. 그곳 상황을 말해주겠나?"

어젯밤과는 마치 다른 사람처럼 여유가 없는 목소리였다.

"오타 요지 씨에게 이야기를 듣고, 무네 씨의 정체를 알아냈습니다."

와타루는 오타에게 들은 이야기를 반복했다.

"고마워. 단서는 갖춰졌군. 쓰케야마 역에 도착하면 다시 연락하지."

우라노는 빠른 말투로 말하더니 전화를 끊었다. 뭘 그리

서두르는 걸까.

스마트폰을 집어넣으려다가 이번에는 이누마루 순경에게서 부재중 통화가 걸려 왔었다는 것을 깨달았다. 수사에 진전이라도 있었나.

이누마루 순경에게 전화를 걸자 그는 곧장 전화를 받았다.

"아, 와타루 씨. 아직 쓰케야마 시가지에 계신가요? 저도 지금 그쪽으로 향하고 있습니다."

운전 중인 듯 횡단보도의 신호등이 삐뽀, 삐뽀 소리를 내는 것이 들렸다.

"무슨 일이 있습니까?"

"스즈무라 아이지 씨가 의식을 되찾았습니다."

생각지도 못하게 어깨에서 긴장이 풀렸다. 이것으로 스즈무라의 입을 통해 일곱 명을 불태운 범인의 정체가 드러나게 되리라. 와타루의 머릿속에서도 추리가 완성되던 참이었지만, 명탐정처럼 추리를 선보일 기회는 없을 듯했다.

"지금부터 의사 입회하에 이야기를 들을 예정입니다. 와타루 씨도 동석하시겠습니까?"

"네. 물론입니다."

와타루는 감사의 말을 표하고 전화를 끊었다. 이쪽에서 우라노에게 연락할 수단은 없다. 비닐우산을 펼치고 스마트폰 지도를 확인하며 쓰케야마 병원으로 향했다.

오전 11시.

2중 자동문을 넘어서자 외래 접수 카운터 앞에서 이누마루 순경이 고개를 꾸벅 숙였다.

진료동에서 입원동으로 이동 후 엘리베이터를 타고 최상층인 4층으로 올라갔다. 복도 안쪽 병실 앞에서 경찰관이 붉게 충혈된 눈으로 주변을 살피며 경비를 서는 중이었다.

이누마루 순경이 노크한 후에 미닫이문을 열었다. 침대 오른쪽에 의사와 간호사, 왼쪽에 요자와를 포함하여 네 명의 형사가 서 있었다.

스즈무라는 전신이 붕대와 거즈로 뒤덮인 상태로, 피부가 드러난 곳은 눈과 입 주변뿐이었다. 코와 사타구니에 카테터가 연결되어 있었고 붕대 틈으로는 붉게 부은 피부가 엿보였다. 거대한 거머리처럼 부은 입술이 열린 채 멈춰 있었다.

"그럼, 짧게 부탁드립니다."

50대 의사가 속삭이듯 말했다. 목소리에는 피로감이 배어 있었다.

"스즈무라 아이지 씨. 이번에는 피해를 입으신 점 진심으로 안타깝게 생각합니다. 잠시 질문드려도 될까요?"

나이가 든 형사가 입을 열었다. 아이에게 말하는 듯한 말투였다.

"당신들이 간노지에서 연회를 열고 있을 때 수상한 사람이 들이닥쳐 당신들을 위협하고 몸에 불을 질렀다. 맞습니까?"

몇 초 침묵한 후, 스즈무라의 머리가 조금 흔들렸다. 긍정이라고도 부정이라고도 받아들일 수 있었지만, 형사는 확인하지 않고 질문을 이어갔다.

"범인은 당신이 아는 인물입니까?"

스즈무라가 입을 오므리고는 괴로운 듯 숨을 내뱉었다.

"기……"

이누마루 순경이 꿀꺽 침을 삼켰다.

"기억나지 않습니다."

화장지를 비비는 듯한 목소리였다.

형사들이 아무 말 없이 서로를 바라보았다. 기억을 잃은 것인지 범인을 감싸는 것인지 알 수 없었다.

스즈무라의 입술이 움직였다.

"다른, 사람들은, 무사한가요?"

나이가 든 형사가 대답하려는 것을 의사가 오른손으로 제지했다.

"여섯 명 모두 이 병원에서 치료를 받고 있습니다."

스즈무라가 희미하게 입꼬리를 들어 올렸다.

"범인이 어떤 사람이었는지 기억이 나지 않습니까?"

형사들이 기도하듯 침대를 들여다보았다.

"기억나지 않습니다."

스즈무라의 답은 달라지지 않았다.

줄줄 병원을 나서는 형사들을 대기실 환자들이 수상한 듯 쳐다보았다.

"젠장. 기대하게 해놓고서."

뻔한 대사를 남긴 요자와와 함께 수사본부 형사들은 쓰케야마 경찰서로 돌아갔다.

"탐정님이 활약하기에는 최고의 무대네요. 얼른 우라노 선생님이 등장해주셨으면 좋겠습니다."

출입구 앞 교차로에서 이누마루 순경이 비가 내리는 하늘을 올려다보며 약한 소리를 내뱉었다. 우라노는 잠시 후면 기지타니로 돌아올 터였지만, 아직 연락은 없었다.

"만약 자네가 진상을 깨달았다면 나를 기다려서는 안 돼."

어젯밤 우라노가 한 말이 떠올랐지만, 와타루는 그 무엇도 할 수 없었다. 아직 이누마루 순경에게 추리를 선보일 만한 상황은 아니다. 사건의 진상을 어느 정도는 파악했지만, 정작 중요한 범인이 누구인지 모르는 상태였다.

"기지타니로 돌아갈 거라면 같이 가시겠어요?"

이누마루 순경이 그렇게 권했지만, 쓰케야마 역에서 우라노를 맞이하기 위해 시내에 남기로 했다.

경찰차를 배웅한 후, 병원 앞 거리로 나섰다. 어디에서 시간을 보낼까 주변을 둘러보다가 갑자기 숨이 멎었다.

진료동과 입원동을 연결하는 복도 창문에 한 남자의 모습이 보였다. 그는 침착하지 못한 태도로 주변을 둘러보며 빠른 걸음으로 입원동으로 향했다.

"……."

그 순간, 맛본 적 없는 흥분을 느꼈다.

기지타니에서 본 광경, 귀로 들은 말, 알게 된 지식이 퍼즐처럼 연결되며 예상외의 조각이 완성되었다.

범인은 저 남자다.

서둘러 도로를 뒤돌아보았지만, 이누마루가 탄 경찰차는 이미 큰길로 사라져버린 상태였다. 저 남자를 막을 사람은 자신밖에 없다.

와타루는 방금 나온 교차로로 급히 돌아가 병원으로 뛰어들었다. 대기실을 가로질러 복도를 빠져나와 입원동으로 향했다. 엘리베이터 램프는 4층을 가리키고 있었다. 통로 안쪽 계단으로 뛰어들어 빠르게 두 계단씩 올랐다.

4층 복도로 들어서자 경찰관이 긴 의자에 앉아 있는 것이 보였다. 하필이면 벽에 기댄 채 코를 고는 중이었다.

와타루는 미닫이문을 열고 병실로 뛰어들었다.

"앗!"

침대 바로 앞에 남자가 서 있었다. 재빨리 이쪽을 돌아보더니, 초조함과 놀라움이 뒤섞인 눈으로 와타루를 바라보았다. 링거 스탠드가 쓰러져 있고, 스즈무라의 코에 꽂혀 있던 카테터가 스르륵 소리를 내며 빠져나오는 중이었다.

"이런 곳에서 뭘 하는 겁니까?"

남자는 답을 하지 않고 와타루를 노려보았다. 완력으로 입을 막을 수 있는 상대인지를 헤아리는 중이리라. 와타루가 자연스레 대비한 그때······.

"무슨 일인가요?"

자다 깬 경찰관이 병실을 들여다보았다. 그는 스즈무라의 코에서 피가 솟구치는 것을 보고 눈을 희번덕였다.

남자는 작전을 변경했는지 억지스러운 미소를 보였다.

"스즈무라는 제 친구거든요. 걱정되어서 문병을 왔습니다."

"그런 거짓말은 통하지 않습니다. 당신은 유일한 생존자인 스즈무라 씨의 입을 막으려고 병실로 숨어든 거잖아요."

"잠시만요. 거기 두 분." 경찰관이 사이에 끼어들었다. "이쪽은 우라노 큐 선생님의 조수시고, 그쪽은 누구시죠?"

"전 향토자료관의 로쿠구루마 다카시라고 합니다. 수상한 사람이 아니에요."

"아닙니다!"

와타루는 기세 좋게 말했다.

"걱정 말게. 자네라면 할 수 있어."

우라노의 말이 가슴 깊은 곳에서 되살아났다.

와타루는 굳은 표정의 남자를 똑바로 바라보았다.

"당신의 진짜 이름은 무나카타 다다시입니다."

7

강풍에 불어닥친 빗방울이 창문을 두드렸다.

"자네, 머리가 이상해진 거 아니야?"

로쿠구루마를 자칭하는 남자가 자신의 관자놀이에 손가락을 대고 빙글빙글 돌렸다.

"여유 있는 척해도 소용없어요. 연쇄 방화사건의 범인은 바로 당신입니다."

와타루도 지지 않고 목소리를 높였다. 경찰관이 멍하니 입을 벌린 채 로쿠구루마를 자칭하는 남자를 바라보았다. 스즈무라는 눈꺼풀을 닫은 채 조용히 호흡하고 있었다.

"당신은 어제, 향토자료관에 숨어들어 있었습니다. 등유를 뿌리고 불을 지르기 전에 마도 '아카고코로시' 등 시장 가치가 높은 소장품을 훔치기 위해서였죠. 휴관일이기에 아무도 오지 않을 거라고 방심하고 자물쇠를 열어둔 채 놔둔 게 실수였어요.

저한테 얼굴을 들킨 이상, 자료관에서 도망칠 수는 없었습니다. 어떻게든 그 자리를 모면하고자 이야기를 듣다 보니 상대는 도쿄에서 방화사건을 취재하러 온 기자라고 합니다. 지역 신문기자라면 몰라도 도쿄 기자가 언제까지고 기지타니에 머무를 일은 없겠죠. 취재가 끝나면 곧장 돌아갈 겁니다. 그렇게 생각한 당신은 자료관 관장을 연기하며 그 상황을 모면하려 했습니다."

"그것참 복잡한 망상이군."

로쿠구루마를 자칭하는 남자가 잇몸을 드러내며 투덜거렸다.

어제, 12월 26일은 토요일이었다. 이날이 향토자료관의 휴관일이라는 사실은 틀림없다. 와타루가 그 사실을 깨닫게 된 계기는 파견소에서 이누마루 순경에게 들었던 말 때문이었다.

기지타니에서는 예산 부족 때문에 방재용 무선 수신기가 각 집마다 비치되어 있지 않고, 이누마루 순경이 무선 방송을 듣고 스피커로 경보를 울리는 시스템이라고 했다. 만약 이누마루 순경이 외출 중에 화재가 벌어지면 소화 활동이 늦어질 수 있지만, 마을의 공영 시설에 수신기가 또 한 대 있기에 평일에는 그곳 직원도 대응할 수 있다는 이야기였다.

와타루는 향토자료관을 방문했을 때, 사무실에 무선 수신기가 있는 것을 보았다. 이누마루 순경이 말한 공영 시설이란 향토자료관을 말하는 것이었다.

왜 무선 방송에 대응할 수 있을까? 그것은 평일이 개관일이므로 반드시 직원이 근무하기 때문이다. 바꿔 말하면 토, 일, 공휴일은 휴관일로, 직원이 없다는 말이 된다.

"당신, 터무니없는 말을 하고 있는데, 괜찮습니까?"

경찰관이 불안한 듯 와타루를 보았다.

"제가 처음에 사무실을 들여다보았을 때 이 사람은 이동전화에 대고 성난 목소리를 내지르고 있었습니다. 책상에 고정전화가 있으니 진짜 직원이라면 그쪽을 사용했을 테죠.

전화가 끝나고, 제가 기지타니에 관해 공부하고 싶다고 말하자 당신은 저를 자료보관실로 데리고 가려고 했습니다. 당신이 기지타니에 살았던 건 30년 전의 일이니까, 자료관 어디에 상설전시실이 있는지 기억하지 못했겠죠. 전시실 조명이 어두웠던 것도 휴관일이라면 당연한 거고요.

만약 제가 기지타니의 역사나 풍토 이야기를 진지하게 들었다면, 당신의 가면도 바로 벗겨졌을지 모릅니다. 하지만 운 좋게도 제가 관심 있던 건 쓰케야마 사건과 패주 무사 살해 이야기였습니다. 무카이 도키오와 미야케 유코의 손자인 당신에게 쓰케야마 사건은 인생을 망가뜨린 원흉이라고도 할 수 있는 사건입니다. 어렸을 때 패주 무사의 목소리를 들은 적이 있을 정도니까 전국시대 말기의 패주 무사 살해사건에 대해서도 자세히 알고 있었을 테고요. 외부인인 저를 상대로 관장을 연기하는 건 어렵지 않았을 겁니다."

"무카이 도키오와 미야케 유코의 손자? 그, 그게 정말입니까?"

경찰관이 로쿠구루마를 자칭하는 남자를 보고 몇 번이나 눈을 깜박였다.

"이 남자는 30년 전, 기지타니로 이사했습니다. 하지만 핏

줄에 관한 소문이 퍼진 결과, 집이 불타고 재산까지 빼앗기고 말았습니다. 그래서 자신을 쫓아낸 자들에게 같은 일을 저질러 원한을 풀려고 한 게 이번 사건이었던 거죠. 향토자료관을 불태우려고 한 건 실제 관장인 로쿠구루마 다카시 씨에 대한 복수일 테고요."

"그건 말이 안 되는데요? 간노지에서 살해당한 사람 대부분은 30년 전에는 태어나지도 않았잖습니까?"

"그게 이 사건의 복잡한 점입니다. 처음에는 이 남자가 젊은이들을 위협하여 불상을 불태우게 한 후, 소나 의식을 위한 제물로 삼은 게 아닐까 생각했습니다. 하지만 그래서는 젊은이들이 본당에서 도망치지 못한 이유를 설명할 수 없죠. 애초에 간노지 사건과 다른 사건은 상황이 크게 다릅니다. 무나카타 다다시는 세 건의 방화사건의 범인이지만, 간노지 사건과는 관계가 없습니다."

"엉망진창이군." 로쿠구루마를 자칭하는 남자가 쓴웃음을 지었다. "기지타니에는 방화범이 둘이나 있는 건가?"

"간노지 사건에 범인은 없습니다."

"범인이 없다고? 집단 자살인가?"

"아니요. 자연재해입니다."

몇 초간의 침묵. 경찰관이 제정신인지 의심하는 듯 굳은 얼굴로 말했다.

"저기, 탐정 조수님. 농담은 곤란합니다."

"농담이 아닙니다. 방금 말한 것처럼 간노지 사건에는 기묘한 점이 있습니다. 왜 젊은이들이 본당에서 도망치지 못했는가? 몸이 묶여 있던 것도 독극물을 먹은 것도 아닌데 그들은 본당에 계속 머물렀고, 결과적으로 목숨을 잃고 말았습니다.

이 수수께끼를 풀 단서는 두 가지가 있습니다. 첫 번째는 화재가 일어나기 직전, 젊은이들이 본당으로 이동했다는 점입니다. 선당에 술병이 남아 있었으니 청년단의 술자리가 선당에서 열린 건 틀림없습니다. 젊은이들은 어떤 이유가 있어서 선당에서 본당으로 이동했습니다. 1989년에 새로 세워진 선당에는 본당에는 없는 커다란 창문이 있었습니다. 젊은이들은 누군가의 눈을 피하고자 본당으로 이동한 게 아닐까요?"

"누군가라니 그게 누구죠?"

"힌트는 두 번째 단서, 즉 화재 현장에서 발견된 오고령입니다. 젊은이들은 본당으로 들어갈 때 수장고에서 종을 가지고 갔다는 말이 됩니다. 그들은 종을 써서 어떤 존재로부터 몸을 지키려고 한 겁니다. 간노지가 덴구즈 산 중턱에 있다는 사실을 생각하면, 그들이 두려워한 게 무엇인지 알 수 있습니다."

"흐음. 종으로 몸을 지킨다고 한다면, 그건……." 경찰관은 놀란 것 같기도 기가 막힌 것 같기도 한 표정을 지었다. "곰인가요?"

"네. 아시는 대로 올해는 이상할 정도로 따뜻한 겨울입니다. 12월에 들어서 겨우 기온이 내려가긴 했지만, 지난주부터 다시 땀이 날 정도로 더운 날씨가 이어지고 있었습니다. 12월 초순에 동면을 시작한 곰이 봄이 왔다고 착각해 산에서 내려온 겁니다.

선당에서 술을 마시던 젊은이들은 경내를 서성이던 곰을 깨닫고 기겁합니다. 과거에 마을 사람들 상당수가 곰에게 습격당해 목숨을 잃었다는 점은 그들도 알고 있었겠죠. 커다란 창문이 있는 선당에 머무른다면 곰에게 발각되는 건 시간문제입니다. 그래서 그들은 곰이 잠시 자리를 비운 틈을 타서 본당으로 숨어들었습니다. 이때 기지를 발휘한 누군가가 수장고에서 오고령을 꺼내 온 겁니다."

경찰관이 꿀걱 침을 삼켰다. 로쿠구루마를 자칭하는 남자도 가만히 이야기를 듣고 있었다.

"하지만 곰은 경내를 떠나려 하지 않았죠. 종소리가 오히려 곰에게 자신들의 위치를 알려주는 꼴이 되었을지도 모르겠네요. 본당 문에는 자물쇠가 걸려 있지 않았기에 밀어서 안으로 들어서는 건 간단합니다. 젊은이들은 몸을 부르르 떨었습니다.

극한 상태 속에서, 한 명이 엉뚱한 방법을 쥐어 짜냈습니다. 머릿속에 떠오른 건 이구치 미쓰오 씨가 키우던 개가 등유 중독으로 죽은 사건이었습니다. 그 시바견은 콧속에 종양이 있었기에 자극적인 냄새를 깨닫지 못하고 등유를 핥아버렸다고 했습니다. 이걸 뒤집어 생각하면, 제대로 냄새를 맡는 동물은 자극적인 냄새를 풍기는 등유에 손을 뻗지 않는다는 말이 되죠. 그렇다면 자신들이 입은 옷에 등유를 뿌려두면 곰도 손을 대지 않는 게 아닐까. 그는 그렇게 생각한 겁니다."

마치 짜놓은 각본처럼 침대의 스즈무라가 으으, 하고 신음했다.

"곰에게서 자신들을 지키려고 일부러 등유를 몸에 뿌렸다고요?"

"네. 거기에 엎친 데 덮친 격으로 또 하나의 재해가 등장합니다. 12월 중순에 급격하게 기온이 올라감으로써 지표면의 대기가 따뜻해지며 상승했고, 주고쿠 산지 일대에 적란운이 발생한 상태였습니다. 본당 지붕에는 하늘을 찌르듯 화염보주 장식이 솟아 있었죠. 이 화염보주에 벼락이 내리친 겁니다.

고압 전류를 뒤집어쓴 탓에 일곱 명의 몸은 순식간에 화염에 휩싸였습니다. 그들은 자신의 몸에 무슨 일이 벌어진 것인지 도저히 이해하지 못했을 겁니다. 거기에다가 곰에 대한 공포심 때문에 본당 바깥으로 도망칠 수도 없었죠. 그 결과, 일산화탄소 중독이나 호흡 곤란에 빠져 목숨을 잃게 된 겁니다."

강풍이 창문을 흔들었고 둘의 몸이 움찔 떨렸다.

"그건 너무 말도 안 되는데요." 경찰관이 노인 같은 목소리를 냈다. "운이 너무 나쁘잖아요. 마치 저주처럼."

"재해란 그런 겁니다. 누구나 자신과는 관계없다고 생각하지만, 반드시 누군가에게는 찾아오는 법이죠.

기지타니 사람들이 낙뢰를 깨닫지 못한 건 청년단이 큰북 연습을 하다 보니, 덴구즈 산에서 울려 퍼지는 굉음에 익숙해 있던 탓이겠죠. 낙뢰와 화염에 놀란 곰은 황급히 산속으로 자취를 감췄습니다. 이렇게 젊은이들이 불이 붙은 채 살해당한 듯한 재해 현장이 만들어진 겁니다."

"그래도 그들은 불타서 죽었을 뿐만이 아니라, 지갑을 도난당했을 텐데요."

"그건 착각입니다. 일곱 명은 애초에 지갑을 가지고 있지 않았습니다. 11월에 도난 소동이 벌어진 후, 청년단 내부에서 대책을 궁리하다 목목회 때는 지갑을 가지고 오지 말자는 규칙을 정해두었을 겁니다. 하지만 기지타니에서 계속해서 방화를 빙자한 절도사건이 벌어지고 있던 탓에 경찰의 눈에는 피해자들이 지갑을 도난당한 것처럼 보이게 된 거죠. 그들의 자택을 조사하면 지갑을 찾을 수 있을 겁니다."

경찰관은 마치 사기를 당한 듯한 표정을 지었지만, 천천히 눈을 돌려 로쿠구루마를 자칭하는 남자를 보았다.

"당신 말대로라면 이 사람은 왜 이 병원에 온 거죠? 간노지에 불을 지른 범인이 아니라면, 스즈무라 씨의 입을 막을 필요도 없지 않나요?"

"꼭 그렇지도 않습니다. 텐구즈 산의 경사면에 본당에서 도망친 인물의 것으로 보이는 발자국이 남아 있었습니다. 이것은 무나카타 씨, 당신 발자국이겠죠. 당신은 마을 주민에게 발견되는 걸 피해 본당 구석방에서 머물고 있었습니다. 24일 저녁, 낙뢰에 깜짝 놀란 당신은 젊은이들을 못 본척하고 간노지에서 도망친 겁니다.

하지만 3일 후, 당신은 우연히 방문한 쓰케야마 병원에서 형사들이 얼굴색을 바꾼 채 입원동으로 향하는 걸 발견했습니다. 몇 분 후에 병실에서 나온 그들의 대화를 들었다면, 스즈무라 씨가 어떤 상태인지는 상상이 갈 테죠.

스즈무라 씨가 기억을 되살리면, 현장에서 도망친 남자가 범인이라고 잘못된 증언을 할 가능성이 있습니다. 불안해진 당신은 스즈무라 씨를 사고로 위장해 살해하여 입을 막으려고 한 겁니다."

경찰관은 가여운 듯 침대의 스즈무라를 보고는 다시금 로쿠구루마를 자칭하는 남자에게 눈을 돌렸다.

"이 탐정 조수님이 말한 게 사실인가요?"

로쿠구루마를 자칭하는 남자는 과장되게 어깨를 떨구더니 흰머리가 섞인 머리를 벅벅 긁었다.

"기지타니는 불행한 땅이야. 역시 저주받았을지도 몰라."

경찰관이 경찰봉에 손을 가져다 댔다. 몇 초간의 침묵이 이어졌다.

"저주받았다는 말은 무슨 의미죠?"

"사체에 모여드는 구더기처럼 이런 바보 같은 녀석들이 일본 전역에서 모여들거든. 향토자료관 관장을 맡은 지 4년간, 부끄러움도 모르고 전문가인 척하는 자들의 헛소리를 얼마나 많이 들었는지. 저주받았다는 말은 그런 의미야."

로쿠구루마를 자칭하는 남자가 경찰관을 보고는 흥, 하고 코웃음을 쳤다.

"경찰관이 이런 헛소리를 믿어서는 안 돼."

"그럼 당신은 무카이 도키오의 손자가 아니라는 말인가요?"

"당연하지." 로쿠구루마를 자칭하는 남자가 끄덕였다. "처음부터 말했잖아. 이 녀석 머리가 어떻게 됐다고."

8

"내가 가짜 같다면 기지타니 사람들을 불러서 물어보면 돼. 내가 향토자료관의 로쿠구루마 다카시라고 증언해줄 테니까."

"감언이설에 넘어가면 안 됩니다. 논리적으로 생각하면 이 사람이 무나카타 다다시이자, 연쇄 방화사건의 범인이라는 점은 틀림없습니다."

경찰관은 어느 쪽에 붙을지 망설이는 듯, 혼이 난 초등학생 같은 표정으로 둘을 번갈아 바라보았다.

"나도 탐정소설에 나오는 명탐정은 싫어하지 않아. 하지만 이 탐정 놀이에 빠진 녀석은 자신에게 유리하게 논리를 꾸며냈을 뿐이야. 상황이 일단 이렇게 되었으니 나도 자네처럼 논리로 맞서주지. 자네가 향토자료관에 왔을 때, 발밑에 뭐가 있었는지 기억하나?"

"……발밑?"

자료관을 방문했을 때의 광경을 떠올려보았다. 여닫이문을 열자, 좌측에는 창구, 정면에는 복도가 뻗어 있었다. 발밑은 리놀륨 바닥으로, 문 바로 앞쪽에 녹색 매트가 깔려 있었다.

"특별한 건 없었는데요."

"잊어버린 것뿐이지. 나는 전화를 하며 자네의 모습을 봤어. 자네는 발밑 매트에 생긴 둥그런 흔적을 눈치챘을 거야."

그 말에 기억이 되살아났다. 지름 80센티미터 정도의 원형 물건을 놓았던 것처럼 매트 중앙이 움푹 패어 있었다. 그곳만 색이 선명해 보였던 것은 햇빛에 노출된 시간이 적었기 때문이리라.

"그건 매트 위에 뭔가 놓은 흔적이야. 나는 그 정체를 알지만, 자네를 위해 명탐정의 방식으로 가르쳐주지.

매트가 바랜 정도에 차이가 생길 정도니, 그건 꽤 오랜 시간 그곳에 놓여 있었다는 말이 돼. 하지만 현관 매트 한가운데 물건이 놓여 있으면 손님의 출입을 방해하게 되지. 즉, 그건 폐관 중일 때만 그곳에 놓아두는 물건이라는 말이야. 개관 중에는 옆으로 옮기고 폐관하면 현관 매트에 놓아두는 거라면 뭘까? 그건 바로 '오늘은 폐관했습니다'라고 적힌 안내 간판이겠지?"

와타루는 가만히 로쿠구루마를 자칭하는 남자의 말을 듣고 있었다. 손바닥에 땀이 배어 나오고 심장 박동이 점점 빨라진다.

"향토자료관이 개관하는 평일 오전 10시부터 오후 6시 사이, 안내 간판은 사무실 안에 넣어둬. 그 외의 시간, 즉 평일의 폐관 시간과 토, 일, 공휴일에는 안내 간판을 현관 매트에 놓아두지.

자네 말대로 내가 자료관으로 숨어든 수상한 자라면, 이 안내 간판은 그 자리에 놓여 있는 상태였어야 해. 일부러 간판을 치우고 방문객을 받을 이유가 없으니까. 그런데 자네가 자료관에 왔을 때, 현관 매트에 안내 간판은 놓여 있지 않았지."

"그렇군요. 그건 이상하네요."

경찰관이 눈을 가늘게 뜨고 와타루를 보았다.

"그럼 당신은 휴관일인데 왜 안내 간판을 치운 거죠?"

와타루는 무리해서 씩씩한 목소리를 냈다. 로쿠구루마가 적군의 목을 친 것처럼 크게 웃었다.

"당연하잖아. 내가 진짜 관장이고, 손님이 온다는 사실을 알았기 때문이지."

"어떻게 손님이 온다는 사실을 알 수 있는데요?"

"내가 연락해뒀거든."

뒤에서 익숙한 목소리가 들렸다.

등 뒤를 돌아보았다. 미닫이문이 열려 있고, 우라노와 이누마루 순경이 병실을 들여다보고 있었다.

"25일 밤, 도도메장의 전화로 요자와 형사부장과 이야기한 후, 향토자료관에도 연락을 했네. 자료를 보고 싶으니 휴관일인 26일에도 문을 열어달라고 부탁했더니, 그는 흔쾌히 승낙했지. 이 남성이 관장인 건 틀림없어."

"아니, 그래도……."

"사무실에서 이동전화를 사용한 건 휴관일은 고정전화를 사용하지 못하게끔 설정되어 있었기 때문일 거야. 자네를 굳이 자료보관실로 데려가려고 한 건 상설 전시의 내용 정도에 대해서는 이미 알고 있으리라 생각했기 때문이겠지."

머리가 새하얘졌다.

와타루의 추리는 전부 망상이었던 것이다.

"하라와타 군, 직함은 올바르게 말하라고 하지 않았나? 내 조수라고 말하지 않고 기자라고 거짓말을 하니 이런 일이 벌어지는 거야."

우라노가 와타루의 얼굴을 보지 않고 말했다. 자세히 바라보자, 우라노의 안색이 매우 좋지 않았다.

"당신이 한 일은 전부 알고 있습니다. 물론 이 병원에 숨어든 이유도 말이죠. 어서 자수하시죠."

"자수? 무슨 말을 하는 거지? 나는 경찰에 신세 질 만한 일은 전혀 안 했는데?"

"지난달부터 갑자기 담배를 피우기 시작하셨다고요? 여기에서 그 이유를 설명하실 수 있습니까?"

갑자기 로쿠구루마의 얼굴에서 핏기가 사라졌다.

"어떻게 그걸……."

"당신의 말을 듣고 있을 여유는 없습니다. 이누마루 씨, 그를 쓰케야마 경찰서로."

"알겠습니다."

이누마루 순경이 로쿠구루마에게 바싹 달라붙었다. 병실 앞에서 보초를 서던 경찰관도 그 뒤를 따랐다. 로쿠구루마는 체념한 듯 둘에게 이끌려 병실을 나섰다.

"도대체 어떻게 된 건가요?"

"지금부터 그걸 설명해주겠네."

우라노는 와타루의 말을 자르더니 침대에 누워 있는 남자에게 물었다.

"계속 듣고 있었지? 가만히 있지 말고 말 좀 해보지 그래?"

스즈무라 아이지의 두툼하게 부은 눈꺼풀이 천천히 열렸다.

9

"세 건의 연쇄 방화사건과 간노지 화재사건은 그 배경이 완전히 달라. 하라와타 군의 추리도 둘을 나눈 점은 좋았어."

우라노는 침대 옆 테이블에 서류 가방을 내려놓고 복사된 현장 사진을 두 장 꺼냈다.

"우선 세 건의 방화사건을 생각해보지. 오타 요지 씨의 집이 불탄 세 번째 사건에는 중요한 단서가 몇 개나 숨겨져 있었네. 이건 경찰이 촬영한 현장 사진이야.

현관에서 방으로 향하는 복도에 소손이 적은 부분이 있었고, 그곳에 범인의 발자국이 남아 있어. 발자국은 오른발, 왼발, 오른발의 세 걸음이야. 신발은 쓰케야마 시가지의 양판점에서 팔리는 물건으로, 보폭도 표준적인 크기야. 이것만으로는 범인 특정은 불가능해."

스즈무라는 천천히 상반신을 일으켜 현장 사진을 내려다보았다. 코 아래에 새롭게 생긴 피의 흔적이 남아 있었다. 부은 입술 사이로 약한 호흡소리가 새어 나왔다.

"하지만 잘 살펴보면, 오른쪽 발자국에만 발끝 부분의 색이 진하다는 점을 알 수 있어. 이누마루 순경에게 확인하자, 이 부분에는 그을음이 묻어 있었다고 했지.

이건 이상해. 이 발자국은 범인이 현관에서 방으로 향할 때 생긴 걸세. 범인은 방에서 장롱 안의 물건을 훔친 후, 그 장롱에 불을 지르고 도주했어. 이 가정이 올바르다면, 발자국이 생긴 시점에는 아직 화재는 발생하지 않았을 거야."

"발자국 위에 우연히 재가 떨어진 건 아닌가요?"

스즈무라가 입을 열었다. 낮고 거칠었지만, 우등생다운 정중한 말투였다.

"발자국이 하나라면 그럴 가능성도 있어. 하지만 오른발 발자국은 두 개가 있고, 둘 다 같은 위치에 그을음이 묻어 있지. 범인의 신발 바닥에 그을음이 묻어 있던 건 틀림없네."

"아, 그렇군요."

스즈무라는 얌전히 끄덕였다.

"여기에서 생각할 수 있는 가설은 두 가지가 있네. 첫 번째는 범인이 방을 한 번 나온 후에 복도를 거슬러 갔을 가능성이야. 범인은 장롱에 불을 지르고 방을 나선 후, 중대한 증거를 남기고 왔다는 사실을 깨닫고 서둘러 방으로 돌아간 거지. 일단 화재가 발생하면 불완전연소로 생긴 재가 날리게 돼. 신발 바닥에 뭔가 타고 남은 재가 묻을 수도 있겠지.

하지만 결론부터 말하면 이 가설은 틀렸어. 현장 사진을 보면 이는 탁상공론이라는 점이 명백하니까."

우라노는 종이를 넘겨 다른 한 장의 사진을 내보였다. 복도에서 방을 촬영한 사진으로, 불타 쓰러진 장롱이 미닫이 문 바로 오른쪽에 찍혀 있었다.

"방에 있던 장롱은 꽤 깊이가 있어서 서랍을 열면 방의 출입이 불가능해. 하지만 범인은 앞선 사건에서 금품이 보관되어 있던 서랍장이나 책상 속에 등유를 뿌린 채 불을 질렀지. 이 사건에서도 수법은 달라지지 않았을 걸세.

장롱을 안쪽부터 태우려면 서랍을 열고 등유를 뿌린 후에 성냥을 안에 넣어야만 해. 하지만 그렇게 하면 입구가 막혀서 방으로 드나들 수 없게 되지. 일단 불을 붙였다면 방으로 돌아가는 건 불가능하다는 말이야.

따라서 다른 하나의 가설이 정답이라는 말이 돼. 결론을 말하지. 범인이 오타 씨의 집에 침입했을 때, 바로 근처에서 이미 다른 화재가 발생한 상태였던 거야."

"다른 화재요?" 스즈무라는 석연치 않은 표정을 지었다. "발화 지점은 방이라고 들었는데요."

"화재 현장에서 발화 지점을 특정하는 건 의외로 쉽지 않아. 소방 조사에서는 소손의 강약이나 목격자 증언을 통해 화염의 움직임을 추측하여 개연성이 높은 발화점을 추정하는 것에 지나지 않지.

예를 들어 사무실에서 누군가가 담뱃재를 떨어뜨려 작은 화재가 벌어졌다고 쳐보지. 그것만이라면 발화 지점을 특정하기 어렵지 않아. 하지만 30초 후에 책상의 서류가 등유 스토브 위에 떨어져서 대규모의 화재가 발생했다면 어떨까. 발화점은 스토브라고 판정되고, 담뱃재의 불이 마룻바닥을 불태운 건 아무도 깨닫지 못하겠지. 커다란 소손이 작은 소손을 감추게 되는 거야.

같은 일이 오타 씨의 집에서도 벌어졌네. 범인이 오타 씨의 집을 방문했을 때, 이미 부지 내의 다른 장소, 아마도 인접한 헛간에서 소규모의 화재가 발생해 있었겠지. 범인은 그걸 곁눈질하며 안채에 침입, 방에서 귀중품을 뒤지고 장롱에 불을 지른 채 도주한 거야."

스즈무라는 아이가 말을 고르듯이 입을 뻐끔거렸다.

"……화재 현장에서 절도를 한 건가요?"

"맞아. 다만 불탄 이후가 아니라 불타는 도중에 집에서 물건을 훔친 거야."

"이미 화재가 벌어진 상태인데 방에도 불을 지른 건 어째서죠?"

"이유는 두 가지가 있네. 하나는 절도 현장을 불태워서 증거를 없애는 것. 여기서 증거란 지문이나 모발, 발자국 등이겠지. 또 하나는 알리바이를 얻기 위해서야."

"알리바이?"

스즈무라가 어색하게 고개를 갸웃거렸다. 와타루도 같은 기분이었다. 방에 불을 지르는 것이 어떻게 알리바이를 만드는 행동이 되는 걸까.

"비유를 하나 더 하도록 하지. 지금, 저 산기슭의 오두막에 화재가 발생했다고 쳐보게."

우라노는 창밖으로 시선을 돌렸다. 빗방울이 가득해서 잘 보이지 않지만, 산과 마을이 접하는 근처에 목조 오두막이 외따로 서 있었다.

"나는 자네를 두고 현장으로 급하게 달려가. 다음 날, 소문을 떠벌리기 좋아하는 간호사가 자네에게 화재에 대한 상세 사항을 전해. 소화 활동에 나섰으나 허무하게 오두막은 전소. 범인은 금품을 훔친 후에 증거를 없애기 위해 불을 질렀다고 해. 자, 범인은 누구일까?"

"글쎄요. 누구일까요."

스즈무라는 그런 것을 어찌 알겠냐는 표정을 지었다.

"그렇겠지. 하지만 확실히 범인이 아닌 자라면 찾을 수 있네. 이 장소에 있던 세 명이지. 불길이 피어 올랐을 때 얼굴을 나란히 한 채 그걸 보고 있었으니까. ……범인이 손에 넣으려고 한 알리바이는 바로 이거야."

"그렇군요. 범인은 발화와 절도의 순서를 바꾼 거군요."

스즈무라는 바로 납득한 듯했다. 무슨 말이지?

우라노는 혼란에 빠진 와타루를 흘낏 보더니 옅은 미소를 지었다.

"즉, 이런 말일세. 어떤 이유로 화재가 발생했고, 그걸 누구보다 빠르게 깨달은 인물이 몰래 절도를 저질렀다고 치지. 이때 아무런 조작도 하지 않으면 알리바이가 없는 범인은 용의자 중 한 사람이 되고 말아.

하지만 범인이 물건을 훔친 후, 그것이 놓여 있던 장소에 등유를 뿌리고 불을 지르면 어떻게 될까. 커다랗게 불타오른 화염은 곧장 작은 화재를 삼켜버려. 그 결과, 범인이 물건을 훔친 장소 쪽이 발화 지점이라고 오인받게 되겠지. 범인은 이런 식의 위장을 통해 실제로는 화재 발생 후에 절도가 이뤄진 것을, 화재 발생 전에 절도가 이뤄진 것처럼 속였어. 불이 붙은 장롱에서 물건을 훔칠 수는 없으니까. 나아가 처음 불길이 솟아 올랐을 때 자신의 모습을 다른 사람이 봤다면, 범인은 절도에 대한 알리바이를 얻을 수 있지.

애초에 범인이 처음부터 계산하고 행동했다고는 생각하기 어려워. 처음에 오모리 부부의 집에서 도둑질을 했을 때는 절도 흔적을 없애기 위해 어쩔 수 없이 불을 질렀을 거야. 나중에 그게 알리바이 공작이 되었다는 걸 깨닫고, 두 번째의 빌리지 기지타니, 세 번째 오타 씨 주택에서도 의도적으로 불을 지른 거고."

"산간 마을이기에 성공한 공작이라고도 할 수 있겠네요."

"그 말대로야." 우라노가 끄덕였다. "기지타니라는 하나의 지명으로 묶여 있기는 하지만, 실제로는 넓은 범위에 집들이 외따로 서 있고, 각각의 거리도 꽤 떨어져 있지. 많은 사람은 연기로 화재를 깨닫겠지만, 땅의 기복에 가로막혀 집 그 자체는 보이지 않아. 안채가 불타는 건지, 헛간이나 창고가 불타는 건지, 혹은 연립주택의 어떤 집이 불타고 있는지는 현장에 도착하기 전까지는 알 수 없네."

와타루는 연기에 휩싸인 듯한 기분이었다. 화재 현장은 하나지만, 실제로는 두 가지 화재가 발생한 거였다니.

"이상의 내용을 바탕으로 절도범에 대해 생각해보지. 여기에서 신경 쓰이는 건 범인이 어떤 식으로 작은 화재가 벌어진 집에 숨어들 수 있었는가 하는 점이야. 단 한 건이라면 우연히 근처에 있다가 깨달았을 가능성도 있지만, 같은 수법의 사건이 세 건. 간노지를 포함하면 네 건이나 벌어졌네. 범인은 기지타니에서 발생한 화재를 가장 빠르게 알 수 있었던 인간이야.

기지타니의 각 가정에는 방재용 무선 수신기가 비치되어 있지 않고, 경찰 주재원 또는 향토자료관 직원이 무선을 수신해서 야외 스피커로 경보를 울리는 시스템이야. 범인은 이 무선을 듣고 소방단원보다 빠르게 현장으로 달려갈 수 있었을 거야."

"주재원인 이누마루 도루, 자료관의 로쿠구루마 다카시, 아르바이트생인 가토 고. 용의자는 이 세 명이군요."

스즈무라는 가토 고의 이름을 입에 담을 때만 희미하게 목이 메는 듯했다. 가토는 청년단의 동료이기도 했다.

"그 말이 맞아. 이누마루 순경이라면 파견소 근처의 주민에게, 자료관의 두 명이라면 방문객에게 모습을 보인 후에 현장으로 향한다면 알리바이를 확보할 수 있지.

이에 더해 이 범행에는 난점이 하나 더 있네. 이미 화재가 벌어져 있는 집에 침입한다면 어떻게든 몸에 흔적이 남게 된다는 점이야."

"옷이 불타거나 화상을 입게 된다는 건가요?"

"그 정도로 위험이 닥칠 상황이라면 범인도 침입을 포기하겠지. 문제는 매캐한 연기 냄새일세. 레인코트처럼 몸을 감싸는 겉옷을 입는다면 괜찮을지도 모르지만, 언제 화재가 벌어질지 알 수 없는데 항상 그런 겉옷을 가지고 다닐 수도 없을 테고."

"범인은 화재 후에 옷에서 연기 냄새가 나도 의심받지 않는 인물, 즉 소방단원 중 누군가라는 말이겠네요. 소방단을 그만둔 상태였던 가토 군은 용의자에서 벗어나겠군요."

"그뿐만이 아니야. 분명 소방단원이라면 위험도는 낮아지겠지만, 집합 장소에 모인 시점에 옷에서 매캐한 냄새가 나면 다른 단원이 깨닫게 될 우려가 있네. 한 번이라면 몰라도, 두 번, 세 번 계속되면 수상하다고 생각하는 사람이 나올 테지.

그래서 범인은 생각했어. 절도 방화를 계속하는 한, 연기를 뒤집어쓰는 건 피할 수 없다. 그렇다면 연기를 없애는 게 아니라 보다 강력한 냄새로 그걸 얼버무려 보자고."

"강력한 냄새 말인가요."

스즈무라의 부은 눈썹이 치켜 올라갔다.

"이누마루 순경에게 최근 갑자기 담배를 피우기 시작했거나 향수를 뿌리기 시작한 사람은 없는지 물어봤네. 예상은 적중했지. 자료관 관장인 로쿠구루마 다카시가 지난달부터 갑자기 담배를 피우기 시작했다더군. 그것도 향이 강한 구당가람만 피운다는 거야. 이것이라면 절도 현장에서 연기를 뒤집어쓰더라도 도주 후에 몇 개비 피우면 냄새를 숨길 수 있지."

로쿠구루마가 담배에 관한 질문을 받고 낯빛이 사라진 것은 바로 그 이유 때문이었다.

"참고로 이누마루 순경과는 사건 다음 날에 행동을 같이 했지만, 그는 담배를 피우지 않았고 옷에서 냄새도 나지 않았네. 이상의 이유로 나는 연쇄 절도와 연쇄 방화사건의 범인은 로쿠구루마 다카시라고 결론 내렸지. 도박을 좋아해서 불법 카지노에도 얼굴을 내밀었다는 이야기가 들렸으니 남모르게 빚이라도 졌겠지."

우라노는 창백한 얼굴로 스즈무라를 내려다보았다. 병실에 들어왔을 때보다도 더욱더 혈색이 안 좋아진 상태였다.

스즈무라는 얼굴에 미소를 띠더니 붕대를 감은 손으로 약하게 박수를 쳤다.

"이런 특별석에서 탐정의 추리를 듣다니 감개무량합니다.

그래도 아직 모르는 게 많습니다."

"물론이지. 정말로 중요한 건 간노지 방화사건의 진상이
야. 하지만 본론에 들어가기 전에 기지타니에서 소규모 화
재가 연이어 발생한 이유를 확인해야겠지.

결론부터 말하자면 그 화재의 원인 또한 방화야. 이만큼
좁은 범위에서 화재가 빈발한다는 건 사고나 자연 발화에
의한 것으로 보기에는 무리가 있네. 로쿠구루마와는 별도로,
방화범이 한 명 더 있었던 거야. 만에 하나, 절도 방화가 들
키더라도 다른 한 명의 방화범에게 죄를 뒤집어씌우자. 로
쿠구루마에게는 그런 타산도 있었겠지.

그럼 그 방화범은 누구일까. 단서는 로쿠구루마의 행동에
있어. 이누마루 순경에 의하면 로쿠구루마는 화재가 일어났
을 때 집합 장소에 자주 늦었다고 했지. 하지만 12월 22일
의 집회소 화재 때는 제일 먼저 집합 장소로 달려갔다고 해.
이날의 화재는 벽면 플러그의 트래킹 현상에 의한 것으로,
방화와는 관계가 없네. 로쿠구루마도 그 사실을 알았기에
딴짓을 하지 않고 집합 장소에 서둘러 달려간 거야.

하지만 방재용 무선에서는 화재 발생 시각과 장소를 전달
할 뿐, 상세한 규모나 상황까지는 전해지지 않지. 로쿠구루
마는 어떻게 이날의 화재가 방화범에 의한 게 아니라는 사
실을 알았을까? 방화범이 자신의 바로 근처에 있어서 그날
은 사건을 일으키지 않았다는 걸 확인할 수 있었기 때문이

야."

스즈무라가 신음하듯 그렇군요, 하고 중얼거렸다.

"화재는 전부 평일 저녁 즈음. 즉, 오후 4시 반부터 6시 사이에 벌어졌네. 향토자료관의 폐관은 6시니까, 관장인 로쿠구루마는 항상 자료관에서 방재용 무선을 청취 중이었지. 로쿠구루마가 소재를 확인할 수 있었던 건 아르바이트생인 가토 고뿐이야. 따라서 이 남자가 방화범이라는 말이 돼."

"역시 그였나요. 업무 스트레스가 많다고는 들었지만, 아무리 그래도 방화는 용서할 수 없습니다. 무척이나 실망스럽네요."

향토자료관에서 들은 로쿠구루마의 성난 목소리가 메아리쳤다. 그런 남자와 일하다 보면 마음 쉴 틈이 없었으리라. 이누마루 순경도 "언젠가 탈이 날 거라 생각했"다고 털어놓았을 정도였다.

"동기는 울분이었겠지. 그는 헛간이나 창고 등 인명을 해칠 위험이 없는 장소를 골라 불을 질렀을 거야. 어느 시점에서는 보도되는 발화 지점이 다르다는 점이나 화재 현장에서 절도 행위가 벌어지고 있다는 사실도 깨달았을 테고. 하지만 그로서는 어쩔 도리가 없었어. 방화범이 절도범을 고발할 수도 없는 노릇이니까.

이것이 연쇄 절도와 연쇄 방화의 진상이야. 간노지에서 일어난 사건도 이 사건의 연장선에 있어."

"드디어 본론이군요."

스즈무라는 어둡게 고인 눈동자를 우라노에게 향했다.

"마지막 사건의 배우는 두 명이 있네. 자네가 주연이고, 로쿠구루마가 조연이지. 로쿠구루마가 한 짓은 과거 세 건의 사건과 다르지 않아. 향토자료관에서 근무 중, 무선으로 화재 발생에 대한 알림을 들은 로쿠구루마는 서둘러 간노지로 향했네. 가토가 쉬는 날이라 직장에 없었기에 방화 가능성이 크다고 짐작한 거겠지.

연기가 피어오르는 본당으로 들어간 로쿠구루마는 눈을 의심했을 거야. 문을 열자, 불상이 불타고 일곱 명의 젊은이가 의식을 잃은 채 쓰러져 있었을 테니까."

스즈무라는 표정을 바꾸지 않았지만, 오히려 동요를 숨기고 있는 것처럼 보였다.

"로쿠구루마가 이때 무슨 생각을 했는지는 알 수 없어. 일곱 명을 도와주겠다는 마음이 있었다고 해도, 소방단의 소집을 무시하고 간노지를 찾은 이상, 괜히 참견했다가는 의심을 살 테니까. 절도와 방화를 저질렀다는 사실이 들통나면 줄줄이 비엔나 식으로 과거의 죄가 드러날 위험도 있고.

물론 보고도 못 본 척 떠날 수도 있었을 거야. 하지만 눈앞에 쓰러진 젊은이 중 한 사람. 즉, 가토 고는 로쿠구루마로서는 황금알을 낳는 거위임과 동시에 눈 위의 혹과도 같은 존재였어. 가토가 언젠가 경찰에게 잡힌다면, 그의 증언을 통해 로쿠구루마에게도 의혹의 화살이 향할 수 있지. 언젠가는 가토의 입을 막아야 한다는 초조함도 있었을 거야.

나머지는 단순히 모처럼 산에 올라왔는데 포상도 없이 하산하는 게 아쉬웠을지도 모르지. 로쿠구루마는 지금까지의 사건과 동일한 수법으로 간노지에서도 절도 방화를 일으키기로 결심하고 말았네."

스즈무라의 숨이 약간 거칠어졌다. 우라노는 상관하지 않고 말을 이었다.

"로쿠구루마는 일곱 명이 가지고 있던 지갑과 귀중품을 잽싸게 훔치고는 등유통에 있던 등유를 젊은이들에게 뿌리고 불을 붙인 후에 덴구즈 산으로 도주했어. 불을 붙인 이유는 지금까지의 사건과 다르지 않지. 금품을 훔치고, 그것들이 있던 장소에 불을 붙이면 로쿠구루마는 알리바이를 얻을 수 있으니까. 유일하게 달랐던 점은 금품이 있었던 게 서랍장이나 장롱이 아니라, 인간이 입고 있던 옷 안이었다는 것뿐."

스주무라가 검은 눈을 크게 뜨더니 이를 갈기 시작했다. 그 순간을 떠올린 것이리라.

"괜찮은가?"

"네. 계속해주세요."

스즈무라는 입술을 깨물고 미소를 지으려 했다. 딱지가 터져서 황토색 고름이 배어 있었다.

"일곱 명이 본당에서 도망치려고 하지 않은 이유는 로쿠구루마가 그들에게 불을 질렀을 때, 그들은 이미 일산화탄소 중독으로 의식을 잃은 상태였기 때문이야. 그들이 간노지에서 하던 일을 이해하려면, 우선 자네의 정체를 확실히 해둘 필요가 있지.

아까도 말한 것처럼 이 사건의 주역은 스즈무라 아이지, 바로 자네야. 이누마루 순경에게 사건 설명을 들었을 때부터 나는 자네가 신경 쓰였어. 자네는 심야에 산에 들어가려다가 이누마루 순경에게 검문을 받은 적도 있었을 정도야. 버섯균을 채취하러 간다고 변명했다지만, 그런 건 당연히 거짓말이겠지. 일부러 심야에 손전등을 가지고 버섯을 따러 가는 녀석은 없으니까.

자네는 이 마을에서 뭔가 찾고 있었네. 사람의 눈을 피해 산으로 들어가거나 이누마루 순경에게 거짓말을 한 이유는 알려져서는 좋지 않은 걸 찾고 있었기 때문이야. 기지타니의 금기라고 하면, 말할 필요도 없이 77년 전의 쓰케야마 사건이 머릿속에 떠올라. 자네는 이 사건에 관해 뭔가 찾고 있던 게 아닐까. 나는 그렇게 추측했네.

그랬는데, 하라와타 군의 조사 덕에 예상대로 산길에 무카이 도키오의 무덤이 있었다는 사실을 알게 되었지. 하지만 이 무덤의 묘석은 9년 전에 태풍으로 사라져버렸다고 해. 자네는 그 사실을 몰랐겠지. 자네에게 무덤의 존재를 알려준 사람은 그 이전에 기지타니를 떠났기에 묘석이 없어진 걸 몰랐던 게 아닐까? 그렇게 생각하며 하라와타 군의 이야기를 더 듣다 보니, 30년 전에도 도키오의 묘에 손을 합장하고 기지타니에서 쫓겨난 남자가 있더군. 자네는 그 남자에게 도키오의 무덤이 있는 장소, 그리고 기지타니의 피로 얼룩진 과거를 들은 거야."

스즈무라는 머뭇거리며 입을 열었지만, 우라노가 말로 그것을 제지했다.

"미안하지만 시간이 없네. 이야기를 계속하지. 나는 지금부터 말하는 내용이 틀렸기를 바라고 있어. IT 벤처의 기술 책임자라는 건 자네의 가짜 정체야. 무나카타 다다시의 원한을 풀기 위해, 그리고 이루어지지 못한 소원을 이루기 위해 자네는 이 기지타니에 찾아온 거야.

자네는 우선 청년단 젊은이들을 아군으로 삼았어. 무나카타 다다시가 마을 사람들과 사이좋게 지내려 하지 않은 결과, 마을에서 쫓겨난 걸 반면교사로 삼았겠지. 때로는 장래가 보이지 않는 땅에서 사는 젊은이들의 불안감에 스며들고, 때로는 패주 무사 살해자의 자손이라는 부채감을 파고들면서 자네는 그들의 마음을 사로잡는 데 성공했네.

무나카타 다다시에게 배운 건 그것 말고도 있지. 우두처럼 한 번도 인간이었던 적 없는 귀신을 인간의 육체로 불러오는 건 어렵다는 것. 또 몇백 년도 전에 현세를 떠난 인귀를 되살리는 것도 어렵지. 자네는 처음부터 최근 수십 년 사이에 죽은 젊은 인귀를 표적으로 좁혔어.

12월 24일, 자네는 오랜 기간 품어 왔던 계획을 실행으로 옮겼네. 말할 필요도 없이 소나 의식이야. 자네들은 술로 몸을 씻어낸 후에 본당으로 이동했지. 오고령을 울려 귀신에게 자신들이 있는 상소를 알리고, 간노지의 석가여래상에 불을 질렀어. 일곱 명의 육체에 귀신을 불러들이기 위해서."

우라노는 분노한 얼굴로 단숨에 말을 이었다.

"하지만 거기에 생각지도 못한 방해가 생겼지. 연기가 피어오르는 걸 본 인근 주민이 소방서에 신고했고, 무선을 들은 절도범이 본당으로 숨어들어 온 거야.

이때 일곱 명은 일산화탄소 중독으로 의식을 잃은 상태였네. 이미 인귀를 맞이할 준비가 끝난 상태였지. 하지만 로쿠구루마가 자네들에게 불을 지른 탓에 자네의 계획은 어긋나고 말았어."

우라노가 마치 스즈무라의 망상에 일부러 말을 맞춰주는 것처럼 묘한 이야기를 꺼냈다.

"그 말대로입니다." 우라노와는 대조적으로 스즈무라는 천천히 입을 열었다. "저희는 반년간의 채식과 일곱 번의 목욕재계로 몸을 씻어내, 드디어 인귀를 맞이할 준비를 마친 상태였습니다. 그런데 그 남자 때문에 저희 몸은 더럽혀지고 말았습니다."

"인귀는 한바탕 난리를 부릴 생각으로 이 세계에 내려온 거겠지. 역시 얌전하게 지옥으로 돌아갈 생각은 없었을 거야."

"잘 아시는군요. 상상하시는 대로입니다. 노리던 육체를 잃은 인귀들이 어디로 갔는지는 저로서도 알 수 없습니다. 일본 어딘가에서 상성이 좋은 육체를 발견하여 환생을 이뤘겠지요."

"자네는 그걸로 좋은 건가?"

우라노의 도발에 스즈무라는 자조로도, 실소로도 보이는 웃음을 터뜨렸다.

"불만입니다. 바라건대 이 몸을 인귀에게 바치고 싶었습니다. 이 손으로 어리석은 자들을 벌하고 싶었죠. 그게 아버지의 바람이었으니까요."

"역시 자네는 무나카타 다다시의 아들인가 보군. 아버지에게 인귀를 지옥으로 되돌리는 방법을 듣지는 않았나?"

우라노가 왼손을 재킷 안쪽에 넣었다. 언제까지 망상에 함께해줄 작정일까.

"바보 같은 소리를 하시는군요. 저희는 어리석은 생물입니다. 귀신에게 시련을 받는 것 말고 다른 길은 없습니다."

"이래도 답은 마찬가지인가?"

우라노가 만년필을 꺼내 스즈무라의 목에 가져다 댔다.

"서, 선생님?"

와타루가 달려들려고 했지만 우라노가 노려보며 제지했다. 스즈무라는 무슨 일이 벌어졌는지 모르겠다는 듯, 이상하다는 표정으로 우라노의 얼굴을 보고 있었다.

"지금 자네 목에 닿아 있는 건 나이프야. 자네가 대답하지 않으면, 나는 동맥을 잘라 자네를 죽일 걸세."

스즈무라가 눈을 동그랗게 떴다. 정말로 놀란 듯했다.

"제가 법에 저촉되는 일을 했나요?"

"질문에 답해."

"협박하는 건가요? 저희는 세상을 보다 좋은 곳으로 만들고자 지옥에서 귀신을 불러들였습니다. 감사받을 일은 했어도, 이런 짓을 당할 이유는 없습니다."

"자만하지 마. 자네는 그저 광인일 뿐이야."

우라노는 쇄골 바로 몇 센티 위에 펜 끝을 찔렀다. 붉은 피가 실처럼 흘렀다. 가슴의 붕대에 피가 번져나갔다.

"선생님, 너무 나가셨어요." 자신도 모르게 목소리가 나왔다. "왜 그런 녀석의 망상에 어울려주시는 겁니까?"

"다시 한번 말하지. 이게 마지막이야. 죽기 싫다면 인귀를 지옥으로 되돌리는 방법을 말해."

우라노는 와타루를 무시하고 펜 끝을 조금 더 찔러 넣었다. 스즈무라가 이를 악물었다. 피부가 부풀어 오르고 피가 더욱 세차게 흘러나왔다.

"가령 사람에게 증오를 사더라도 그게 잘못된 것이라고는 단정할 수 없다. 아버지에게 그렇게 배웠습니다. 저는 아버지를 믿습니다."

"그렇나. 안타깝군."

우라노는 만년필을 강하게 움켜쥐었다.

스즈무라가 눈꺼풀을 닫았다.

시간이 멈춘 듯한 침묵.

"하라와타 군, 의사를 불러주게."

우라노가 머리를 떨궜다. 왼손에서 만년필이 떨어졌다.

"선생님, 이건 도대체……."

"망상이 아니야."

우라노는 신음하듯 말하더니 벽에 등을 기댔다. 텔레비전 리모컨을 손에 들고 전원 버튼을 눌렀다.

화면에 비친 것은 병원 복도였다. 모자이크가 되어 있지만, 바닥이 대량의 피로 뒤덮인 것을 알 수 있었다. 도와달라고 외치는 남자의 목소리가 도중부터 비명으로 바뀌었다. 뭔가 쓰러지는 소리. 카메라가 심하게 흔들리다가 갑자기 화면이 스튜디오로 전환되었다.

"이 영상은 현장에서 발견된 스마트폰에 기록되어 있던 것입니다. 오늘 오전 10시경, 오사카 시 주오 구의 한 병원에 입원해 있던 소녀가 난동을 부리며 간호사와 입원 환자를 베고 도주했습니다. 경찰 발표에 따르면 스물네 명의 사망이 확인되었고, 다섯 명이 의식불명의 중태입니다. 범인은 현재도 도주 중이며, 오사카 시는 시민들의 외출을 삼가라고 경계경보를 발령했습니다."

채널이 전환되었다.

하천 부지에 경찰차가 늘어서 있고, 제복 경찰관이 황급히 드나들고 있었다. 제방 너머는 블루시트에 덮여 모습이 보이지 않는다. 출입 금지 테이프 바로 앞에서 리포터가 70대의 남성에게 마이크를 향했다.

"아사기 강에서 심한 악취가 나고 까마귀가 엄청 울더라고. 이상하다고 생각해서 하천 부지에 와봤더니, 본 적 없는 짐 보따리가 가득 떠올라 있지 뭔가. 하나를 열어 봤더니 글쎄, 사람 머리가 들어 있더라고. 그 모두가 사람 머리라고 하면, 일고여덟 명, 심하면 열 명 정도는 되지 않을까……."

다시 채널이 전환되었다.

헬리콥터에서 찍은 항공 촬영으로, 오피스 거리가 화면에 흘러나오고 있었다. 사람은 오고 가지 않았고, 전투복을 입은 특수부대원이 빌딩을 둘러싸고 있었다. 일렬로 서 있는 방탄 방패가 마치 벽 같았다. 회전날개의 소리에 뒤섞여, 탕, 탕, 하고 건조한 소리가 들렸다.

"또다시 발포음이 들렸습니다. 오늘 오전 10시 반 경, 기타큐슈 시 고쿠라키타 구의 요쓰바 은행 지점에 엽총을 든 남자가 들이닥쳐 그 자리에 있던 서른 명 전후를 인질로 잡고 농성 중입니다. 남자는 은행원의 옷을 벗긴 후 문 주변에 정렬시켜서 기동대의 저격을 방해하고 있습니다. 건물 내에서 단속적으로 발포음이 들려오고 있으며, 사상자가 여러 명 나온 것으로 보입니다. 반복합니다……."

우라노는 텔레비전을 끄고 벽에 기댄 채 바닥에 쭈그리고 앉았다.

"보는 바대로야. 최근 수십 년간 엄청난 악행을 저질러 지옥에서 인귀가 된 자들이 현세에 되살아났네. 소나 의식은 성공한 거야."

"거짓말이야!"

와타루는 비명을 질렀다.

우라노의 발밑에 피 웅덩이가 생겨 있었다.

"미리 말 못해 미안하군. 병원에서 중학생 피해자의 진술을 듣던 중 갑자기 찔렸어. 그녀는 귀신에게 홀린 상태였네."

우라노가 코트를 들췄다. 배에 두른 붕대가 피로 흠뻑 젖어 있었다.

"의사를 부를게요!"

"그래. 부탁할게……."

갑자기 우라노가 기침을 시작했다. 가슴이 경련했고, 배에 두른 붕대에서 대량의 피가 배어 나왔다. 와타루는 화장실 수건을 가져다가 우라노의 배를 눌렀다. 경련이 멈추지 않았다. 이래서는 상처가 더 벌어지고 만다.

"선생님, 움직이지 마세요."

몸이 크게 요동치며 손발이 본 적 없는 방향으로 휘어졌다. 썩은 냄새가 코를 찔렀다. 수건을 누르던 손가락 끝에 미지근한 것이 닿았다.

"창자다." 스즈무라가 중얼거렸다. "명탐정의 창자(일본어로 창자는 '하라와타'로, 주인공의 별명과 같다―옮긴이)다."

"닥쳐!"

와타루는 고함치고는 미지근한 장기를 배 속으로 밀어 넣었다.

"선생님, 조금만 참으세요. 바로 의사를 불러올게요."

"아니, 됐네. 이미 늦었어."

우라노가 힘없이 고개를 저었다. 입술에서 침과 같은 피가 흘렀다.

"선생님이 돌아가시면 대체 누가 이 사건을 해결한단 말입니까!"

"해결? 이건 더 이상 탐정이 나설 상황이 아니야."

우라노는 왼손을 뻗어 와타루의 뺨을 어루만졌다.

"하라와타 군, 3년간 즐거웠어. 부디 살아남아주게……."

몸이 벽을 미끄러지듯 바닥으로 쓰러졌다.

"죽은 건가요?"

스즈무라의 목소리가 들렸다.

와타루는 병실에서 뛰쳐나가 의사의 모습을 찾았다.

우라노는 쓰케야마 병원의 집중치료실로 옮겨져, 수혈과 병행하여 손상된 장의 봉합 수술을 받았다. 수술 후에는 일시적으로 안정을 찾았으나, 대장에서 누출된 분변 탓에 패혈증을 일으켜 혈압이 저하.

2015년 12월 27일 오후 4시 13분, 우라노 큐는 죽었다.

10

"오늘은 이쯤 할까."

미요코가 목장갑을 벗더니 우라노 탐정사무소였던 곳을 둘러보았다.

좁다고 생각하던 사무소가 꽤 넓어 보였다. 책상, 의자, 소파, 응접 테이블 등의 가구는 대형 폐기물로 버리기 위해 계단 앞으로 옮겨둔 상태였다. 수사 자료는 경찰청에 기증하기 위해 전부 골판지 박스에 담았다. 남은 것이라고는 바닥의 얼룩 정도였다. 창문을 가리는 것이 없기에 저녁노을이 눈부셨다.

"고마워. 덕분에 살았어."

미요코는 아침부터 사무소 정리를 도와주었다.

"괜찮아. 졸업 논문도 끝났고, 아, 배고프다. 저 백계에 갈래?"

미요코가 페트병에 든 보리차를 마시더니 입술을 닦았다.

"오늘은 관둘래."

신경 써주는 점은 기뻤지만, 기지타니에서 돌아온 뒤 일주일 동안 와타루는 제대로 식사를 하지 못했다.

해가 바뀌고 4일째. 이 나라에서는 이상 사태가 이어지는 중이었다. 이전에는 큰 뉴스가 될 법한 흉악 범죄가 매일같이 발생하고 있다. 오늘 아침에는 센다이 시의 산부인과 병원에서 어린 아이들의 사체가 발견되었다. 범인은 불명. 세상은 조금씩 사람이 아닌 것들에게 침식당하고 있었다.

놀라운 것은 이 명백한 이변에 정부나 경찰이 전혀 대응을 하지 못하고 있다는 점이었다. 총리는 각 자치단체의 공안위원회에 방범 활동 강화를 지시했다고 하지만, 그런 것으로 사태가 수습될 리 없다. 야당은 빈부 격차의 확대가 치안 악화의 원인이라며 정부의 경제 정책을 비난했고, 우익 단체는 외국인 범죄 집단이 일본인을 죽이고 있다며 자위대에 치안 출동을 명령하지 않는 총리를 소극적이라며 비판했다.

와타루는 창문을 열고 거리를 내려다보았다. 나카노 역에 열차가 정차하고 개찰구에서 승객이 쏟아져나왔다. 배가 나온 샐러리맨, 아이와 함께인 여성, 행복하게 대화를 나누는 커플. 이전과 전혀 다르지 않은 경치였다. 모두가 이상한 상황은 알고 있지만, 불안감을 어디로 향해야 할지 알지 못한 채 결국 눈앞의 생활을 이어가는 것을 선택한 상태였다.

"알았어. 그럼 다음에 봐."

미요코가 작게 손을 흔들고 사무소에서 나갔다. 발소리가 계단 아래로 사라졌다.

소나 의식에 대해서는 누구에게도 말하지 않았다. 경찰에 설명해도 제정신을 의심할 뿐이리라. "다음 생은 없다"고 믿고 노력해 온 미요코에게도 지옥이나 귀신에 대해 말하기가 꺼려졌다.

창문을 닫고자 창문 손잡이에 손을 뻗었을 때 스마트폰이 진동했다. 무시할까 고민한 끝에 수화기 아이콘을 터치했다.

"여보세요. 하라다 와타루 씨인가요? 이바라키 현경의 우치다입니다. 우라노 선생님께 사건 상담을 하고 싶은데요. 사무소 전화가 연결되지 않아서요."

오늘만 해도 비슷한 전화를 열 통 넘게 받은 상태였다. 우라노의 부고는 각 자치단체의 경찰 본부에 전해졌을 테지만, 현장의 경찰관에게까지는 전해지지 않은 모양이다.

"죄송합니다. 우라노 선생님은 돌아가셨습니다."

스피커 건너편에서 숨을 삼키는 소리가 들렸다.

우라노는 죽었다. 틀림없는 사실이다. 요자와 형사부장에 의하면 시신은 간신히 찾은 먼 친척 노인에게 인계되었고, 화장도 이미 끝났다고 했다.

"설마, 이번 사건으로?"

사건이 너무 많아서 어떤 사건을 말하는지 알 수 없다.

와타루는 적당히 맞장구친 후에 전화를 끊었다.

상가 빌딩을 나서자, 피부를 찌르는 듯한 바람이 온몸을 휘감았다. 더플코트를 입은 중학생이 손바닥에 흰 입김을 내뿜고 있었다. 새해가 밝자 드디어 겨울다운 기온이 찾아온 듯했다.

갑자기 따뜻한 것이 먹고 싶어져서 저백계의 포렴을 넘었다. 미요코의 권유를 거절한 것이 후회되었다.

카운터 자리에 앉아서 맥주와 탄탄면을 주문했다. 가게에는 기름과 마늘 냄새가 충만했다. 미요코가 이곳에서 비밀을 털어놓은 것이 아주 오래전 일만 같다.

종업원이 가져다준 맥주를 입에 옮기려다가 갑자기 숨 쉬기가 괴로워졌다. 배 안쪽에서 위액이 밀려왔다.

와타루의 목을 조르고 있는 것은 죄악감이었다.

우라노는 인귀에게 찔려 죽었다. 하지만 와타루가 우라노와 처음으로 만났을 때, 우라노는 이노쿠비 역 앞 파출소의 경찰관에게 가슴을 찔렸어도 꿈쩍하지 않았다. 셔츠 아래에 방검조끼를 입고 있었기 때문이었다.

우라노가 기지타니에서 오사카로 향한 12월 26일 아침, 와타루가 가벼운 마음으로 방검조끼를 빌리지 않았다면 우라노는 지금도 살아 있을 터였다.

우라노는 와타루를 구해주었다. 그 은인의 목숨을 와타루가 빼앗은 것이다.

"주인장! 경찰서에 신고 좀!"

가게에 누군가가 뛰어 들어왔다.

돌아보자, 백발노인이 바닥에 엎드린 채 소리치고 있었다. 눈에 눈동자만 남은 것 같은 표정으로 지면을 노려보고 있었다. 그의 손바닥에는 피가 묻어 있었다.

"무슨 일입니까?"

주방에서 점장이 나와 불안한 듯 입구의 포렴을 들췄다. 와타루도 몸을 일으켜 길거리를 바라보았다.

차도 건너편에 아파트 쓰레기장이 있고, 노면에 넘칠 정도의 쓰레기봉투가 쌓여 있었다. 콘크리트 담으로 구분된 공간의 끝, 커다란 플라스틱통과 콘크리트 사이에서 ㄱ자로 꺾인 인간의 다리가 튀어나와 있었다.

"주, 죽었어!"

백발노인이 떨리는 목소리로 점장의 어깨를 찌르며 말했다. 쓰레기를 뒤지다가 쓰레기장 구석에 박힌 사체를 발견한 것이리라.

점장은 계산대의 전화기를 들고 경찰에 신고했다.

백발노인은 바닥에 주저앉아 있었지만, 문득 겁에 질린 눈으로 가게 안을 둘러보더니 발소리를 내지 않고 몸을 일으켰다. 그대로 살금살금 가게를 나가려고 했다. 와타루는 가게 안을 가로질러 백발노인의 팔을 붙잡았다.

"어디 가시나요."

백발노인이 깜짝 놀라 어깨를 떨었다.

"형씨, 이러지 좀 마."

"당신이 한 짓인가요?"

백발노인이 고개를 저었다. 입가의 수염에서 역겨운 냄새가 풍겼다.

"그럼 왜 도망치는 거죠?"

"경찰한테 들들 볶이는 건 이제 질색이야."

무릎이 떨렸다. 쓰레기를 뒤질 정도니까 생활이 어려우리라. 과거에 소매치기라도 해서 뜨거운 맛이라도 보았을지 모른다.

"맞다. 형씨, 탐정 일 하고 있지? 내가 아무 짓도 저지르지 않았다는 거, 형씨가 증명 좀 해줘."

백발노인이 매달리듯 와타루의 손을 잡았다.

우라노라면 고민하지 않고 고개를 끄덕였을 테지만, 와타루에게는 그런 도량이 없었다. 우라노와 함께 있을 때는 배짱이 두둑했지만, 자신에게 탐정의 재능은 없다. 탐정소설을 좋아할 뿐인 멍텅구리다.

"전 탐정이 아닙니다."

와타루가 말하자 백발노인은 손을 떼고 마른 아랫입술을 삐죽 내밀었다.

"아, 그래. 맥 빠지는군."

백발노인은 발길을 되돌리더니 저백계에서 나가버렸다.

자택에 돌아온 것은 다음날 오전 6시가 넘어서였다.

맞은편 가게에 있었을 뿐인데 아침까지 구속당하리라고는 생각지도 못했다. 하지만 달려온 경찰관 중에 구면인 사람이 있었기에 터무니없는 의심을 받지는 않았다.

경찰에서 듣기로는 쓰레기장에서 발견된 사체는 20대의 연극배우로, 둔기로 머리를 얻어맞고 국부가 잘렸다고 했다. 이것이 보통 사건인지 인귀의 범행인지는 알 수 없었다.

코트를 벗고 이불에 쓰러지자, 온몸에서 힘이 빠졌다. 맥주는 한 모금도 마시지 못했는데, 마치 만취한 것처럼 천장이 빙글빙글 돌았다.

눈꺼풀을 감는 것과 동시에 잠의 늪에 빠졌다.

스마트폰이 울렸다.

살짝 눈을 뜨자, 태양이 창문 위까지 떠올라 있었다. 경찰의 목소리는 더는 듣고 싶지 않았다. 잠시 진동음을 무시했지만, 아무리 기다려도 멈추지 않기에 결국 못 이긴 채 스마트폰을 집어 들었다.

"아, 하라와타?"

미요코의 목소리였다.

"응. 어쩐 일이야?"

"확인하고 싶은 게 있어서. 저기 말이야. 내가 말하면서도 이상하다는 건 알고 있지만."

가슴이 뛰었다.

"무슨 일인데?"

"아까 나카노 역 앞에서 어떤 남자가 말을 걸더니 우라노 탐정사무소에 어떻게 가는지 물어보더라고."

의뢰인일까. 사무소 전화가 연결되지 않기에 직접 담판을 짓고자 발길을 옮겼을지도 모른다.

"사무소는 문을 닫은 것 같다고 답했는데도 어떻게 가면 되는지 집요하게 묻는 거야. 이상하다고 생각해서 그 사람의 얼굴을 자세히 살펴보았는데……."

미요코가 그 이름을 입에 담았다.

와타루는 할 말을 잃었다.

바보 같은 소리. 그럴 리가 없다.

"……하라와타, 듣고 있어?"

깨닫고 보니 어느새 연립주택에서 뛰어나가는 자신이 있었다. 초췌한 몸을 다그치며 상점가의 인파를 헤집었다. 걷는 것만으로도 몇 번이나 넘어질 뻔했다.

10분 정도 만에 상가 빌딩에 도착했다. 계단을 올라 우라노 탐정사무소 앞에 섰다. 주머니에서 열쇠를 찾아 꺼내려다가 문이 살짝 열려 있다는 사실을 깨달았다. 열쇠를 가지고 있는 사람은 와타루를 제외하고 한 명밖에 없다.

문을 밀고 텅 빈 사무소를 들여다보았다.

부드러운 햇살을 받으며 남자가 큰대자로 누워 있었다.

"오, 왔나? 하라와타."

남자가 용수철처럼 상반신을 일으키더니 당돌한 미소를 지었다.

말이 나오지 않았다.

죽은 것이 분명한 우라노 큐가 거기에 있었다.

"표정이 왜 그래? 귀신이 인간에게 빙의해서 날뛰고 있잖아. 이 정도로 놀라진 말라고."

"……당신, 우라노 선생님이 아니죠?"

"맞아. 용케 알았네."

남자는 피우다 만 담배를 던져버리더니 머리를 긁으며 일어났다.

"우라노 큐는 죽었어. 나는 그 녀석의 몸을 빌렸지. 봐봐."

남자가 셔츠 끝단을 걷어 올렸다. 배에 커다란 흉터 자국이 새겨져 있었다.

"당신, 누구야?"

"염라대왕이 고른 일본 역사상 최고의 명탐정이라네. 사람들은 나를 이렇게 부르지. '반뇌의 천재'라고."

남자는 콧구멍을 넓히더니 잇몸을 드러내며 웃었다.

"고조 린도야. 잘 부탁해."

우라노는 단 한 번도 보인 적 없는 상스럽고 천박한 미소였다.

야에 사다 사건

1

하라다 가문의 인간은 자주 목이 잘린다.

오카야마 현 오카야마 시 기타 구에 위치한 마쓰야니구미 사무소 2층의 대강당. 무늬가 들어간 일본 전통복을 입은 남자가 와타루의 머리 위로 일본도를 내리쳤다.

"죽어!"

휘잉, 하고 공기를 가르는 소리가 나며 와타루의 목은 바닥으로 떨어졌다. 시야가 빙글빙글 돈다. 캬하하하하, 하는 굵은 웃음소리가 들렸다.

"아빠, 칼 가지고 장난치면 안 돼요."

미요코가 차가운 말투로 검도부의 전 주장다운 말을 꺼냈다. 시야의 흔들림이 뚝 멈췄다.

"미안, 미안. 장난이야."

남자는 일본도를 칼집에 넣고는 부끄러운 듯 입술을 앙다물었다.

까무잡잡한 피부, 짧게 자른 머리, 곰처럼 커다란 몸통. 남자의 이름은 마쓰야니 넨자쿠. 일본에서 가장 흉악하다는 지정폭력단 맛코카이의 직참이자, 산하 단체인 마쓰야니구미의 조장, 그리고 미요코의 아버지다.

"언제까지 그렇게 뻗어 있을 건데? 칼등으로 친 거잖아."

마쓰야니가 어이없다는 표정으로 말하고는 옆에 정좌하고 있던 남자에게 칼을 건넸다. 시야가 빙글빙글 흔들린 것은 현기증 때문인 모양이다. 와타루는 목덜미를 문지르며 상반신을 일으키고는 어깨를 움츠린 채 무릎을 꿇고 앉았다.

마쓰야니가 책상다리로 앉았다. 오른쪽에는 남자 두 명이 장례식에 다녀온 것처럼 검은 정장을 입고 앉아 있었다. 한 명은 뽀글뽀글 파마, 다른 한 명은 왁스를 바른 듯 번질거리는 7대 3 가르마의 남자다.

와타루는 그 앞에 미요코와 나란히 앉아 있었다. 빗속을 거닌 것처럼 땀을 흠뻑 흘리는 중이었다. 오늘은 조장에게 미요코와의 교제를 허락받기 위해 이곳을 찾은 참이었다.

"탐정 조수라고 해서 어떤 머저리 같은 놈인가 했더니, 꽤 듬직하네. 미요코가 말한 것처럼 머리는 그저 장식으로 달린 것 같긴 해도."

마쓰야니는 빙글 웃으며 와타루의 온몸을 핥듯이 둘러보

왔다. 일본도로 목을 치기도 하고 능력 없는 놈 취급을 하는 등 대단한 환영이다. 와타루는 학교에 다닌 적이 없지만, 우라노와 3년간 같이 움직인 덕에 나름대로 지혜를 키워왔다고 생각했건만.

"조장님, 칼등이 안전하다는 건 오해입니다. 사실은 무하마드 알리가 내지르는 주먹의 열두 배나 되는 위력이 있습니다."

와타루가 임기응변으로 잡학을 선보였다.

"나한테 대드는 건가? 겁을 상실했군. 죽어!"

"아빠, 계속 장난치실 거면 갈 거예요."

"미안."

에헤헤, 하고 마쓰야니가 웃었다.

"뭐 좋아. 자네, 우라노 큐 탐정사무소에서 일하고 있다고? 여기서만 하는 말이지만, 나는 그 남자에게 감사하고 있어."

마쓰야니는 헛기침을 한 번 한 후에야 멀쩡한 이야기를 꺼냈다. 탐정이 야쿠자에게 미움받을 일은 있더라도 감사받을 일은 없다. 무슨 말일까.

"혹시 저희 사무소가 휴대용 티슈라도 공급했나요?"

"바보 같은 소리. 우리는 딱 봐도 알겠지만 낡아빠진 야쿠자야. 의협을 중시하고 민간인에게는 폐를 끼치지 않고자 살고 있지. 하지만 시대가 바뀌었어. 고리타분한 법도에 따르지 않는 녀석들도 많아. 야쿠자 간판을 내건 채 사채나 매춘에 손을 뻗는 놈들도 있어. 그중에서도 악질인 건 이바라키카이지."

이바라키카이. 일본인이라면 누구나 아는 일본 최대 규모의 지정폭력단이다.

"맛코카이와 이바라키카이는 견원지간이야. 한번 싸움이 벌어지면 희생자가 여럿 나오지. 그렇기에 서로 선을 넘지 않도록 주의해왔어. 하지만 8년 전, 최악의 사건이 벌어졌지. 이바라키카이 계열의 산하 단체, 오사베구미의 바보 같은 애송이가 우리 선대의 집에 강도질을 하러 들어가서 할머니를 두드려 팬 거야."

마쓰야니의 두 눈동자에 어두운 빛이 떠올랐다.

"오사베구미 놈들은 사건이 동네 양아치들 짓이라고 우겼지. 물론 말도 안 되는 핑계였어. 오사베가 사죄를 하지 않으니 우리도 가만히 있을 수는 없는 법. 전쟁이라도 벌여야 하나 하고 몸을 일으켰을 때, 생각지도 못한 일이 벌어진 거야. 이바라키카이의 사무소에 압수수색이 들어가서 조장을 포함한 간부들이 통째로 잡혀 들어간 거지. 혐의는 각성제 취급법 위반. 우라노 큐가 경찰에게 손을 빌려줬다는 소문이 돌았어. 민간인에게 피해가 생기지 않도록 우라노가 전쟁을 막은 거야."

우라노가 각성제 밀수에 관한 문서를 발견하여 폭력단의 일제 적발에 공헌했다는 사실은 알고 있었지만, 그런 뒤이야기가 있다는 사실은 알지 못했다.

"마약 판로를 잃은 오사베구미는 완전히 힘을 잃었어. 최근에는 다시 재밌는 돈벌이를 찾아내서 힘을 키우고 있는 듯하지만, 그 무렵만큼의 힘은 없지. 과거에 그런 일이 있었는데, 미요코가 우라노 탐정사무소의 견습생과 사귀고 있다는 말을 듣고 난 신기한 인연을 느꼈어."

"그렇다면 저희가 사귀는 걸 허락해주시는 건가요?"

와타루가 흥분한 채 목소리를 높였다.

"내가 뭐 이래라저래라 할 생각은 없다."

마쓰야니 넨자쿠는 몸을 일으키더니 윗단에서 내려와 와타루에게 오른손을 내밀었다. 다시 어딘가를 때리는 것 아닐까 하는 생각에 자신도 모르게 몸에 힘이 들어갔다.

"저, 정말로 괜찮은 건가요?"

"안심해도 돼. 마쓰야니 가문의 인간은 절대로 거짓말하지 않아. 미요코도 그렇지?"

마쓰야니가 왼손으로 미요코의 머리를 쓰다듬었다. 아까 나를 때린 것은 뭐였냐고 따지고 싶었지만, 와타루는 가만히 사람 좋아 보이는 미소를 내보였다.

"야쿠자는 늘 위험과 함께하니까 자네와 얼굴을 마주하는 것도 이게 마지막이야. 와타루 군, 미요코를 소중히 여겨주게."

와타루는 손바닥의 땀을 셔츠에 닦은 후에 마쓰야니의 커다란 손을 맞잡았다. 뭐가 어찌 된 일인지는 잘 알 수 없지만, 우라노 덕에 미요코와 계속해서 교제해도 될 것 같았다. 꼬리가 있다면 붕붕 흔들고 싶은 기분이었다.

"감사합니다."

한 가지 안타까운 일은 사무소에 돌아가도 우라노에게 감사를 전할 수 없다는 점이다.

우라노 큐는 더는 이 세상에 없으니까.

2

"고조 린도야. 잘 부탁해."

우라노 큐와 똑 닮았지만 어떻게 보더라도 우라노 큐라고는 생각되지 않는 남자가 웃으면서 그렇게 말했다. 2016년 1월 5일 화요일 오후. 낮은 태양 빛이 들어와서 사무소에는 미지근한 기운이 떠돌았다.

"하라와타, 내게 힘을 빌려줘."

와타루는 곧장 방을 둘러보았다. 짐을 정리해서 복도로 옮겨놓은 탓에 무기가 될 법한 것은 눈에 들어오지 않았다.

"하라와타, 듣고 있나?"

와타루는 허리를 낮추고는 오른손 스트레이트로 남자의 뺨을 쳤다.

남자는 완전히 방심하고 있었던 듯 바닥에 그대로 엉덩방
아를 찧었다.

"뭐 하는 거야!"

"얼굴을 때렸는데요."

"왜 때리는데? 네가 좋아하는 고조 린도라고!"

남자는 몸을 비틀더니 쿨럭쿨럭 기침했다.

"안 속습니다. 당신, 인귀죠?"

스즈무라 아이지가 행한 소나 의식에 의해 지옥에서 죽은
자들을 괴롭히던 귀신들이 현세에 되살아났다. 스즈무라의
아버지, 무나카타 다다시는 우두나 수백 년 전의 무사들을
현세로 불러오려 했지만 실패했고, 아버지의 시행착오를 통
해 학습한 스즈무라는 과거 수십 년 사이에 죽은 젊은 인귀
를 되살리려고 했다.

현세에서 악행을 저지른 자들은 사후 지옥에 떨어진다. 하
지만 엄청난 악행을 저지른 자는 염라대왕에게 뽑혀 귀신으
로서 일하도록 명령받기도 한다. 이것이 인귀다.

만약 소나 의식에 의해 고조 린도가 되살아났다면, 고조
는 사후에 인귀가 되었다는 말이 된다. 하지만 수많은 흉악
범죄의 진상을 밝히고 사람들의 평온한 삶을 지킨 명탐정이
지옥에 떨어질 리 없다. 그러니 이 남자의 정체는 고조 린도
를 사칭하는 가짜다.

"잠깐만. 나는 죽은 사람이지만 귀신은 아니야. 다른 녀석

들과는 태생이 달라."

남자는 양손을 내밀며 와타루와 거리를 벌리더니, 다시금 셔츠를 들어 올렸다. 배의 흉터 자국이 드러났다.

"나는 소나 의식으로 되살아난 게 아니야. 이게 증거라고."

잘 보자, 흉터는 묘하게 반들거렸다.

"무슨 말이죠?"

"소나라는 건 귀신의 혼을 현세로 불러들여서 살아 있는 인간에게 빙의하는 의식이지. 죽은 육체를 되살릴 수는 없어. 그런데 보라고. 내 몸은 어떻게 봐도 우라노 큐고, 찔린 상처도 깨끗하게 봉해져 있잖아. 죽은 육체를 되살릴 수 있는 건 극락의 아미타불과 지옥의 염라대왕뿐이야."

우라노가 쓰케야마 병원에서 죽은 것은 틀림없는 사실이다. 시신은 먼 친척 노인이 인수해 쓰치우라 시내의 화장장에서 화장되었을 터였다.

"아미타불이 당신을 되살렸다는 말인가요?"

"아니. 내 거래 상대는 염라대왕이야. 나는 죽은 후, 지옥으로 보내졌어. 그쪽 녀석들은 내 훌륭한 공덕 중 대다수를 이해하지 못한 듯하더군.

그로부터 80년. 이번 소나 의식은 염라대왕에게도 아닌 밤중에 홍두깨였지. 지옥이라는 곳은 예부터 인력이 부족하거든. 귀신은 줄었는데 죽은 자가 대량으로 현세로 가버리면 영혼을 수습할 수 없게 돼. 그래서 염라대왕은 영혼 퇴치를 위해 나를 되살린 거야."

소나 의식으로 골머리를 썩고 있는 것은 이쪽 세상의 인간만이 아니라는 말인가.

"어째서 당신이 뽑힌 거죠?"

"그게 아니야. 내가 앞장서서 자원했어. 되살아난 인귀 중에 80년 전에 나를 죽이려던 불한당이 있거든. 그 녀석만 되살아나선 속이 뒤틀리잖아. 내가 인귀들을 죄다 지옥으로 되돌려 보낼 테니 대신 나를 현세로 되돌려 보내달라고 염라대왕에게 제안했어. 인귀라고 해도 생전에는 그저 범죄자일 뿐. 일본 제일의 탐정 손에 걸리면 찾아내는 건 식은 죽 먹기지. 염라대왕은 인귀의 행방을 알 수 없어서 곤란해하던 참이라 내 제안을 받아들일 수밖에 없었어."

"지옥으로 되돌린다니, 어떻게 하는 겁니까?"

"간단해. 다 죽여버리면 돼. 혼은 귀신이더라도 몸은 인간이야. 숨통을 끊으면 죽어."

남자는 자신의 목에 손을 가져가더니 가로로 선을 긋고는 혀를 내밀었다. 진짜 우라노라면 몇 번을 다시 태어나도 이런 동작은 취하지 않으리라.

"내가 우라노 큐의 몸을 받은 게 마음에 들지 않는 건가? 나도 옛날의 내 몸이라면 더 좋았겠지만, 공교롭게도 80년 전에 화장되어버려서 말이야. 갓 죽은 몸이라면 누구든 좋았지만, 기왕이면 탐정의 몸을 받는 게 나을 것 같아서. 사무소도 있고, 실적도 있고, 덤으로 조수도 있잖아. 이 상태라면 수사하기도 쉬울 테고."

"우라노 선생님의 시신은 화장된 거 아니었나요?"

"내가 되살아났을 때는 장례식이 끝나고 장례식장의 안치소에서 코 자고 있을 때였어. 관에는 다른 사체를 쑤셔 넣어 뒀지 뭐."

"그 옷은?"

"이건 유품이야. 우라노의 할아버지가 보관하고 있던 걸 훔쳤어."

남자는 주눅도 들지 않고 껄껄 웃었다. 사무소 열쇠도 유품 중 하나였으리라. 농담 같은 이야기지만, 우라노 큐와 판박이라는 점이 그저 단순한 사기꾼은 아니라는 무엇보다 큰 증거였다.

"갑자기 때려서 죄송합니다."

와타루가 고개를 숙이고 사과했다.

"용서할 테니 내 종자가 되어줘. 저세상에서 매일 지켜본 덕에 세상이 어떻게 굴러가는지 대충 알고는 있지만, 80년 만이다 보니 모르는 것도 많거든. 내게 힘을 빌려줘."

남자는 오른손으로 와타루의 손바닥을 잡더니 왼팔을 어깨에 둘렀다.

"저보고 조수를 하라는 말인가요?"

와타루는 남자의 손을 떼어 내며 물었다. 직함은 정확하게. 우라노의 유언이다.

"아니, 종자."

"뭐가 다른 거죠?"

"내 일을 돕는 게 조수. 내 명령에 따르는 게 종자. 난 조수는 고용하지 않기로 마음먹었거든."

"사몬 가도로는 조수였지 않나요?"

남자의 뺨이 경련했다.

"그 녀석은 조수도 뭣도 아니야. 생판 모르는 사기꾼이라고. 죽으면 불평을 쏟아내려고 했는데, 허풍선이인 주제에 어째선지 극락에 가버렸지 뭐야. 애초에 살인 파계승이나 벨벳 망토의 연쇄살인범 따위가 실존한다고 생각해?"

"설마…… 없나요?"

"당연한 소릴. 어쨌든 넌 내 종자가 되어줘야겠어. 호칭이 마음에 들지 않는다면 식사 당번이어도 되고."

명칭은 둘째치고, 와타루에게 거절할 이유는 없었다. 그렇다고 생각했다. 우라노가 죽은 지 일주일, 인귀의 손에 많은 목숨이 희생되고 있음에도 불구하고 아무것도 하지 못하는 자신이 한심해서 견딜 수 없었다. 인귀를 찾아내 우라노의 원한을 갚을 수 있다면 그야말로 바라는 바다. 거절할 이유는 없었다. 하지만.

"저, 당신이 고조 린도라는 사실을 도저히 믿기 어렵습니다. 어렸을 때부터 고조 린도는 스마트하고 품격 있는 탐정이라고 생각했거든요."

"싸우자는 거야? 죽여버린다."

역시 품격이 없다.

"아니, 미안. 네가 당혹해하는 것도 무리는 아니지. 사몬 가도로가 나를 품행이 방정하고 청렴결백한 탐정으로 소설에서 그린 게 잘못된 거야."

"그럼 반뇌의 천재라는 건?"

"그건 신문이 붙인 실제 별명 맞아. 시베리아에서 총에 맞아 뇌의 3분의 1이 날아가버린 것도 사실이지만, 원래부터 천재였기에 뇌가 줄어든 후에 똑똑해진 건 아니고."

남자는 두개골 안쪽을 확인하듯 자신의 머리를 쓰다듬었다.

"제가 좋아한 고조 린도는 가짜였던 거군요."

"왜 결론이 그렇게 되나? 조금 각색이 되긴 했지만, 내가 수많은 사건을 해결한 건 사실이거든."

"입으로는 무슨 말이든 할 수 있으니까요."

남자는 와타루의 발끝부터 머리까지를 천천히 올려다보더니, 눈썹을 팔자로 찌푸리고는 저잣거리의 불량배처럼 와타루를 노려보았다.

"한심한 녀석이군. 제멋대로 오해하고 제멋대로 실망하다니."

"죄송합니다. 하지만 역시 못 믿겠어요."

남자는 화를 참듯 심호흡한 후에 갑자기 손가락 네 개를 세웠다.

"나흘이야."

"네?"

"죽은 우라노 큐가 연쇄 방화사건 수사를 의뢰받은 후에 범인을 찾아내기까지 걸린 기간. 오늘부터 4일만 내 말을 들어. 그러면 그 사이에 인귀 한 마리를 지옥으로 되돌려보낼 테니. 그렇게 하면 내 재능을 인정해."

"경찰이 꼬리조차 잡지 못하는 사건의 범인을 찾는다고요? 80년 만에 현세로 되돌아왔는데?"

"쉬운 일이야. 나는 천재니까."

남자가 거칠게 콧김을 내쉬었다.

"알겠습니다."

와타루는 고개를 끄덕였다. 완전히 말려든 듯한 기분이 들었지만, 이 남자가 정말로 희대의 명탐정이라면 협력을 아낄 이유는 없었다.

와타루는 4일이라는 기간 한정으로, 고조 린도의 종자가 되었다.

3

1월 7일 오전 10시. 이틀 만에 사무소로 발길을 옮기자

반쯤 열린 문에서 음식물쓰레기 같은 악취가 새어 나왔다. 사무소의 경치는 달라지지 않았지만, 어딘지 불쾌한 세계로 빠져든 것 같은 기분이 들었다.

고조는 소파에 기댄 채 코를 골고 있었다. 수염이 자라나 번들번들한 수염이 목에 달라붙어 있었다. 테이블에는 소주병, 재떨이에는 담배꽁초, 바닥에는 여성용 패션 잡지. 우라노 큐의 자택은 이미 계약을 해지한 상태였기에 고조는 그저께부터 사무소에 머물고 있었다.

"우아악!"

소리를 내며 소파에서 떨어진 고조는 물개처럼 목을 밀며 몸을 일으키고는 오른손으로 눈꺼풀을 긁으며 왼손을 들었다.

"여! 하라와타. 이틀 만이네. 휴가는 즐거웠나? 여자랑은 했고?"

야쿠자의 사무소를 방문한다는 사실은 이 남자에게 알리지 않았다. 마치 셜록 홈스처럼 내 행선지를 맞히지는 않을까 기대했으나, 그런 일은 벌어지지 않았다.

약속한 기일까지 앞으로 이틀. 샅샅이 돌아다니며 정보를 긁어모아 인귀를 쫓지는 않을까 생각했지만, 고조는 사무소 계좌에서 인출한 돈으로 술만 마셔대고 있었다.

"인귀는 잡을 수 있을 것 같나요?"

"음. 몸풀기로 딱 좋아 보이는 녀석을 찾아냈지."

그렇게 말하더니 입술에 묻은 침 자국을 닦았다.

와타루는 화이트보드를 올려다보았다. 고조가 쓴 삐뚤삐
뚤한 글자가 나열되어 있었다.

◈ 1932년 다마노이케 토막 살인사건
◈ 1936년 야에 사다 사건
◈ 1938년 쓰케야마 사건
◈ 1948년 세이긴도 사건
◈ 1948년 쓰바키 산부인과 사건
◈ 1979년 요쓰바 은행 인질사건
◈ 1985년 농약 콜라 사건

고조는 현세에 되살아날 때, 인귀들이 생전에 일으킨 악행
에 대해 염라대왕에게 들었다. 그것이 이 일곱 가지 사건이
다. 어떤 것이든 유명한 사건인 듯하지만, 와타루가 알고 있
는 것이라고는 쓰케야마 사건뿐이었다.

"이 중에 어떤 건가요?"

고조는 하품하면서 방을 둘러보더니 테이블 아래에서 신
문지 다발을 끌어당겨 꺼냈다.

"읽어 봐. 최근 일주일간 도쿄에서 벌어진 세 건의 살인사
건 기사야."

와타루는 고조의 말에 따라 세 건의 기사를 읽었다.

첫 번째 사건은 12월 31일 섣달그믐날 밤에 일어났다. 회사원 남성이 도쿄 도 분쿄 구 신오쓰카의 아파트 지하 주차장에서 살해당했다. 사인은 후두부 구타에 의한 대뇌타박상. 사체의 바지는 벗겨진 채였고 부엌칼로 국부를 절단당한 상태였다.

살해당한 것은 가가 다이시, 35세. 부동산 중개회사 사원으로, 28일부터 연말 휴가 중이었다. 근처에 사는 여자친구가 그와 연락이 닿지 않는 것을 의아하게 여겨 아파트를 찾았다가 주차장에서 사체를 발견했다.

두 번째 사건은 새해가 밝은 1월 2일에 일어났다. 도쿄 도 기타 구의 아라 강 하천변에서 남성이 살해당했다. 사체는 둔기로 후두부를 얻어맞은 상태였으며, 바지는 무릎까지 벗겨져 있었고 국부가 절단된 상태였다.

피해자는 마키노 다쓰노리, 41세. 소규모 연예기획사를 경영 중이었다. 이혼한 아내와의 사이에 아이가 두 명 있지만, 최근에는 아카바네 역 앞 아파트에서 혼자 살고 있었다. 3일 오후 6시 넘은 시각, 하천변에서 애견과 산책하던 남성이 풀숲에 쓰러져 있던 마키노의 사체를 발견했다. 기사는 신오쓰카 사건과의 유사성을 지적하면서도, 피해자 사이에 접점이 없다는 점에서 두 사건의 관련성은 적다고 끝맺었다.

그리고 세 번째. 1월 4일 밤, 나카노 구의 아파트 쓰레기장에서 남성의 사체가 발견되었다. 사체는 둔기로 후두부를 구타당했고 국부를 절단당했다.

"……응?"

세 번째 사건에는 짚이는 데가 있다. 저백계 앞 아파트에서 백발노인이 발견한 바로 그 사체였다. 신고 당시 가게에 있던 탓에 와타루도 경찰에 가서 참고인 조사를 받았었다.

살해당한 것은 마쓰나가 유, 28세. 예전에는 연극 무대를 중심으로 활약한 배우였지만, 최근 반년간은 활동 무대를 유튜브로 옮겨 살인사건 현장을 중계하거나, 길을 걷는 샐러리맨에게 폭죽을 터뜨리거나, 서로 적대 중인 폭주족의 리더를 같은 가게로 부르는 등의 과격한 동영상만 업로드했다. 묘하게도 사건 후, 사체 발견 현장을 찍은 촬영자를 알 수 없는 동영상이 업로드되어 마쓰나가 유의 동영상을 훨씬 뛰어넘는 재생수를 기록했다고 한다.

"어느 사건이든 남성의 국부가 절단되었네요."

"맞아. 이건 뭐, 아에 사다 사건의 범인이 저지른 짓이지."

고조는 오피스 체어에 앉은 채 〈논노〉 잡지의 특집 페이지를 넘기면서 말했다.

와타루는 화이트보드를 바라보았다. 일곱 건 중에서는 두 번째로 오래된 사건이다.

"어떤 사건이죠?"

"음, 남자가 그곳을 잘린 사건이야. 이봐, 지금 바로 도서관에 가서 사건 자료를 빌려오도록 해."

"제가요?"

와타루가 눈을 깜박이며 말하자,

"당연한 소리. 넌 내일까지 내 종자잖아."

고조는 책상을 치며 목청을 높였다.

와타루는 나카노 중앙도서관을 찾아 야에 사다 사건 자료를 모았다. 나름 유명한 사건인 듯, 예심 조서 해설서부터 엽기 사건을 모은 무크지까지 다양한 자료를 찾을 수 있었다.

야에 사다란, 사건 가해자로 여겨지는 요리점 점원의 이름이다.

1936년 5월 18일, 야에는 연애 중이던 가이세키 요리점의 점주, 이시모토 기치조를 교살하고 성기를 절단한다. 야에는 이시모토의 성기와 함께 모습을 감추지만, 이틀 후, 에도가와 구의 한 여관에 숙박 중인 것이 발견되어 체포된다.

야에는 1910년생. 사건 당시에는 25세였다.

처참한 무대가 된 것은 아라카와 구의 환락가, 오바라초의 대합여관 '미사키'다. 대합여관의 본래 목적은 게이샤를 불러서 놀 수 있도록 방을 빌려주는 것이지만, 실제로는 모텔처럼 사용되는 일도 많았다. 미사키는 큰길에서 벗어난 스미다 강의 한편에 세워진 작은 대합여관으로, 방은 1층과 2층에 하나씩. 하지만 2층 방에 손님이 드는 일은 드물었다.

미사키의 여주인은 사건 일주일 전, 5월 11일 아침에 벌레 떼의 습격을 받는다. 스미다 강에서 발생한 하루살이 떼가 강에 면한 장지창 틈새를 통해 1층 방으로 들어온 것이다. 여주인은 장뇌를 뿌려 하루살이를 퇴치했지만, 덕분에 방에서는 고약한 냄새가 났고 다다미는 하루살이의 사체로 가득했다.

야에 사다와 이시모토 기치조가 미사키를 찾은 것은 이날 오후의 일이었다. 1층은 사용할 수 없는 상태였기에 여주인은 두 명을 2층 방에 묵게 했다.

둘은 사이가 좋은 듯, 일주일간 미사키에 머물렀다. 이시모토는 몇 번인가 햇볕이 뜨거우니 방을 1층으로 옮겨달라고 했지만, 여주인은 그 요청을 묵살했다. 언제 하루살이 무리가 다시 밀려들지 알 수 없는 방에 손님을 재울 수는 없었으리라.

그리고 맞이한 5월 18일. 사건은 벌어졌다.

오전 5시 30분. 2층 방에서 남성의 비명이 울려 퍼졌고, 잠시 뒤 황급히 도주하는 듯한 발소리가 들렸다. 이변을 깨달은 여주인은 침실에서 뛰어나와 계단을 올라 방문을 열었다. 방에 여성의 모습은 없었고, 남성은 발가벗은 채 잠자리에 누워 있었다. 이상할 정도로 많은 피가 사타구니 주변의 이불을 새빨갛게 물들였다.

여주인이 어떤 상황이 발생한 것인지 이해하지 못하고 우뚝 서 있자, 복도에서 현관문을 여는 소리가 들렸다. 바깥으로 나가는 나막신 소리가 그 뒤를 이었다. 같이 머물던 여자가 도망쳤다고 깨달은 여주인은 프런트로 돌아가 경찰에 신고하려고 했다. 하지만 어쩐 일인지 전화가 연결되지 않았다. 이후의 수사에 의하면, 누군가에 의해 전화선이 절단되어 있었다고 한다.

여주인은 바깥으로 나가서 조용한 새벽의 환락가를 달려 파출소로 경찰을 부르러 갔다. 이때 여주인은 거리를 여기저기 확인했지만 여자의 모습은 보이지 않았다.

5시 50분. 여주인과 함께 미사키를 찾은 경찰이 2층 방에서 이시모토를 발견했다. 몇 분 후에는 의사도 달려왔지만 이시모토는 이미 숨을 거둔 상태였다. 사인은 질식사. 국부는 예리한 날붙이로 절단되어 있었다. 방에 있던 것은 이시모토의 짐과 일주일 치 신문, 그리고 피가 묻은 부엌칼뿐이었고, 야에의 짐은 없었다.

경시청은 곧장 오바라 경찰서에 수사본부를 설치하여 야에의 행방을 쫓았다. 2·26 사건(1936년 2월 26일에 일본 육군의 청년 장교들이 일으킨 쿠데타를 말한다—옮긴이)으로부터 3개월. 닥쳐오는 전쟁의 기색에 팽팽한 긴장 상태였던 국민들은 애인 관계였던 여성에 의한 국부 절단이라는 충격적인 사건에 끓어올랐다. 신문이나 라디오는 야에의 도주를 선정적으로 보도했고, 비슷한 여성이 나타날 때마다 각지에서 소동이 벌어졌다.

사건 이틀이 지난 5월 20일. 야에는 에도가와 역 앞 여관 '에도가와 관'에 가명으로 숙박 중인 것이 발견되어 체포되었다. 경찰 조사에서 야에는 성행위를 하는 중에 목을 졸라 이시모토를 살해했고, 성기를 절단해서 도망쳤다는 사실을 인정했다.

야에의 짐에서는 잡지 페이지로 싼 음경과 고환이 발견되었다. 잡지는 여주인이 파지 수거를 위해 노끈으로 묶어 뒤뜰에 놓아두었던 것으로, 야에는 여관에서 도주할 때 재빨리 종이를 열 장 정도 찢어서 성기를 감쌌다고 했다. 잡지는 오랜 시간 야외에 놓여 있었기에 종이에 흙먼지가 묻어 있었고, 그것으로 감싼 음경도 더러워진 상태였다.

그 후의 재판에서는 둘의 이상한 관계가 드러났다. 살해당한 이시모토 기치조는 야에가 일하던 가이세키 요리점 '이시모토야'의 점주였다. 야에는 글을 읽을 수 없었기에 가게의 영업이 끝난 후 종종 이시모토에게 신문이나 잡지를 읽어달라고 부탁했다. 이윽고 둘은 연인 사이가 되었고, 4월말에 사랑의 도피를 감행했다. 대합여관을 전전한 끝에 도착한 것이 미사키였다.

야에는 성행위 도중 때때로 허리띠로 이시모토의 목을 졸랐고, 이시모토도 그것을 즐겼다. 야에가 "성기를 잘라서 당신과 영원히 함께하고 싶어요"라고 말하자 이시모토는 처음에는 놀란 표정을 지었지만, 곧장 "네 첫 번째가 될 수 있다면 나쁘지 않지"라고 답했다고 한다.

　이시모토는 가이세키 요리점 '이시모토야'의 7대째 점주로, 정이 많고 남을 잘 돌보는 남자였다. 겉으로는 주머니 사정이 좋은 것처럼 보였지만, 실제로는 경제 공황의 여파로 손님의 발걸음이 뜸해져 있었다는 듯, 이시모토가 죽은 이후에 그가 야쿠자에게 돈을 빌린 상태였다는 사실이 판명되었다. 가게를 꾸려나가는 일과 금전적인 압박에 시달려 신경 쇠약 상태였던 모양이다. 사체의 팔에는 주사 자국이 많았기에 메스암페타민 중독도 의심받았지만, 시신에서 약물은 검출되지 않았다.

　야에는 예비심문에서 살해 동기에 관한 질문을 받자, "그 사람이 너무 좋아서 독점하고 싶었습니다"라고 대답했다. 국부를 절단한 이유를 묻자 "성기가 있으면 이시모토와 함께 있는 기분이 들어 외롭지 않을 것 같아서요"라고 말했다.

　"훌륭하고 건강한 범행 동기로군. 세상의 악당들도 이렇게 인간미 넘치는 이유로 죄를 저질렀으면 좋겠는데."

　고조는 예심조서 해설서를 다 읽고 책을 테이블에 던져버린 후에 진심인지 비아냥거림인지 알 수 없는 말을 꺼냈다.

　"하지만 당시부터 진짜 동기는 따로 있는 게 아닌가 하는 소문이 있었던 모양인데요." 와타루는 〈실록 엽기사건—요부 야에 사다의 진실〉이라는 제목의 잡지 기사 복사본을 손에 들었다. "그중 유명한 것으로는 탐정잡지설과 화학공해설이 있어요."

"뭐야, 그게."

"탐정잡지설이란, 문자 그대로 탐정잡지가 야에 사다를 범행으로 몰아붙였다는 설입니다. 그도 그럴 게 야에가 국부를 감쌀 때 사용한 잡지가 바로 〈탐정문예〉라는 문란하고 저속한 탐정소설잡지였다더군요. 야에는 전부터 이시모토에게 잡지를 읽어달라고 했다는데, 둘이 〈탐정문예〉를 읽었을 가능성도 있습니다. 그래서 소설에 감화된 야에가 이시모토를 죽이고 국부를 절단한 게 아닐까 하는 설입니다. 간사이 대학의 오사카 도라노스케 교수가 이 설을 제창했고, 〈탐정문예〉의 마쓰노 편집장이 해명하는 사태가 벌어졌죠."

"야에 사다는 국부를 신문지로 감싼 거 아니었나?"

"아니요. 잡지를 찢은 종이였어요. 예심조서에도 그렇게 적혀 있어요."

와타루는 책을 넘기며 답했다.

"뭐, 어느 쪽이든 상관없어. 하지만 읽으면 남자의 그곳을 잘라버리고 싶어지는 소설이 있다면 읽어 보고 싶군."

고조가 크게 하품했다. 바퀴벌레도 맨발로 도망칠 것 같은 냄새가 났다.

"또 하나의 화학공해설은 더 심합니다. 당시의 스미다 강은 공장 폐수에 의한 오염이 진행되고 있었다더군요. 사건

전날, 식품공장에서 다량의 화학물질을 포함한 폐수가 방출되었다고 알려졌죠. 그리고 야에는 강에서 잡은 물고기나 수초를 통해 다량의 화학물질을 섭취한 탓에 일시적으로 조증 상태에 빠져 이시모토를 살해하고 말았다는 겁니다."

"그런 화학물질이 있다면 일본군이 기뻐하겠네."

고조가 콧방귀를 뀌었다.

"전혀 근거 없는 이야기인 것만은 아니에요. 야에가 이시모토를 죽인 것과 거의 같은 시각에 오바라초에서도 흉악한 사건이 벌어졌거든요. 18일 오후 4시경, 스미다 강변에 남성의 사체가 떠올랐습니다. 사인은 익사. 다만 머리에 구타 흔적이 있었기에 누군가에게 머리를 얻어맞아 강에 떨어진 것으로 추정되고 있어요.

실은 미사키의 여주인이 5시 30분에 파출소로 향하던 때, 다리 위에서 이 남자와 스쳐 지나갔습니다. 하지만 50분에 경찰관을 데리고 돌아올 때, 남자의 모습은 없었죠. 여주인이 미사키와 파출소를 왕복한 20분 사이에 남자는 누군가에게 맞고 다리에서 떨어진 듯합니다."

"그 사건의 범인도 화학물질로 머리가 이상해졌다고 말하고 싶은 건가?"

"네. 당시의 전국노동조합회의가 이 설을 주장했습니다."

"억지로군. 진지해 빠진 녀석들은 야에 사다의 순박한 동기를 용서할 수 없었던 거야. 너무나 좋아서 견딜 수 없었다.

성기가 필요하다. 그걸로 충분하지 않나?"

고조는 야에의 범행 동기가 꽤 마음에 든 모양이다.

"이 범인이 사후, 지옥에 떨어져 인귀가 되었고, 이번의 소나 의식으로 현세에 되살아났다는 말이로군요."

"맞아. 뭔가 이상한가?"

바라지도 않았는데 현세에 되살아나서, 좋아하지도 않는 남자의 국부를 절단하는 중이라면 분명 동정하고 싶어지기도 한다.

"한번 죽어서 인귀가 되면 인간의 마음은 없어지는 건가요?"

"그렇지는 않아. 기억이나 성격, 습관, 버릇처럼 뇌에서 유래한 성질은 육체가 달라져도 계승되지. 그런 데다 저세상에서의 역할은 죽어서 지옥에 떨어진 자를 괴롭히는 거야. 아무 의미도 없이 죽은 자를 괴롭히다 보면 금방 마음이 망가져버려. 그렇기에 인귀들의 혼은 생전의 악행을 반복함으로써 쾌락을 느끼게끔 바뀌는 거야."

야에 사다의 혼은 사람을 죽이고 국부를 절단함으로써 쾌락을 느끼게 되어버렸다는 말인가.

"생전의 악행이라고 해도 지금 시대에는 쉽지 않은 일도 있겠네요. 화살로 쏴 죽인다거나 칼로 베어 죽인다거나. 만약 그런 인귀가 되살아난다면 어떻게 될까요."

"그거야 지금 쓸 수 있는 방식 중에 비슷한 것으로 바뀔

뿐이겠지. 애초에 완전히 같은 수단을 쓰는 건 불가능하니까 말이야. 방법이 비슷할수록 쾌락은 늘어나는 모양이지만, 완전히 같아야 할 필요는 없어."

야에 사다의 경우, 수단을 그대로 따르고자 한다면 피해자와 같이 침소에 들고 목을 졸라 죽여야만 한다는 말이 된다. 하지만 80년 전과는 다르게 이번에 죽인 것은 애인이 아니라 완전한 타인이다. 하천변이나 지하 주차장 그늘에서 틈을 노려 덮치는 것이 현실적인 수단이라는 말이리라.

"만약에 말인데요, 인귀가 상대에게 반격을 당해 치명상을 입으면 어떻게 되죠? 그 경우에도 평범하게 죽습니까?"

"응, 죽어. 애초에 소나라는 건 죽은 자의 혼을 산 자의 육체에 찔러 넣는 엉망진창인 의식이야. 소나로 되살아난 혼은 숙주가 되는 인간의 육체에 엄청난 부하를 주지. 내버려 둬도 며칠에서 몇 주 사이에 손을 쓸 수 없게 되어 제멋대로 죽을 거야."

고조가 흰자를 드러내며 테이블에 쓰러져 보였다. 그런 이야기는 처음 듣는다.

"그럼 고조 씨가 퇴치하지 않아도 몇 주가 지나면 혼은 없어지는 건가요?"

"그렇지는 않아. 소나로 되살아난 인귀는 다른 육체로 옮겨가게 돼. 몸이 엉망이 되었다면 다음 몸으로 옮겨가면 그뿐이야."

"그렇다면 인귀를 지옥으로 돌려보내는 건 불가능하지 않나요? 인귀는 죽을 것 같아지면 다른 육체로 옮겨가면 되니까요."

"그렇게까지 자유자재로 옮길 수 있는 건 아니거든. 혼을 옮기려면 DNA가 함유된 액체의 접촉이 필요해. 가장 간단한 건 상대를 물고 뜯어서 타액과 피를 접촉하는 것. 그러니까 그 틈을 주지 않고 뇌를 깨버려야 하지."

갑자기 고조가 이쪽을 향하더니 와타루의 머리 꼭대기를 두드렸다. 재떨이가 뒤집혀서 담배꽁초가 하늘을 날았다.

"혼이 이동하게 되면 혼이 빠진 쪽의 몸은 어떻게 되죠?"

"의식이 없는 폐인이 되어 몇 분에서 몇십 분 뒤에 죽고 말아."

"고조 씨도 앞으로 며칠 후에는 엉망이 되어서 다른 사람에게 옮겨가는 건가요?"

"나는 소나로 되살아난 게 아니야. 염라대왕이 직접 혼을 시체에 쑤셔 넣었지. 인귀처럼 육체를 바꾸지 않아도 휘청대는 할아버지가 될 때까지 안 죽어."

고조는 수납장을 열더니 화장실용 빗자루를 꺼냈다. 담배꽁초를 정리하라는 신호인 모양이다.

"넌, 걱정이 참 많군. 안심해. 약속한 대로 내일이 되면 인귀를 죽이는 장면을 보여줄 테니까."

"이제부터 어쩌실 셈인가요?"

"이미 수단은 강구해 놓았어. 우선 정보상부터 만나러 가자."

고조가 기지개를 켜자, 말려 올라간 셔츠에서 하복부의 털이 보였다.

4

오후 7시 50분. 와타루와 고조는 신주쿠 구 햐쿠닌초의 찻집 '라이미'의 가장 안쪽, 키가 큰 관엽식물에 가려진 테이블석에서 약속 상대를 기다리고 있었다.

"할아버지랑 할머니뿐이군. 너구리 행렬을 보는 기분이야."

고조가 횡단보도를 건너는 인파를 보며 중얼거렸다. 고조가 살던 무렵의 평균 수명은 40대 중반이라고 하니 거리에 노인만 가득한 것처럼 보이는 것도 무리는 아니다.

"현재 평균 수명은 80세가 넘으니까요. 일본인의 최고령 기록은 117세예요."

"인간 맞아? 괴물 아니고?"

"실례되는 발언은 하지 마세요." 자신도 모르게 아이를 혼내는 말투가 된다. "고조 씨는 몇 살 때 죽었나요?"

"서른여섯. 한창때였지."

"왜 죽은 거죠? 역시 악당의 함정에 빠졌나요?"

"뭐, 그런 셈이야."

"경찰이 치안 악화를 막기 위해 부고를 숨겼다는 말은 진짜인가요?"

"그래. 그때 경찰들이 허둥대는 모습을 보니 나도 저세상에서 한숨이 나오더라."

고조가 쓴웃음을 지었다. 저세상에서는 생각보다 이쪽의 상태가 잘 보이는 모양이다.

"엇, 약속한 할배가 왔군."

고조가 몸을 일으켜 관엽식물 건너편으로 얼굴을 내밀었다.

들어온 것은 강아지를 데리고 온 날렵한 남자였다. 나이는 50대, 아직 할아버지라 불릴 연령대는 아니다. 뒤로 넘겨 올백으로 고정한 짧은 머리에 형태가 좋은 코가 자리 잡았다. 스트라이프가 들어간 스리피스 정장은 롯폰기 주변에서 흔히 볼 수 있는 외국계 증권맨 같았다.

손에 쥔 하네스에는 래브라도 리트리버가 묶여 있었다. 개는 턱을 앙다물고 차분한 얼굴로 가게 안을 둘러보았다. 맹도견이리라.

연지색 조끼를 입은 점원이 남자에게 말을 걸더니 익숙한 태도로 와타루 일행의 자리로 안내했다.

"안녕하신가? 나는 고조 마고사쿠. 이 녀석은 종자인 하라 와타야."

고조는 허리를 구부려 강아지의 코를 쓰다듬었다.

"정말로 그 고조 린도 선생님의 손자분이십니까?"

눈이 보이지 않는 듯한 남자가 캐묻듯 말했다.

"명탐정의 손자는 언제나 갑자기 나타나는 법이지. 믿기지 않는다면 그쪽 할아버지의 비밀이라도 가르쳐드릴까?"

"아니요. 할아버지와는 떼려야 뗄 수 없는 사이라고 들었습니다. 지금의 저희가 있는 것도 할아버님들 덕분이죠."

남자는 깊게 머리를 숙이더니, 의자 옆에 개를 앉히고 자신도 의자에 앉았다. 고조가 되살아난 경위를 진지하게 설명하면 오컬트 쪽 이야기가 되어버리기에, 명탐정의 손자라는 설정으로 가기로 한 듯했다. 와타루는 긴장된 마음으로 점원을 불러 석 잔의 블렌드 커피를 주문했다.

"그래서 정보는 찾았나?"

고조가 목소리를 낮추자 남자는 얼굴을 가까이 가져왔다.

"네. 이야기를 듣고 바로 떠오르는 게 있어서."

남자는 점원이 자리를 뜨는 것을 기다린 후에 입을 열었다.

"5일 밤, 오바라초의 오래된 윤락업소 '베르사이유'에 경찰이 임의 수사를 진행했습니다. 그것만이라면 드문 일도 아니지만, 점주에게 살인이나 상해 전과가 있는 여자를 고용하고 있지는 않은지 반복해서 확인했다고 하네요."

"뭔가 꼬리라도 잡은 건가?"

"네. 그래서 아는 형사에게 넌지시 물어봤더니, 예상이 딱

들어맞았습니다. 마고사쿠 씨가 조사 중인 세 건의 살인사건 피해자 유류품에서, 사건 며칠 전에 오바라초를 방문했다는 사실을 드러내는 증거가 발견된 겁니다. 가가 다이시와 마쓰나가 유는 교통카드의 이용 이력이, 마키노 다쓰노리는 오바라초의 편의점 영수증이 지갑에 남아 있었습니다. 십중팔구, 윤락업소를 이용하기 위해 오바라초를 방문한 것으로 보입니다."

고조는 사춘기 소년 같은 미소를 지었다.

"세 명은 오바라초를 방문해 범인과 알게 되었고, 그 후 자택 근처에서 다시금 범인과 만나 그곳을 절단당해 죽었다는 거군."

"네. 다만 가가 다이시와 마키노 다쓰노리는 품행이 방정해 윤락업소에 다닐 만한 유형은 아니었다고 합니다. 제게 이야기를 들려준 형사가 말하길, 둘은 마치 오바라초에 빨려든 듯하다고 털어놓았습니다."

현대에 되살아난 요부, 야에 사다가 세 명의 남자를 오바라초로 유혹해 끌어당겼다는 것인가.

"내가 찾고 있는 건 그 녀석이 틀림없어." 고조는 느닷없이 남자의 손을 잡았다. "저기, 하는 김에 부탁 하나 더 들어주겠어?"

"제가 할 수 있는 일이라면요. 곤란할 때는 서로 도와야죠."

"내가 내일까지 범인을 잡지 못하면 곤란하거든. 대략적인 위치는 알았어. 하지만 머릿수가 부족해서 말이지. 내일 밤, 당신네 동료를 좀 빌려주지 않겠어?"

"알겠습니다. 저희 쪽 젊은 친구들을 보내죠."

남자는 곧장 답하며 끄덕였다. 고조와 그의 할아버지 사이에는 깊은 신뢰 관계가 형성되어 있었던 모양이다. 이 남자, 도대체 정체가 뭘까.

젊은 점원이 커피를 가져왔다. 남자가 하네스를 당겨 개를 움직이는 틈을 타서 와타루는 고조의 귀에 속삭였다.

"저기, 이분은 누구신가요?"

음량을 낮췄다고 생각했는데, 남자는 쭉 등줄기를 펴더니 이쪽을 바라보았다.

"인사가 늦었습니다. 저는 이바라키카이 직속, 오사베구미의 조장인 오사베 구조라고 합니다."

오사베구미?

바로 어제, 미요코의 아버지에게 같은 단어를 들은 참이다.

"오사베구미라면 우라노 큐가 각성제의 밀수 증거를 발견한 탓에 파멸적인 타격을 입은 바로 그 오사베구미인가요?"

"네. 그 정의감 넘치는 남자 덕에 저도 3년간 복역했습니다."

오사베는 하얀 이를 드러내며 웃었다. 눈앞에 앉은 남자가 그 정의감 넘치는 남자와 쏙 빼닮았다는 사실은 깨닫지 못한 모양이다.

"저기, 오카야마의 마쓰야니구미와는 역시 사이가 나쁜

요?"

조심스레 그렇게 물었다.

"시골의 거친 야쿠자와는 노는 물이 다르니까요."

오사베는 볼의 근육을 풀고 슬며시 미소 지었다.

"잘 아시는군요. 이쪽 세계와 인연이 있으십니까?"

침을 삼키려다가 제대로 되지 않아 목에서 끄윽, 하는 묘한 소리가 울렸다. 마쓰야니구미 조장의 딸과 사귀고 있다는 사실을 들킨다면 엉뚱한 의혹을 살 것만 같다. 여기에서는 모르는 척 시치미를 떼야겠지.

"전에 신문에서 읽은 게 떠올랐을 뿐입니다."

"맞아. 이 녀석은 야쿠자와 엮일 만한 그릇이 아니거든."

고조가 자랑스러운 듯 와타루의 머리를 때렸다. 탐정이면서 야쿠자와 도움을 주고받다니, 말도 안 되는 놈이다.

"열심히 공부하시나 보네요. 탐정 조수도 힘든 것 같군요."

"조수가 아니야. 이 녀석은 종자야."

고조가 진지한 얼굴로 말했다.

5

1월 8일 오후 6시. 고조가 인귀를 찾겠다고 약속한 기한까지 앞으로 여섯 시간.

"이봐, 할배. 모자 좋군. 나한테 파쇼."

고조는 매실 주먹밥을 입에 너무 가득 넣은 탓에 닫히지 않는 입으로 옆자리의 나이 지긋한 남자에게 말을 걸었다. 오바라 1초메, 윤락업소와 일용직 노동자들의 숙소가 많은 거리 사이에 낀 좁은 골목에 초롱을 내건 주먹밥집 '도도마루'. 좁은 주방에는 등이 휜 노파가 한 명 있고, 손님용 좌석은 다섯 명쯤 들어서면 꽉 찰 정도로 작은 곳이었다.

"바보 같은 소리 하지 마. 안 팔아."

옆자리의 남자는 파나마모자 아래로 귀찮은 듯 고조를 노려보았지만, 고조가 지갑에서 꺼낸 1만 엔짜리 지폐를 보더니 송곳니가 빠진 고양이 같은 표정으로 바뀌었다.

"지금 물가를 잘 몰라서. 이 정도면 되나?"

고조가 졸부 같은 대사를 읊었다.

"그, 그래, 적당한 가격이네."

남자가 턱수염을 쓰다듬으며 끄덕였다.

"잠깐만요. 뭐 하시는 거예요."

와타루는 간고등어 주먹밥을 삼키고는 고조의 팔을 때렸다. 이 이상 우라노 탐정사무소의 자금을 사적으로 써버려서는 곤란하다.

"조용히 해. 이것도 수사의 일환이야."

고조가 손을 나풀나풀 흔들더니 뻔히 보이는 거짓말을 내뱉었다.

남자는 낡아빠진 파나마모자를 고조의 머리에 씌우더니, 손가락에서 1만 엔 지폐를 뽑아 들고 재빨리 주먹밥집에서 나갔다.

"종자 주제에 건방지군. 아직도 내가 명탐정 고조 린도라는 사실을 믿지 못하는 거야?"

고조가 유난히 확실한 발음으로 말했다.

"일단 믿기는 해요. 명탐정인지 어떤지는 자신 없지만."

"그럼 지금부터 알려주지. 할매, 잘 먹었수."

고조가 갑자기 몸을 일으키더니 노파에게 100엔짜리 동전을 두 개 건넸다. 노파는 동전을 받아들더니 삐걱거리는 목소리로 "감사합니다"라고 답했다.

"좋아. 그럼 일하러 가볼까?"

고조는 파나마모자의 챙을 잡고는 기운차게 포럼을 넘어섰다.

과거 게이샤나 유녀遊女들이 생이별한 가족의 평온을 기원했다는 오바라 신사. 그 입구 아래에 딱 보기에도 일반인으로는 보이지 않는 남자가 세 명 서 있었다. 까까머리에 가무잡잡한 피부, 술통 같은 체형에 꽉 끼는 정장. 문신이 보이는 것도 아닌데 분위기만으로도 야쿠자라는 점을 알 수 있는 것이 참 신기하다.

"안녕들 하신가, 오사베구미 제군. 오늘은 잘 부탁해."

고조의 말에 남자들은 등을 쭉 펴고, "잘 부탁드립니다!" 라고 굵은 목소리를 냈다. 어딘가의 주간지 기자가 사진을 찍고 있지는 않을지 불안해졌다.

"오늘 일은 원수 갚기야. 다행히 닥치는 대로 가게를 돌아다닐 필요는 없어졌어. 종자인 하라와타가 이 모자를 뒤집어쓰고 거리를 배회할 거야. 표적은 반드시 미끼에 접촉할 테니, 너흰 그 녀석을 잡아서 뒷골목으로 데리고 가면 돼. 정체를 확인한 후 숨통을 끊으면 그걸로 끝이야."

고조가 파나마모자를 와타루에게 씌웠다. "알겠습니다"라며 야쿠자들은 여전히 예의 바르게 고개를 끄덕였다.

와타루는 종잡을 수가 없었다. 작전의 의도를 전혀 알 수 없었다. 살해당한 세 명도 파나마모자를 쓰고 있었다면 모르겠지만, 그런 이야기는 듣지 못했다.

"자, 작전 개시다. 하라와타, 다녀와."

결정된 듯한 말투로 그렇게 명하기에 와타루는 거리를 걷기 시작했다.

과거 엽기 사건의 무대가 되었던 환락가는 80년의 세월을 거쳐 간토 유수의 윤락가로 변모해 있었다. 스미다 강변에 이어진 세 개의 거리에 윤락업소와 모텔과 무료안내소가 빼곡히 들어서 있다. 살짝 둘러보는 것만으로도, 서양풍 모르타르벽이나 어닝으로 꾸며진 '베르사이유', 형광블루의 네온이 눈부신 '머메이드', 천수각을 모방한 '에도성', 거친 노출

콘크리트의 '프리즌' 등 다양한 방법으로 꾸민 가게가 이어졌다.

5분 정도 거리를 서성여 보았으나 말을 거는 것은 검은색 옷을 입은 윤락업소 호객꾼뿐으로, 인귀처럼 보이는 사람이 접촉해 올 것 같지는 않았다. 자연스럽게 뒤를 보자, 30미터 정도를 사이에 두고 야쿠자가 뒤따르고 있었다. 이런 짓을 해서 무슨 의미가 있을까.

"......"

갑자기 오른쪽에 위치한 모텔 에도성에서 소녀가 달려 나왔다. 금발 쇼트커트, 세일러복에 더플코트 차림으로, 호텔 안을 살피면서 필사적으로 스마트폰을 조작 중이었다. 원조교제라도 하던 걸까. 오른쪽 눈 아래에는 검푸른 멍이 생겨 있었다.

"야! 어딜 도망쳐!"

성난 목소리와 함께 에도성의 문이 열리더니 수염이 덥수룩한 개코원숭이 같은 남자가 튀어나왔다. 그에게 밀쳐진 소녀가 엉덩방아를 찧었다. 남자는 소녀에게서 스마트폰을 빼앗고는 오른팔을 붙잡고 에도성으로 끌고 들어갔다.

"잠깐만요!"

와타루는 재빨리 소녀의 왼팔을 잡았다. 다른 사람의 문제에 머리를 들이밀 때가 아니라는 사실은 잘 알고 있었지만, 우라노 큐라면 같은 행동을 취했을 터였다.

"뭐야, 넌."

콧바람을 거칠게 내쉰 개코원숭이가 와타루에게 달려들었다. 숨에서는 술 냄새가 풍겼다. 거친 환경에서 자란 탓에 취객에게 싸움에서 질 정도로 약하지는 않다. 와타루가 콧잔등을 때리자 개코원숭이는 "으익!" 하고 신음하며 웅크렸다. 재빨리 배에 발끝을 찔러 넣었다. 개코원숭이는 술 냄새가 나는 토사물을 토하더니 나자빠졌다.

골목길을 살피자 20미터 정도 앞에서 야쿠자가 의아한 듯 이쪽을 노려보았다. 와타루가 관계없는 일이라는 듯 양손으로 엑스자 표시를 만들었다.

개코원숭이에게서 도망친 소녀는 제정신을 차린 듯, 남자에게서 스마트폰을 낚아채더니 와타루의 팔을 당기며 달리기 시작했다.

"저기, 여기로!"

로비를 통해 통로를 빠져나가 반쯤 열린 103호실로 뛰어들었다. 소녀는 재빨리 자물쇠를 잠그더니 문에 체인을 걸었다.

"여기에 있으면 안심이에요. 그 녀석은 들어오지 못하고, 시간이 되면 가게 사람이 마중을 나올 테니까요."

소녀는 빠른 말투로 말하고는 소파에 기대서 안도의 한숨을 내쉬었다. 개코원숭이가 쫓아오는 기색은 없는 듯했다.

따분해져 시선을 떨구자, 문 옆의 매거진 랙에 윤락정보지

〈딜리버리 파라다이스〉 1월호가 꽂혀 있었다. 테이블에는 타이머와 로션, 그리고 핑크색 명함이 놓여 있다. 그녀는 초특가 출장 마사지 '데스 스타'의 가나에라고 하는 듯했다. 원조교제가 아니라 프로로서 일하는 아가씨였던 모양이다. 자세히 보자, 분명 소녀라고 부를 만한 나이대는 아니었다. 금발은 심하게 상해 있었고, 피부에는 잡티가 있고, 치아도 누렇게 변색되어 있었다.

"저기, 도와주셔서 고마워요."

여자는 천천히 몸을 일으키더니 가방에서 과도를 꺼냈다.

설마 그녀가 야에 사다였던 것인가.

와타루는 서둘러 몸을 돌려 문의 손잡이를 돌렸다. 문이 체인에 걸려 있다. 손가락에 땀이 흥건해서 걸쇠가 미끄러졌다.

"실은 부탁이 하나 더 있어요."

여자가 집게손가락으로 칼을 쓰다듬었다. 손끝에 핏방울이 맺혔다. 싫다. 아랫도리를 잘리고 싶지는 않다.

"함께 죽어주지 않을래요?"

칼끝이 이쪽을 향했다. 재빨리 몸을 낮추며 팔을 뻗어 여자의 얼굴을 때렸다. 손가락 사이에서 칼이 떨어졌다. 후두부를 침대에 부딪힌 여자는 눈을 뜬 채 움직이지 않았다.

설마 죽었나. 천천히 허리를 굽혀 세일러복의 소매를 뒤집었다. 손목에 밀푀유 같은 자해 흔적이 줄지어 있었다.

야에 사다는 애인의 국부를 잘랐을 뿐, 자신을 상처입히지는 않았다. 칼을 보고 지레짐작했으나 역시 인귀는 아닌 모양이다. 손목에 맥박이 있는 것을 확인하고는 절로 가슴을 쓸어내렸다.

얼굴을 때린 것은 미안하지만, 처음 만난 아가씨와 동반자살할 정도로 좋은 성격은 아니다. 와타루는 여자를 침대에 눕히고 파나마모자를 고쳐 썼다.

"……."

방을 나서고자 문의 손잡이에 손을 가져다 댄 순간. 문득 위화감을 느꼈다.

왠지 중요한 것을 빠뜨린 듯한데, 그것이 무엇인지 확실히 알 수 없었다. 와타루는 마음을 차분히 가라앉힌 후에 방을 둘러보았다.

위화감이 하나로 연결되었다. 와타루의 마음에 걸린 것은 잡지였다. 〈딜리버리 파라다이스〉가 아니다. 야에 사다가 국부를 감싸는 데 사용한 〈탐정문예〉 쪽이다.

야에는 경찰에 붙잡혔을 때, 이시모토의 국부를 〈탐정문예〉라는 잡지 종이로 감쌌었다. 이 잡지는 여관 뒤뜰에 놓여 있던 것이다. 왜 야에는 방에 있던 신문지가 아니라 뒤뜰의 잡지를 사용했을까.

현실적인 가설은 이런 것이리라. 이시모토의 국부를 절단한 야에는 국부를 신문지로 감쌌다. 하지만 종이가 충분하

190

지 않았기 때문에 여관을 나선 직후, 감싼 종이에서 피가 번져 나오고 말았다. 여관으로 돌아갈까 했지만, 비명에 눈을 뜬 여주인이 방으로 향하고 있을 터였다. 야에는 우선 몸을 숨기기 위해 뒤뜰로 도망쳐 들어갔다. 그리고 쌓여 있던 잡지를 발견하여 종이를 찢어 국부를 새로 감싼 것이다.

이렇다고 하면 딱히 묘한 부분은 없다. 문제는 고조가 한 말이다.

"야에 사다는 국부를 신문지로 감싼 거 아니었나?"

와타루가 간사이 대학 교수의 색다른 가설을 소개했을 때, 고조는 그렇게 말했었다.

자료를 읽기 전부터 고조는 야에 사다 사건의 개요를 알고 있었으리라. 하지만 〈탐정문예〉의 편집장이 해명하기에 이르렀을 정도니까, 야에가 잡지의 종이로 국부를 감쌌다는 것은 사건 당시에도 보도되었을 터였다. 왜 고조는 야에가 국부를 신문지로 감쌌다고 믿고 있었을까.

아까의 가설이 옳다면, 야에가 여관 현관문에서 나왔을 시점에는 국부를 신문지로 감싸고 있었다는 말이 된다. 고조는 '미사키'에서 나오는 야에를 본 것이 아닐까.

야에 사다 사건이 벌어진 1936년 5월 18일, 이시모토가 살해당한 것과 거의 비슷한 시각에 오바라초의 다리에서 스미다 강으로 떨어져서 죽은 남자가 있었다. 사몬 가도로의 기록이 옳다면, 고조 린도가 실종된 것도 1936년 봄이다.

다리에서 떨어진 남자가 고조였다면 딱 맞아 떨어진다.

고조는 어떤 이유로 오바라초를 방문한 상태였다. 그곳에서 미사키에서 나온 야에와 마주쳤고, 그녀에게 습격당한 것은 아닐까?

고조가 귀신 퇴치에 발 벗고 나선 것은 되살아난 인귀 중에 자신을 죽이려고 한 자가 있었기 때문이라고 했다. 야에 사다야말로 과거에 고조를 죽인 범인이 아닐까?

와타루는 체인을 풀고 103호실에서 뛰어나왔다. 이런 곳에서 게으름을 피우고 있을 때가 아니다. 통로와 로비를 빠져나와 입구를 통해 거리로 나섰다.

그 순간, 목 뒤편에 강한 충격을 받았다. 위장이 튀어 오르더니 걸쭉해진 간고등어 주먹밥이 입으로 분출되었다. 와타루는 포장도로에 나뒹굴었다.

"젠장, 신발에 토가 묻었잖아. 더럽게!"

개코원숭이가 사타구니를 걷어찼다. 와타루는 몸을 둥글게 말았다. 눈에 토사물이 들어와서 주변이 보이지 않았다. 오사베구미의 세 명은 뭐 하고 있는 걸까.

"이 새끼가 기어오르기는!"

와타루가 자신도 모르게 눈을 감은 그때, "으익!" 하고 아까도 들었던 소리가 났다. 슬며시 눈을 뜨자, 개코원숭이가 웅크린 채 신음하고 있었다. 건너편에는 가냘픈 남자가 서 있었다. 사마귀처럼 커다란 눈을 번뜩이며 양손을 목 앞쪽에 가져다 대고 권투 자세를 취하고 있었다. 또 모르는 사람이 나와버렸다.

사마귀는 와타루에게 달려들더니 어깨에 손을 둘러서 와타루를 일으켜 세우고는 '에도성'과 '머메이드' 사이의 골목길로 데리고 들어갔다. 실외기와 저수탱크 틈새를 빠져나가 인기척이 없는 풀숲으로 나섰다. 스미다 강이 흐르는 소리가 가까이에서 들렸다.

"당신, 고조 선생님이죠?"

사마귀의 눈은 와타루가 쓴 파나마모자를 향해 있었다. 소설에서는 고조 린도가 모자를 썼다는 묘사가 없었지만, 원래는 파나마모자를 쓰고 있었던 걸까.

"죄송합니다. 제가 한 행동을 용서해주세요."

사마귀가 목소리를 떨더니 와타루의 가슴팍에 매달렸다.

갑자기 골목에서 야쿠자 3인조가 튀어나와 사마귀를 붙들었다. 사마귀는 양손을 휘두르며 저항했지만, 세 명이 누르자 반항하지 못했다.

"팔을 물리지 않게 조심해."

진짜 고조가 골목에서 얼굴을 내밀었다. 아까와는 마치 다른 사람처럼 표정이 없었다.

"선생님, 역시 화가 나셨군요."

사마귀가 구역질하면서 말했다. 얼굴에서 콧물인지 침인지 알 수 없는 것이 흘렀다.

"이 녀석이 우리 표적이야. 해치워."

고조는 사마귀를 무시하고 야쿠자에게 신호했다. 3인조는 아무 말 없이 끄덕이더니, 재킷을 벗어 사마귀의 머리에 씌웠다. 두 명이 양쪽에서 좌우의 어깨를 누른 채 사마귀를 강가로 끌고 갔다.

"선생님, 부탁이에요. 용서해주세요. 선생님! 선생님!"

한 명이 허벅지를 걷어차서 사마귀를 무릎 꿇리더니, 머리를 잡고 강에 처박았다. 사마귀가 신음하면서 온몸을 떨었다. 격하게 물이 튀는 소리가 이어졌지만, 2분 정도 만에 조용한 물소리로 돌아갔다.

고조가 사마귀를 강변에 눕히고는 머리에 달라붙은 재킷을 벗겼다. 사마귀의 눈은 초점이 맞지 않았고, 코에서 넘친 붉고 끈적이는 액체가 볼에 달라붙어 있었다.

"시체 처분도 부탁해도 될까?"

야쿠자가 끄덕이자, "그럼 부탁할게" 하고 고조가 어깨를 두드렸다.

"하라와타, 고생했어. 주먹밥이라도 먹으러 가자."

멍하니 서 있는 와타루에게 고조가 평소와 같은 말투로 말했다.

오후 10시. 윤락가는 점점 더 활기를 띠기 시작했다.

둘은 '도도마루'에 들어가서 두 시간 전과 마찬가지로 주먹밥을 주문했다. 노파가 밥을 쥐는 것을 보면서 고조는 천천히 담배를 태웠다.

"고조 씨. 야에 사다 사건이 벌어진 날, 스미다 강에서 떨어져 죽은 남자라는 건 고조 씨죠?"

와타루가 목소리를 낮춘 채 물었다.

"그래, 용케 알았군."

고조는 재떨이에 재를 털고는 말했다.

"5월 18일 새벽, 고조 씨는 왜 오바라초에 오신 건가요?"

"이시모토 기치조가 나를 불렀거든."

"아는 사이였어요?"

"처음 그 녀석과 만난 건 간다의 요리점에서 일어난 연쇄 강도사건을 조사하던 때였지. 녀석은 완전히 내게 빠져버렸고, 멋대로 내 조수라고 허풍을 떨기 시작했어. 가끔 그런 바보도 있거든. 나는 조수를 키우지 않는 주의야. 처음에는 귀찮다고 생각했는데, 만남을 거듭하다 보니 머리도 나쁘지 않고 요리 실력도 확실하더라. 무엇보다 애교가 있는 착한 남자였고. 손님과 대화도 잘 나누니 거리의 소문에도 빨랐지. 나는 쭉 혼자 탐정업을 해왔지만, 처음으로 이시모토를 조수로 인정하기로 했어. 반면 야에와는 몇 번인가 마주쳤을 뿐이고. 꽤나 반반한 여자였지."

노파가 그릇에 매실 주먹밥을 내려놓았다. 고조는 주먹밥을 깨물고는 현미차로 쌀을 목 안쪽으로 흘려보내고 나서 천천히 숨을 내쉬었다.

"저기, 할망구. 아까부터 듣고 있었지?"

노파의 무겁게 늘어진 눈꺼풀이 희미하게 올라갔다. 가치를 매기듯이 고조를 흘깃 하고는 살짝 고개를 저었다.

"놀리는 거라면 그만두시게."

"놀리는 게 아니야. 당신, 내가 누군지 알지?"

"몰라."

"거짓말하지 마. 나는 고조 린도야. 당신 애인은 이미 저세상으로 돌아갔거든."

노파의 눈꺼풀이 열리고 목의 가죽이 쑥 들어갔다. 입은 살짝 열려 있지만, 후욱, 후욱 하는 공기가 드나들 뿐, 말은 나오지 않았다.

"할망구, 당신 야에 사다지?"

고조가 말을 이었다.

노파는 소금물에 손을 담근 채 가만히 있었다. 이 할머니가 야에 사다? 방금 전에 머리를 물에 넣어 죽인 남자는 야에 사다가 아니었다는 말인가?

"어, 그러니까, 이 할머니가 인귀인가요?"

"아니. 이 여자는 한 번도 죽은 적이 없어. 그냥 인간이야."

갑자기 노파가 부엌칼을 손에 들더니 고조를 향해 휘둘렀다.

"우왓."

고조가 오른손으로 찻잔을 들어 올려 노파의 얼굴에 뜨거운 현미차를 끼얹었다.

"으아아."

노파가 신음했다. 와타루는 카운터에 몸을 들이밀어 노파의 팔에서 부엌칼을 빼앗았다.

"당신이 진짜 야에 사다 씨인가요?"

와타루는 몹시 괴상한 목소리를 내며 물었다.

노파는 누렇게 변한 행주로 얼굴에 묻은 현미차를 닦더니, 조리대에 손을 대서 허리를 지탱하고는 천천히 끄덕였다.

야에는 1910년생. 1936년 5월 사건 당시 25세였으니까, 2016년 1월까지 살아 있다면 105세라는 말이 된다. 엄청 고령이기는 하지만, 있을 수 없는 나이는 아니다. 괴물이 아니더라도 백 살을 넘기는 사람은 많다.

야에 사다는 인귀가 아니었다. 그녀는 살아 있었다.

"그럼 되살아난 건 누군가요? 이시모토 기치조를 죽인 건 야에 사다가 맞는 거죠?"

"아니야."

노파는 마른 목소리로 말하고는, 주름투성이인 손가락을 고조에게 향했다.

"80년 전, 이 남자가 이시모토 씨를 죽였어."

노파의 목소리는 조금 전보다 더욱 갈라진 채였다.

6

"것 참 말이 심하네. 할망구, 내게는 당신에게 찔릴 만한 일을 저지른 기억이 없는데 말이지."

고조는 전기포트에서 따른 현미차를 입에 대고는 카운터에 오른쪽 팔꿈치를 괴었다.

"어떻게 나란 걸 알았지?"

노파는 고개를 숙인 채 말했다.

"우연히. 내 종자가 길을 걷는데 곤충 같은 얼굴의 남자가 말을 걸었지. 아무래도 이 모자를 보고 고조 린도라고 착각한 모양이야. 하지만 공교롭게도 진짜 고조 린도는 모자를 싫어하거든. 그럼 남자는 어떻게 모자와 고조 린도를 연결할 수 있었을까. 주먹밥집 할망구에게서 고조 린도를 자칭하는 남자가 파나마모자를 쓰고 가게를 나섰다는 말을 들었다고 생각할 수밖에 없잖아? 그래서 당신이 야에 사다가 아닌가 하고 번뜩 떠오른 거야."

고조는 차가운 얼굴로 말을 이었다. 물론 우연일 리 없다. 도도마루에서 남자에게 모자를 산 것도, 그 직후에 "명탐정인 고조 린도"라고 입에 담은 것도 이 노파를 함정에 빠뜨리기 위해서였다. 고조는 80년 전에도 야에와 만난 적이 있기에 노파의 표정이나 동작을 통해 그녀의 정체를 깨달은 것이리라.

"정말로 고조 씨가 이시모토 기치조 씨를 죽인 건가요?"

와타루는 신중히 끼어들었다.

"그래. 할망구가 말한 대로야."

"그럼 아까 강에서 죽인 남자는 누구죠?"

"이시모토 기치조. 그 녀석이 야에 사다 사건의 범인이지. 죽인 게 아니라 지옥으로 돌려보낸 것뿐이지만."

뭐가 어찌 된 일인지 알 수가 없다.

"예심조서에는 야에 사다가 이시모토의 목을 졸라 죽였다고 인정했다고 했는데요."

"남겨진 기록이 진실이라고는 단정할 수 없지. 네가 좋아하는 고조 린도도 실물과는 다르잖아? 조금은 세상만사를 의심하는 게 좋겠어."

고조는 드물게도 진지한 표정을 지었다.

"순서대로 설명해주지. 당신도 내 말에 잘못된 부분이 있으면 얼마든지 지적해도 좋아."

다소는 부드러운 말투로 노파를 내려다보았다. 노파는 어깨를 떨구고 천천히 끄덕였다.

"80년 전, 내가 죽은 날. 나는 이시모토의 부름을 받아 오바라초를 방문했지. 오전 5시 반, 미사키의 문이 열리고, 이 할망구, 스물다섯 살의 야에 사다가 나왔어. 그녀는 이때 둥글게 만 신문지를 소중한 듯 들고 있었지.

서두르는 모습으로 문을 닫더니 야에는 미사키의 뒤뜰로

몸을 숨기더군. 그러자 몇십 초 후에 여주인이 현관문을 뛰쳐나와 큰길로 뛰어갔지. 그 몇 분 후, 나는 머리를 얻어맞게 되지만, 그건 제쳐두고."

고조는 혀를 씹은 것 같은 표정으로 노파를 바라보았다.

"사건 이틀 후, 에도가와 역 앞 여관에서 발견된 야에는 국부를 잡지 종이로 감싼 채였지. 이 잡지는 미사키 뒤뜰에 노끈으로 묶인 채 쌓여 있던 것이야. 하지만 범행 직후에 미사키에서 나왔을 때, 야에는 분명 둥글게 만 신문지를 가지고 있었어. 방에는 일주일 치 신문지가 있었기에 그것으로 국부를 감싸는 건 자연스럽지. 그런데 야에는 일단 신문으로 감쌌던 국부를 잡지 종이로 왜 다시 감싼 걸까."

"신문지가 부족해서 피가 번진 거 아닌가요?"

"아니. 피가 번지는 걸 피하고 싶었다면 신문지 위에 잡지 종이를 덧싸면 돼. 일단 감싼 신문지를 벗긴 후에 잡지 종이로 다시 감쌀 필요는 없지."

와타루는 말문이 막혔다. 분명 고조의 말대로다.

"소중한 것이 신문지 잉크로 더럽혀지는 게 싫어서라거나?"

"〈탐정문예〉는 뒤뜰에 오래 놓여 있던 탓에 흙먼지로 더러워진 상태였어. 국부를 청결하게 유지하는 데 더욱 좋지 않은 건 오히려 이쪽이지."

고조는 바로 그 설을 부정했다.

"모르겠어요. 야에 씨는 정말로 국부를 새로 감싼 건가요?"

"나도 너와 같은 생각이야. 현장에서 한시라도 빨리 도망치고 싶어 초조할 터인 범인이 굳이 신문지를 벗기고 더러운 종이로 새로 감쌀 이유 따윈 없으니까. 야에가 국부를 감싼 건 나중이든 먼저든 잡지 종이뿐이야. 야에는 한 번도 신문지로 국부를 감싼 적이 없어. 여관에서 뛰어나왔을 때, 야에가 가지고 있던 신문지에 국부는 들어 있지 않았던 거야."

"그럼 뭣 때문에 신문지를 가지고 있던 거죠?"

"물론 절단한 국부를 감싸기 위해서지. 야에는 여관을 나설 때, 이제부터 국부를 감싸기 위해 신문지를 준비한 상태였어. 하지만 어떤 사정 탓에 신문지로 국부를 감싸지 못하게 된 거야."

고조는 현미차로 입술을 적셨다.

"여주인이 파출소로 향한 후, 야에 씨가 2층 방으로 돌아가서 이시모토의 국부를 잘랐다는 건가요? 그건 이상한데요. 야에 씨가 여관에서 나간 직후, 여주인이 국부가 절단된 이시모토의 모습을 목격했으니까요."

"정말로 그럴까? 여주인의 증언은 이랬지. 방에는 남자가 발가벗은 채 잠자리에 누워 있었고, 사타구니 주변의 이불은 이상할 정도로 많은 양의 피로 새빨갛게 물들어 있었다. 이때 이시모토의 사타구니에는 아직 훌륭한 물건이 매달려 있던 거야. 이시모토는 국부를 절단당한 시늉을 했던 거지."

"그럼 왜 이불에 피가 묻어 있었던 거죠?"

"이시모토가 위장했으니까. 이시모토의 팔에는 주사 자국
이 많이 남아 있었지. 팔에서 뽑은 피를 이불과 하반신에 뿌
려둠으로써 국부가 절단당한 것처럼 꾸민 거야. 만약 여주
인이 이불을 들추려고 한다면 욕설이라도 퍼부으며 의사나
경찰관을 불러오라고 할 셈이었겠지. 피를 뽑을 때 사용한
주사기는 야에가 도주 후에 처분했을 테고."

뭐야 그게. 야에와 이시모토가 공모하여 야에가 국부를 절
단한 것처럼 꾸몄다는 것인가.

"그런 짓을 하는 게 무슨 의미가 있죠?"

"알리바이 공작이야. 강변에서 얻어맞은 남자. 즉, 나를 죽
이기 위해서."

고조는 자조적인 웃음을 보이더니 작게 움츠린 노파를 내
려다보았다.

"둘의 계획은 이랬어. 사전에 '긴히 상담할 게 있다'고 말
해서 나를 오바라초의 다리 위로 부른다. 오전 5시 반, 피투
성이가 된 이불을 뒤집어쓴 이시모토가 방에서 비명을 지른
다. 여주인이 2층으로 올라가는 틈에 야에가 현관문을 뛰어
나가 자신이 도주한 것처럼 보이게 한다. 이때 내게 모습을
들킬 가능성은 있지만, 어차피 죽일 셈이니까 문제는 없고.

여주인은 경찰을 부르려고 하지만 전화선이 잘린 탓에 전

화는 불가능해. 여주인은 어쩔 수 없이 달려서 파출소로 향하게 되지. 그러는 도중에 여주인은 다리 위에서 내 모습을 발견하고.

이시모토는 여주인이 나간 걸 확인한 후에 재빨리 몸을 일으켜 옷을 걸치고 여관에서 나온 거야. 그리고 부름을 받고 기다리고 있던 내 머리를 무거운 물건으로 때려서 죽인 거지. 그리고는 곧장 여관으로 돌아가서 스스로 국부를 잘라서 뒤뜰에 숨은 야에에게 그걸 건넨 거야.

20분 후, 경찰관과 함께 돌아온 여주인이 중상을 입은 이시모토를 발견해. 그 후의 조사를 통해 여주인은 5시 반 시점에 이시모토가 중상을 입고 있었다는 점, 같은 시각에 내가 아직 살아 있었다는 점을 증언하지. 이렇게 하면 이시모토는 완벽한 알리바이를 얻을 수 있게 돼."

어느새 온몸에 땀이 흐르고 있었다. 한여름 밤처럼 사타구니가 근질근질했다.

"그렇게 꾸미려고 다른 곳도 아니고 국부를 잘랐다는 건가요?"

"국부가 아니면 소용없으니까. 뼈가 없으니 칼 하나로 쉽게 잘라낼 수 있거든. 생식기관이니까 잘라내도 죽지 않아. 상처 부위가 작으니까 지혈도 하기 쉽고. 무엇보다 중요한 국부를 스스로 잘라냈다고 생각하는 사람은 어디에도 없을 테고 말이야."

듣고 보니 하복부에 툭 튀어나온 물건은 그야말로 잘라달라고 애원하고 있는 것만 같다.

"알리바이를 만들기 위해서라면 보다 간단한 방법도 있었을 것 같은데요."

"그럴지도 모르지. 순서로서는 괴상한 성적 취향이 먼저였겠지. 예심조서에도 적힌 것처럼 야에는 사건 전부터 국부 절단을 상상한 바 있고, 이시모토도 그것에 흥미를 가지고 있었어. 한편 이시모토에게는 어떻게든 나를 죽여야만 하는 사정도 있었지. 그래서 기왕 이렇게 된 거 물건 절단을 알리바이 공작에 사용하고자 생각한 거야."

고조는 무척이나 저열해 보이는 미소를 보이더니, 카운터 너머로 노파를 내려다보았다. 노파는 입술을 굳게 닫은 채 가만히 손끝을 바라보고 있었다.

"결국 야에 씨가 잡지 종이로 국부를 싼 건 어째서인가요?"

"그건 하루살이 때문이야."

노파의 눈가가 험악해졌다. 고조의 추리가 적중했기 때문이리라.

"여관은 오바라초의 외곽에 있었고, 손님은 거의 오가지 않아. 사람이 오면 1층 방에 안내하는 게 상식으로, 2층이 사용되는 일은 드물었어. 하지만 11일에 하루살이 무리가 1층 방에 들어와서 여주인이 장뇌를 뿌린 탓에 야에와 이시모토는 2층 방을 이용할 수밖에 없게 되었지.

숙박하는 방이 1층이라면 이시모토는 국부를 절단한 후, 장지창을 여는 것만으로 뒤뜰의 야에에게 그걸 건넬 수 있었어. 하지만 2층 방에서는 국부를 아래로 던져야만 해."

창문에서 떨어지는 남자의 물건을 떠올리자 뭐라고도 말할 수 없는 기분이 들었다.

"둘이 겁내던 건 흙이었어. 한 번이라도 지면에 떨어지면 국부에 흙이 묻어버리니까. 신문지로 싸서 소중히 가지고 간 물건에 흙이 묻을 리는 없어. 의문을 품은 경찰관이 여관 뒤뜰을 조사하면 혈흔이 발견될 위험도 있고 말이야. 이시모토가 야에에게 국부를 건넸다는 사실이 발각되면, 줄줄이 비엔나 식으로 알리바이 트릭을 들킬지도 모르고.

이시모토는 몇 번인가 방을 바꿔달라고 말했지만, 여주인은 그걸 거절했어. 그리고 5월 18일이 찾아왔어. 불안은 현실이 되었지. 이시모토가 떨어뜨린 국부를 야에가 제대로 받지 못한 거야."

이것만은 어쩔 수 없다. 아무도 국부로 캐치볼 같은 것은 해본 적 없을 테니까.

"이때 야에가 취한 행동이 사전에 계획한 것인지 순간적인 기지였는지는 알 수 없어. 야에는 준비해둔 신문지가 아니라 뒤뜰에 묶여 있던 〈탐정문예〉에서 종이를 찢어서 그 종이로 국부를 감쌌지. 이 잡지는 야외에 오래 놓여 있었기에 흙먼지로 뒤덮여 있었어. 그 종이로 국부를 감싸면 흙이 묻어 있더라도 의심받을 걱정은 없다. 야에는 그렇게 생각한 거야.

하지만 또 하나, 이시모토에게도 예상외의 사태가 기다리고 있었어. 장지창을 통해 국부를 떨어뜨린 이시모토는 통증을 견디며 여주인이 의사나 경찰을 데리고 돌아오기를 기다렸지. 그런데 그곳에 반생반사 상태의 남자가 올라온 거야."

고조는 뺨을 들어 올리더니 딱딱한 미소를 내보였다. 노파의 얼굴은 완전히 창백해진 상태였다.

"고조 린도군요."

"맞아. 이시모토는 나를 죽였다고 믿고 있었어. 모래를 채운 주머니로 내 머리를 때려서 두개골을 깨부쉈으니까. 하지만 운 없게도 녀석이 때린 건 내 오른쪽의 텅 빈 부분이었어. 가벼운 뇌진탕을 일으키긴 했지만, 그럼에도 나는 살아 있었지.

천하의 명탐정이 당하기만 해서는 참을 수 없는 일 아닌가. 나는 녀석의 뒤를 쫓아 여관으로 몰래 들어가서 2층 방으로 숨어 들었지. 그러자 어쩐 일인지 물건이 잘린 이시모토가 방바닥을 구르고 있더군. 나는 이시모토의 목을 졸라 숨통을 끊었어."

노파가 그 말에 살짝 고개를 들더니 매달리듯 고조를 올려다보았다.

"그러다 보니 1층 문이 열리고 경찰이 들어오는 소리가 들렸지. 나는 마지막 결심을 하고 장지창을 통해 강으로 몸을 던졌어.

당신이 이시모토가 사망했다는 사실을 알게 된 건 도망 후의 일이겠지. 당신은 처음부터 국부 절단의 죄를 짊어질 생각이었지만, 그에 더해 애인 살해의 오명까지 뒤집어쓰게 되었어. 이시모토의 살인 계획을 숨기려면 달리 방법은 없었을 테니까.

한편, 목이 졸려 죽은 이시모토는 지옥으로 떨어져 염라대왕의 눈에 들어 인귀가 되었지. 대량으로 사람을 죽이지는 않았지만, 비범한 수법으로 많은 사람을 속인 게 염라대왕의 눈에 든 거야.

그리고 80년의 세월이 지나, 이시모토는 소나 의식에 의해 새로운 몸으로 되살아난 거야."

"인귀는 생전과 같은 수법으로 악행을 반복함으로써 쾌락을 느끼죠? 그런데 이시모토는 생전에 다른 사람의 국부를 절단하지 않았어요. 어째서 세 명을 때려죽이고 국부를 절단한 거죠?"

"전제가 틀렸어. 가가, 마키노, 마쓰나가 세 명은 이시모토의 빙의 대상이었어. 이시모토는 처음에 가가로 환생했고, 야에를 만나기 위해 인연이 있는 땅인 오바라초로 향했지. 이 '도도마루'에서 야에와 재회한 후, 빙의한 몸이 약해질 때마다 다른 몸으로 옮겨가서 오바라초를 계속 찾은 거야. 세 명이 오바라초로 빨려든 것처럼 보인 것은 그 때문이지."

"세 명이 국부를 잘려 죽은 건 왜죠?"

"그거야 혼이 인귀로 바뀐 이상 아무것도 하지 않을 수는 없었기 때문이야. 이시모토의 경우, 자기 국부를 자르는 것과 사람을 때려죽이는 게 본래 수법이잖아. 그렇긴 해도 죄가 없는 인간을 괴롭히는 건 싫었겠지. 이시모토는 자신의 국부를 절단한 후에 다음 육체로 옮겨가서는 텅 빈 껍데기가 된 쪽의 머리를 때려서 죽인 거야."

고조는 찻잔에 남은 현미차를 전부 비운 후에 허리를 굽혀 노파의 얼굴을 들여다보았다.

"할망구, 가르쳐줘. 80년 전, 당신들은 왜 나를 죽인 거지?"

노파는 귀가 들리지 않는 것처럼 아무 대답도 하지 않았지만, 이윽고 그리운 것처럼 거리를 쓱 보고는 입을 열었다.

"그 사람은 고지식하고 허영심이 강한 사람이었어요."

느리지만 확실한 말투로 말하기 시작했다.

"이시모토 씨는 겐로쿠 시대부터 200년간 이어진 가이세키 요리점의 점주였죠. 요리사로서의 솜씨는 확실했지만, 그 무렵의 유행은 간편한 즉석 요리점이었기에 가이세키 요리점은 완전히 파리만 날렸어요. 여기저기에서 돈을 빌려 어떻게든 가게를 다시 일으키려고 했지만, 주머니는 점점 비어가기만 했죠. 그런 주제에 허영심은 강해서 돈을 빌린 지인에게는 그 사실을 가족이나 종업원에게 말하지 말아달라고 굳게 다짐을 받았습니다.

그때 찾아온 게 미국발 대공황입니다. 결국 더 손을 쓸 수가 없게 되었고, 가게를 접어야 하나 생각하던 때, 질 나쁜 패거리가 전에 돈을 빌려준 사람을 통해 이시모토 씨에게 거래를 제안한 거예요. 고조 린도를 죽이면 막대한 빚을 대신 갚아주겠다고요."

그 순간의 광경이 보이는 것처럼 노파의 목소리가 떨렸다.

"사실 그런 유혹에 걸려들 사람이 아닙니다. 하지만 그때의 이시모토 씨는 유서 깊은 가게를 망쳤다는 후회와 매일 돈을 꾸러 다니는 허무함 때문에 다른 사람이 된 상태였어요. 그리고 4월의 어느 밤, 절대로 들키지 않는 방법을 떠올렸다며 저를 범행에 끌어들였습니다."

"꽤 녀석 편을 드는군."

노파가 부끄러운 듯한 미소를 보였다.

"이시모토 씨가 무섭다고 느낀 적도 있습니다. 그래도 그 사람은 제 평범하지 않은 부분도 포함해서 전부를 받아주었어요. 그래서 저도 이시모토 씨를 위해서라면 어떤 죄든 짊어지겠다고 결심한 겁니다."

고조는 따분하다는 표정으로 노파에게서 시선을 떼더니 도도마루의 포렴을 올려다보았다.

"오바라초에 주먹밥집을 내다니, 대담한 짓을 했군."

"그 사람과 약속했거든요. 소동이 전부 끝나서 잠잠해지면 다시 오바라초에서 만나자고."

"이시모토가 죽은 건 알고 있었잖아?"

"물론이에요. 그래도 저는 그 사람이 저를 남기고 홀로 저세상으로 갔을 거라고는 도저히 믿을 수 없었어요."

그래서 80년이라는 긴 시간 동안, 올 리가 없는 이시모토를 계속해서 기다리고 있었다는 말인가. 노파의 주름 하나하나에 정념이 새겨진 것 같아서 으스스한 기분이 들었다.

그런 와타루의 의표를 찌르듯 노파는 흥, 하고 코를 풀더니 소녀처럼 천진난만한 미소를 보였다.

"그리고 그 사람은 정말로 저를 만나러 와줬으니까요."

"사람을 죽여 놓고 태평한 놈이군."

고조가 쓴웃음을 지었다.

"단 하나, 추리가 틀린 게 있어요."

갈라진 목소리가 조금 높아졌다.

"이시모토 씨가 세 명을 죽인 건 혼을 바꾸기 위해서가 아니에요. 그 사람은 80년 전, 당신을 죽이려고 했던 걸 마음속 깊이 후회하고 있었습니다. 모처럼 현세로 되돌아왔으니 당신을 만나 직접 사과하고 싶다, 그 사람은 그렇게 반복해서 말했어요.

하지만 누구도 고조 린도의 소식을 알지 못했죠. 그날 여관 주변에서 사람이 죽었다는 건 신문이나 라디오에서도 보도되었지만, 그게 탐정인 고조 린도라는 정보는 없었습니다. 아마도 경찰이 정보를 은폐한 거겠죠. 현세에서 모습은 찾을 수 없고, 그렇다고 해서 광대한 지옥을 다 돌아볼 수도 없고 해서 고조 린도의 소식은 알지 못한 채였습니다.

당신이 살아 있을 가능성은 낮겠죠. 그럼에도 이시모토 씨는 얼마 안 되는 가능성을 믿고 있었어요. 80년 전과 비슷한 사건을 일으키면 당신의 귀에 소식이 전해질지도 모른다. 그게 이시모토 씨가 세 명을 죽인 이유였습니다. 혹시라도 그 사람은 당신에게 죽어서 행복했을지도 몰라요."

노파가 시원시원한 눈초리로 고조의 얼굴을 바라보았다.

"웃기지 마. 나는 너희들의 제멋대로의 속죄에 어울려줄 생각은 없어."

고조는 양손을 주머니에 넣고는 텅 빈 찻잔에 침을 뱉었다.

"나는 그저 인귀를 전부 찾아서 죽일 뿐이다."

7

오바라초에서의 체포극으로부터 일주일이 지난 1월 16일 토요일.

와타루는 다시 모텔 에도성을 찾았다.

"저기, 가나에 씨를 지명하고 싶은데요."

와타루는 방에 있는 전화기를 쥐었다. 테이블에는 〈딜리버리 파라다이스〉 1월호의 오바라초 지역 페이지가 펼쳐진 채였다. 그녀에게 반한 것이 아니다. 다만 다시 한번 만나서 얼굴을 때린 것을 사과하고 싶었다.

"손님, 죄송합니다. 가나에 씨는 그만두셨어요."

남자는 무척이나 평탄한 말투로 말했다.

무슨 일이지. 역시 그날의 사건이 충격이었나. 손목에 있던 상흔이 선명하게 머릿속에 떠올랐다.

"지금 시간이라면, 신인인 에레나 양은 어떠신가요?"

남자가 담담히 말을 이었다. 와타루는 짧게 예를 표하고 전화를 끊었다.

찝찝한 마음으로 휴게 요금을 지불하고 에도성을 나섰다.

점심을 지난 낮의 윤락가는 사람의 통행이 적다. 때때로 스쳐 지나가는 어둡게 선팅된 유리창이 달린 미니밴은 출장 윤락녀를 태운 차일까.

버드나무가 자란 거리의 모서리를 돌자, 오바라 신사의 기둥문이 나타났다. 빌딩 1층에 포렴을 내걸고 있던 주먹밥집은 사라진 채였다. 문이 닫혀 있었고, 불투명 유리 건너편은 희미한 어둠이 있을 뿐. 벽에도 종이 한 장 남아 있지 않았다.

야에 사다는 오바라초를 떠났다. 이시모토가 지옥으로 돌아간 지금, 이 마을에 있을 이유가 사라졌으리라.

"이봐, 나를 꼬시는 건가?"

갑자기 엉뚱한 소리가 들렸다.

돌아보자, 본 적 있는 남자가 파친코 가게 앞에 서 있었다. 가게에 놓인 등신대 디스플레이를 향해 뭐라고 거칠게 소리 지르는 중이었다.

"이봐, 꼬셔 놓고선 어디 가는 거야."

겉모습은 우라노 큐. 하지만 내용물은 물론 고조 린도다. 디스플레이에는 수영복을 입은 여성 모델의 뒷모습이 흘러 나오고 있었다.

"고조 씨, 그건 영상이에요."

고조는 몇 센티미터쯤 뛰어 오르더니, 디스플레이의 표면 을 손가락으로 찌르고는 분한 듯 혀를 찼다.

"뭐야, 하라와타. 한낮부터 오바라초에 오다니 거의 종마 수준인걸."

"아니에요. 저는 잠깐 누구를 좀 만나러 온 거예요."

"종자가 주인에게 숨기는 게 있어선 안 돼. 네가 밝히는 녀 석이라는 건 처음 봤을 때부터 알고 있었지."

고조가 즐거운 듯 와타루의 등을 때렸다.

이것이 동경하던 명탐정의 진짜 모습이라고는 아직껏 믿 기지 않지만, 선언한 대로 나흘 만에 인귀를 찾아낸 것 또한 사실이다.

사실, 이 남자는 야에 사다 사건의 진범을 알고 있었을 뿐이고, 자신은 그냥 감언이설에 놀아난 기분도 들지 않는 것은 아니었다. 하지만 약속은 약속이다. 와타루는 고조 밑에서 일하기로 마음먹었다.

"고조 씨야말로 이런 곳에서 뭐하고 계세요?"

와타루가 화제를 돌렸다.

"뭐야 넌. 종자인 주제에 주인님의 개인적인 일에 고개를 들이밀다니. 건방져."

고조는 장소에 어울리지 않는 커다란 소리를 내질렀다. 뭔가 알려지고 싶지 않은 이유라도 있는 모양이다.

"부끄러운 짓이라도 하고 있었나요?"

"닥쳐. 나중에 제대로 교육해줄 테니까 기억하라고."

고조는 싸구려 같은 대사를 내뱉더니, 재빨리 골목으로 모습을 감췄다.

파친코 가게에서 도로를 건넌 건너편에는 오바라 신사의 기둥문이 있다. 그 남자가 굳이 이곳까지 참배하러 왔다고는 생각되지 않는다. 달리 볼일이라도 있었던 걸까.

와타루는 기둥문을 넘어서 버드나무 가로수 사이에 끼인 참배로를 걸었다. 30초 정도 만에 자그마한 배례전이 나타났다. 경내에 있는 것은 비둘기뿐. 나뭇잎이 스치는 소리가 고막을 쓰다듬었다.

돌계단을 오르려다가 배례전 뒤쪽에 작은 묘지가 있다는

사실을 깨달았다. 신사에 묘지가 있는 것은 드문 일이다. 고조도 성묘하러 온 걸까.

거미줄을 치우고 관목을 가로질러 묘지로 들어섰다.

그 묘는 바로 눈에 띄었다. 묘석에는 이끼가 껴 있고 잡초에 둘러싸여 있지만, 왼쪽 묘지에 '1936년 5월 18일 이시모토 기치조'라고 새겨진 것이 눈에 들어왔다.

꽃병에는 작은 국화 한 송이가 꽂혀 있었다.

농약 콜라 사건

1

"어라, 너, 유리코 아니야?"

멧돼지처럼 생긴 남자가 매달리듯 말했다. 안구가 움찔움찔 떨리고, 입술 끝에서 거품이 넘치는 것을 본 가가미 아리스의 기분은 최악이었다.

멧돼지의 이름은 아카기 류타. 무역회사에 근무하는 32세. AB형. 체질량 지수 25.5. 과거 병력 없음. 간 기능과 혈당치에 이상 소견 있음. 치핵. 왜 이런 남자의 건강 상태를 자세히 아는가 하면, 아리스가 아카기의 담당 간호사였기 때문이다.

아카기 류타가 쇼난 대학부속 도쿄병원의 감염증 내과에 입원한 것은 1월 24일 밤. 39도의 열과 복통을 호소하여 구급차로 병원에 실려 온 남자를 본 담당의는 대변에 피가 섞여 있었다는 점, 19일까지 캄보디아로 출장을 다녀왔다는 점 때문에 세균성 이질의 우려가 있다고 보고 긴급 입원이라는 조치를 취했다.

하지만 다음 날, 의식장애와 요독증보다 성가신 일이 벌어졌다. 아카기의 열이 내려가버린 것이다. 어린아이와 아저씨는 회복할수록 손이 더 많이 간다. 그중에서도 아카기는 질이 나쁜 부류였다. 이 남자는 병원을 호텔이라고 착각한 듯, 간호사 호출벨을 울려서는 돼지 같은 콧소리를 내며 "더워", "눈부셔", "뭔가 냄새나"라고 불평을 늘어놓았다. 소등 시간이 넘은 심야에도 스마트폰을 손에 쥔 채 "이질이야, 이질. 큰일 아니야? 크하하하!"라고 큰 소리를 내질렀기에 아리스가 유치원생을 혼내듯 상냥하게 주의를 주자, 아카기는 아리스 有里子의 이름표를 보고, "유리코, 내 탓이라고 하지 말아줄래?" 하고 도무지 알 수 없는 말을 내뱉었다('有里子'는 '유리코'라고 읽는 것이 보다 일반적이다. 아리스는 앨리스의 일본식 발음—옮긴이).

입원 3일째. 배양검사 결과가 음성이라고 판명되었을 때, 아카기는 완전히 기운을 되찾은 상태였다. 오후의 대장내시경 검사에서도 이상은 발견되지 않았고, 혈변은 치핵 때문이라고 진단이 내려졌다.

저녁에는 주치의에게 퇴원을 허락받았지만, 아카기는 입원비용 명세서를 보자마자 다시 불평을 터뜨렸다. "입원하지 않아도 되는 거였잖아", "이건 의료 과실 아니야?", "누구

책임이지?", "미국이었다면 소송감이야" 어쩌고저쩌고. 요컨대 입원비를 내고 싶지 않은 것이다. 대화가 통하지 않아 간호부장과 상담했지만, 환자의 시선에서 제대로 설명하라고 잔소리만 해댔다. 아리스는 결국 아카기에게 주치의의 판단을 사죄하는 형국이 되었다.

야간근무 간호사에게 일을 넘기고 병원을 나섰을 때는 밤 11시가 넘어 있었다.

더는 못 참겠다. 간호학과를 수석으로 졸업한 자신이 왜 개나 고양이만도 못한 뇌밖에 가지지 못한 남자에게 매도당해야만 한다는 말인가. 독한 술이라도 마시지 않으면 견딜 수 없었다. 다행히 다음날은 비번이지만, 이런 시간에 같이 술을 마시자고 부를 만한 친구도 없었다.

이 시간에 놀 수 있는 곳은 한 곳뿐이다. 클럽이다. 술을 들이붓고 아침까지 춤을 추자.

그렇게 정하자 마음이 다소 가벼워졌다. 학창 시절에는 매주 클럽에 다녔지만, 최근 1년간은 거의 가지 못했다.

아리스는 집으로 돌아온 후에 서둘러 하루의 땀을 씻어냈다. 대충 머리를 말리고 화장을 정돈한 후, 아이라인과 립을 진하게 그렸다. 그런 다음 봄 니트에 체스터코트를 걸치고 집을 나섰다.

밤 12시. 시부야 역 앞 스크램블 교차로에는 마지막 전철을 타려고 서두르는 사람들과 밤을 조금 더 즐기려는 사람들이 뒤섞여 있었다. 음식점이나 노래방의 간판 조명 덕에 거리는 아직 밝았다. 같은 거리에 자신의 직장이 있다는 점이 기분 나쁜 농담처럼 느껴졌다.

수많은 목소리와 발소리에 뒤섞여 사이렌 소리가 들렸다. 구급차가 교차로를 지나지 못해 멈춰 서 있었다. 보행자들은 발길을 멈추지 않았다. 이 거리에서는 자주 보이는 풍경이다. 아리스도 사람들의 흐름에 따라 횡단보도를 건넜다.

도겐자카는 새치름한 표정의 젊은이들로 넘쳤다. 슬쩍 봤을 때는 제각각의 개성이 뒤섞인 듯 보였지만, 자세히 보니 그들의 패션은 몇 가지로 한정되었다. 최근에는 안으로 말리는 쇼트 보브컷에 새빨간 스카프를 목에 두른 여자가 이상할 정도로 눈에 많이 띈다. 작년 9월에 개봉해 일본에서도 크게 히트한 영화 〈앨리스 인 슬래셔랜드〉의 영향이다. 범죄사에 이름을 남긴 살인귀들이 미소녀가 되어 폭주한다는 황당무계한 이야기로, 일본에서는 여배우 야도카리 요코에가 출연했다. 그녀가 연기한 도키오, 즉 무카이 도키오의 독특하고 화려한 패션은 큰 화제를 불렀다. 작년 핼러윈 때 시부야는 호박을 던지면 도키오가 맞을 정도로 쇼트 보브컷에 빨간색 스카프로 물들어 있었다.

도겐자카 언덕을 5분 정도 오른 다음 왼쪽으로 돌아 30초 정도 가면 시부야 리저드 빌딩이 있다. 8층 건물 전 층이 클럽이기에 파티피플은 참을 수 없는 빌딩이다. 아리스가 가려고 마음먹은 'D-MOUSE'는 1층과 2층에 입점해 있었다.

아리스는 출입구를 지나쳐 창구에서 요금을 지불했다. 스태프의 말에 면허증을 내밀었다. 20세 미만은 클럽에 들어가지 못하기에 나이가 어려 보이는 손님은 나이 확인이 필수였다.

드링크 티켓을 받아들고 두툼한 문을 열었다. 그 순간, EDM의 중저음이 몸의 축을 흔들었다. 향수와 담배와 알코올, 그리고 소변이 뒤섞인 듯한 독특한 냄새.

클럽에 발을 들이자, 자신을 억누르던 족쇄가 풀리고 마음이 자유로워졌다. 앨리스가 빠져든 이상한 나라처럼, 이곳은 다른 상식에 지배되는 공간이다.

문을 열고 들어선 왼쪽이 화장실과 물품보관소, 정면으로 나아간 끝이 플로어다. 플로어 가장 안쪽이 스테이지이고, 오른쪽이 바 카운터, 왼쪽 뒤편이 음향 설비실이다. 물품보관소 앞과 스테이지 오른쪽에는 2층의 VIP룸으로 오르는 계단이 있었다.

스테이지를 보자 농구선수처럼 탱크톱을 입은 DJ가 턴테이블을 문지르고 있었다. 극채색의 라이트가 종횡무진하며 플로어 이곳저곳을 밝혔다. 손님은 80명 정도. 남녀 비율은 6대 4 정도일까.

물품보관소 로커에 코트를 넣고, 바 카운터로 향했다. 코

Club D-MOUSE 평면도
(시부야 리저드 빌딩 1층)

로나 맥주를 주문했을 때 스테이지 오른쪽의 VIP룸으로 이어지는 계단 아래에 여자가 쭈그리고 앉아 있는 것이 보였다. 쇼트 보브컷에 빨간색 스카프를 두른 도키오풍 코디. 머리를 무릎 사이에 묻은 채 꿈쩍도 하지 않았다.

"저기, 괜찮으세요?"

신경이 쓰여서 팔죽지를 가볍게 두드리자, 여자는 고개를 숙인 채 어깨를 떨고는 구역질과 말의 중간 정도쯤 되는 소리를 냈다. 재스민 향수에 알코올과 땀이 뒤섞인 불쾌한 냄새. 목덜미가 붉게 달아올라 있었다. 급성 알코올 중독일지도 모른다.

아리스는 이 사람을 돌봐야 할까 잠시 고민한 끝에 아무것도 하지 않고 바 카운터로 돌아갔다. 이 이상 일을 했다가는 자신이 망가져버린다. 지금의 자신은 직장에서의 자신과는 다른 사람이다.

카운터에서 코로나 맥주를 받아들고는 라운지 테이블에 병을 올려놓고 셀카를 찍어 인스타그램에 올렸다.

'올해 클럽 개시! #shibuya #club #D-MOUSE'

다시 한번 사진을 보고는 얼굴이 심하게 부어 있다는 사실을 깨달았다. 머리도 조금 젖어 있고, 니트도 주름이 자글자글했다. 사진을 다시 찍을까 생각하다 그만두었다. 어차피 춤을 추면 머리도 옷도 엉망진창이 된다.

인스타그램에 사진을 올리는 건 반년 만이었다. 화면을 스크롤하자 그리운 이미지가 연이어 표시되었다.

'기다리고 기다렸던 클럽 데뷔! 완전 최고! #D-MOUSE #shibuya #partytime #dance #djDODO'

어설프게 화장한 3년 전의 자신이 볼을 부풀린 채 새치름한 표정으로 이쪽을 바라보고 있었다.

그로부터 한 시간 동안 머리를 텅 비운 채 춤을 추었다. 스피커에서 흘러나오는 비트의 홍수가 온몸을 흔든다. 알지 못하는 누군가와 살이 닿는다. 바깥 세계가 사라지고 평소에는 숨겨져 있던 진짜 자신이 나타난다.

오전 1시 15분. 화장실에 간 참에 화장을 고치고 플로어 뒤편에서 한숨 돌리고 있을 때였다.

"재밌게 즐기고 있어?"

웬 남자가 스미노프 병을 한 손에 들고 말을 걸었다. 헌팅인가.

어차피 제대로 된 남자는 아닐 것이다. 적당히 넘기려고 돌아본 순간, 찬물을 뒤집어쓴 듯한 기분이 들었다. 순간적으로 술기운이 빠지고, 온몸이 움직이지 않았다.

만두 같은 둥근 코. 코를 고는 듯한 호흡. 멧돼지 아카기 류타가 입술 끝을 들어 올린 채 웃고 있었다.

"난 류라고 해. 넌 이름이 뭐야?"

아카기가 천천히 눈을 깜빡였다. 눈꺼풀이 무거워 보였다. 술에 취해 있기도 했고, 아리스의 화장이 근무 때와는 다른

226

탓에 눈앞에 있는 것이 담당 간호사라는 사실을 깨닫지 못한 듯했다. 있는 대로 매도한 주제에 뻔뻔스러운 녀석이다. 이질로 죽어버렸다면 좋았으련만.

"죄송해요."

사실 스미노프 병으로 정수리를 때려주고 싶은 기분이었지만 입에서는 그런 말밖에 나오지 않았다.

발길을 되돌려 플로어에서 나왔다. 다른 층의 클럽에 갈 생각이었다. 아카기가 아리스의 정체를 깨닫는다면 귀찮은 일이 벌어질 것이고, 이쪽도 멧돼지의 얼굴을 보며 춤을 춘다니 그것만큼은 죽어도 싫었다.

"어라. 왜 가는 건데?"

두툼한 손가락이 팔을 잡았다. 강하게 당겨도 손을 풀지 않았다.

아카기는 아리스를 물품보관실로 끌고 들어가더니, 아리스를 벽에 밀치고는 사타구니를 문질러 대기 시작했다. 딱딱한 것이 배에 닿았다. 거친 숨이 목에 닿자 온몸에 소름이 돋았다.

아리스는 비명을 질렀지만, 굉음에 파묻혀 자신의 귀에도 들리지 않았다. 플로어에서 나온 남자가 이쪽을 보더니 안색 하나 바꾸지 않고 지나쳐 갔다.

그때였다.

"사치, 뭐 하는 거야? 이쪽이야."

모르는 여자가 아리스에게 말을 걸었다. 아카기가 어리둥절한 표정으로 돌아보았다. 여자는 아리스의 손을 잡고는 계단을 뛰어 올라갔다.

여자에게 이끌려 VIP룸에 들어갔다. 담담한 형광색 라이트가 시야를 감쌌다. 저스틴 비버가 허세 가득한 목소리로 노래를 부르는 중이었다.

쭈뼛쭈뼛 계단 아래를 내려다보았지만, 아카기가 올라올 것 같지는 않았다. 두툼한 목에 빨간색 넥타이를 맨 고릴라 같은 보안직원이 자리를 잡고 서 있기에 아카기도 VIP룸에는 손을 뻗지 못하리라.

"저기, 고맙습니다."

"괜찮아, 괜찮아. 곤란할 때는 서로 도와야지."

여자는 가죽 소파에 앉아서 글라스에 따른 샴페인을 내밀었다. 갈증이 심하게 느껴져서 글라스에 입에 가져다 댔다.

"난, 체셔. 너는?"

"어, 전 아리스예요."

좋은 이름이네, 하고 웃으며 옆자리를 두드렸다. 그녀가 권한대로 자리에 앉았다. 체셔는 이목구비가 뚜렷한 갈색 피부의 여자로, 예상대로 도키오풍 코디였다. 셔츠는 다섯 번째 단추 정도까지 열려 있었고, 캐미솔의 가슴 언저리로는 두리안 같은 유방이 슬쩍 보였다. 출연 순서를 기다리는 댄서일까.

"어때, 클럽 재밌어?"

"아니요. 딱히."

"그럼 안 되지! 나랑 재밌는 거 할래?"

체셔가 땅콩을 집으며 말했다. 약이라도 팔 생각일까.

"그러니까, 비밀을 교환하는 거야. 가족이나 친구에게는 절대 말할 수 없는 비밀 같은 거 있잖아. 이름도 연락처도 모르는 완전한 타인에게만 말할 수 있는 거. 그걸 지금 서로 말하는 거야."

아리스는 맥이 빠졌다. 뭘 하려는 건가 생각했더니, 애들 장난 아닌가. 마치 이상한 나라에서 열리는 괴상한 다과회 같다.

"나, 뭐로 할까."

체셔는 땅콩을 입에 넣고 우물거리며 천장의 배관을 올려다보았다. 아리스도 동의한 것으로 받아들인 모양이다.

사실 아리스에게도 토해내고 싶은 비밀은 잔뜩 있었다. 기억을 되짚다 보니 조금씩 글라스의 샴페인이 줄어들기 시작했다. 땅콩을 집으려다가 체셔와 손이 부딪혀서 니트에 샴페인이 넘쳤다.

"앗, 미안. 어때? 생각났어?"

아리스가 끄덕이는 것보다 빠르게 가위바위보가 시작되었다. 아리스가 주먹, 체셔가 보를 냈다. 진 쪽이 먼저인 듯했다. 아리스는 속은 듯한 기분으로 체셔에게 귓속말을 했다.

"회진하러 오는 교수의 성희롱이 너무 심하더라고요. 그래서 화가 머리끝까지 치밀어 그가 쓰던 논문 데이터를 인터넷에 올려버렸어요."

"아하하! 꽤 하네?"

체셔가 과장되게 손뼉을 치더니, "그럼, 다음은 나"라고 등을 쭉 편 채 아리스의 귀에 입을 가져다 댔다.

"나, 지금부터 사람을 죽일 거야."

저스틴 비버의 목소리가 들리지 않게 되었다.

아, 이건 몰래카메라다. 사람 좋아 보이는 미소를 띤 후에 체셔의 어깨를 찔렀다.

"에이, 농담하지 마세요."

"아리스, 핸드폰 꺼내."

체셔의 얼굴에서 표정이 사라졌다. 오한이 등줄기를 타고 흘렀다.

"핸드폰으로 지금부터 플로어에서 벌어지는 일을 촬영해. 그리고 내일 유튜브에 올리는 거야."

그녀는 지금 무슨 말을 하는 걸까. 도움을 받았다고는 하나 갑자기 명령을 들어야 할 이유는 없다. 애초에 플로어는 촬영 금지다. 역시 이 여자는 약을 한 걸까.

"명령을 무시하면 네 범죄를 직장에 퍼뜨릴 거야."

체셔는 아리스의 볼을 만지더니, 턱에서 목으로 손가락을 내렸다. 뾰족한 손톱이 피부를 찔렀다. 자신도 모르게 그 손

230

을 뿌리쳤다.

"웃기지 마세요. 제가 어디 다니는지도 모르면서."

"쇼난 대학부속 도쿄병원이잖아? 너는 간호사인 가가미 아리스."

순식간에 핏기가 가셨다.

"제가 누군지 아시는 건가요?"

"아하하. 걸려들었군."

체셔는 땅콩을 입에 던져 넣고는 몸을 일으킨 후에 손을 하늘하늘 흔들었다.

"그럼, 부탁해."

쇼트 보브컷의 뒷모습이 스테이지 측의 계단을 통해 1층으로 내려갔다.

혼이 빠져나간 것처럼 몸이 움직이지 않았다. 저 여자는 지금부터 사람을 죽인다고 했다. 물론 허풍일 테지만, 아리스의 직장이나 풀네임을 어떻게 알고 있는지 영문을 알 수가 없었다.

불현듯 시선이 느껴졌다. 고릴라가 시선을 아리스에게 향한 채 인컴 마이크에 대고 뭐라고 속삭였다. 추가 요금을 내지 않고 VIP룸에 있다가는 출입 금지 처분을 받는다는 말을 들은 적이 있다. 아리스는 몸을 일으켜서는 올라왔을 때와 같은 물품보관소 쪽의 계단을 내려갔다.

플로어의 손님들은 아무 일도 없는 것처럼 아비치의 노래에 맞춰 몸을 흔들어 댔다. 체셔의 모습을 찾는데, 갑자기 그녀와 꽤 닮은 여자 2인조가 가까이 다가왔다.

일순 환각이라도 보는 것인가 생각했지만, 바로 체셔와는 다른 사람이라는 사실을 깨달았다. 도키오풍 코디의 여자는 질릴 정도로 많다. 멀쩡한 도키오가 술에 취한 도키오에게 어깨를 빌려준 채 잡아끌 듯 플로어에서 나갔다. 재스민 향수를 오수로 끓인 듯한 이상한 냄새가 코에 남았다. 계단 아래에 만취해 있던 그 여자의 냄새와 똑같았다.

잠시 플로어의 상태를 살폈지만, 이변은 일어나지 않았다. 체셔의 모습도 보이지 않는다. 역시 그냥 자신을 놀린 걸까.

"어라, 돌아온 거야?"

화장실 문이 닫히는 소리에 이어서 아카기의 끈적한 목소리가 들렸다. 꼬리에 꼬리를 무는 것처럼 변변찮은 녀석이 나타난다.

출구로 나가려다가 반걸음 만에 발을 멈췄다.

아카기의 상태가 이상했다. 입원 직후와 비슷할 정도로 혈색이 안 좋고 입술 양 끝에서 거품이 넘쳐흘렀다. 안구가 움찔움찔 떨렸다.

"어라, 너, 유리코 아니야?"

아카기가 아리스를 가리키며 말했다. 울컥, 하고 하수도가 역류하는 듯한 소리가 나더니 목이 부풀어 올랐다. 곧장 뒤쪽으로 뛰듯이 물러났다. 아카기는 비틀비틀 플로어로 다가

가더니, 뒤돌아본 남자의 가슴팍에 토사물을 내뿜었다.

그와 거의 동시에 바 카운터에서 유리가 깨지는 소리가 들렸다. 빛나는 선글라스를 쓴 도키오 머리의 여자가 라운지 테이블에 다가가서 괴로운 듯 어깨로 숨을 들이쉬었다. 아카기와 상태가 똑같았다. 여자는 목을 들어 올리더니 얼굴과 팔을 경련하면서 기세 좋게 구토했다.

"나, 지금부터 사람을 죽일 거야."

체셔의 목소리가 메아리친다.

'지금부터 죽인다'는 것은 정확한 표현이 아니었다. 그 후에 플로어의 드링크에 독을 섞은 것이라면 효과가 나오기에는 너무 빠르다. 역시 체셔의 모습은 보이지 않았다. 그녀가 플로어 쪽 계단을 내려가고 나서 아리스가 물품보관소 쪽 계단을 내려오기까지 30초도 걸리지 않았을 터였다. 빈틈없이 사람이 들어찬 플로어를 지나서 'D-MOUSE'를 나가기에는 시간이 부족하다. 그녀는 어디로 사라진 걸까.

자신이 해야 할 일은 알고 있었다. 쓰러진 사람들의 의식과 호흡을 확인하고, 토사물이 목을 막지 않도록 기도를 확보해야 한다. 구급차를 부르라고 주변 사람들에게 말한 후에 필요한 경우 심장마사지를 한다. 머리로는 알고 있지만, 다리가 움츠러들어 움직이지 않았다.

10분 전, 아리스도 체셔가 건넨 샴페인을 마신 상태다. 그럴 마음만 있었다면 독을 탈 수도 있었으리라. 그때 이미 아리스의 목숨은 체셔의 손안에 들어가버렸다.

플로어에는 소란이 번졌다. 정장 차림의 스태프도 망연자실한 채로 우뚝 서 있었다. 아비치의 목소리는 여전히 웅웅 시끄러웠다.

아리스는 현실이 아닌 세계에 빠져든 듯한 기분으로 주머니에서 스마트폰을 꺼내 영상 녹화 버튼을 눌렀다.

2

"역시 오늘 밤에도 원더랜드에 가볼까?"

2016년 1월 25일 오전 11시. 평소에는 사무소 책상에 앉아 신문이나 인터넷 뉴스를 볼 시간이지만, 오늘은 고조와 둘이서 고급 요양원 '캔벨 이나바시'를 방문한 상태였다. 목적은 고조의 오랜 지인에게 조사 협력을 부탁하는 것. 지금은 그의 아들을 주차장에서 기다리는 중이었다.

명탐정이 동화의 주인공 같은 대사를 입에 담은 것에는 이유가 있었다. 고조는 지난주부터 아키하바라의 '원더랜드'라는 바에 빈번히 드나드는 중이었다. 본인은 차분한 분위기의 술집이라고 주장했지만, 이야기를 들어보니 귀여운 여자아이가 분위기를 맞춰주는 유형의 가게가 분명했고, 더군다나 고조는 아리스라는 이름의 직원에게 완전히 빠져 있는 듯했다.

이대로 고조에게 사무소의 카드를 맡겨두었다가는 예금이 금방 동날 것 같기에 용돈은 월 5만 엔까지라고 규칙을 정한 것이 지난주의 일이다. 하지만 고조는 질리지도 않는 듯 3일 연속으로 원더랜드에 드나든 끝에, 전철 고장으로 인한 운행 정지로 귀가하지 못하게 되자, 역 앞의 정원수에 머리를 박은 채 술에 취해 기절했다. 벌을 받은 것인지 그러다 지갑에서 지폐를 도난당했다.

"목말라."

명탐정은 괴로운 듯 기침하더니 텅 빈 지갑을 손에 든 채 자판기를 올려다보았다. 지갑을 여니 잔액은 180엔. 캔 커피는 120엔이니까, 이것을 사면 남는 60엔으로 이번 달을 버텨내야 한다.

"걸즈바에 가지 않는다고 약속하면 용돈을 가불해드리죠."

와타루가 콜라를 마신 후에 말하자, 고조는 야쿠자처럼 눈을 치켜올린 채 와타루를 노려보았다.

애초에 이다바시에서 나카노로 돌아가려면 도쿄 메트로 도자이 선으로 200엔, JR 주오 선으로 220엔이 필요하다. 캔 커피를 참는다고 해도 사무소에조차 돌아가지 못한다.

"애 취급하지 마. 나는 메이지 시대에 태어났어. 네 할아버지보다 연상이라는 점을 잊지 말도록."

고조는 생떼를 부리더니 불쾌한 얼굴로 주차장에서 나가

버렸다. 캠벨 이다바시 건너편에는 작은 마트가 있었다. 고조는 어울리지도 않게 원예 코너를 바라보기 시작했다. 아리스에게 줄 꽃이라도 고르는 것이리라.

몇 분 후, 와타루가 콜라를 전부 마시고 고조가 꽃에 질려서 스마트폰을 들여다보기 시작했을 때 주차장에 빨간색 쿠페가 멈추더니 운전석에서 정정한 노인이 모습을 드러냈다.

짧게 자른 회색 머리에 검은 테 안경. 구니나카 아쓰시였다. 8년 전까지 경찰청장을 역임했던 고위 경찰 관료로, 지금은 71세. 입주자라고 해도 이상하지 않은 나이지만, 오늘 만나려고 하는 것은 그의 부친이었다.

"고조 마고사쿠 씨군요. 어, 그러니까 이쪽 분은……."

"잡무 담당인 하라와타야."

"하라와타 씨. 드문 성씨네요."

구니나카 아쓰시의 뒤를 따라 캠벨 이다바시의 현관 로비에 들어섰다. 창구 직원에게 인사한 후 엘리베이터에 올라탔다.

"경찰 관계자 외의 손님은 드물답니다."

문이 닫히자 아쓰시가 속을 떠보는 듯한 말을 했다. 사전에 "아버지에게 신세를 진 적이 있다"고만 전했기에 둘의 정체를 의심하는 듯했다.

"80년 전에 함께 놀아준 적이 있지. 기억해주면 좋겠네."

고조가 스마트폰을 만지작거리며 말했다. 메이지 시대에

태어난 남자가 최신 기종을 쓰고 있는 이유는 재빠른 정보 수집과 기동적인 조사에 도움이 되기 때문……이 아니라 여자아이를 꾀려면 앱이 필요하기 때문이었다.

그런 탐정의 말에 아쓰시는 입을 ㅅ자 모양으로 만들고 눈썹을 찌푸렸다. 건방진 태도가 마음에 들지 않는 것인지, 아니면 이상야릇한 발언에 수상함을 느낀 것인지. 아마도 양쪽 전부이리라. 고조의 몸은 40대 후반이니 80년 전에 살아 있었을 리가 없다.

땡, 하는 소리가 나며 문이 열렸다. 아쓰시는 굳은 표정으로 복도를 나아가 세 번째 문을 열었다.

10제곱미터 정도의 방에 간호용 침대가 놓여 있고, 주름투성이 노인이 그 위에 누워 있었다. 아쓰시의 아버지, 구니나카 고야. 93세의 노인이다. 낮잠을 자는 시간인 듯 노인은 호쾌하게 코를 골고 있었다.

"아버지, 손님 오셨어요."

아쓰시가 어깨를 문지르며 아버지를 불렀다. 고야는 눈을 뜨더니 안경을 손에 쥔 채 아쓰시의 도움을 받아 상반신을 일으켰다.

"여, 고야 군. 오랜만이야." 고조가 오른손을 들었다. "오늘은 부탁할 게 있어서 왔어. 네 아들에게 우리 수사에 협력하라고 부탁해주지 않을래?"

"당신, 무슨 말을 하는 거야?"

아쓰시가 당황한 듯 입을 열었지만, 아버지를 보고는 말을 멈췄다.

구니나카 고야는 혼이 나간 듯한 표정을 짓고 있었다. 이마가 없어질 때까지 눈썹을 들어 올린 채 작은 입을 세로로 크게 벌렸다.

"설마, 고조 선생님인가요?"

정답이었다.

고야 군, 다시 말해 구니나카 고야는 세이조 경찰서의 초대 서장인 구니나카 지카하루의 아들이다. 구니나카 지카하루는 사몬 가도로의 소설에도 등장하는 도쿄 경찰청의 민완 형사다. 그 지카하루의 아들이 현재 93세인 고야. 손자가 71세의 아쓰시인 것이다.

"다른 한 분은 조수인가요? 고조 선생님은 분명 조수는 필요 없다고 하지 않았던가요?"

"오, 역시 제대로 기억하고 있군. 이 녀석은 조수가 아니라 종자야."

고조는 기쁜 듯 와타루의 머리를 두드렸다.

"선생님은 언젠가 돌아오신다. 아버지가 자주 말씀하시곤 하셨습니다. 제가 낙담하지 않게 하려는 변명이라고만 생각했는데, 진짜였네요."

구니나카 고야는 눈 밑의 처진 피부를 떨며 이를 앙다물고 말했다. 고조에 관한 기억이 뇌에 새겨진 것 같았다.

"이야기가 빨라서 다행이군. 내가 되살아난 덴 복잡한 사정이 있어."

고조는 등나무 의자에 앉더니 소나 의식에 의해 일곱 명의 범죄자가 되살아났다는 점, 그들을 지옥으로 돌려 보내기 위해서 염라대왕이 고조를 되살렸다는 점을 설명했다. 고야와 아쓰시는 얼굴의 구멍이라는 구멍은 있는 대로 벌리고는 꽤 닮은 얼굴로 고조의 이야기를 들었다.

"……그래서 귀신 퇴치를 시작했는데, 아무래도 정보가 부족해서 말이야. 일단 지카하루의 자손에게 힘을 빌려볼까 생각한 거지."

"이상한 사건이 이어지고 있는 건 귀신의 짓이었던 건가요?"

딱딱한 말투와는 다르게 고야의 뺨은 느슨하게 풀려 있었다.

"아쓰시, 선생님께 협력해드리거라."

"정말로 괜찮은 건가요?"

아쓰시는 아무리 그래도 믿기지 않는 듯했다.

"내가 보증하지. 이 선생님은 진짜야."

갈라지기는 했지만, 심지가 굳건한 목소리였다. 고야의 안색은 점점 좋아졌다.

아쓰시는 깊게 숨을 내쉬더니 팔짱을 낀 채 고조를 돌아보았다.

"아버지를 믿습니다. 어떻게 협력해드리면 되나요?"

"첫째, 인귀들이 과거에 일으킨 사건 자료를 제공해줄 것. 둘째, 그것과 비슷한 사건이 벌어지면 수사 상황을 전부 알려줄 것. 셋째, 우리가 인귀를 사냥하기 위해 행한 범죄를 못 본 척해줄 것."

아쓰시는 마지막 항목에서 눈썹을 찌푸렸지만, 어느 쪽인가 하면 맥이 빠진 듯했다. 기동대를 파견하는 등 보다 규모가 큰 협력을 상상했던 것이리라. 다행히 오사베구미 덕에 전력은 충분하다.

"알겠습니다. 예전 부하에게 연락해보겠습니다."

아쓰시의 말에 고조가 살짝 고개를 숙였다.

"일이 해결되면 아버지의 이야기를 자세히 들려주십시오."

고야는 눈을 반짝이며 소년 같은 미소를 보였다.

걸어서 이다바시 역으로 돌아오자, 도자이 선 개찰구는 인파로 붐볐다.

"아, 목말라."

고조가 쓰레기통에 손을 찔러넣고 페트병을 뒤적거리기 시작했다. 걸즈바에 가지 않겠다고 약속하면 용돈을 가불해주겠다고 했는데, 고집도 참 세다. 그때 역내 방송이 흘러나왔다.

"바쁘신 와중에 죄송합니다. 도쿄 메트로 도자이 선에서 범죄 예고가 있었기에 안전 확인을 위해 운행을 잠시 중단 중입니다."

샐러리맨들이 저마다 한숨을 내쉬었다. 흉악 범죄가 다발하고 있는 탓에 잊게 되지만, 사소한 범죄도 연일 변함없이 발생하고 있었다.

주오 선 홈으로 이동하려던 때 스마트폰이 울렸다. 고조에게 양해를 구하고 전화를 받았다.

"안녕하십니까. 지난번에는 감사했습니다."

들은 적 있는 목소리였다. 위장이 꽉 조여왔다. 고조가 비트적비트적 어딘가로 가는 것이 보였다.

1분 후, 와타루가 전화를 끊자 고조가 기다리다 지친 표정으로 통로로 돌아왔다.

"왜 그래? 우리 사무소에도 범죄 예고 메일이라도 온 거야?"

"아니요. 오사베구미 조장이 지금 당장 고조 씨를 만나고 싶다네요. 뭔가 부탁할 게 있다고……."

와타루가 말하자, 고조는 귀찮은 듯 목 뒤쪽을 주물렀다.

3

오후 1시. 요양원을 나선 지 불과 한 시간 후. 와타루와 고조는 택시로 국도 20호선을 넘어 신주쿠 구 햐쿠닌초의 오사베구미 사무소를 방문했다.

"마고사쿠 씨가 해결해주셨으면 하는 사건이 있습니다."

오사베 구조는 내키지 않는 얼굴로 말하더니 래브라도 리트리버의 목을 쓰다듬었다. 그는 오늘도 고급스러워 보이는 스리피스 정장을 입고 있었다. 옆에서는 삶은 달걀처럼 보이는 얼굴의 부두목이 불만이 가득한 표정으로 이쪽을 노려보고 있었다.

듣자니 오사베구미의 위장회사가 경영 중인 시부야의 클럽에서 연이어 독극물 혼입 사건이 벌어지고 있다고 했다. 어제는 끝내 사망자까지 나왔다. 작년이었다면 세상을 뒤흔들 만한 사건이지만, 몇십 명이나 살해당하는 사건이 빈발하고 있는 탓에 화제가 되지 않았고, 경찰 수사도 제대로 이뤄지지 못하는 상황이라고 했다.

이대로 범인을 방치했다가는 오사베구미의 체면이 완전히 손상된다. 어떻게든 범인을 잡아서 위기를 벗어나야 한다는 이유로 빚이 있는 고조에게 화살촉이 돌아온 것이었다.

"별 일 아니군. 당신 부탁을 거절했다가는 저세상에서 할아버지를 마주할 면목이 없어. 다만 우리도 사업이니까 말이야. 수고비 100만 엔, 착수금 30만 엔에 어때?"

오사베의 눈이 보이지 않는 것이 다행스럽게도 고조는 소파에 턱 버티고 앉아 있었다. 이 인간, 다시 원더랜드에 갈 생각이다.

오사베는 고개를 끄덕이더니 손가락을 세 개 세웠다.

"사흘 안에 해결해주셨으면 합니다. 가능한가요?"

"이틀이면 충분해."

고조가 허세를 부렸다.

"저희는 야쿠자입니다. 고조 선생님의 손자분이라고 하더라도 나중에 우는 소리는 들어드릴 수 없습니다."

"걱정하지 마. 나한테는 고조 린도의 피가 흐르고 있으니까."

오사베는 키박스에서 열쇠 뭉텅이를 꺼내더니 책상 아래의 금고를 열었다. 그는 손가락으로 튕기며 지폐 다발을 셌다. 합해서 30만 엔. 고조는 지금 당장이라도 침을 흘릴 것만 같았다.

그로부터 해가 저물 때까지 부두목에게 연속 독극물 혼입 사건에 관한 자세한 설명을 들었다.

사건은 지금까지 총 세 건, 전부 마루야마초 2초메의 시부야 리저드 빌딩 내의 클럽에서 발생했다. 빌딩은 8층 건물로, 아래부터 'Club D-MOUSE', 'Club MAD HAT', 'Club DUCHESS', 'Club Queen Queen'의 네 개 클럽이 들어서 있다. 전부 오사베구미 산하이며, 조직원이 보안요원으로 상주한다고 했다. 범인은 주변의 눈을 피해 바 카운터나 라운지 테이블에 놓인 술병과 글라스에 유기인계 살충제인 체시아호스를 혼입한 것으로 보인다.

1월 3일, 아래에서 두 번째인 'MAD HAT'에서 첫 번째 사건이 벌어졌다. 피해자인 여성은 코로나 맥주를 두 병 마신 후, 갑작스러운 현기증과 구토기를 느끼며 귀가. 증상이 나아지지 않아 다음 날 아침에 119에 전화하여 구급차로 병원으로 옮겨졌다. 토사물에서 체시아호스가 검출되었기에 즉각 위장 세척과 PAM이라고 불리는 해독제 투여가 실시되었다. 다행히 섭취량이 적고 증상도 가벼웠기에 4일 후에 퇴원했다.

이 시점에서는 피해 신고서가 제출되지 않았기에 경찰은 물론 오사베구미도 사건을 파악하지 못했다.

다음 주인 1월 14일, 가장 아래의 'D-MOUSE'에서 두 번째 사건이 벌어졌다. 심야 3시 넘은 시각, 플로어에서 여성 두 명이 구토하더니 연이어 실신. 직원의 신고로 병원으로 옮겨졌다.

피해자의 토사물에서는 체시아호스가 검출되었지만, 역시 섭취량이 적었기에 두 사람 모두 일주일 내에 퇴원했다.

이즈음 경찰도 사건을 인지한다. 병원에서 신고한 정보를 바탕으로 지난주에 발생한 MAD HAT 사건도 확인. 연쇄 독극물 혼입 사건으로 보고 수사를 개시했다. 오사베구미 사무소에도 수사원이 방문하여 임의 조사가 이루어졌다.

사실 이 정도의 트러블은 일상다반사이기도 했다. 중상자도 나오지 않았기에 네 개의 클럽은 영업을 지속했다. 손님

수가 줄어들지도 않았다.

그리고 1월 23일, D-MOUSE에서 세 번째 사건이 발생했다. 플로어에서 남녀 여섯 명이 연이어 쓰러져서 병원으로 옮겨진 것이다. 전원의 토사물에서 체시아호스가 검출되었고 남성 한 명이 사망, 세 명이 지금도 의식불명의 중태인 상황이다. 전에 비해 증상이 심하다는 점에서, 범인은 이 사건부터 체시아호스의 혼입량을 늘린 것으로 여겨진다.

세 번째 사건이 벌어졌을 때, D-MOUSE에는 80명 전후의 손님이 있었다. 연이어 사람이 쓰러지며 현장은 패닉 상태에 빠졌고, 여섯 명 말고도 여러 명의 부상자가 발생했다. 다만 경찰이 달려왔을 때는 대부분의 손님이 도망친 상태였기에 사건의 전모가 명확히 파악되지 않았다.

"음료수에 체시아호스인가. 나쁘지 않네."

부두목의 설명이 끝나자, 고조는 지폐 다발을 넘기면서 의미심장하게 중얼거렸다.

날이 바뀌어 1월 26일 오전 10시. 사무소의 컴퓨터를 켜자 경찰청 OB인 구니나카 아쓰시에게서 대량의 자료가 도착해 있었다. 인귀들이 과거에 벌인 일곱 건의 사건 수사 자료였다.

"일이 빠르군. 수하에 두어야 할 건 한가한 노인네였어."

와타루는 고조의 지시에 따라 '체시아호스 연속 독살사

건(1985년) 보고서'를 두 부 출력한 후 한 부를 고조에게 건넸다.

제아무리 고조가 여자에 굶주려 있다고는 해도, 인귀와 관계없는 사건 수사를 받아들일 정도로 한가하지는 않다. 독극물 혼입 사건이 인귀의 범행처럼 보인다는 점은 와타루도 느끼고 있었다.

"농약 콜라 사건이라는 속칭은 너무 별로인데."

고조는 불평하면서도 종이를 넘기기 시작했다. 와타루도 자료를 살폈다.

첫 번째 사건은 1985년 4월 8일, 비가 오는 밤에 벌어졌다. 네리마 구에 사는 대학생이 아르바이트를 마치고 돌아가는 길에 자판기에서 피로회복 음료를 구입하려다가 자판기 위에 콜라가 놓여 있는 것을 발견하여 그것을 마셨다. 청년은 복통과 구토기를 느낀 15분 후에 의식을 잃었다. 병원에서 위장 세척 및 해독제가 투여되어 일시적으로 의식을 회복했지만, 이틀 후인 4월 10일에 다발성 장기 부전으로 사망했다. 마시다 남은 콜라와 토사물에서 유기인계 살충제인 체시아호스가 검출되었다.

피해자가 콜라를 손에 들기 네 시간 전, 현장에서는 회색 블루종을 입은 수상한 인물이 목격되었다. 목격자는 초등학생 남자아이로, 비옷을 입고 자전거를 타고 가다가 길가 왼쪽에 설치된 자판기 앞에 사람이 서 있는 것을 발견했다고 했다. 수상한 자의 키는 150센티미터 정도로, 남성이라면 꽤 작은 편이었다. 마침 손을 뻗어 자판기 위에 콜라를 놓고 있었기에 팔이 방해가 되어 수상한 자의 얼굴은 보이지 않았다.

이 시점에서는 신고도 많지 않아, 수사의 진척은 지지부지한 채 5개월이 지나게 된다. 그리고 또다시 비가 내리던 9월 11일 밤, 두 번째 사건이 벌어진다. 무사시노 시에 사는 샐러리맨이 자택 근처의 자판기 위에 놓여 있던 콜라를 마시고 사망한 것이다. 이쪽도 남은 콜라와 토사물에서 체시아호스가 검출되었다. 수법이 비슷하다는 점에서 네리마 구의 사건 범인에 의한 5개월 만의 재범으로 여겨졌다.

하지만 이 사건 이후, 상황은 크게 바뀐다. 같은 수법의 범행이 도쿄, 지바, 사이타마 세 도시에서 연속으로 발생한 것이다. 9월 중에 다섯 건, 10월에 네 건, 11월에 두 건이 확인되었고, 모든 사건에서 피해자가 사망했다. 사망자는 열두 명을 넘어섰다. 비가 오는 날에 체시아호스를 넣은 병을 자판기에 놓아두는 수법은 똑같았지만, 어디까지가 동일범의 범행이고 어디부터가 모방범의 범행인지 파악되지 않았다. 언론은 날이 갈수록 커지는 피해를 대대적으로 보도했지만, 물증이 부족한 탓에 수사는 난항을 겪는다.

사건이 끊긴 12월, 수사는 드디어 새로운 국면을 맞이한다. 9월 28일에 네 번째 사건이 벌어진 에도가와 구 현장에서 여러 단서를 확보한 것이었다. 각각의 단서는 목격 증언, CCTV 카메라 영상, 병에 부착해 있던 물건이었다. 경시청은 수사의 돌파구가 될 것을 기대하며 중점적으로 수사를 진행한다.

가장 기대한 것은 목격 증언이었다. 오후 4시경, 피해자인 고등학생이 자판기에 놓여 있던 콜라를 손에 들기 두 시간 전에 회색 블루종을 입은 체격이 왜소한 인물이 자판기 앞에서 병에 뭔가 넣는 장면이 목격된 것이다. 첫 번째 사건의 증언과 특징이 일치했기에 이 증언은 높은 신빙성을 인정받았다. 현장 주변에서 철저한 탐문 수사가 이루어졌지만, 블루종이 유통량이 많은 염가품이었다는 점도 있었기에 기대한 만큼 용의자를 좁히지는 못했다.

다음으로 CCTV 영상. 열두 건의 사건 중 유일하게 이 사건에서는 자판기에 CCTV가 부착되어 있었다. 자판기 주인이 가전제품 판매점을 운영 중이었고, 자비로 구입한 CCTV 카메라를 자판기 오른쪽 위에 설치해둔 것이었다. 하지만 사건 당일에는 거센 비가 내린 탓에 기록 장치가 고장이 났고, 녹화된 영상은 거의 재생되지 않았다.

마지막 희망은 고양이 털이었다. 체시아호스가 혼입된 콜라병 바깥쪽에 고양이 털이 붙어 있었다. 피해자인 고등학생은 동물을 싫어했고, 고양이를 만지거나 하는 일이 없었다는 점에서 털은 범인의 손에서 병으로 옮겨간 것으로 여겨졌다. 하지만 현장 주변에는 길고양이가 많았고 일상적으로 고양이를 접하는 주민도 많았기에 이것도 용의자를 좁히는 데까지는 이어지지 않았다.

해가 바뀌자 보도는 점차 줄어들기 시작했다. 경찰에서는 전과자를 중심으로 스무 명 정도의 용의자를 철저하게 조사했지만, 체포에는 이르지 못했다.

새로운 물증이 발견되는 일도 없이 시간이 흘러 2000년에 시효가 성립되었다. 사건은 미궁에 빠졌다.

"끝끝내 시효가 될 때까지 도망쳤는데 현세로 다시 끌려오리라고는 생각지 않았겠지."

고조는 자료를 다 읽더니 책상다리로 앉은 채 크게 하품했다.

"범인이 어떤 사람일 거 같으세요?"

"그거야 블루종을 입고 체격이 왜소하며, 고양이를 좋아하는 간토 지방에 사는 사람이지. 즉, 어디에든 있는 별 볼 일 없는 평범한 사람이야."

"그럼 이시모토 기치조 같은 두뇌범은 아니라는 말이네요."

오바라초에서 범인을 잡았던 사건을 떠올리며 말하자, 고조는 과장되게 숨을 내쉬었다.

"뭘 잘 모르는군. 평범한 사람의 범죄가 가장 어려운 법이야."

"왜 그렇죠?"

"천재가 머리를 써서 저지른 범죄에는 단서가 많아. 동기를 찾아도 되고, 트릭을 파헤쳐도 되지. 증언의 모순을 파고드는 방법도 있고 말이야. 하지만 평범한 사람이 우발적으로 저지른 범죄에는 아무것도 남지 않아. 지혜도 재능도 없는 범인을 발견하는 건 쉽지 않은 일이지."

그렇군. 듣고 보니 그런 것 같기도 하다.

"하지만 평범한 사람에게는 약점이 있어. 자기과시욕이야. 평범한 사람은 자신이 천재라고 착각하기 쉬워. 우쭐거리며 제멋대로 마각을 드러내지. 그런 점에서 볼 때 이 사건의 범인이 자신을 드러내지 않은 걸 보면, 본인의 분수를 잘 알고 있었던 거겠지."

고조는 두 번째 하품을 억누르고는 귀찮은 듯 몸을 일으켰다.

"자료만 보는 건 질리는군. 현장이라도 보러 갈까."

이번에는 제대로 된 수사가 시작될 듯했다. 와타루도 같이 일어섰다.

"가시죠. 사무소에 있더라도 범인과는 만날 수 없으니까요."

사실 와타루는 콜라에 농약을 넣은 인물과 이미 맞닥뜨린 적이 있지만, 그 사실을 알게 되는 것은 사건이 해결된 이후의 일이다.

4

"좋아한다고 말하면 어떻게 할 거야?"

스키복을 입은 배우 야도카리 요코에가 고개를 숙인 채 말한다.

"나도야. 지금 당장 하자."

고조는 실실 웃는 얼굴로 기둥에 대고 말을 건넸다. 시부야 역의 지하 통로. 2미터가 넘는 거대한 디스플레이에 세로로 긴 영상이 흘렀다.

"그거, 광고예요."

와타루가 옆구리를 찌르자, 고조는 한 걸음 뒤로 물러나서 기둥을 올려다보고는 이상한 나라에 흘러들어온 듯한 표정을 지었다.

"제길. 나를 속이다니."

100년 전에 태어난 탐정이 현대에 적응하기에는 시간이 더 필요할 것 같다.

시부야 리저드 빌딩은 시부야 역 하치코 개찰구에서 5분 거리로, 번잡한 언덕길을 나아간 장소에 서 있었다.

빌딩 앞에는 젊은이가 스무 명 정도 모여 있었고, 각자 스마트폰으로 동영상을 찍거나 불투명 유리 안쪽을 들여다보는 중이었다. 1층의 'D-MOUSE'의 문은 닫혀 있고, '1/24, 25, 26 전 점포 임시 휴업'이라고 적힌 종이가 붙어 있었다.

고조의 뒤를 이어 빌딩을 한 바퀴 돌았다. 뒤쪽에는 자동차 두 대를 세울 수 있는 작은 주차장과 창고가 있었다. 창고에는 빗자루와 쓰레기 봉투가 아무렇게나 놓여 있었다.

빌딩 정면으로 돌아와 엘리베이터로 3층의 'MAD HAT', 5층의 'DUCHESS', 7층의 'Queen Queen'에 올라가 보았지만, 어느 쪽이든 문이 닫혀 있어서 클럽 안쪽의 모습은 알 수 없었다. 오사베구미에 연락하면 안을 보여줄 테지만, 수사에 전혀 진전이 없다는 사실을 들키는 것은 좋지 않아 보였다.

"형씨들, 관계자인가요?"

엘리베이터에서 내리자 스마트폰을 쥔 콘로우 헤어스타일을 한 길쭉한 얼굴의 남자가 다가왔다.

"뭐 하는 거야?"

"살인 현장 중계예요."

어째선지 자랑스러운 듯 답했다. 뉴스를 보는 유형의 인간으로는 보이지 않지만, 이 사건은 귀에 들어온 듯했다.

"사건에 대해 어떻게 아는 거지?"

"동영상 때문에요. 엄청나게 인기를 끌고 있어서 저도 거기에 편승해볼까 하는 중이에요."

뭐야 그게. 와타루는 얼굴이 긴 남자를 쫓아내고는 유튜브 앱에서 '시부야 클럽 사건'을 검색했다.

동영상이 몇 개인가 올라와 있었다. 대부분은 수십 번밖에 조회되지 않았지만, 단 하나, 10만 번 이상 조회된 것이 있었다. 게시물을 올린 사람은 alice, 타이틀은 shibuya club d-mouse panic이다. 재생 시간은 7분 42초. alice는 동영상을 딱 이 한 편만 올렸다.

둘이서 빌딩 그늘로 들어가 동영상을 재생했다. 처음에는 고정 카메라로 찍은 영상인가 생각했지만, 때때로 손가락이 크게 비치기에 누군가가 촬영한 것으로 보였다. 플로어를 뒤에서 찍은 영상으로, 보이는 범위만으로도 50명 이상의 젊은이가 꽉 들어차 있었다. 화면 끝에 여자가 쓰러져 있는 것이 보였다.

손님들은 잠시 차분한 듯 보였지만, 40초가 넘어 어딘가에서 비명이 들린 것을 계기로 모두가 뒤쪽으로 달아나기 시작했다. 그때부터는 비참한 장면이 이어졌다. 플로어 한복판에서 젊은 여자가 구토하는가 싶더니, 출구 부근에서 열 명 정도가 도미노처럼 연이어 쓰러졌고, 커다란 남자가 토사물을 밟아서 라운지 테이블을 쓰러뜨리는가 싶더니, 여자가 패닉에 빠져 코로나 맥주병을 붕붕 휘둘렀다.

"지옥 같네요."

와타루가 감상을 말하자,

"진짜 지옥은 훨씬 더 심해."

고조가 그다지 알고 싶지 않은 사실을 말했다.

패닉은 5분을 지난 시점에 겨우 진정되었고, 남은 것은 손님이 천천히 출구로 흘러가는 장면이었다. 7분 30초 부근에서 마지막 손님이 사라졌다. 곤혹스러운 표정의 직원과 피해자로 보이는 남녀, 그리고 괴로운 듯 신음하는 소리만이 남았다.

"이 안에 범인이 찍혀 있을 가능성이 크지 않을까요?"

"글쎄다. 평범한 사람은 바보랑은 또 다르니까."

고조는 잠시 아무 말 없다가, 갑자기 크게 외쳤다.

"오, 아리스! 오랜만이야!"

원더랜드에 너무 많이 다니다가 정신이 이상해진 것인가 생각한 그때, 빌딩 앞 인파 중에서 한 여자가 이쪽을 바라보았다.

"우와, 대박."

여자는 어둠 때문에 뭔가 물건을 잘못 밟은 듯한 의심스러운 표정을 짓고 있었다. 고조가 여자에게 걸어가 재빨리 손목을 붙잡았다.

"당신, 범인에게 협박받았지? 이야기 좀 자세히 들려줘."

15분 후. 고조와 와타루는 도겐자카 옆의 카페 '애쉬'에서 가가미 아리스와 마주 보고 있었다.

보이기에는 20대 전반 정도일까. 화장기 없는 얼굴이지만 쇼트 헤어는 정돈되어 있었다. 무척이나 얌전한 분위기로,

클럽에서 노는 유형으로는 보이지 않았다. 물론 원더랜드의 아리스와는 아무런 관계도 없다.

"난 고조 마고사쿠. 이 녀석은 종자인 하라와타. 사정이 있어서 사건을 조사 중이야."

고조가 커피에 각설탕을 부으며 말했다. 수사 중에 먹는 음식은 용돈과는 별도 장부다.

"그때, VIP룸에 있었나요?"

아리스가 수상한 듯 물었다. 얼굴에 핏기가 없고 입술도 파랗게 질려 있지만, 눈만은 붉게 부은 채였다.

"그런 건 몰라. 이 동영상을 봤을 뿐."

고조는 스마트폰을 테이블에 놓고 사건 동영상을 재생했다.

"이 장소에 있던 녀석들은 자신들에게 무슨 일이 벌어졌는지 알 수 없었을 거야. 폐쇄된 공간에서 연이어 사람들이 쓰러졌지. 다음은 자신일지도 모른다. 그렇게 생각하면 공황 상태에 빠지는 것도 무리가 아니지.

그런데 단 한 명, 전혀 초조해하지 않는 녀석이 있어. 이 동영상을 찍은 사람이지. 딱 보아도 패닉이 퍼져가는 가운데, 이 녀석만은 몸을 움직이지도 않고 계속해서 동영상을 촬영했어. 마치 자신이 안전하다는 사실을 아는 것처럼."

분명 동영상은 고정 카메라로 착각할 정도로 흔들림이 적었다.

"범인이 이 동영상을 찍었다는 말인가요?"

와타루가 끼어들었다.

"그런 게 아니야. 동영상을 보는 우리에게는 촬영자가 보이지 않지만, 현장에 있던 사람들은 당연히 촬영자의 모습을 보았을 테지. 이번 범인은 목격 증언의 중요성을 잘 알고 있어. 그런 녀석이 당당히 자기 모습을 노출했을 거라 보기는 어려워. 촬영자는 무슨 일이 벌어지고 있는지 알고 있는 상태에서 현장 동영상을 찍고 있었어. 촬영자는 범인에게 협박당한 거야. 그렇다면 이 동영상을 유튜브에 업로드한 것도 촬영자의 의사가 아니라 범인의 지시였겠지. 하지만 현장을 촬영한 동영상은 이것 말고도 많아. 가짜 계정으로 동영상을 공개할 경우 그게 자신이 올린 거라는 사실을 범인이 믿지 못할 우려가 있어. 때문에 alice는 얼핏 가짜 이름처럼 보이지만, 촬영자의 본명일 가능성이 더 크지.

생각한 건 거기까지야. 혹시라도 현장을 보러 왔을지도 모른다는 생각에 시험 삼아 이름을 불렀더니 용케도 당신이 돌아보더라고. 역시 운도 재능 중 하나라니까."

고조는 와하하, 하고 소리를 내서 웃었다.

31년 전 사건과는 다르게 이번 독극물 혼입 사건은 거의 화제가 되지 않았다. 범인은 그것을 참지 못했기에 동영상으로 화제가 퍼지도록 꾸민 것이리라. 과거에는 침묵을 관철하던 범인도 이번에는 방책을 꾸미지 않고는 견디지 못했다. 평범한 사람의 약점은 자기과시욕이라는 고조의 분석이 적중했다는 말이다.

"자, 이번에는 당신 차례야. 당신을 협박한 녀석에 대해 알려줘."

고조가 목소리를 높였다. 아리스는 앞머리를 쓸어올리더니 테이블 쪽으로 몸을 기울이고는 또박또박 말하기 시작했다.

"변태에게 당하고 있을 때 그 여자가 나타났어요."

아리스는 23일 밤에 있었던 일, 즉 업무 스트레스를 발산하기 위해 클럽에 갔다는 점, 치질에 걸린 남자에게 성추행을 당한 점, 체셔라는 여자가 VIP룸으로 데려가서 비밀을 교환했다는 점, 동영상을 찍으라는 명령을 받았다는 점을 털어놓았다.

"이 동영상에 체셔는 찍혀 있지 않은 거지?"

"네. 100번 정도 봤지만, 그 여자는 없었어요."

여기에서도 고조의 예상은 적중했다. 범인은 평범한 사람이지만 바보는 아니다.

"살인마가 제 이름과 직장을 알고 있다고 생각하니 너무 무서워서. 왜 제가 이런 일을 당해야만 하는 거죠?"

입으로는 두렵다고 말하지만, 실제로는 불합리한 일을 당해 화를 내는 것 같았다. 고조는 쓴웃음을 짓고는 어깨를 움츠렸다.

"그거야 클럽에 있던 사람 중에 당신이 가장 말을 잘 들을 것 같은 인상이었기 때문 아닐까?"

아리스는 부아가 치미는 듯 콧구멍을 넓혔다.

"체셔는 제 이름과 직장과 하는 일도 알고 있었어요. 사전에 점찍어둔 거 아닌가요?"

"아니야. 조금 더 제대로 생각해봐. 사건이 일어난 밤, 당신은 업무 스트레스 때문에 1년 만에 클럽을 방문했어. 말하자면 변덕이지. 단골도 아닌 여자가 언제 클럽에 올지를 예측해서 사전에 신변을 조사해두는 건 불가능해. 체셔는 D-MOUSE에서 당신을 발견하기까지 당신에 대해서는 몰랐을 거야."

"그럼 어떻게 제 정체를 안 거죠?"

"머리로 생각한 거야. 당신, 셜록 홈스도 안 읽어 봤나?"

아리스는 양손을 펼치더니 당연하다는 표정을 지었다.

"말하는 투나 옷에 있는 오염을 통해 정체를 간파하는 그런 추리 말인가요?"

와타루가 구조의 손길을 보내자, 아리스는 눈썹을 들어 올리고는 니트의 배꼽 주변으로 눈을 떨궜다. 회색 옷감이 그곳만 노랗게 변색되어 있었다. 체셔와의 대화 도중에 흘린 샴페인의 얼룩이리라.

"아니, 조수 아저씨. 그건 소설 속 이야기죠. 어떻게 옷에 생긴 오염을 통해 제 정체를 알 수 있다는 거죠?"

"조수가 아니야. 종자야." 고조가 일일이 수정했다. "분명 셜록 홈스의 모험담은 픽션이야. 하지만 이야기가 쓰인 건

19세기 말부터 20세기 초, 현재 우리가 있는 건 21세기지. 지금 시대에는 상대방의 개인정보를 파헤치는 건 간단해. 나는 이렇게 보여도 현대의 젊은이 문화를 제대로 공부하고 있거든."

동기는 걸즈바의 직원을 꾀기 위해서지만, 말은 '아' 다르고 '어' 다른 법이다. 고조는 스마트폰 화면을 터치하여 유튜브를 닫고는 인스타그램을 열었다.

"당신도 D-MOUSE에 도착해서 바로 인스타그램에 셀카를 올린 거 아니야?"

"올리긴 했는데요."

"체셔는 그걸 본 거야. 클럽 이름으로 검색하면 바로 계정을 찾을 수 있지. 아, 이거군."

고조는 #D-MOUSE로 검색을 한 후 화면에 표시된 이미지 중 하나를 터치했다. 눈앞에 앉은 여자와 같은 여자가 새침한 얼굴로 코로나 맥주병에 볼을 대고 있었다. 계정명은 alicekagami0127. 안 봐도 비디오다.

"저도 바보는 아니거든요? 직장이 특정될 만한 사진은 올리지 않았는데요."

"그렇다면 체셔는 당신보다 똑똑하다는 말이 되겠군."

고조는 사진을 가만히 들여다보고는 곧장 기분 나쁜 미소를 보였다.

"잘 봐봐. 당신의 머리, 끝 쪽이 젖어 있지? 22일 심야에서 23일에 걸쳐 도쿄에 비는 내리지 않았어. 머리카락이 젖어 있다는 말은 일을 마치고 샤워를 한 후에 서둘러 D-MOUSE에 온 탓이야. 그럼 당신의 집은 그 짧은 머리가 채 마르지 않은 상태로 D-MOUSE에 올 수 있는 거리에 있다는 말이겠지. 기껏해야 시부야 구 안쪽일 거야. 하라와타, 네가 아는 사람 중에 시부야에 사는 사람 있어?"

"아니요. 집값이 비싸니까요."

"그렇군. 일부러 비싼 돈을 내며 산다는 말은 직장도 시부야에 있을 가능성이 커. 회진하러 온 교수에게 성희롱을 당했다는 말은 당신의 직장은 대학병원이란 말이고. 하라와타, 시부야에 대학병원은 몇 개나 있지?"

와타루는 스마트폰으로 병원 검색 사이트에 접속하여 시부야 구의 병원 목록을 열었다.

"쇼난 대학부속 도쿄병원뿐이네요."

고조는 딱, 하고 오른손 손가락을 튕겼다.

"남은 건 직업이야. 병원에서 일하는 직업은 많지만, 교수 회진에 동참해야 하는 건 의사 아니면 간호사, 그리고 임상 실습 중인 의대생 정도겠지. 다만 '회진하러 오는 교수의 성희롱이 심해서'라고 말한 걸 보면 당신은 평소 병원에 있다는 말이 돼. 즉, 의대생은 아니야. 게다가 당신의 인스타그램을 거슬러 올라가 보면, 처음으로 클럽에 온 건 3년 전이라는 사실을 알 수 있지."

고조는 사진 하나를 아리스에게 향했다. 조금 천진난만해 보이는 아리스가 볼을 부풀린 채 스마트폰을 거울에 향하고 있었다. '기다리고 기다렸던 클럽 데뷔! 완전 최고!' 표정은 새치름하지만 멘트는 기분 좋아 보인다.

"미성년자는 클럽에 입장할 수 없지. 기다리고 기다렸던 데뷔라고 적었을 정도니 당신은 스무 살이 되어 처음으로 클럽에 온 거였겠지. 즉, 현재 당신은 스물둘 또는 스물셋이야. 하라와타, 지금 일본에서 의사가 될 수 있는 건 몇 살부터지?"

"잠시만요." 와타루는 스마트폰으로 '의사가 되려면'이라고 검색했다.

"6년제 의학부를 나와 국가시험을 통과해야만 하니까 인턴이라 하더라도 최소 스물넷이네요."

"간호사는?"

"어, 그러니까 5년제 간호 고등학교를 나와 국가시험을 치는 게 최단 루트니까, 최소 20세예요. 간호조무사라면 보다 어린 사람도 있는 것 같지만."

"어느 쪽이든 당신 나이에 될 수 있는 건 간호사뿐이야. 체셔가 어디까지 논리적으로 생각했는지는 알 수 없지만, 그럴 마음만 먹으면 이 정도로 쉽게 간파할 수 있다는 말이지."

아리스는 완전히 독기가 빠진 채 망연자실한 표정을 짓고 있었다.

"제 정체를 간파한 방법은 알았어요. 그래도 왜 그런 귀찮은 짓을 할 필요가 있죠?"

"당신을 겁 먹게 만들어서 현장 모습을 유튜브에 올리게 하기 위해서지. 요즘 사람들은 SNS에 자기 뱃속을 툭 까놓고 내보이는 주제에, 모르는 녀석에게 정체를 들키는 건 또 두려워하니까. 그보다 신경 쓰이는 점은 여자가 체셔 고양이처럼 사라져버린 이유야."

고조는 다시금 유튜브로 동영상을 틀더니, 플로어의 모습을 가만히 바라보았다.

아리스의 진술에 따르면, 체셔가 스테이지 쪽 계단을 내려간 뒤 아리스가 물품보관실 쪽 계단을 내려오기까지 30초도 걸리지 않았다고 했다. 동영상을 보면 플로어에는 50명 이상의 손님이 밀집해 있었다. 스테이지 쪽에서 손님을 헤치며 출구로 가려면 제아무리 서둘러도 1분은 걸리리라. 그러면 아리스가 1층으로 내려왔을 때, 체셔는 아직 플로어에 있었다는 말이 된다. 하지만 아리스는 체셔를 목격하지 못했고, 동영상에도 모습은 찍히지 않았다. 인간 한 명이 홀연히 사라져버렸다는 말이 된다.

물론 그런 건 말이 되지 않는다. 아리스의 증언 중 어딘가에 착각이 있을 터였다.

"D-MOUSE에는 영화 캐릭터를 흉내 낸 체셔와 같은 복장의 여자가 많이 있었던 거죠? 체셔는 그걸 이용한 거 아닐까요?"

한 달 전, 기지타니의 향토자료관에서 들었던 쓰케야마 사건 이야기를 떠올렸다. 관장인 로쿠구루마가 불편한 표정으로 "최근에는 미국에서 영화로도 만들어졌"다고 말했는데, 바로 이 〈앨리스 인 슬래셔랜드〉 영화를 말한 것이리라.

와타루는 스마트폰으로 '무카이 도키오'를 검색했다. 쇼트 보브컷에 빨간 스카프, 그리고 쇠못을 입에 문 영화 속 도키오 캐릭터와 쓰케야마 사건을 일으킨 무카이 도키오의 사진이 절반씩 나왔다. 도키오 캐릭터의 빨간 스카프는 무카이 도키오의 머리띠를 모티프로 삼은 것이리라. 듣고 보니 아까 도겐자카를 걸을 때도 비슷한 여자아이와 스쳐 지나간 기분이 들었다.

"체셔 말고 도키오풍 패션 중에 기억에 남은 사람은 없나요?"

와타루의 질문에 아리스는 미간을 누르며 생각에 잠겼다.

"몇 명인가 있었어요. 일단 2인조 여자. 술에 취하지 않은 여자가 심하게 취한 여자에게 어깨를 빌려준 채 클럽에서 데리고 나갔어요. 그리고 아카기 류타 다음으로 쓰러진 선글라스 여자도. 다들 체셔와 같은 코디였어요."

고조는 몇 초 생각한 후에 고개를 저었다.

"세 명 다 체셔는 아니네."

"왜죠?"

"우선 첫 번째 여자. 술에 취한 사람에게 어깨를 빌려주고 있었으니 어깨녀라고 부르지. 이 녀석은 논외야. 술에 취하지 않았다는 사실을 알았다는 말은 얼굴이 확실히 보였기 때문이겠지?"

"맞아요." 아리스가 끄덕였다. "체셔와는 다른 사람이었어요."

"두 번째 여자. 술에 취해 있었으니 만취녀. 이 녀석도 체셔라고는 생각할 수 없어. 당신은 D-MOUSE에 도착한 직후, 계단 아래에서 만취한 여자를 발견했지. 그 여자가 잠을 자는 척한 거고, 사실은 멀쩡한 상태였을 가능성이 있어?"

"없어요. 엄청나게 땀을 흘리고 있었고, 피부가 붉게 부어올라 있었거든요."

"그럼 그 여자와 만취녀는 다른 사람이야?"

"아니요." 아리스가 고개를 저었다. "얼굴은 보이지 않았지만, 어느 쪽이건 재스민 향수 냄새가 났어요. 같은 사람인 것 같아요."

"그럼 만취녀는 정말로 취해 있었다는 말이 돼. 즉, 체셔일 수는 없어. 이 녀석도 무죄야."

와타루도 끄덕였다. 옷도 향수도 같다면, 둘은 동일 인물이라고 봐도 틀리지 않으리라.

"세 번째 여자는 어떤가요? 선글라스를 쓰고 있었으니 선

글라스녀인가요?"

"토를 했으니까 구토녀야."

"얼굴을 가리고 있었다면, 구토녀는 체셔의 변장이었을 가능성이 있네요."

"글쎄올시다. 병원에 옮겨진 여섯 명은 전부 토사물에서 체시아호스가 검출되었어. 연기가 아니라 정말로 독극물 중독으로 쓰러진 거지. 구토녀가 체셔라면, 체셔도 독을 마셨다는 말이 돼."

"그렇게 해서 혐의를 벗어나려 한 것일지도 모르죠."

"엉망진창이군. 그럼 확인해보지."

고조는 스마트폰을 몇 번쯤 터치한 후에 화면을 아리스에게 향했다. '시부야 클럽 D-MOUSE 파티피플 학살 사건 피해자의 실명과 프로필'이라는 블로그 기사였다. SNS에서 모은 피해자 사진이 드러나 있었다.

"이 안에 체셔가 있나?"

아리스는 왼손 집게손가락으로 기세 좋게 페이지를 스크롤했다. 멧돼지남, 즉 아카기 류타의 항목에서 한순간 손을 멈췄지만, 곧장 마지막까지 스크롤하고는 고개를 가로저었다.

"없어요."

"봐봐. 세 번째 여자도 무죄야."

아리스가 본 세 명 중에 체셔는 없다.

"그럼 체셔는 정말로 사라져버린 건가요?"

"물론 속임수가 있을 거야."

그로부터 10분 정도, 아리스에게 이것저것 질문을 던졌지만, 눈에 띌 만한 정보는 얻지 못했다.

"아직 하루가 더 있으니 마음 편히 생각해보자."

고조는 커피를 비우더니, 살짝 트림했다. 와타루는 아리스에게 전화번호를 가르쳐주고는 뭔가 떠오르는 것이 있으면 연락해달라고 부탁했다.

"길게 이야기했는데 결국 체셔의 행방은 알 수 없었네요."

아리스가 코트를 입으며 비꼬는 듯 말했다.

"나한테 불평하지 마." 고조는 틈을 두지 않고 답했다. "네가 불안감에서 도망치는 방법은 하나밖에 없어. 거리에 나가서 체셔를 찾아. 발견하면 같이 잡아주지."

"네? 그건 당신 일이잖아요."

아리스가 콧구멍을 벌렁거렸다. 와타루도 같은 생각이었다.

"널 생각해서 말한 거야. 무리해서 그러라는 게 아니고."

고조는 아리스와 눈을 마주치지 않고 각설탕을 입에 털어넣었다. 아리스는 콧김을 내뿜으며 카페에서 나갔다.

"왜 화나게 만들었나요? 모처럼 찾은 증인인데."

"응? 의욕을 북돋아준 것뿐인데?"

고조는 냅킨으로 입술을 닦았다.

5

1월 27일. 아침이 지나고 정오가 지나고 태양이 져도 고조는 사무소에 나타나지 않았다.

이번에는 아예 사다 사건과는 차원이 다르다. 오늘 중에 범인을 잡지 못하면 고조는 오사베구미 조장과의 약속을 어기는 것이 된다. 염라대왕이 되살려낸 명탐정을 야쿠자가 지옥으로 돌려보낸다니 웃기지도 않은 이야기다.

고조와 연락이 닿지 않기에 비는 시간에 이틀 치 신문을 훑어보았지만, 드물게도 인귀의 관여가 의심되는 사건은 찾지 못했다. 소비자청 청장이 기부금 사기로 2억 엔을 편취했다거나, 소방서에 방화로 인한 불이 나고 제복을 도난당했다거나, 길거리 공연자가 칼을 입 안에 너무 깊이 넣었다가 죽었다는 식의 사람을 놀리는 듯한 사건만 일어나고 있었다. 도쿄 메트로 도자이 선에 범죄 예고 메일을 보낸 범인도 아직 체포되지 않은 듯했다.

오후 9시. 드디어 사무소에 나타난 고조는 마치 다른 사람처럼 풀이 죽은 표정을 짓고 있었다. 머리카락은 부스스한 데다가 술 냄새가 났고, 수염은 그대로 자라 있는 데다가 볼과 턱이 부어 있었다.

"원더랜드에 다녀오신 건가요?"

고조는 대답하지 않고 소파에 쓰러지더니, 괴로운 듯 물을 마셨다. 최악의 가능성이 머리에 떠올랐다.

"설마 조장에게 받은 30만 엔, 벌써 탕진한 건 아니죠?"

"어쩔 수 없잖아. 아리스가 매캘런의 빈티지를 마셔보고 싶다는데."

정곡이었다. 제아무리 전설적인 명탐정이라 해도 앞으로 세 시간 안에 범인을 잡을 수 있다고는 생각되지 않는다.

"고조 씨, 조장한테 사죄하러 가죠."

"시부야 리저드 빌딩의 클럽이 오늘 영업을 재개하는지 알아봐줘. 어제 가게에 붙어 있던 종이에는 휴업은 어제까지라고 적혀 있었는데."

스마트폰으로 검색하자 D-MOUSE 외의 클럽은 오늘 밤부터 영업을 재개한다고 했다.

"그럼 괜찮아. 체셔는 오늘 밤 그 빌딩으로 돌아올 거야. 거기에서 붙잡으면 한 건 해결이지."

고조는 고개를 살짝 들어 그렇게 말하고는 쿠션 틈새에 얼굴을 파묻고 코를 골기 시작했다.

오후 10시 반. 고조와 와타루는 다시 시부야를 방문한 상태였다.

거리는 낮 이상으로 붐볐다. 성실해 보이는 샐러리맨부터 교복을 입은 고등학생, 외국인 관광객, 질 나빠 보이는 양아치, 물장사를 할 것 같은 형님과 누님들, 파리 패션위크에서 그대로 걸어 나온 것 같은 기상천외한 옷을 입은 사람까지, 다양한 종류의 인간과 스쳐 지났다.

"지금까지의 사건은 열흘 전후의 간격을 두고 벌어졌어요. 하지만 오늘은 아직 나흘밖에 지나지 않았고요. 오늘 체셔가 정말로 올까요?"

"종자라면 주인을 믿어. 나는 MAD HAT에 잠입할 테니 너는 DUCHESS나 Queen Queen 중에 마음에 드는 곳에 가면 되고. 수상한 녀석을 발견하면 연락하고."

고조는 난폭하게 지시하더니 엘리베이터를 타고 와타루를 남긴 채 3층에서 내렸다. 고조는 "그럼"이라고 돌아보지도 않고 손을 흔들더니 MAD HAT의 입구로 향했다.

와타루는 혼자서 5층의 DUCHESS로 향했다. 개러지풍 입구에서 요금을 내고, 직원에게 건강보험증을 보여준 후에야 안으로 안내받았다.

두꺼운 문을 연 순간, 폭죽과 같은 굉음에 의식이 날아가 버릴 것 같았다. 내심 손님이 적을 줄 알았지만, 얼핏 보더라도 서른 명 정도의 남녀가 마약이라도 흡입한 것처럼 미쳐 날뛰고 있었다. 소리가 너무 커서 어떤 음악인지 짐작도 가지 않았다.

통로에는 덩치 큰 보안직원이 눈을 번뜩이고 있었다. 오사베구미의 조직원일까.

플로어를 관찰하다 보니 주머니의 스마트폰이 울렸다. 고조에게서 온 연락인가 생각했지만, 표시된 번호는 등록되지 않은 것이었다.

계단 아래 으슥한 곳으로 달려가 귀를 막고 통화 버튼을 눌렀다. 스피커에서 흐르는 굉음이 고막을 관통했다.

"저, 저기, 탐정 조수분이시죠?"

소음에 뒤섞여서 희미한 소리가 들렸다. 몇 초 고민하다가가미 아리스라는 사실을 깨달았다. 그녀도 클럽에 있는 모양이었다.

"무슨 일이신가요?"

와타루도 목소리를 높였다.

"저, 지금 DUCHESS에 와 있는데, 플로어에 그 여자가 있어서요. 거기다가 글라스에 뭔가 넣고 있어요."

심장이 가슴을 세차게 두드렸다. 스마트폰을 쥔 손에 힘이 들어갔다.

"체셔 말인가요?"

"아니요. 어깨녀예요."

어깨녀?

취한 여자에게 어깨를 빌려주며 플로어를 나간 여자라면 체셔가 아니라는 결론이 나왔을 터였다.

"실은 저도 DUCHESS에 있어요. 지금 어디 계세요?"

"플로어 뒤쪽, 바 카운터 구석이요."

그 자리에서 기다리라고 말한 후 전화를 끊고 통로를 거슬러 보안직원에게 말을 걸었다.

"오사베구미 조장님의 의뢰로 독살사건을 조사 중인 사람입니다. 지금 플로어에 중요 인물이 있습니다. 사람이 나오더라도 절대로 지나가게 하지 마세요."

남자는 의심스러운 표정으로 와타루를 노려보더니, 인컴 마이크로 두세 마디 대화를 나눈 후 "확인했습니다"라고 말하고 전화를 걸기 시작했다.

와타루도 고조의 번호로 전화를 걸었지만 고조는 전화를 받지 않았다. 보안직원은 누군가와 대화를 나누는 중이었다. 와타루는 플로어로 돌아갔다.

아리스는 바로 눈에 띄었다. 텅 빈 병과 글라스가 늘어선 카운터에 팔꿈치를 괴고, 힐끔대며 플로어를 둘러보고 있었다. 와타루를 발견하자 죽다 살아난 것처럼 밝은 표정을 지었다.

"어째서 오신 거죠?"

"그거야 당신네 탐정이 체셔를 찾으라고 해서죠."

아리스의 목소리가 날카로웠다.

"어깨녀는 어디 있나요?"

"저 주변에 있었는데……."

아리스는 플로어 전방을 가리켰다. 열 명 정도가 뭉쳐 있었고, 레이저 같은 라이트가 불규칙적으로 손님을 비췄다.

와타루가 손님의 얼굴을 확인하는데, 갑자기 아리스가 팔을 잡아당겼다.

"왜 그러시죠……?"

돌아보고 깜짝 놀랐다.

아리스가 눈을 크게 뜨고 입을 뻐끔거리며 가슴을 쥐어짰다. 눈꼬리에 눈물이 맺히고, 싫어 싫어, 라고 말하는 것처럼 고개를 저었다. 카운터에서 텅 빈 글라스가 떨어졌다.

"설마, 마셨나요?"

쑥 하고 배가 들어가더니 목이 치켜 올라갔다. 직후, 와타루의 머리에 뜨거운 것이 쏟아져 내렸다. 주변이 전혀 보이지 않았다. 셔츠 소매로 얼굴을 닦고, 입과 코에 들어간 그것을 뱉어냈다.

눈을 뜨자, 플로어의 손님들이 멍한 표정으로 이쪽을 보고 있었다. 몇 명인가 통로 쪽으로 나가려는 것을 거구의 보안 직원이 손을 펼쳐 막았다. 발밑에는 아리스가 쓰러진 채 목과 어깨를 경련 중이었다.

서둘러 구급차를 불러서 해독제를 먹여야 한다. 와타루가 주머니에서 스마트폰을 꺼낸 그 순간, 등 뒤에서 다시금 비명이 들렸다. 플로어 출구에 모여 있던 무리가 뿔뿔이 흩어지기 시작했다.

군중 한복판에서 처음 보는 남자가 구토하며 쓰러지는 중이었다. 스테이지 쪽으로 달려가려던 여자가 넘어진 것을 시작으로, 열 명 정도가 줄줄이 쓰러졌다. 유튜브에서 본 광경과 똑같았다.

그때, 보안직원의 어깨 틈을 비집고 고조가 플로어로 뛰어들어왔다.

"여, 하라와타. 당첨 복권을 뽑았네? 신고는 했나?"

고조가 와타루의 어깨를 두드리더니 즐거운 듯 아리스를 내려다보았다. 와타루가 고개를 젓자, 고조는 스마트폰으로 119에 전화를 걸었다.

"안녕하세요. 클럽에서 사람들이 죄다 쓰러져 있습니다. 시부야 구 마루야마초 2초메의 시부야 리저드 빌딩입니다. 빨리 와주세요. 부탁합니다."

고조는 전화를 끊더니 한 건 끝냈다는 얼굴로 와타루를 돌아보았다.

"고, 고조 씨, 아리스 씨가⋯⋯."

"그래서 신고했잖아. 어차피 치사량은 아니야. 안 죽어."

아리스는 밟힌 쥐처럼 손발을 꿈틀거렸다.

"얼른 체셔를 잡아야죠."

"진정해. 이미 손은 써 놨어. 나머지는 기다리는 것뿐이야."

고조는 플로어에 갇힌 손님들을 바라보며 말하더니, 직원이 없는 것을 기회 삼아 카운터 안쪽에서 샴페인 병을 꺼냈다. 보안직원에게 말을 걸자, 거한이 몸을 기울여 고조를 통과시켰다. 오사베가 고조를 따르라고 지시를 내린 듯했다.

와타루도 쭈뼛쭈뼛 뒤를 따랐다. 플로어에서는 당황한 듯한 목소리가 터져 나왔다.

고조는 엘리베이터 앞에 서서 문 위의 층수 표시를 올려다보았다. 1층에 불이 들어와 있었다.

"구급차가 올 때까지 시간이 좀 있을 테니, 심심풀이 삼아 체셔가 23일에 어떻게 D-MOUSE를 탈출했는지 알려주지."

고조는 병에 직접 입을 대고 샴페인을 마셨다.

"결론부터 말하자면, 어깨녀와 만취녀, 이 두 명이 체셔의 정체야."

"체셔는 두 명이었던 건가요?"

"아니, 체셔는 바뀐 거야. 23일 밤, 체셔는 사전에 자신과 비슷한 차림의 여자를 찾아서는 술을 대량으로 마시게 해서 만취시킨 후에 바 카운터 구석에 쓰러뜨려 놓았지. 아리스가 본 건 그 녀석이야.

오전 1시 넘은 시각. 체셔는 아리스를 VIP룸으로 데리고 가 동영상을 찍으라고 협박했지. 그러고는 스테이지 쪽 계단을 통해 1층 플로어에 내려선 후 혼수상태였던 여자에게 다가가 간호하는 척하며 손가락을 깨물었어. 그때 체셔는 그 여자로 옮겨간 거야.

몇 시간 잠을 잔 덕에 여자의 취기는 꽤 가신 채였지. 새로운 몸을 손에 넣은 체셔는 텅 빈 신체의 코와 입을 막아 숨통을 끊었어. 그러고는 사체와 어깨동무한 채 술에 취한 여자를 데리고 나가는 시늉을 하며 플로어에서 나간 거야. 아리스에게 보이더라도 얼굴이 달라졌으니 들킬 우려는 없지. 이것이 체셔가 사라진 트릭의 진상이야."

고조는 득의양양한 듯 말하더니 샴페인을 목에 들이부었다. 건물 바깥에서 구급차 사이렌 소리가 들렸다.

와타루는 감탄한 반면, 어딘지 속은 듯한 기분이 들었다.

"어째서 체셔는 그런 번거로운 짓을 한 거죠? 물품보관실 쪽 계단을 통해 곧장 도망쳤으면 됐을 텐데."

"그럼 현장에서 도망친 사실을 아리스에게 들키게 되잖아. 살인범이 아직 가까이 있을지도 모른다고 생각했기에 아리스는 겁을 내며 동영상을 찍은 거야. 아리스에게는 자신이 가까이 있다고 생각하게 하고 싶지만, 동영상에 모습이 찍히면 또 곤란하지. 그래서 이런 트릭을 쓴 거야."

갑자기 고조가 엘리베이터의 층수 표시를 올려다보았다. 불이 1층에서 2층으로 옮겨졌다. 구급차가 도착한 것이리라. 고조는 황급히 병 뚜껑을 닫았다.

엘리베이터는 곧장 5층으로 올라왔다. 띵, 하는 벨소리가 울리더니 문이 열리고 헬멧을 쓴 제복 차림의 남자가 내렸다. 빨간 배낭을 멘 채였고 옆구리에는 들것을 안고 있었다. 손님들 사이에 안도의 목소리가 퍼졌다.

"구급대원입니다. 몸 상태가 안 좋으신 분, 상처를 입으신

분 계신가요?"

남자가 목소리를 높였다. 네 번째 사건이기도 했기에 사정은 이미 알고 있는 듯했다.

그때 믿을 수 없는 일이 일어났다. 거구의 보안직원이 등 뒤로 돌아가더니 구급대원의 겨드랑이로 팔을 찔러 넣어 그를 꼼짝 못하게 구속한 것이다.

"뭐 하는 거야! 그만둬!"

남자가 굵은 목소리로 소리쳤다.

고조는 오른손으로 샴페인 병을 고쳐 쥐더니, 정면에서 남자를 바라보았다.

"걸려들었네. 바보 자식."

고조는 라켓을 휘두르는 것처럼 반동을 줘서 남자의 옆머리를 때렸다. 뼈가 부러지는 소리. 귀와 코에서 피가 분출했다. 플로어에서는 비명이 울려 퍼졌다.

"안타깝네. 옛날의 너는 그저 운이 좋았던 것뿐이야."

남자가 목을 들어 올리자, 튀어 오른 안구가 비스듬하게 빠져나와 있었다. 고조는 못을 박듯이 몇 번이고 얼굴을 때렸다. 남자는 우물우물 신음하며 팔다리를 떨었지만, 이마와 코가 함몰되고 뇌수가 배어 나온 끝에 결국 조용해졌다.

"조장에게 전해줘. 이 녀석이 연속 독극물 혼입 사건의 범인이야."

고조가 손에 묻은 찐득거리는 체액을 남자의 제복에 닦았다. 거한이 옆구리에서 손을 풀자, 남자는 머리부터 바닥으로 쓰러졌다.

"알겠습니다. 다만, 이건 조금 심한데요."

거한이 플로어를 둘러보며 말했다. 서른 명 정도의 손님이 이쪽을 보고 있었다. 스마트폰 카메라를 들고 있는 사람도 있었다.

"사고로 처리해줄 수는 없을까?"

고조가 발끝으로 사체를 툭툭 건드렸다.

"이렇게 목격자가 많으니 어렵겠죠."

그야 그렇다.

"어쩔 수 없네." 고조는 뺨을 긁더니 와타루를 보았다. "야쿠자가 안 된다면 경찰이지. 하라와타, 구니나카 아쓰시한테 전화해."

6

소동에서 이틀이 지난 1월 29일.

와타루가 사무소를 방문하자, 고조는 사체처럼 새파랗게 질린 얼굴로 소파에 누워 있었다.

"내가 빠져든 건 이상한 나라였던 건가?"

약해 빠진 말투로 그렇게 말했다.

듣자니 어젯밤, 오사베구미에게 받은 지폐 다발을 들고 원더랜드의 아리스를 드디어 호텔로 데리고 가는 데 성공했다고 한다. 하지만 방의 조명을 끄고 아리스와 벌거숭이가 된 채로 끌어안으려 할 때, 앨리스의 사타구니에는 있을 리 없는 물건이 달려 있었다.

"내가 모르는 사이에 세상의 상식이 바뀌어버린 건가?"

고조는 소파에서 굴러 떨어져서는 큰대자로 천장을 올려다보았다. 여장남자바를 걸즈바로 오해했던 모양이다.

"그래서, 하셨나요?"

"안 했지. 내가 허리를 뒤로 물리자, 앨리스까지 갑자기 울음을 터뜨리며 '그래서 싫었는데'라고 말했어."

고조도 울 것만 같았다.

"고조 씨, 지금 시대에 관한 공부가 한참 부족하시네요."

와타루의 비아냥에 고조는 토라진 표정으로 혀를 찼다.

그날 오후, 고조와 와타루는 오사베구미 조장의 호출에 신주쿠의 사무소를 찾았다.

"당최 뭣 때문에 사건을 해결한 건지."

거리를 걷는 고조의 발걸음은 심히 무거웠다. 입을 열자 불평과 한숨이 새어 나왔다.

"이걸 기회로 더는 물장사에 큰돈을 쏟아 붓지 않으면 되죠."

"닥쳐. 지옥에서 귀신의 엉덩이만 만지던 내 마음도 모르면서."

생떼를 쓰는 아이를 달래는 기분이었다.

사무소 바로 건너편 편의점에서는 엉덩이가 큰 남자가 사무소 입구 쪽으로 카메라를 향하고 있었다. 야쿠자 잡지 기자인가. 특종이라도 노리고 있는 걸까. 야쿠자를 겁내는 사람도 있는가 하면, 흥미 본위로 야쿠자 잡지를 사는 사람도 있다. 사람의 취향은 요지경이다.

사무소의 인터폰을 울리자, 바로 삶은 달걀을 닮은 부두목이 나타나서 둘을 응접실로 안내했다. 오사베구미 조장과 래브라도 리트리버가 소파에 앉아 있었다. 고조는 마음에도 없는 인사를 하고는 오사베의 정면에 앉았다.

"우선 감사 인사를 드리고 싶군요. 당신들 덕에 사건은 해결되었습니다."

조장이 머리를 90도로 숙였다. 부두목도 그에 따랐다.

언론을 통해 보도된 소동의 전말은 이랬다. 27일 밤, 구급대원 제복을 입은 신원미상의 남자가 클럽 DUCHESS에 나타났다. 남자가 수상한 물건을 소지하고 있었기에 직원이 말을 걸자 남자는 날뛰기 시작했다. 그 자리에 있던 다른 직원이 남자의 얼굴을 때리자, 남자는 실신. 병원으로 옮겨졌지만 심부전에 의해 사망했다.

시부야 리저드 빌딩의 클럽에서는 독극물 혼입에 의한 피해가 이어지고 있었지만, 이날 이후에는 새로운 사건이 발생하지 않았다. 또한 사건 후의 현장 검증을 통해 빌딩 뒤편 창고에서 젊은 여성이 목이 졸린 채 사망해 있던 것이 발견되었지만, 이 사체와 사건과의 관계도 명확하지 않다.

……라는 것이 보도된 사건의 전모였다. 경찰청 OB가 개입한 덕에 고조가 벌인 짓이 애매하게 처리되었다는 것은 말할 필요도 없었다. 애초에 신문에서는 사건을 사회면에 실었을 뿐이고, 텔레비전 뉴스쇼에서 사건이 다뤄지지도 않았다. 유튜브에는 다수의 동영상이 올라왔지만, 다행히도 어두워서 고조가 집요하게 남자를 때리는 모습은 확인되지 않았다.

"범인과 직접 대면하지 못한 건 안타깝지만, 뭐 그건 괜찮습니다. 클럽 손님에게 독을 먹이기도 하고, 구급대원인 척하기도 하고. 범인은 도대체 뭘 노리고 있던 건가요?"

"알아도 좋을 건 없어."

"그럼 보수는 회수하겠습니다."

"아니, 그건 좀."

조장의 한마디에 고조의 눈빛이 바뀌었다. 참으로 타산적이다.

"알았어. 순서에 따라 설명하지. 하나 확인하고 싶은 게 있는데, 당신은 내가 한 번 죽었다 살아났다고 말하면 믿을 건가?"

오사베는 당연히 눈썹을 찌푸렸다.

"무슨 말씀이시죠?"

"말도 안 되는 이야기지. 하지만 믿어줘야 해. 실은 고조 린도에게 손자는 없어."

고조는 소나 의식으로 일곱 명의 범죄자가 되살아난 것, 그들을 되돌려 보내기 위해 염라대왕이 고조 린도를 되살렸다는 점을 설명했다.

"그럼 설마, 이번 사건도 인귀의 짓이라고요?"

오사베는 놀라움과 의심이 뒤섞인 얼굴로 말했다.

"나는 당신 이야기를 들었을 때부터 그렇게 확신했어. 되살아난 범죄자들이 생전에 일으킨 사건 중에 이번 사건과 꽤 비슷한 게 있었거든."

고조는 1985년의 농약 콜라 사건에 대해 요점을 집어 설명했다.

"그렇군요. 분명 수법은 비슷하네요."

"그렇긴 해도 확신이 있던 건 아니야. 우연히 비슷한 사건이 벌어졌을 가능성도 있고. 하지만 현장에서 만난 여자의 이야기를 듣고, 내 상상은 확신으로 바뀌었지. 범인이 인귀가 아닌 이상 현장에서 도망칠 방법이 없었기 때문이야."

고조는 가가미 아리스의 증언을 전한 뒤, 만취한 여자로 옮겨감으로써 플로어에서 탈출하는 트릭을 설명했다. 지금까지의 추리는 와타루가 들은 것과 같았다.

"여기에서 나는 묘한 사실을 깨달았어. 농약 콜라 사건의 범인상과 체셔가 일치하지 않더군.

농약 콜라 사건이 미궁에 빠진 건 수법이 정교했기 때문이 아니야. 범인은 평범한 사람이지만 자신의 분수를 알고 있었어. 주변에 자신의 악행을 떠들고 다니거나, 화려한 범죄에 손을 대지는 않았거든. 그렇기에 수사는 난항을 겪었고.

하지만 체셔는 어떻지? 아리스의 정체를 알아맞히기도 하고 교묘한 수법으로 몸을 감추기도 했어. 체셔는 자신에게 재능이 있다고 믿었어. 때문에 나는 체셔가 농약 콜라 사건의 범인이라고는 생각할 수 없게 되었지."

오사베는 래브라도의 털에 손가락을 걸고는 딱딱한 목소리로 말했다.

"무슨 말을 하고 싶은지는 알겠지만, 전부 근거가 없는 추측이네요."

"물론이야. 하지만 아리스의 니트에 생긴 샴페인 얼룩을 보고 추측은 확신으로 바뀌었어."

무슨 말이지? 오사베와 부두목이 똑같이 의아한 표정을 지었다.

"농약 콜라 사건의 자료를 읽고 알게 된 사실이 있거든. 첫 번째 사건 현장에서 피해자가 콜라를 발견하기 네 시간 전, 블루종을 입은 수상한 인물이 목격되었어. 목격자는 자전거로 지나가던 초등학생이야. 마침 수상한 자가 손을 들어 자판기 위에 콜라를 내려놓는 참이었기에 팔이 방해가 되어 얼굴이 보이지 않았다고 해.

초등학생이 보기에 자판기는 길가 왼쪽에 놓여 있었지. 수상한 자의 얼굴이 팔에 가려졌다는 말은 왼손으로 자판기 위에 병을 놓았다는 말이 돼. 수상한 자는 왼손잡이일 가능성이 크다는 거지."

고조는 득의양양한 태도로 왼손을 쥐었다 폈다 했다.

"왼쪽에서 다가오는 초등학생을 깨닫고 재빨리 팔로 얼굴을 가리려고 한 건 아닌가요?"

"아니야. 딱히 콜라를 사는 장면을 보인다고 해서 문제는 되지 않으니까. 어린아이의 눈이 신경 쓰였다면 지나가기를 기다린 후에 자판기 위에 병을 놓으면 되지."

"아, 그렇군요."

"그렇긴 해도 인간은 기계는 아니야. 오른손잡이인 인간이 변덕 때문에 왼손을 썼을 가능성도 제로라고는 할 수 없지.

나는 조금 더 자료를 읽어 보기로 했어. 네 번째 사건은 모방범이 아니라 진범의 짓으로 밝혀진 상태였지. 범인이 첫 번째로 목격되었을 때와 같은 회색 블루종을 입고 있었기 때문이야. 이 사건에서는 피해자가 입에 댄 콜라병 바깥쪽에 고양이 털이 붙어 있었지. 피해자는 고양이를 만지거나 하지 않는 성격이었기에 이 털은 범인의 손가락을 통해 병에 옮겨 붙은 것으로 여겨졌어.

하지만 사건이 일어난 날은 비가 세차게 내리고 있었어. 증언대로 병이 두 시간이나 자판기 위에 놓여 있었다면 고양이 털은 강수에 씻겨 내려갔을 터. 즉, 이 사건에서는 범인은 자판기에 병을 올려놓지 않았다는 말이 돼."

와타루는 고개를 갸웃거렸다. 그것은 피해자의 진술과 달랐다.

"자판기에 병을 올려놓는 수법은 모든 사건에서 공통되었을 텐데요."

"알아. 범인은 자판기 위가 아닌 장소, 아마도 병을 꺼내는 배출구에 병을 놓아둔 거겠지. 하지만 피해자가 자판기로 오기 조금 전에, 누군가가 병을 자판기 위로 옮겼어. 이건 범인과는 관계가 없는 제삼자의 짓이야. 자판기에서 콜라를 사고는, 원래 안에 들어 있던 수상한 병을 자판기 위로 옮긴 거겠지."

"왜 범인은 이때만 병을 자판기 위에 놓지 않은 거죠?"

"멋진 질문이야. 경찰 수사가 난항에 빠진 이유 중 하나는 어디까지가 동일범의 범행이고 어디부터가 모방범의 짓인지 알지 못했기 때문이지. 같은 수법을 반복하는 것만으로 자신을 모방범처럼 녹아들게 할 수 있으니까 이렇게 좋은 이야기는 또 없거든. 그러니 범인도 수법을 바꾸고 싶지는 않았을 거야. 그런 범인이 왜 이때만 수법을 바꿨을까.

답은 보고서를 읽으면 알 수 있어. 이 자판기 주인은 전기

제품 판매점 주인으로, 자판기 오른쪽 위에 방범용 CCTV를 설치해둔 상태였지. 범인은 병에 독을 넣고 나서 이 CCTV를 알아챘을 거야. 범인의 키는 약 150센티미터. 자판기에 병을 놓기 위해 발돋움을 하면 CCTV에 얼굴이 찍힐 우려가 있어. 그래서 어쩔 수 없이 독이 든 병을 배출구에 놓아둔 거야."

"잠시만요."

오사베는 납득이 가지 않는 얼굴로 몸을 일으키더니, 벽의 키박스를 자판기로 가정하고 그 위에 오른손으로 페트병을 올려놓았다.

"수법을 바꾸고 싶지 않았다면 이렇게 얼굴을 가리면서 병을 놓으면 되지 않나요?"

"그야말로 그 말대로야." 고조가 손가락을 튕겼다. "카메라는 자판기 오른쪽 위에서 정면을 찍고 있었을 테니, 오른손으로 병을 놓으면 자연스레 팔로 카메라를 가릴 수 있어. 하지만 범인은 그렇게 하지 않았어. 어째서일까? 범인은 주로 쓰는 팔이 아닌 오른팔로 발돋움을 하면서 머리 위에 병을 놓을 자신이 없었던 거야.

물론 해보면 어렵지 않게 할 수 있었을지도 모르지. 하지만 만에 하나라도 실패해서 카메라에 얼굴이 노출될 위험이 있다면 무리할 필요는 없어. 범인은 그렇게 생각했을 거야."

"흐음. 그렇군요."

오사베는 여우로 둔갑한 귀신에게 홀린 듯한 표정으로 페트병을 왼손으로 바꿔 쥐었다.

"이야기를 되돌리지. 23일 밤, VIP룸에서 아리스가 어떤 비밀을 털어놓을지 고민할 때, 땅콩을 쥐려다가 체셔와 팔이 부딪혀서 손에 들고 있던 샴페인이 넘쳤어. 아리스는 왼손의 집게손가락으로 스마트폰을 스크롤하고 있었던 걸 보면 왼손잡이야. 그 아리스와 옆에 나란히 앉아 있다가 팔이 부딪혔다는 말은 체셔는 곧 오른손잡이라는 말이지. 그런데 농약 콜라 사건의 범인은 왼손잡이. 즉, 체셔는 농약 콜라 사건의 범인이 아니야."

기억과 성격, 버릇, 습관 등 뇌에서 유래하는 성질은 인귀가 되어도 계승된다. 그것은 주로 쓰는 팔도 마찬가지이리라. 실제로 우라노 큐는 왼손잡이였지만 고조 린도가 된 이후에는 오른손잡이로 바뀌었다. 스즈무라 아이지의 목을 만년필로 찌른 것은 왼손이지만, 야에 사다에게 현미차를 뿌리고 구급대원 흉내를 내던 남자를 샴페인 병으로 때린 것은 오른손이다.

고조의 추리는 이해했지만, 그럼 체셔와 농약 콜라 사건은 관계가 없다는 말이 된다. 왜 체셔는 독극물 혼입 사건을 일으킨 걸까.

"잘 모르겠네요. 체셔가 인귀인 건 틀림없는데 농약 콜라 사건의 범인은 아니다. 그럼 정체가 뭐죠?"

오사베도 같은 생각을 한 듯했다. 고조는 거드름을 피우며 헛기침을 했다.

"소나 의식으로 되살아난 일곱 명의 범죄자 중에는 독살사건을 일으킨 녀석이 한 명 더 있어. 세이긴도 사건의 범인이지."

세이긴도 사건. 과거 인귀가 일으킨 사건 중에 그 이름이 있다는 사실은 기억했지만, 구니나카 아쓰시에게 받은 자료는 아직 읽지 못했다.

"보석점에 나타난 남자가 종업원에게 독극물을 먹이고 보석을 훔친 사건 말씀이시군요. 독살사건이긴 하지만 이번 사건과는 수법이 다르지 않나요?"

과연 조장, 박식하다.

"그렇지도 않아."

고조는 목소리를 낮춘 채 세이긴도 사건에 관해 설명했다.

사건은 1948년, 고조가 죽은 지 12년 후. 종전 3년 후라는 시점에 벌어졌다. 1월 27일 오후 6시 넘은 시각, 도쿄 도 도시마 구의 보석점 '세이긴도'에 도쿄 도의 완장을 찬 중년 남자가 나타났다. 남자는 명함을 내밀며 후생성 직원이라고 자칭하더니, 근처에서 집단 이질이 발생했다는 사실, 감염자 중 한 명이 가게를 방문한 적이 있다는 사실을 말하고는 가게 안의 사람들에게 예방약을 먹으라고 명했다.

종업원 중에는 수상하게 여기는 사람도 있었지만, 실제로 근처에서 이질 환자가 나온 적이 있기도 했기에 예방약을 먹는 것에 동의했다. 모든 종업원과 주인의 가족, 합쳐서 열여섯 명이 남자의 지시대로 차에 녹인 예방약을 두 번에 걸쳐 마셨다. 생존자에 의하면 이때 위스키를 마신 것처럼 가슴이 타는 듯한 감촉이 느껴졌다고 한다.

몇 분 후, 종업원이 연이어 쓰러지기 시작했다. 그들이 입에 담은 독극물은 사이안화칼륨으로 여겨지지만, 정확히 특정되지는 않았다. 남자는 현금과 보석을 훔쳐 도주했고, 열두 명이 독극물 중독에 의해 사망했다.

7개월 후, 화가인 남성이 체포당함으로써 수사는 일단락된다. 남자는 고문에 가까운 심문을 받고 일시적으로 혐의를 인정하지만, 재판 중에 마음을 바꿔 무죄를 주장했다. 1955년에 사형이 확정되고 1987년에 폐렴으로 세상을 뜰 때까지 재심 청구를 계속했다. 현재도 진상은 오리무중이다.

"초동 수사가 늦은 것도, 경찰이 완전히 엉뚱한 사람을 체포한 것도, 단순히 운이 좋았기 때문이야. 하지만 범인은 그걸 자신의 재능이라고 착각했지. 이 녀석이라면 체셔의 인물상과 일치해."

"이번 독극물 사건과는 수법이 다른 것 같은데요."

"그렇지도 않아. 죽음의 공포를 부추겨서 상대를 동요시키고, 약이라고 속여서 독극물을 먹인다. 체셔가 이루고자 했던 범죄는 이것뿐이니까.

세이긴도 사건은 종전 직후의 혼란기였기에 성립할 수 있는 범죄였어. 피해자들이 시키는 대로 약을 먹은 건 당시 사람들에게 이질 집단 감염에 대한 공포가 있었기 때문이고.

하지만 체셔가 되살아난 세계는 무엇 하나 똑같은 게 없을 만큼 달라져 있었어. 이질이 격감한 현대에서는 같은 수법을 써도 아무도 속지 않아.

체셔는 생각했어. 인귀는 수법을 바꿀수록 쾌락이 줄어든다. 그렇다면 수법은 바꾸지 않고 세계 쪽을 바꾸면 된다. 이질의 공포가 사라졌다면 새로운 공포를 빚어내면 된다. 그래서 체셔는 클럽에서 연이어 독극물 혼입 사건을 일으키기로 한 거야."

갑자기 아리스에게 들은 멧돼지남의 이야기가 떠올랐다. 아카기 류타는 이질에 대한 의심으로 입원했지만, 검사 결과가 음성이라는 사실을 알게 되자 의료 과실이라고 말하며 아리스를 몰아세웠다고 했다. 멧돼지남의 태도는 좋지 않지만, 요즘 세상에 이질이라니, 있을 리 없다고 하찮게 여기는 기분도 이해할 수 있었다.

"클럽에서 놀다 보면 독을 먹게 될지도 모른다. 체셔가 빚어내려고 했던 공포는 바로 그거야. 하지만 기대했던 만큼의 불안은 퍼지지 않았어. 연이어 사건이 벌어져도 젊은이들은 내 알 바 아니라는 얼굴로 노는 걸 멈추지 않았지. 그래서 떠올린 게 동영상이었어. 배우인 마쓰나가 유가 국부를 잘린 사건에서도 사체 발견 현장의 동영상이 퍼져서 화제가 되었잖아? 젊은이들은 충격적인 동영상을 친구들과 공유하고 싶어 하지. 체셔는 그걸 이용한 거야."

사건 다음 날, 시부야 리저드 빌딩 주변에 모여 있던 젊은이들의 모습이 뇌리에 떠올랐다. 아리스의 동영상을 보고 그 자리를 찾은 사람뿐 아니라, 스스로 동영상을 찍어 조회수를 올리려 하는 자도 있었다.

"체셔는 아리스를 협박해 사람들이 쓰러지는 모습을 유튜브에 올리게 했어. 이건 통했어. 동영상은 널리 퍼졌고, 독극물 혼입 사건은 젊은이들의 주목을 모았거든. 자신도 독을 먹을지 모른다는 불안이 젊은이들 사이로 퍼진 거야."

"범행 준비가 갖춰졌다는 말이네요."

오사베는 이야기에 몰입한 듯 래브라도와 함께 몸을 내밀고 있었다.

"체셔는 젊은이들에게 공포가 스며들기를 기다렸다 사건을 일으킬 게 뻔했어. 그래서 우리는 클럽이 영업을 재개하는 27일 밤, 시부야 리저드 빌딩에 잠입하기로 한 거야.

예상은 적중했지. 그날, 체셔가 하려고 한 행동을 정리하면 이렇게 돼. 우선 카운터나 라운지 테이블에 놓인 드링크에 체시아호스를 섞어. 패닉이 벌어지기 전에 플로어를 빠져나가 1층으로 내려가 뒤쪽 창고에서 구급대원의 제복으로 갈아입어.

그곳에서 잠시 기다린 후, 구급차 사이렌을 신호로 삼

아 창고를 나와 엘리베이터에 올라타. 시부야 역 주변에는 사거리가 많지. 보행자 수도 엄청나고. 사이렌이 들렸다고 해도 실제로 도착하기까지 꽤 시간이 걸려. 그 틈에 DUCHESS에 돌아가 구급대원 흉내를 내며 손님들에게 이렇게 말하는 거야. '여러분은 살충제인 체시아호스를 먹었을 가능성이 있습니다. 빨리 해독제를 먹어야 합니다'라고."

앗, 하고 목소리가 새어 나왔다. 이틀 전에 읽은 신문 기사가 머릿속에 되살아났다.

"사건 며칠 전에 소방서에 불이 나고 제복이 도난당한 사건이 있었어요."

"물론 체셔가 한 짓이겠지. 체셔는 구급대원인 척하여 플로어에 있던 사람들을 믿게 한 후, 치사량의 독약, 아마도 사인안화칼륨을 먹여 모두를 죽이려 한 거야."

그 광경을 떠올리는 것만으로 등줄기가 서늘했다. 고조가 끼어들지 않았다면 DUCHESS는 지옥으로 변했으리라.

"하지만 이 계획에는 한 가지 문제가 있었어. 구급대원의 모습을 하고 나타난 인물이 직전까지 플로어에 있던 손님과 같은 얼굴이라면 변장이 들킬 우려가 있다는 점이지. 그래서 체셔는 트릭을 썼어. 이미 알겠지?"

고조가 오사베를 바라보았다. 오사베는 희미하게 미소를 보였다.

"준비해둔 다른 몸으로 옮겨간 거네요."

"맞아. 체셔는 빌딩 뒤의 창고에서 여자에서 남자로 몸을 옮겼어. 사전 준비를 마친 후, 사건 당일 밤이 되기 전에 술에 취한 남자를 창고로 유인해서 구급대원 제복을 입히고 손발을 묶어 감금했어. 그리고 당일, 음료수에 독을 탄 후에 1층으로 내려가서 이 남자의 몸으로 옮겨간 거야."

"그렇군요. 잘 알겠습니다."

오사베는 소파에 기댄 채 양팔을 늘어뜨렸다.

"그래도 그 자리에서 범인을 때려죽인 건 너무 심했던 거 아닌가요? 진짜 구급대원이었다면 되돌릴 수 없는 일이 벌어졌을 겁니다."

관자놀이를 누르더니 야쿠자답지 않은 말을 했다.

"그래서 119에 신고할 때, 상황실 직원한테 '시부야 리저드 빌딩 클럽에 사람이 쓰러져 있다'라고만 전한 거야. 그 빌딩에는 클럽이 네 개 있고, 27일에는 그중 세 곳이 영업하고 있었어. 구급대원은 어디로 가야 할지 알 수 없었을 거야. 그런데 엘리베이터는 1층에서 한 번도 멈추지 않고 곧장 5층의 DUCHESS로 올라왔지. 즉, 그 녀석은 구급대원이 아니야. 그래서 죽인 것뿐이야."

"그렇군요. 과연 고조 린도 선생님이십니다. 빈틈이 없군요."

오사베는 마치 눈이 보이는 것처럼 고조의 손을 잡더니 깊이 고개를 숙였다.

"선생님께는 진심으로 감사드립니다. 대량 살인을 미연에 방지해주셨으니 100만 엔이면 싸게 막은 거죠. 뭔가 곤란하신 일이 있다면 언제든 말씀해주십시오."

고조는 지친 얼굴로 숨을 내쉬더니, 소파에 기댄 채 어깨를 들썩였다.

"사실은 지금 조금 곤란한 상태야. 나는 어느 가게의 여자에게 홀렸었거든. 드디어 만난 운명의 상대라고 믿었어. 그런데 그녀는…… 아, 제발 내 마음에 촉촉함을 돌려줘."

"흐음. 그렇군요."

오사베는 일어나서 키박스를 열더니, 열쇠를 꺼내 금고를 열고는 검은 파우치를 꺼냈다.

"마침 좋은 게 있습니다. 전쟁이 벌어지면 젊은 녀석들에게 쥐어주는 물건이죠. 하나 어떠신가요?"

오사베가 파우치를 열었다. 그 안에서 날카로운 주사기 바늘이 빛났다.

7

오사베구미 사무소의 계단을 내려서자, 엉덩이가 큰 남자의 모습은 사라진 채였다. 몸을 베는 듯한 차가운 바람에 코트 깃을 여몄다.

"고조 씨, 잠깐만요."

고조는 마른 잎이 춤추는 거리를 빠른 걸음으로 걸어갔다. 정서 넘치는 도시의 풍경으로 보이지 않는 것도 아니지만, 그렇게 상심에 빠진 이유가 어이없다. 부풀어 오른 엉덩이 주머니에는 오사베에게 받은 기운을 나게 하는 마늘 주사가 들어 있었다.

"그거 맞고 원더랜드에 가시려는 건가요?"

"바보 아니야? 그런 곳에 왜 가나."

고조는 돌아보지도 않고 말했다.

"고조 씨, 묻고 싶은 게 있는데요."

"시끄럽네."

"체셔가 하려고 한 짓, 고조 씨가 한 행동과 비슷하지 않나요?"

"성가시네." 목소리에 노기가 배어들었다. "나는 아리스가 행복해지기를 바라며 원더랜드에 다닌 거야. 대량 살인을 위해 클럽에 다닌 녀석과 같은 취급 마."

"아니에요. 제가 말하려는 건 지난주 구니나카 고야 씨를 만나러 갔을 때의 일이에요."

고조는 발을 멈추더니 귀찮은 듯 와타루를 바라보았다. 역시 짐작 가는 바가 있는 듯했다.

"아까의 추리를 듣고 떠올랐어요. 요양원에서 나와 이다바시에서 나카노로 돌아가려고 할 때, 범죄 예고 탓에 도자이 선이 멈췄었죠. 주오 선 승강장으로 가려던 찰나에 오사베 조장의 연락에 결국 택시를 탔지만요. 제가 조장한테 온 전화를 끊었을 때, 고조 씨는 이렇게 말씀하셨죠? '우리 사무소에도 범죄 예고 메일이라도 온 거야?'"

"그게 어쨌는데?"

"나중에 신문에서 읽었는데 그때 도쿄 메트로에 범죄 예고 메일이 도착한 건 사실이었어요. 그래도 역내 방송에서는 범죄 예고가 있어서 운행을 중지 중이라고만 말했거든요. 제가 직전까지 전화 통화를 하고 있었으니, '범죄 예고 전화라도 온 건가?'라고 농담했다면 이해할 수 있습니다. 어째서 전화도 아니고 우편도 SNS도 아니고 메일로 범죄 예고가 도착했다는 사실을 아신 거죠?"

우라노와 처음 만났을 때, 우라노가 경찰의 거짓말을 간파한 것과 같은 논리였다. 사람은 숨기는 것이 있을 때, 자신도 모르게 달변가가 되어 술술 떠벌리게 된다.

"우연히 맞힌 거지."

고조는 초조로도 포기로도 보이는 축 처진 표정을 지었다.

"고조 씨, 요양원 밖에서 구니나카 아쓰시 씨를 기다리던 때부터 요양원 안에 들어가 고야 씨 방에 도착할 때까지 계속 스마트폰을 만지작거리셨죠. 그때 도쿄 메트로의 연락처를 조사해서 가짜 메일 주소로 도자이 선에 범죄 예고를 한 거 아닌가요?"

"어째서 그렇게 생각하지?"

"그날, 고조 씨는 만취해서 지갑의 지폐를 도난당한 탓에 소지금이 180엔밖에 없었어요. 나카노 역까지 도자이 선으로 200엔, 주오 선으로 220엔이 필요하니까, 사무소로 돌아가려면 소지금이 부족하죠. 하지만 도자이 선이 운행 정지가 된다면 이야기는 달라집니다. 가장 싼 140엔으로 표를 사서, 대체수송 승차권을 받으면 주오 선으로 나카노까지 갈 수 있으니까요."

엄밀하게 말하면 대체수송편은 승차권에 찍힌 구간까지만 이용해야 하지만, 역무원이 이 승차권의 구간을 일일이 확인하지는 않는다. 고조는 만취해서 지폐를 도난당한 날, 소부 선에서 차량 고장을 경험했다. 이때 대체수송의 구조에 대해 알게 된 것이리라.

고조는 고개를 돌리더니 정신이 아찔해질 정도로 긴 숨을 내쉬었다.

"내 종자가 되더니 조금은 머리가 돌아가게 되었나 보군."

체셔와 고조가 저지른 짓은 상당히 닮아 있었다. 어느 쪽이건 하나의 범죄를 성공시키기 위해 다른 하나의 범죄에 손을 물들인 것이다. 고작 20엔 때문에 철도회사를 협박한 것을 보면 고조 쪽이 질이 나쁜 것처럼도 느껴진다.

"도대체 어떤 메일을 보내신 거죠?"

고조의 등에 대고 물었다.

"농약 콜라 사건이야."

"네?"

"그러니까 농약이 들어간 콜라를 놓아두었으니 조심하라고. 그렇게 적었어."

어이가 없어서 말문이 막혔다.

"허풍이 심하네요."

"허풍? 그게 무슨 소리야?"

고조가 고개를 비틀었다.

갑자기 최악의 가능성이 머릿속에 떠올랐다.

요양원 주차장에서 구니나카 아쓰시를 기다릴 때. 고조는 지루한 듯 마트의 원예 코너를 들여다보고 있었다. 그때 고조가 몰래 액체로 된 농약을 훔쳤다면?

그리고 그 후, 무사히 구니나카 부자의 협력을 얻어내고, 이다바시 역의 도자이 선 홈으로 향하던 때. 고조는 쓰레기통에 손을 찔러 넣고 페트병을 뒤적거렸다. 그때 고조가 마시다 만 콜라를 발견했다면.

"설마, 고조 씨, 누군가가 마시면 어쩔 셈이었나요?"

"그러니까 메일로 알려준 거잖아."

와타루는 벌어진 입을 다물지 못했다.

"착각하지 마."

고조가 갑자기 딱딱한 목소리로 말했다. 마치 와타루의 생각을 읽은 것처럼.

"내가 철도회사를 협박한 건 돈 때문이 아니야. 너, 원더랜드에 가지 않는다면 용돈을 가불해주겠다는 바보 같은 소리를 했잖아. 나는 정말로 아리스에게 반했었어. 그러니 그런 약속을 할 수는 없지. 그래서 내 의지를 보여주려고 생각한 거야."

고조는 눈을 가늘게 뜨고는 바람에 휘날리는 나뭇잎을 가만히 바라보았다.

"역시 오늘 밤도 원더랜드에 가볼까."

쓰케야마 사건

무카이 도키오 세 번째 유서

죽음을 앞두고 한마디 남기고자 한다. 결행하기는 했지만, 쏴야 할 사람을 쏘지 못하고 쏘지 않아도 될 사람을 쐈다. 할머니께는 죄송하다. 두 살 때부터 키워주신 할머니. 할머니는 죽여서는 안 됐지만, 나중에 남겨질 처지를 생각해서 그런 일을 저질렀다. 편하게 여생을 사시기를 바랐지만 그렇게 잔인한 일을 저지르고 말았다. 누나에게도 미안하다. 몹시도 미안하다. 용서해주오.

생각대로는 되지 않았다. 오늘 결행하고자 생각한 것은 나와 전에 관계가 있던 미야케 유코가 기지타니에 온 탓이다. 하지만 유코는 도망쳤다. 또한 나오요시直芳를 살려둔 것도 원통하다. 그들은 폐병 환자에 대해 진한 혐오를 품고 있었고, 그와 같은 것들은 이 세상에서 묻어버려야만 한다.

그야말로 여명이 다가온다. 죽도록 하겠다.

(사법성 형사국 쓰케야마 사건 보고서에서)

1

"거물이 나타났군."

2016년 2월 6일 오전 11시.

와타루가 사무소를 방문하자 고조는 소파에 가부좌를 틀고 앉아 잡아먹듯이 텔레비전을 보고 있었다. 책상에 놓인 〈캔캔〉 잡지는 포장도 뜯지 않은 채였다.

텔레비전에서는 남성 리포터가 오만상을 찌푸린 채 원고를 읽고 있었다. 등 뒤의 산림을 경찰이 바쁘게 뛰어다녔다.

"이곳이 현장인 효고 현 가토 시의 캠핑장입니다. 오늘 오전 2시경, 일본도와 엽총을 가진 남성이 텐트를 연이어 습격했습니다. 경찰 발표에 따르면 오늘 오전 9시 시점에 스물두 명의 사망자가 확인되었습니다."

와타루도 집에서 같은 뉴스를 보던 중이었다. 일본도와 엽총이라고 하면 떠오르는 사건은 하나뿐이다.

"쓰케야마 사건의 범인이 벌인 짓이군요."

"그래. 무카이 도키오야."

고조가 텔레비전에서 눈을 돌리지 않고 말했다.

78년 전, 기지타니의 민가를 연이어 습격하고 하룻밤에 서른 명을 살해한 남자. 이 남자만 없었다면 미요코가 고향을 등지는 일도, 스즈무라 아이지가 소나 의식에 손을 물들이는 일도 없었으리라.

"구니나카 아쓰시에게 수사 상황을 물어봐. 나는 오사베한테 도움을 요청할게. 이번에는 화려한 사냥이 되겠군."

고조가 책상의 전화기로 손을 뻗었다.

"저기, 오사베 조장 말인데요."

"뭔데?"

고조는 건성으로 이쪽을 보고는 눈을 동그랗게 떴다.

"뭐야, 그 얼굴. 머리에 불을 붙여서 촛불 흉내라도 낸 거야?"

그럴 리가 있나.

와타루의 얼굴은 상처와 멍투성이였고, 눈꺼풀과 입술은 평소의 두 배로 부어 있었다.

2월 5일, 어젯밤에 와타루가 저백계에서 탄탄면 세트를 먹는데, 두 명의 남자가 발소리를 내며 가게로 들어왔다. 한

명이 뽀글뽀글 파마, 다른 한 명이 7대 3 가르마로, 둘 다 장
례식에 다녀오는 것처럼 검은 정장을 입고 있었다. 와타루
는 신경 쓰지 않고 면으로 젓가락을 옮겼다.

"밖으로 나와."

뽀글뽀글 파마가 낮은 목소리로 말하고는 자벌레처럼 집
게손가락을 구부렸다. 아무래도 와타루에게 볼일이 있는 모
양이다. 잘 보니 둘 다 낯이 익었다. 마쓰야니구미의 야쿠자
였다.

서둘러 국물을 비우려는데 두 명의 야쿠자가 좌우에서 와
타루를 짓누르고는 가게 밖으로 끌고 갔다. 다른 손님들은
보고도 못 본 척했다. 불길한 예감이 들었다.

야쿠자는 20미터 정도 걸은 후, 길가에 서 있던 검은 세단
옆으로 와타루를 데리고 갔다.

진하게 선팅된 유리창이 내려가더니 마쓰야니 넨자쿠가 얼
굴을 드러냈다. 일본에서 가장 흉악하다고 일컬어지는 지정
폭력단 맛코카이의 산하 단체 조장이자, 미요코의 부친이다.

"아, 안녕하세요." 반사적으로 고개를 숙였다. "도쿄에 관
광 오셨나요?"

마쓰야니가 두 야쿠자에게 눈으로 신호했다. 7대 3 가르
마가 뒤에서 와타루를 잡고, 뽀글뽀글 파마가 배 한복판을
때렸다. 고통은 느껴지지 않았다. 파마는 순간 놀란 표정을
지었지만, 재빨리 와타루의 셔츠 깃을 좌우로 벌렸다. 단추

가 떨어지고 검은 방검조끼가 드러났다.

"흠. 찔릴 만한 짓을 한 자각은 있는가 보군."

마쓰야니가 억양이 없는 목소리로 말했다. 말도 안 되는 오해다. 그런 자각은 없다.

"이건 스승님의 유품으로, 부적이라고 할까, 퇴마 같은 건데요."

"닥쳐."

뽀글뽀글 파마가 콧등에 주먹을 날렸다.

"너, 이바라키 놈들과 사이가 좋은 듯하더군."

마쓰야니가 품에서 사진을 꺼냈다. 오사베구미의 사무소 입구에 서 있는 와타루와 고조의 뒷모습이 찍혀 있었다.

DUCHESS의 독극물 혼입 사건 해결 후 사무소에 불려갔을 때, 길 건너 편의점에서 엉덩이가 큰 남자가 카메라를 향하고 있던 것이 떠올랐다. 그 자식, 정보원이었나.

"미요코를 속이고 우리 사무소까지 잠입하다니 배짱도 두둑하군."

"아니, 그게, 죄송합니다."

뽀글뽀글 파마가 얼굴의 같은 부위를 때렸다.

"너 이 새끼, 나를 얕본 거냐?"

마쓰야니가 좌석에서 몸을 일으켜 와타루의 앞머리를 붙잡았다. 두 눈에 살기가 감돌았다. 이건 좋지 않다. 이렇게 죽어서는 성불도 못 한다. 어떻게든 오해를 풀어야 한다.

"실은 사정이 있었습니다. 저는 스파이가 아니에요. 이건 우연입니다."

마쓰야니는 목을 붙잡아 와타루의 고개를 세우더니 뺨을 있는 힘껏 갈겼다. 과연 야쿠자의 조장. 주먹이 매섭다. 넘어지자 두 명의 야쿠자가 몸을 일으켜 세웠고, 다시 마쓰야니에게 얻어맞았다. 이 짓을 몇 번이고 반복하다 보니 얼굴이 점토처럼 부드러워졌고, 역류한 코피가 목에 달라붙어 숨을 쉴 수가 없었다.

"으엑."

시야가 따끔따끔하고 의식이 날아가려는 참에야 간신히 폭행이 멈췄다. 와타루는 지면에 쓰러져 기침과 피를 토해냈다.

"오사베의 개새끼가 잘도 짖는군. 네놈의 생각은 알고 있어. 우리 애들이 먼저 총을 쏜 것처럼 해서 전부 우리에게 뒤집어씌우려고 한 거잖아. 비겁한 벌레가 뇌에 기생하는 것 같군."

무슨 이야기인지 알 수 없지만, 마쓰야니구미는 오사베구미와 전쟁 중인 모양이다.

"오사베에게 전해줘. 네가 마쓰야니를 무너뜨릴 생각이라면 우리는 고민하지 않고 네 목을 치러 가겠다고."

"저, 저는 죽이지 않으시는 거죠?"

갑자기 기뻐져서 쓸데없는 말을 꺼냈다. '그럼 죽이지 뭐'

라고 말하더라도 곤란하다.

마쓰야니는 안색을 바꾸지 않고 가만히 와타루의 턱을 쥐고 말했다.

"미요코가 반한 남자니까 이번만은 목숨을 살려주지. 대신 두 번 다시 미요코에게 접근하지 마. 다음은 없으니까."

무시무시한 어조였다.

"오사베 씨가 마쓰야니구미를 칠 생각이라면 우리는 오사베 씨의 목숨을 받으러 갈 거다."

신주쿠의 오사베구미 사무소에는 서른 명 이상의 조직원이 모여 있었고, 다들 벌레를 달여서 마신 것처럼 우거지상을 하고 있었다. 소파에 앉아 있는 것은 오사베 구조와 삶은 달걀 두 명뿐으로, 나머지 조직원들은 방의 좌우에 정렬해 있었다.

2월 7일 오후 1시. 고조와 와타루는 오사베 조장과 직접 담판을 짓고자 사무소를 방문한 상태였다.

"……라고 마쓰야니 조장이 말했습니다."

와타루가 중요한 말을 덧붙이자, 삶은 달걀은 눈썹과 코의 근육을 잡아당기고 지금 당장이라도 달려들 것 같은 표정을 지었다. 오사베는 무릎 위의 래브라도 리트리버를 천천히 쓰다듬었다.

"하라와타 씨가 마쓰야니구미와의 인연을 숨기고 있던 건 아쉽지만, DUCHESS에서의 일을 봐서 넘어가도록 하죠. 그래도 이 이상 둘에게 협력할 수는 없습니다."

오사베의 말투에 주저함은 없었다.

"그건 너무한데. 이 정도의 일로 80년의 인연을 끊는다면 저세상에서 선대에게 손가락이 잘리지 않으려나?"

고조는 굵고 거칠게 말하더니, 손날로 새끼손가락을 두드렸다. 어느 쪽이 야쿠자인지 모르겠다.

"하라와타 씨의 건과는 관계없습니다. 보시는 바와 같이 오사베구미는 전쟁에 대비해서 경계 태세를 취하고 있습니다. 다른 사람에게 손을 빌려줄 상황이 아닙니다."

"옛날부터 화려한 싸움을 하는 건 이류 야쿠자라고 정해져 있잖아. 손을 쓰지 않고 조용히 시키는 게 똑똑한 야쿠자지. 당신이 그걸 모르지는 않을 텐데."

고조가 집요하게 따지고 들었다. 와타루가 보더라도 형세가 좋지 않았다.

"우리 형제가 총에 맞았습니다. 이걸 아무 일도 없었던 것처럼 넘길 수는 없습니다. 마쓰야니구미가 사죄하지 않으면 반드시 복수할 겁니다. 그게 야쿠자니까요."

온화하지만 반론을 받지 않겠다는 말투였다.

어젯밤, 집에 돌아와 인터넷 뉴스를 검색해보니, 두 조직이 싸우는 이유를 바로 알 수 있었다.

2월 3일 밤, 나고야 시의 고급 클럽 '시료'에서 발포 사건이 발생했다. 총을 쏜 것은 마쓰야니구미의 젊은 조직원, 총에 맞은 것은 오사베구미의 간부였다. 총탄은 오사베구미 간부의 위를 관통했고, 등 뒤에서 로마네콩티가 깨져 술을 내뿜었다. 다행히 심장은 비껴갔지만, 척추가 손상을 입었고 후유증이 남을 가능성이 크다고 했다.

이날은 마쓰야니 넨자쿠를 포함한 마쓰야니구미의 조직원 스무 명이 6일에 열리는 야쿠자 조장의 장례식에 참가하기 위해 나고야를 방문해 있었다. 사건을 일으킨 조직원도 그중 한 명으로, 자주 찾던 '시료'에서 저녁 무렵부터 세 시간 넘게 혼자서 술을 마시는 중이었다. 오후 9시경, 오사베구미의 간부가 찾아온 것을 깨닫고는 제대로 돌아가지 않는 혀로 트집을 잡으며 "할머니의 복수다!"라고 외치며 발포했다고 한다. 남자는 종업원에게 붙잡혔고, 달려온 경찰에게 현행범으로 체포당했다. 이것이 오사베구미 쪽 설명이었다.

이것만 들으면 마쓰야니구미에게 죄가 있는 것처럼 느껴지지만, 사건은 그리 단순하지 않다. 발포한 것은 마쓰야니구미의 조직원뿐만이 아니었던 것이다. 둘이 서로를 향해 총을 쏘는 것을 많은 손님이 목격했으며, 실제로 가게 안에서는 여러 발의 탄흔이 발견되었다. 문제는 어느 쪽이 먼저 방아쇠를 당겼는가로, 둘 다 상대방이 먼저 쐈다고 주장 중이다. '시료'는 오사베구미 측의 편을 들었지만, 가게 주인이 소속한 시키시마 상회는 이바라키카이의 산하 단체이므로,

형제격인 오사베구미를 감싸고 있을 가능성도 부정할 수 없었다. 오사베구미가 마쓰야니구미를 치기 위해 조직원을 함정에 빠뜨렸다는 것이 마쓰야니구미의 주장이었다.

사건으로부터 오늘까지 4일간, 쌍방의 상부 단체인 이바라키카이와 맛코카이의 간부가 무릎을 맞대고 타협점을 찾았지만, 교섭이 제대로 진행될 가능성은 희박했다. 이야기가 결렬되면 그대로 보복 전쟁이 벌어지게 될 터였다.

"조장 씨, 부탁할게. 나도 목숨을 걸고 있어. 야쿠자 간의 싸움으로 체면을 지키는 거랑 귀신 퇴치로 일본을 지키는 것 중에서 어느 쪽이 중요한지 생각해보라고."

고조가 오사베의 어깨를 쥐려고 하자, 삶은 달걀이 그것을 저지했다.

오사베는 가만히 리트리버의 배를 쓰다듬었지만, 생떼를 쓰는 아이에게 두 손 두 발을 든 것처럼 어깨를 떨구더니 몸을 일으켜 키박스에서 열쇠를 꺼내 책상 서랍을 열었다.

"지금 우리 애들이 서쪽으로 밀려들었다가는 어떤 일이 벌어질지 아시겠죠? 저 또한 불필요한 피는 흘리고 싶지 않습니다."

서랍에서 꺼낸 오른손에는 권총이 쥐어져 있었다. 절로 심장박동이 빨라졌다.

오사베는 테이블에 권총과 총알을 내려놓고는 고조와 와타루의 어깨를 두드렸다.

"작별 선물입니다. 제가 할 수 있는 건 더는 없습니다. 귀신 퇴치, 힘내시기를 바랍니다."

2

오후 6시 넘은 시각. 사무소로 돌아오자 구니나카 아쓰시에게서 수사 상황을 정리한 메일이 도착해 있었다.

캠핑장 사건의 사망자는 두 명 늘어서 스물네 명. 범인인 남자는 도주 중이지만, 6일 오전 10시경, 히메지 역에서 기신 선 니미행 열차에 올라타는 모습이 목격되었다. 남자는 목까지 올라오는 교복을 입고 있었고, 가방 같은 것은 가지고 있지 않았다고 한다. 효고 현경과 오카야마 현경이 긴급 수배를 내리고 기신 선의 모든 역에 인원을 배치했지만, 남자는 아직 발견되지 않았다.

"기신 선의 노선도를 보여줘."

고조가 시키는 대로 스마트폰으로 검색했다. 표시된 사진을 보고 절로 신음이 새어 나왔다. 히메지에서 니미로 향하는 도중에 쓰케야마라는 이름이 있었다.

도키오가 향한 곳은 고향인 쓰케야마의 기지타니 지구임이 틀림없다. 서른 명을 죽이고, 자신도 목숨을 끊은 인연이 있는 땅으로 78년 만에 돌아간 것이다.

"딱 좋군. 나도 기지타니에 볼일이 있었는데."

고조는 구니나카 아쓰시에게 전화를 걸더니, 내일 쓰케야마로 향한다고 전하고는 기지타니를 중점적으로 경계하라고 덧붙였다.

와타루는 신칸센을 예약한 후, 잠시 고민한 끝에 미요코에게 "내일부터 오카야마!"라고 메시지를 보냈다.

2월 8일 오전 10시 넘은 시각. 와타루와 고조는 도쿄 역에서 히로시마행 노조미 호에 올라탔다. 도쿄의 하늘은 파랗고 투명했지만, 세토나이 지역 일대는 저기압에 둘러싸여 점심 전부터 큰비가 내린다는 예보가 있었다.

좌석에 앉아서 메신저를 보자, 미요코에게 보낸 메시지는 아직 읽지 않은 채였다. 평소의 미요코라면 30초면 답변이 온다. 아버지가 연을 끊으라고 말한 걸까.

"안색이 패주 무사 같군. 왜, 애인이 안 해주나?"

고조는 신칸센의 속도에 놀라지도 않은 채 스포츠 신문을 넘기면서 가벼운 말투로 말했다.

"어라, 호랑이도 제 말 하면 온다더니, 패주 무사잖아. 오늘 6시부터 7시까지 NHK에서 드라마판 〈팔묘촌〉을 재방송한다네. 얼른 도키오를 붙잡고 나서 같이 보자."

고조가 텔레비전 편성표를 보고 손가락을 튕겼다.

《팔묘촌》이라고 하면, 1949년부터 1951년에 걸쳐 잡지

〈신청년〉과 〈보석〉에 연재된 요코미조 세이시의 대표작 중 하나다. 미요코와 만났을 무렵에 추천을 받아 읽어 보았으나, 작중에 그려진 사건이 쓰케야마 사건에서 착상하여 창작된 것이라는 사실을 알게 된 것은 최근의 일이었다.

"고조 씨, 1936년에 죽었는데《팔묘촌》은 어떻게 아세요?"

"지옥에서는 현세가 잘 보이거든. 나는 이럴 때를 대비해서 계속 현세를 관찰했지. 이 정도면 명탐정의 귀감이라 부를 만하지 않겠어?"

"그럼 도키오도《팔묘촌》을 알까요?"

"글쎄. 죽은 사람 대부분은 현세에 관심이 없어. 저쪽 세계 녀석들에게는 어차피 이전 세상에 불과하니까. 죽은 직후에는 현세만 들여다보던 녀석들도 몇 년쯤 지나면 흥미를 잃게 되지. 도키오도 사후 10년이 지난 후에 쓰인 소설에 관해서는 모르지 않을까?"

"그렇군요. 텔레비전에서 〈팔묘촌〉을 본다면 복잡한 기분이 들 것 같네요."

와타루는 좌석 테이블을 내리고는 구니나카 아쓰시에게 받은 자료를 가방에서 꺼냈다. 오카야마 지방법원 검사국이 작성하고 사법성 형사국이 발행한 쓰케야마 사건 보고서로, 사건에 관한 수사 경과, 현장 상황, 사체 검시 결과, 관계자 진술, 범인 유서, 보도 기록 등이 정리되어 있었다.

사건이 일어난 것은 고조가 죽고 2년 후인 1938년 5월 21일 새벽. 범인은 기지타니무라에 사는 21세 청년 무카이 도키오다. 도키오는 기지타니의 민가를 연이어 습격하여 마을 사람들을 살해한 후, 자신도 산속에서 심장을 쏴서 자살했다.

도키오는 범행 이유를 유서에 자세히 남겼다. 유서는 세 통이 남아 있으며, 그중 두 통이 범행 전에 준비해서 자택에 놓아둔 것이고, 남은 한 통이 범행 후에 마지막 생각을 남긴 것이다. 보고서에는 실물 복사본과 글을 옮겨 적은 것이 포함되어 있었다.

첫 번째 유서는 '유언장'이라는 제목으로, 세로로 쓰는 편지지 열두 장에 이르는 장대한 내용이었다. 페이지가 넘어갈수록 종이가 더러워지는 이유는 유서에도 나오듯 폐가와도 다름없는 생가에서 유서를 적었기 때문이리라. "이 내가 현재와 같은 운명이 될 것이라고는 나 자신도 꿈에도 생각하지 못했다"라는 문장으로 시작해서, 태어나서 범행에 이르기까지의 경위가 적혀 있었다.

도키오는 1917년, 기지타니에서 북서쪽으로 10킬로미터 정도 떨어진 마을 마가타真方에서 태어났다. 철이 들기 전에 양친을 여의고 누나와 함께 할머니의 손에 자랐다고 한다. 세 살 무렵, 마가타에서 할머니의 고향인 기지타니로 이주. 열일곱 살 무렵, 누나가 이치노미야로 시집을 갔고, 이후

할머니와 둘이서 생활하게 된다. 초등학교 시절의 도키오는 우등생으로, 주변 사람에게 귀여움을 받았지만 병으로 학교를 쉬는 일도 많았다.

열여덟 살의 봄, 도키오는 늑막염을 앓았고 의사에게 장기 요양을 하라는 말을 들었다. 폐가 회복한 후에도 체중은 돌아오지 않았고, 때때로 빈혈을 일으켰다. 농작업을 도우려 해도 가벼운 작업만으로도 심한 두통과 현기증에 휩싸였다. 억지로 참으며 작업을 계속하다가 의식을 잃은 적도 있었다.

도키오는 할머니를 돕지도 못하는 자신이 한심해서 화가 났다. 다른 사람의 눈을 피해 간노지에 다니며 병이 치유되기를 기도했지만 증상은 전혀 개선되지 않았다.

하지만 어느 여름날, 불단을 수리하던 도키오는 쇠못을 입에 물고 작업하면 기분이 나빠지지 않는다는 사실을 깨달았다. 불볕더위 속에서도 못을 핥으면 두통이 생기지 않았다. 도키오는 이 발견을 기뻐했지만, 동시에 자신의 육체가 괴물로 변모한 것 같은 공포를 느꼈다. 패주 무사의 영혼이 깃든 것이 아닐까 하는 생각에 전보다 더욱 빈번히 간노지에 다니게 되었다.

도키오는 자신의 이변이 주변에 알려지는 것을 두려워했다. 하지만 할머니가 진료소 의사에게 상담한 것을 계기로 도키오가 미쳤다는 소문이 퍼지고 만다. 마을 사람들은 '못을 핥는 아이'라고 부르며 도키오를 불쾌하게 여겼고, 친했던 여자아이들도 도키오를 피하게 되었다. 도키오는 서둘러 기력을 되찾아 묘한 습관을 그만두고자 노력했지만, 생각과는 반대로 못에 대한 의존은 강해지기만 했다. 못 없이는 생활하지 못했고, 입에서 꺼내는 것만으로 몇십 초 후에 심한 욕지기를 느낄 정도였다.

열아홉 살 여름, 도키오는 소문에서 벗어나기 위해 할머니와 덴구바라 산을 넘어 마가타로 이주할 계획을 세운다. 세 살 때까지 양친과 살았던 마가타에는 폐가와 마찬가지 수준이지만 생가가 남아 있었다. 도키오는 새로운 삶에 대한 기대로 가슴이 부풀어 올랐다. 하지만 막상 마가타에 가 보니, 사람들은 도키오와 말을 섞으려 하지 않았다. 과거 도키오와 인연이 있었고, 기지타니에서 마가타로 시집을 온 미야케 유코가 남편인 나오요시와 함께 '못을 핥는 아이'에 관한 소문을 퍼뜨렸기 때문이었다. 희망이 박살난 도키오는 다시 한번 절망했고, 한 달도 지나지 않아 기지타니로 돌아오게 된다.

이 사건을 계기로 도키오는 더욱 심하게 고립되고 만다. 몸이 빼빼 말랐기에 스무 살 때 받은 징병 검사에서도 3급이라는 실질적인 불합격 판정을 받는다.

스물한 살의 어느 날, 도키오는 미야케 유코와 재회한다. 유코는 갓난아이를 데리고 친정을 찾은 상태였다. 도키오는 친하게 말을 걸었지만, 유코는 도키오를 조소하며 온갖 욕설을 내뱉는다. 도키오는 울화를 터뜨리며 "죽여버린다!"라고 답했지만, 유코는 "너 같은 괴물이 나를 죽일 수는 없어"라고 말하고 도망쳐버린다. 분노와 서러움에 몸을 떨던 도키오는 이때 자신을 깔본 사람들에 대해 복수하기로 결심한다.

도키오는 은행에서 돈을 빌려 엽총과 일본도를 사 모았다. 그런 도키오의 의도를 깨달은 것은 할머니였다. 할머니가 쓰케야마 경찰서에 상담한 결과, 도키오는 엽총과 일본도를 압수당하고 만다.

도키오는 크게 낙담했지만, 마음을 고쳐먹고 다시 살해 도구를 모으기 시작한다. 일본도는 도검 애호가인 지인에게서 양도 받았고, 엽총과 탄환은 사냥꾼인 친구에게 부탁해서 대신 사달라고 했다.

이렇게 준비를 마친 1938년 5월, 드디어 복수의 감행을 결단한다. 때마침 미야케 유코가 남편인 나오요시와 함께 기지타니의 고향 집을 방문해 있었다.

도키오는 유언장 말미에 이렇게 적었다.

"내가 이 글을 남기는 건 내가 정신이상자가 아니며, 사전에 각오한 죽음이라는 점을 세상 사람들이 알아주었으면 하고 바라기 때문이다."

고조는 첫 번째 유서를 다 읽더니 열차 판매원에게 산 캔 커피의 뚜껑을 땄다.

"도키오는 이식증이었던 모양이군."

"이식증요?"

"공연히 음식이 아닌 걸 먹고 싶어지는 병이야. 흙이나 물을 먹는 케이스가 많고 가끔 금속이나 유리를 먹는 놈들도 있어. 도키오는 철분 부족을 계기로 못을 핥으면 몸 상태가 안정되는 묘한 버릇이 들어버린 거야."

도키오의 불행이 시작된 이유는 제대로 된 의사를 만나지 못한 채 패주 무사에게 홀렸다고 믿어버린 것에 있으리라.

"후반에 나오는 미야케 유코라는 사람은 소나 의식을 행한 스즈무라 아이지의 증조모가 되네요."

우라노가 죽을 때 스즈무라 본인이 인정한 것처럼, 스즈무라는 무카이 도키오와 미야케 유코의 피를 이어받았다. 유서의 내용을 통해 상상해보면, 유코는 아이의 부친이 도키오라는 사실을 숨겼으리라. 유코가 도키오를 피한 것은 진짜 아버지를 아이에게서 멀어지게 해서 남편 나오요시와의 생활을 지키기 위해서였을 것이다.

두 번째 유서를 읽었다. "누님에게"라는 제목으로, 누나에게 보내는 후회의 말이 줄줄이 적혀 있었다. 편지지는 총 다섯 장으로, 앞선 유서보다 양은 적지만, 이것 역시도 종이가 더러웠다. 어떤 페이지건 오른쪽 빈칸이 검게 오염되어 있었다.

글에는 마을 사람들에 대한 분노의 마음이 반복된 후, 아무 말도 하지 않고 죽는 것에 대한 무례를 사죄하며, "저승에 가면 부모님 곁에서 살고 싶다", "부디 누님은 강하게 이 세상을 살아주세요"라고 가족에 대한 애절한 마음이 적혀 있었다. 말미에는 덧붙이는 것처럼 "앞으로 유서를 한 통 더 남길 예정이니 그것도 봐주세요"라는 내용이 있었다.

"부모랑 살고 싶다고? 사람을 죽인 주제에 저세상에서 마음 편히 살 생각이었던 건가."

고조가 하얗게 질린 얼굴로 중얼거렸다. 세상을 뜬 양친을 그리워하며 여행을 떠났는데, 지옥에서 옥졸로 일하게 되리라고는 도키오도 생각하지 못했으리라.

세 번째 유서는 도키오가 범행 후에 아라마타 고개에서 적은 것이다. 수첩에서 뜯어낸 종이에 갈겨쓰듯 적혀 있고, 종이의 주름과 오염이 눈에 띄었다. 글자도 삐뚤빼뚤해서 읽기 어려웠다.

"생각대로는 되지 않았다", "유코는 도망쳤다", "나오요시를 살려둔 것도 원통하다"라고 계획대로 되지 않은 것을 후회하는 문구가 이어졌다.

유서에 이름이 등장하는 '直芳나오요시'은 미야케 유코의 남편인 直良나오요시의 한자를 착각한 것으로 해석되고 있다. 기지타니의 주소록에 直芳이라는 이름은 없기 때문이다.

마지막에 "그야말로 여명이 다가온다. 죽도록 하겠다"라고 적으며 도키오는 글을 마쳤다.

보고서를 넘기다 보니, 세 번째 유서 말고 도키오가 기록한 문장이 하나 더 담겨 있었다. 〈진자 인간의 공포〉라는 제목의 단편소설로, 원고용지 60장에 이르는 역작이었다.

도키오는 〈소년클럽〉이나 〈킹〉 같은 소년잡지를 애독했고, 열예닐곱 살 무렵부터 직접 이야기를 창작하기도 했다. 마을 사람들의 진술에 따르면 때때로 빈집에 아이들을 모아서 소설을 들려주었다고 했다. 〈진자 인간의 공포〉도 도키오가 남긴 소설 중 하나였다.

산속 마을에 사는 열 살 소년 도키오는 곰에게 습격당해 중상을 입는다. 육군병원에서 치료를 받는 도중, 시찰을 와 있던 육군 대장의 눈에 들어 극비 수술을 통해 기계 심장을 이식받는다. 병원을 탈출한 도키오는 '진자 인간'이라 자칭하며 살인과 강도질을 벌여 일본을 전율케 한다. 하지만 도주 중에 경찰이 쏜 총에 머리를 맞아 다시금 육군에 구속된다. 두 번째 극비 수술을 받은 도키오는 진자 시계의 기계부로 의식이 이식되어 문자 그대로 '진자 인간'으로서 영원히 시간을 새기게 되었다……

보고서에 이 원고가 포함된 것은 이야기의 일부, 즉 시골에서 자란 소년이 폭력으로 사람들을 전율케 한다는 부분이 무카이 도키오의 범행을 암시하는 것처럼 읽히기 때문이리라. 그렇지만 작중 도키오가 인과 응보적인 결말을 맞이한다는 것을 생각하면, 무카이 도키오가 자신의 소망을 극 중 도키오에게 투영했다고 생각하는 것은 너무 단편적인 판단인 것처럼도 느껴진다.

이어서 검시 보고서나 관계자의 진술 조서, 신문 기사를 읽었다. 유서만 보면 성격이 급한 인물처럼 느껴지지만, 실제 도키오는 냉정하게 범행을 계획하고 실행에 옮긴 듯했다.

사건 후의 수색에서 기지타니의 빈집 두 곳에서 엽총과 실탄이 들어 있는 보자기가 발견되었다. 범행 도중에 엽총이 고장 나더라도 바로 총격을 재개할 수 있도록 도키오가 사전에 숨겨둔 것이다.

사건이 벌어지기 일주일 전에는 마을 사람 여럿이 도키오가 자전거로 산길을 왕복하는 모습을 목격했다. 마을 사람이 산에서 내려가서 도움을 청한 경우, 경찰이 찾아오는 데 걸리는 시간을 계측했던 것이리라.

사건 이틀 전인 5월 19일, 도키오는 마가타의 생가를 찾았다. 이때 두 통의 유서를 작성한 것으로 여겨진다. 굳이 기지타니를 떠나서 적은 것은 범행 전에 할머니에게 유서를 들키는 것이 두려웠기 때문이리라. 이 유서는 사건 후에 기지타니의 자택에서 발견되었지만, 마가타의 생가에도 집필에 이용한 듯 보이는 연필과 편지지가 남아 있었다.

사건 여덟 시간 전, 5월 20일 오후 5시경에는 웬 남자가 전봇대에 올라가 작업을 하는 모습을 근처 주민이 목격했다. 사건 후에 전기기사가 조사하자 송전선이 절단되어 있었다. 기지타니와 마가타를 포함한 일대에서 정전이 발생했지만, 당시에는 송전 장애가 일상적으로 발생하곤 했던 탓에 마을 사람들이 의아하게 여기지는 않았다.

이윽고 날이 저물고 21일을 맞이한다. 모두가 잠에 들어 조용해진 오전 1시. 도키오는 우선 할머니의 목을 도끼로 내리쳐서 살해한다. 그 후 무기와 장비를 갖추고는 고요하게 잠든 마을로 달려 나간다.

그로부터의 범행 경로는 아래와 같이 추측된다.

• 이소다 사다유키의 집에서 가족 3인을 일본도와 도끼로 참살.
• 이소다 류이치의 집에서 가족 4인 중 3인을 엽총으로 사살.
• 히가시야마 소지의 집에서 가족 4인을 엽총으로 사살.
• 미야케 고이치의 집에서 가족 7인 중 5인을 엽총으로 사살. 나오요시와 유코가 도망쳐서 미야케 고키치의 집으로 숨는다.
• 미야케 고키치의 집에서 가족 5인 중 1인을 엽총으로

사살. 나오요시와 유코는 마룻바닥 밑에 숨어 난을 피한다.

- 미야케 고지의 집에서 가족 2인을 엽총으로 사살.
- 미야케 만키치의 집에서 가족 6인 중 1인과 일을 도와주려고 와 있던 2인을 엽총으로 사살.
- 반바 다쓰이치의 집에서 가족 2인 중 1인을 엽총으로 사살.
- 이케타니 쓰구오의 집에서 가족 7인 중 4인을 엽총으로 사살. 쓰구오가 손도끼로 도키오의 등에 중상을 입힌다.
- 미야케 소이치의 집에서 가족 3인 중 1인을 엽총으로 사살.
- 야마다 다루호의 집에서 가족 2인을 엽총으로 사살.

범행 중, 도키오는 눈이 세 개 달린 귀신같은 풍모를 하고 있었다. 목까지 올라오는 검은색 교복을 입고 양쪽 다리에는 각반을 맸다. 머리에 묶은 빨간 머리띠의 좌우에 두 개의 손전등을 매달고, 목에는 자전거용 램프를 내걸었다. 허리에는 일본도를 차고 등에는 엽총을 맸으며 입에는 여러 개의 못을 물고 있었다.

참고로 이때 사용한 일본도에 관해, 유서에는 '검도 애호가인 지인에게서 양도 받았다'고 적혀 있지만, 이 지인의 정체는 판명되지 않았다. 도키오와 친분이 있던 검도 애호가로서 이름이 거론된 자는 두 명이다. 초등학교 동급생이던 정원사 반바 도시오와 쓰케야마에 사는 치과의사인 이시가 미 에이지. 어느 쪽이 도키오에게 일본도를 건넸는지는 수사가 끝날 때까지 밝혀지지 않았다.

오전 3시 전, 도키오는 야마다 다루호의 집에서 흉행을 마친 후, 기지 강 상류 쪽으로 향하는 도중에 있는 민가에 들어가 종이와 연필을 요구했다. 60대의 집주인이 놀라 허둥대자, 도키오는 같은 집에 살던 열두살 손자에게도 말을 걸었다. 이 소년은 도키오와 아는 사이였고, 도키오의 소설 낭독회에도 참가한 적이 있었다. 소년이 연필과 수첩을 건네자, 도키오는 그것을 받아들고 바깥으로 나갔다. 도키오는 떠날 때 "공부해서 훌륭한 사람이 되거라"라고 소년에게 말했다고 한다. 도키오의 생전 모습이 목격된 것은 이때가 마지막이었다.

때를 같이하여 쓰케야마 경찰서에 사건 발생 신고가 접수된다. 이 신고를 받은 경찰서와 소방서가 총출동해 산지 수색을 개시한다.

도키오의 사체를 발견한 것은 지쿠고 다카시라는 마가타 출신의 젊은 경찰이었다. 기지타니 주변에 대해 지리감이 있던 것이 도움이 되었으리라. 현지에 도착해서 한 시간도 걸리지 않아 기지타니에서 3.5킬로미터 정도 떨어진 아라마타 고개에서 사체를 발견했다.

도키오는 짧은 유서를 남기고 엽총으로 자신의 심장을 쏴서 죽은 상태였다. 사망 시각은 오전 4시 전후. 유서가 바람에 날아가지 않도록 일본도가 종이 위에 놓여 있었다. 일본도는 피투성이였고 날이 심하게 상해 있었다.

사체에는 가슴의 총상 이외에 이케타니 쓰구오의 집에서 도끼에 찍힌 상처가 등에 남아 있었다.

"죽은 사람이 많으니 자료를 읽는 것도 질리는군. 재밌던 건 〈진자 인간의 공포〉 정도뿐이고."

고조는 보고서에서 고개를 들고 코 밑을 긁었다. 신칸센은 교토를 지나 신오사카로 향하는 중이었다.

"도키오가 들으면 죽이러 올 거예요."

"그럼 딱 좋지 뭐."

와타루는 쓰케야마 사건 자료를 가방에 넣고는 이어서 도키오의 범행으로 보이는 이번 사건의 수사 자료를 꺼냈다.

소나 의식이 행해지고 나서 도키오의 관여가 의심되는 사건은 세 건이 벌어진 상태였다.

첫 번째 사건이 일어난 것은 12월 27일 오전 10시경, 장소는 오사카 시 주오 구의 우가진 병원이다. 도키오가 깃든 사람은 사사키 사키, 열네 살. 나이프로 환자와 간호사를 연이어 찔러 서른 명을 살해했다. 시설 내에 생존자는 없었다.

사키는 이틀 전인 25일, 귀가 도중에 괴한에게 어깨를 찔려 우가진 병원으로 이송되었다. 상처는 얕았기에 봉합 처치만으로 끝났지만, 사건의 충격 때문에 착란 상태에 빠져 급성 스트레스 장애라고 진단받은 상태였다. 사키가 범행에 이용한 나이프는 본인의 호신용 물건으로, 가방에 들어 있는 채로 병실에 놓여 있었다.

"우라노 큐도 여기에서 찔렸다는 말인가."

고조가 현장 사진을 보면서 배를 쓰다듬었다. 우라노는 사키의 진술을 듣다가 갑자기 공격당했다.

사키는 범행 후 병원에서 도주했지만, 1월 17일, 교토 부기즈가와 시의 쇼핑센터 주차장에서 죽은 채로 발견되었다. 사인은 심부전으로, 사후 3일 정도 지난 상태였다. 여기에서 도키오는 다른 육체로 옮겨간 것이리라.

두 번째 사건이 벌어진 것은 1월 20일의 오전 8시 넘은 시각, 장소는 교토 부 나가오카쿄 시의 도키와칸 고등학교다. 이 고등학교는 각종 스포츠로 전국적인 명성을 떨치고 있었다.

범인은 노노무라 가즈노부, 17세. 도키와칸 고등학교 2학년으로, 여름 고시엔에도 후보로서 출장한 바 있었다. 가즈노부는 3학년 A반의 선생과 학생을 연이어 칼로 찔렀고, 교실에 있던 스물일곱 명 중 스물여섯 명을 살해했다.

가즈노부는 14일 밤에 귀가하지 않았기에 가족이 실종 신고를 한 상태였다. 일본도는 19일 밤, 시내의 도검전문점에서 도난당한 물건이었다.

우가진 병원 사건에서는 시설 내의 인간이 전부 살해당했지만, 도키와칸 고등학교 사건에서는 3학년 A반 학생만이 대상이 되었다. 전 학년을 합치면 400명 이상의 학생이 있기에 모두를 죽인다면 반나절은 걸릴 테니 처음부터 한 반의 학생을 표적으로 좁혔던 것으로 여겨진다.

유일하게 살아남은 남학생의 증언에 의하면 이날 3학년 A반에서는 HR 시간을 이용해 약물 남용 방지 시청각 자료를 시청 중이었다. 가즈노부가 나타난 것은 8시 20분. 목까지 채운 교복 차림으로, 머리에는 머리띠를 두르고 오른손에 일본도를 쥐고 있었다. 뺨이 부풀어 있어서 입에 뭔가 넣은 상태라는 사실을 알았다고 한다.

"78년 전과 비슷해지기 시작했군."

고조가 차가운 말투로 중얼거렸다.

마침 시청각 자료에서 흘러나온 내용 때문에 남학생은 환각을 보고 있는 것 아닌가 하고 눈을 의심했다. 담임교사가 가즈노부를 혼내려고 하자, 가즈노부는 교사의 얼굴을 칼로 베었고, 자세가 무너진 교사의 가슴을 재차 칼로 찔렀다.

가즈노부는 복도 쪽 자리의 학생에게 명령하여 책상을 쌓아 문을 막게 하고는 차례로 학생들의 목과 배를 베기 시작했다. 구기나 무도로 몸을 단련한 젊은이들도 날카로운 검앞에서는 어찌할 도리가 없었다.

학생 중에는 경찰이나 가족에게 연락하려는 자도 있었지

만, 가즈노부는 재빨리 스마트폰을 빼앗고 칼자루로 쳐서 부서뜨렸다. 전생한 지 한 달 만에 스마트폰 사용법을 알게 된 걸까. 현장에는 액정화면이 깨진 스마트폰 세 개가 발견되었다.

가즈노부는 10분 정도 만에 교실을 피바다로 만들고는 문을 열고 교실을 나갔다.

다른 반의 교사나 학생들은 3학년 A반에서 들려오는 비명에 두려움을 느끼고 건물 옥상이나 운동장으로 대피해 있었다. 신고를 받은 경찰이 달려왔을 때 이미 가즈노부의 모습은 없었고, "약물 남용은 안 됩니다! 절대로!"라는 장소에 어울리지 않는 대사가 화면이 깨진 텔레비전에서 울려 퍼지고 있었다고 한다.

가즈노부는 20일 오후에 한큐 교토 선 열차 내에서 목격된 것을 마지막으로 소식이 끊긴 상태다. 행방은 지금도 알려지지 않았다. 사사키 사키와 마찬가지로 어딘가에서 다른 육체로 옮겨갔으리라.

그리고 세 번째. 2월 6일, 즉 그저께 오전 2시 넘은 시각. 효고 현 가토 시의 캠핑장에서 사건이 벌어졌다. 일본도와 엽총을 가진 남자가 연이어 텐트를 습격해 캠핑객을 살해한 것이다. 아웃도어 동아리에 소속한 대학생과 단체 여행 중이던 부동산회사 사원 등 캠핑장에 있던 서른두 명 중 스물네 명이 희생당했다.

범인은 가사이 사토루, 35세. 가토 시내의 건설회사 직원인데, 2월 1일부터 무단결근 중이었다. 최근 일주일 사이에 고베 시내의 전문점에서 엽총과 일본도를 구입하는 등 흉행을 준비한 것으로 여겨진다.

생존자의 증언에 따르면 이날의 사토루는 목까지 오는 교복과 머리띠에 더해 두 개의 손전등을 머리띠 좌우에 고정하고, 목에는 램프, 등에는 엽총, 허리에는 일본도를 차고 있었다. 사탕을 핥는 듯 턱을 움직이는 동작도 확인되었다.

"이건 알기 쉽네."

와타루도 자신도 모르게 끄덕였다. 쓰케야마 사건 보고서에 기재되어 있던 무카이 도키오의 모습과 똑같다. 사건을 거듭하면서 도키오는 78년 전의 모습에 다가가고 있었다.

사토루의 흉행은 오전 2시부터 20분 정도 사이에 행해졌다. 처음 10분간 텐트에 연이어 들어가 침낭 안의 인간을 베어 죽이고, 그 후의 10분간 도망치는 사람들을 엽총으로 쏴 죽였다. 스마트폰을 재빨리 부순 점도 마찬가지로, 현장에는 화면이 깨진 스마트폰 여섯 개가 발견되었다.

이 사건에서는 캠핑객 중 여덟 명이 살아남았다. 하려고만 했다면 모조리 죽일 수 있을 듯한 숫자지만, 사토루는 4분의 3을 죽인 시점에 손을 멈추고 캠핑장에서 떠났다고 한다.

"도키오는 스마트폰을 싫어하는 모양이군. 쓰케야마에 도착하면 생각 없이 만지지 않는 편이 좋겠어."

몇 분마다 문자를 확인하는 모습을 들켰나 보다. 서류에서 고개를 든 고조는 이상한 사람을 보는 듯한 눈이었다.

3

오후 1시 20분. 오카야마 역에서 신칸센을 내린 후 JR 쓰케야마 선으로 갈아탔다. 비는 아직 내리지 않았고, 구름 틈새로 때때로 태양도 얼굴을 내밀었다.

쓰케야마 선 열차에 올랐을 때 구니나카 아쓰시에게서 스마트폰으로 연락이 왔다.

고조의 예상은 적중한 모양이다. 캠핑장에서 스물네 명을 죽인 가사이 사토루가 기지타니에서 죽은 채로 발견되었다고 했다.

가사이 사토루는 속옷 차림으로 민가의 창고에 쓰러져 있었다. 사인은 심부전. 사망 시각은 7일 오후 3시에서 5시 사이. 도키오는 다음 살육을 저지르기 위해 새로운 육체로 옮겨갔고, 그러면서 교복과 머리띠도 가지고 간 것이리라.

3시 반에 쓰케야마 역에 도착하자 비가 내리기 시작했다. 저녁처럼 어두웠고, 바람에 휘날리는 비가 플랫폼을 적셨다. 빗방울이 지붕을 두드리는 소리가 시끄러웠다.

역 주변에는 경찰의 모습이 눈에 띄었다. 쓰케야마 경찰서관내에서는 200명 체제로 경계를 강화했으며, 호텔이나 여관, 캠핑장, 학교, 도검전문점, 총포점 등은 특히 엄중 경계 태세라고 했다.

개찰구에서 교차로로 나서자, 경찰차 운전석에 그리운 당나귀 얼굴이 보였다.

"우, 우라노 선생님. 무사하셨군요."

이누마루 순경은 운전석의 문을 열더니 눈알이 뒤집힌 듯한 표정을 지었다.

"반야심경을 읊으면서 항문으로 우엉을 우물우물 씹었더니 되살아났어. 대단하지?"

헛소리를 지껄이는 고조를 뒷좌석에 밀어 넣고는 그 옆에 앉았다. 이누마루 순경은 백일몽이라도 꾸는 듯한 얼굴로 운전석으로 돌아가 경찰차를 출발시켰다.

"가사이 사토루가 기지타니로 올 거라는 사실을 간파하셨다고 들었는데, 진짜인가요?"

"맞아. 한번 죽으면 천리안이 생기거든."

"가사이 사토루의 범행이 쓰케야마 사건과 닮았기에 무카이 도키오에게 감화된 게 아닌가 생각하신 거죠."

와타루는 오늘 들어 가장 큰 목소리를 냈다. 정확히 말하자면 감화된 것이 아니라 빙의된 것이지만, 이야기가 복잡해질 테니 적당히 둘러두기로 했다. 이누마루 순경은 그제야 와타루의 얼굴에 있는 상처를 깨달은 듯, 괴물이라도 본 것처럼 몇 번이고 눈을 깜빡였다.

"……그러셨군요. 아니, 정말 쓰케야마 사건은 이래저래 저희를 괴롭히네요."

이상하리만큼 끈적이는 말투로 그렇게 말했다. 이누마루 순경이 기지타니로 좌천된 것은 2년 전일 텐데, 그동안 불쾌한 사건이라도 있었던 걸까.

"그 밖에도 뭔가 사건이 있었나요?"

"아니, 딱히 그런 건 아니지만요. 범인인 무카이 도키오는 일본도와 엽총을 사용했잖아요. 그 일본도를 도키오에게 건네준 게 제 증조부입니다."

고조의 안색이 바뀌었다. 아쓰시에게 받은 자료에는 도키오에게 일본도를 건넨 인물은 불명이라고 적혀 있었다.

와타루는 고조에게 눈짓한 후에 물었다.

"이누마루 씨, 기지타니 출신이셨나요?"

"저는 아닙니다. 증조부가 기지타니의 정원사였고, 증조모가 이치노미야에서 기지타니로 시집오셨어요. 그런데 사건 후에 증조부의 머리가 이상해져서, 증조모는 딸을 데리고 이치노미야로 돌아갔고요. 그 이후에는 기지타니와는 연이 없었지만, 당시 이야기는 할머니에게 자주 듣곤 했습니다."

검사국의 수사로 좁혀진 두 명 중 한 명, 즉 정원사인 반바 도시오가 이누마루 순경의 증조부인 모양이다.

"보고서에는 도키오에게 일본도를 건넨 사람은 특정되지

않았다고 적혀 있던데요. 증조부님은 당시 거짓말을 하신 건가요?"

"아니요. 솔직하게 진술했을 겁니다. 증조부는 거짓말을 못하는 사람으로, 사건 후 정신을 놓게 된 것도 너무 진지한 성격 탓이라고 들었습니다. 증조부가 일본도를 건넸다고 경찰이 단정하지 않았던 건, 다른 한 명에 대한 의심을 완전히 풀어내지 못했기 때문 아닐까요."

"치과의사인 이시가미 에이지 말인가요?"

"맞아요. 도쿄 쪽에서는 모를 테지만, 당시 쓰케야마에는 마쓰야니 일가라는 노름꾼 집단이 있었습니다. 마쓰야니구미라는 야쿠자의 전신인데, 당시부터 악명 높은 녀석들이에요. 이시가미는 이 녀석들과 친하게 지내는 사이였다고 합니다."

생각지도 못한 곳에서 익숙한 단어가 나왔다.

"야쿠자랑 친하게 지내다니 몹쓸 놈이군. 그렇게 악랄한 놈들인가?"

고조가 즐거운 듯 말했다.

"네. 마쓰야니 일가는 절도나 사기를 통해 손에 넣은 골동품과 미술품, 보석류 등을 암암리에 유통시켜 막대한 이익을 얻었어요. 이시가미는 구매자가 될 법한 의사나 대학교수를 마쓰야니 일가에게 소개해서 중개료를 받았습니다. 비밀투성이에다가, 털면 먼지가 탈탈 털릴 만한 남자였기에 경찰이 의심하고 싶어지는 것도 무리는 아니었겠죠. 아앗."

이누마루 순경이 빨간 불을 깨닫고 황급히 브레이크를 밟았다.

78년 전의 사건도 신경 쓰이지만, 지금은 도키오를 붙잡는 것이 먼저다. 와타루는 일부러 화제를 바꿨다.

"기지타니는 어떤 상태인가요?"

"가사이 사토루의 사체가 발견된 창고를 본부의 수사원이 조사 중입니다. 사체는 이미 오카야마 대학 의학부로 옮겨졌고요."

"주민분들은 어떤가요?"

"다들 벌벌 떨고 있습니다. 정식 발표는 아직이지만, 발견된 사체가 효고 사건의 범인이라는 사실이 이미 다 퍼졌거든요. 작년 말 같은 무서운 사건이 다시 벌어지는 게 아닌가 모두 겁내고 있습니다. 외부에서 수상한 자가 오면 의미가 없으니까요."

이누마루 순경은 묘한 표현을 썼다.

"의미가 없다니, 무슨 말이죠?"

"음, 그게, 간노지 사건 이후, 주민 모임에 치안 대책팀이라는 게 생겼거든요. 어떻게 하면 사건 재발을 막을지 한 달 정도 걸쳐 대화를 나누었습니다. 그 결과, 2월 5일 금요일에 불시에 거주지를 수색했습니다. 저와 자치회장이 순서대로 집을 방문해서 이상한 물건을 숨기고 있지는 않은지 조사했거든요."

기지타니는 꽤 뒤숭숭한 상태였던 듯했다.

"뭐라도 찾으셨나요?"

"귀금속점의 시바타라는 남자가 비수를 숨겨 갖고 있었습니다. 본인은 그저 취미라고 말했지만, 주민 모임의 결정에 따라 압수했습니다. 그 정도뿐이네요."

기지타니 사람들은 서로를 의심하고 있다. 그런 곳에 스물네 명을 죽인 범인이 숨어들어 왔으니 주민들의 불안감은 극한에 이르렀으리라.

신호가 파란불로 바뀌고 이누마루 순경이 가속 페달을 밟았다. 경찰차는 포장도로를 벗어나 어두운 산길로 들어섰다. 좌석이 뜨고 가라앉기를 반복했다. '붕괴 주의'라는 주의 표지 건너편으로는 경사면에 자라난 나무들이 길가로 나뭇가지를 뻗은 것이 보였다.

"향토자료관의 로쿠구루마 다카시는 어떻게 되었나요?"

"쓰케야마의 구치소에 있어요. 방화와 살인 용의로 기소되었고 재판이 시작되었습니다."

"그렇다면 향토자료관은 폐관 상태인가요?"

"아니요. 이반 달부터 새로운 직원이 와서 운영을 재개했습니다. 경찰과는 다르게 인력에 여유가 있겠죠. 오늘 아침도 열려 있기에 오히려 어처구니가 없더라고요."

"청년단의 스즈무라 아이지는요?"

"그 사람은 지난달 말에 퇴원해서 기지타니로 돌아왔습니다. 다리를 못 쓰게 되어 혼자서는 생활하지 못하기에 진료소에서 와카모토 선생님의 신세를 지고 있습니다."

인귀를 되살린 장본인은 지금도 태평하게 살아 있었다.

불안한 마음을 달래고자 나무 틈새로 하늘을 올려다보았다. 어두침침한 구름에서 조약돌 같은 빗방울이 떨어져 내렸다.

오후 4시 15분. 경찰차가 기지타니에 도착했다.

좁은 길에 경찰 차량이 줄지어 세워져 있고, 이곳저곳의 처마 밑에서 수사원이 탐문 수사 중이었다.

기지타니 파견소에 경찰차를 세우자, 이누마루 순경은 "아!" 하고 외치며 운전석을 뛰쳐나갔다.

그에 이끌려 뒷좌석에서 내렸다. 마을의 북서쪽, 덴구바라산의 잡목림에서 노인이 내려오는 것이 보였다. 군복 스타일의 점퍼를 입고 등에는 커다란 짐을 짊어지고 있었다. 실수로 발이라도 미끄러지면 벼랑 아래로 떨어질 듯했다.

"이구치 미쓰오 씨입니다. 최근에 완전히 치매가 진행되어서요. 사냥꾼이었던 무렵의 습관 때문에 매번 산에 들어가곤 합니다."

이름을 들은 기억이 났다. 애견이 죽은 것을 청년단 탓으로 돌리며 간노지 사건 수사를 혼란에 빠뜨린 노인이었다.

"죄송합니다. 가서 좀 데리고 오겠습니다."

이누마루 순경은 레인코트의 후드를 뒤집어쓰고 논두렁 길을 달려갔다.

"마침 잘됐군. 우리도 순찰을 돌자고. 나는 덴구즈 산 쪽, 넌 덴구바라 산 쪽이야. 도키오에게는 못을 핥는 버릇이 있으니 입을 우물거리며 걷는 녀석이 보이면 곧바로 죽여버려."

고조의 목소리가 너무 커서 탐문 중이던 수사원들이 수상 쩍은 눈초리로 이쪽을 바라보았다.

"조사를 좀 더 해야 하는 거 아닌가요? 사체 발견 장소를 보러 간다던가요."

"가서 어쩔 건데? 나는 무카이 도키오를 죽이러 왔어."

"그건 그렇지만요. 맨몸으로 살인마를 마주하라고요?"

"공격당하면 나를 불러. 이게 있으니까."

고조는 담배를 꺼내는 것처럼 주머니에서 권총을 꺼냈다. 놀라서 몸을 기울여 경찰에게 보이지 않도록 그것을 숨겼다. 발견된다면 둘 다 유치장행이다.

"하지 마세요. 알겠으니까."

고조는 장난스럽게 웃더니 권총을 주머니에 집어넣었다.

"괜찮아. 이렇게나 경찰이 많으니 날뛰더라도 바로 제압할 수 있을 거야. 도키오도 그 정도는 알고 있겠지. 녀석이 참살을 실행한다면 다들 잠이 든 심야일 거야. 그때까지 도키오를 찾으면 돼."

둘은 분담할 지역을 확인한 후 파견소 앞에서 헤어졌다.

빗방울은 더욱 세차게 쏟아졌다. 시야가 뿌옇게 흐려서
10미터 앞도 보기 어려웠다.

논두렁길 옆의 휴경지가 연못처럼 변해 있었다. 실수로 미
끄러져 떨어지면 기어 올라오지 못할지도 모른다. 와타루는
질척이는 땅을 힘 있게 밟았다.

길을 걸으면서 자연스레 민가로 시선을 돌렸다. 어떤 집이
건 창문이 닫혀 있어 사람의 모습은 보이지 않았다. 길에서
마주치는 건 경찰 관계자뿐.

실은 경찰관 중에 도키오가 있을지도 모른다고 생각해보
았지만, 가사이 사토루의 사망 추정 시각은 어제 오후 3시
부터 5시, 고조가 기지타니를 경계하라고 구니나카 아쓰시
에게 전한 것이 어제 6시 이후니까, 경찰의 지원군이 왔을
때는 가사이 사토루는 죽어 있었다는 말이 된다. 가능성이
있다고 하면 주재원인 이누마루 순경이지만, 그가 도키오라
면 경찰차를 능숙하게 운전하거나 기지타니의 현재 모습을
상세히 답하거나 하는 것은 불가능하리라.

이래저래 생각하면서 10분 정도 걸어 겨우 민가의 처마
끝에 있는 주민을 발견했다. 형광 블루색 비옷을 입은 50대
남자가 화분을 현관으로 옮기는 중이었다.

가만히 서서 잠시 모습을 살폈지만, 입에 뭔가 들어 있는 것처럼은 보이지 않았다. 때마침 입에 물고 있지 않은 것일지도 모르지만, 그렇게 의심하기 시작하면 끝이 없다.

만약 저 남자가 칼을 뽑아 덮쳐온다면……. 그렇게 생각하자 문득 숨이 멎었다.

두 번째의 도키와칸 고등학교 사건 이후 도키오는 범행 전에 스스로 무기를 조달했다. 하지만 기신 선에 올라탄 시점에 가사이는 맨손이었다. 효고 현경과 오카야마 현경이 긴급수배를 내린 가운데, 가사이의 몸으로 새로운 무기를 사는 것은 불가능하리라. 다음 인물로 옮기고 나서 손에 넣을 수밖에 없지만, 기지타니에 도검점이나 총포점은 없다. 내가 도키오라면 어떻게 할까.

로쿠구루마에게 들은 이야기로는 마을 사람이 패주 무사에게 빼앗고, 후에 천 년 된 삼나무 상자에 봉인한 마도 '아카고코로시'가 향토자료관에 보관되어 있다고 했다. 도키오는 이 검을 훔치려고 하지 않을까.

새로운 직원이 부임한 덕에 향토자료관은 오늘도 평상시처럼 개관했다고 했다. 와타루는 상태를 살피러 가보기로 했다.

논두렁길을 꺾어서 기지 강변의 길로 나섰다. 강을 내려다보자, 탁한 물이 맹렬한 기세로 거품을 내고 있었다. 수위도 올라와 있었고, 조금 지나면 자갈길에 물이 범람할 것만 같왔다.

언덕길을 오르자, 모밀잣밤나무와 너도밤나무 가지가 머리 위에 늘어져 주변이 더욱 어두워졌다. 불안한 마음으로 발걸음을 재촉했다.

갑자기 발소리가 들렸다. 길 앞을 보자, 통나무 다리 옆에 여자 그림자가 보였다. 향토자료관에 갔다가 돌아가는 길인 듯, 빨간 우산을 들고 이쪽으로 걸어왔다.

갑자기 심장이 크게 뛰었다. 만약 저게 도키오라면. 와타루도 싸움에는 자신이 있지만, 상대는 귀신에게 도깨비방망이, 양아치에게 오토바이, 살인귀에게 일본도다. 지나치는 찰나에 검에 베여서 강에 떨어지면 싸워볼 틈도 없이 그대로 끝이다.

와타루가 우뚝 서 있자, 여자도 이쪽을 깨달은 듯 발을 멈췄다. 와타루는 재빨리 시선을 피하고는 그대로 몸을 뒤로 돌렸다.

"잠깐만."

여자의 목소리가 들렸다.

와타루는 달렸다. 숨을 헐떡이며 양손을 저으며 언덕을 뛰어 내려갔다. 뒤에서는 발소리가 따라왔다. 질척이는 땅에 발이 빠지려고 했다.

"기다리라고! 하라와타!"

살짝 코가 막힌 듯한 들은 적 있는 목소리였다.

넘어지기 직전에 발을 멈추고 등 뒤를 돌아보았다.

"아니, 왜 도망가는 건데?"

미요코가 허리를 굽힌 채 어깨로 숨을 내쉬면서 말했다.

"왜 여기에 있어?"

머릿속이 엉망진창이었다. 하라와타라는 별명을 알고 있는 이상, 눈앞에 있는 것은 진짜 미요코다. 그렇게나 고향을 싫어하던 그녀가 왜 여기에 있는 걸까.

미요코는 잠시 말이 없더니, 포기한 듯 목 뒤편을 긁었다.

"하라와타도 알고 있겠지만, 아빠네 조직이 도쿄의 야쿠자와 싸우고 있거든. 나도 위험하다고 해서 소동이 잠잠해질 때까지 기지타니에 숨어 있기로 했어. 두 번 다시 오고 싶지 않았지만 목숨과 비교할 수는 없으니까. 그래서 토요일에 건너왔어."

미요코는 빠르게 말하더니 우산을 와타루에게 건네고 개운한 듯 양손을 축 늘어뜨렸다. 이런 비상시에도 향토자료관을 방문한 것이 그야말로 미요코답다. 비가 그친다면 죽도로 검도 연습을 시작할 것만 같다.

"하라와타야말로 왜 여기 있는 건데?"

"일하러 왔어. 문자 안 봤어?"

"원래 쓰던 휴대전화는 아빠한테 빼앗겼거든. 혹시 그 얼굴, 아빠한테 맞은 거야?"

'두 번 다시 미요코에게 접근하지 마. 다음은 없으니까.'

날이 서 있었던 마쓰야니 넨자쿠의 목소리가 되살아났다.

이미 만나버렸으니 어쩔 수 없다. 와타루는 오사베구미의 스파이라고 의심받은 사실을 털어놓은 후, 자신은 결코 오사베구미의 동료가 아니라고 덧붙였다.

"아, 이러니까 야쿠자 가족인 게 싫어. 미안해, 하라와타. 내가 제대로 설명해둘게."

미요코가 고개를 숙였다. 그건 기쁘지만, 문제는 야쿠자 쪽이 아니라 귀신 쪽이다.

"부탁할 게 있어. 미요코, 지금 당장 기지타니에서 도망쳐."

"왜?"

미간에 주름이 잡혔다.

"이 마을에 흉악범이 잠입해 있거든. 서른 명 정도를 아무렇지도 않게 죽이는 괴물 같은 놈이야. 나는 그 녀석을 잡으러 왔어."

미요코는 점점 더 안색이 어두워졌다. 애인의 머리가 정상인지 의심하는 중일지도 모른다.

"혹시 캠핑장 사건 범인 말이야? 이미 죽었다고 들었는데."

"아니야. 아니, 그 녀석은 맞지만, 지금은 이미 그 녀석이 아니야."

"그게 무슨 말이야? 제대로 설명해."

미요코의 목소리가 딱딱해졌다.

이렇게 된 이상 전부 털어놓는 수밖에 없다.

와타루는 미요코를 데리고 빈집의 마루에 올라서서는, 작년 말에 일곱 명의 범죄자가 되살아났다는 점, 쓰케야마 사건의 범인이 기지타니로 돌아왔다는 점, 우라노 큐의 몸에도 고조 린도가 옮겨왔다는 점을 대강 설명했다. 미요코는 처음에는 사이비 종교의 신자를 보는 듯한 얼굴로 때때로 목을 갸웃거렸지만, 설명이 끝났을 무렵에는 몸 한 번 꿈쩍하지 않고 와타루의 이야기를 듣고 있었다.

"그래서 이상한 사건이 잔뜩 일어나는 거구나."

넋이 나간 목소리로 중얼거렸다.

"믿어주는 거야?"

"뭐, 응. 의심이 가지 않는 건 아니지만 하라와타를 믿어. 오늘은 일단 쓰케야마 역 근처 호텔에 묵을게."

미요코는 손목시계를 바라보았다. 오후 5시 반이 지나 있었다.

"그래도, 그렇구나. 고조 린도라니. 아쉽네."

"응? 무슨 의미야?"

와타루가 묻자, 미요코는 부끄러워하며 지금 상황과는 도저히 어울리지 않는 말을 꺼냈다.

"어차피 누군가 되살아나는 거라면 긴다이치 고스케였다면 좋았을 것 같아서."

***

"우선 한 놈."

고조 린도는 움직이지 않게 된 남자를 내려다보며 목의 땀을 닦았다.

남자는 케이블 타이로 손발이 묶인 채 목숨이 끊겨 있었다. 몇 초 전까지 고조를 노려보던 눈동자가 지금은 검게 변한 상태였다. 사타구니에서는 소변 냄새가 났다.

숨을 돌릴 여유는 없다. 죽여야 할 인간은 한 명 더 있다.

고조는 발소리를 죽이며 방을 나선 뒤 계단을 재빨리 내려가 현관을 통해 밖으로 나섰다. 어느샌가 해가 저물어 있었다. 우편함 아래 숨겨두었던 우산을 쓰고, 아무 일도 없었다는 얼굴로 포장도로로 나섰다.

언덕을 몇 걸음 올라가 높은 곳에서 마을을 둘러보았다. 도키오는 어디에 있을까. 공교롭게도 세찬 비가 내리는 거리를 오고가는 사람은 한 명도 없었다. 집을 방문하여 안을 들여다보며 돌아다니는 것도 한계가 있다.

발상을 바꿔서 도키오가 갈 법한 장소를 생각해보기로 했다. 흉기를 손에 넣는다면 아직 밝은 시점에 이미 해결해두었으리라. 부모의 무덤은 마가타에 있을 테니, 이런 호우 속에 그곳까지 왕복하기는 어렵다.

그렇다면 할머니의 무덤은 어떨까. "할머니께는 죄송하다"

라고 적었을 정도니까, 할머니의 목을 내리친 것에 대해서 후회하고 있으리라. 할머니는 기지타니 출신이니 무덤도 이 주변에 있을 터. 날이 어느 정도 저문 뒤에 조심스레 성묘하러 갈지도 모른다.

무덤이 있다고 한다면 간노지 주변이리라. 여기에서 걸어서 15분 정도다.

고조는 기지타니의 지도를 머릿속으로 떠올리며 논두렁 길을 남동쪽으로 걷기 시작했다.

5분 정도 걸었을 때 땅이 울리는 듯한 꽝음이 들리고 발밑이 크게 흔들렸다. 너도밤나무 가지에서 단숨에 물이 떨어져 내렸다.

휴경지로 미끄러질 것 같아 서둘러 언덕을 올라 숲으로 뛰어들었다. 지진일까.

갑자기 등 뒤에서 땅을 차는 발소리가 들렸다. 고조와 마찬가지로 주민이 놀라서 도망쳐 온 모양이다.

"이봐, 지금 소리는 뭐지?"

비에 젖은 얼굴을 양손으로 닦으며 물었다.

대답 대신 휘잉, 하고 공기를 가르는 소리가 들렸다. 등 뒤에 강한 충격이 일었다.

팔다리에서 힘이 빠지고 호흡을 제대로 할 수 없었다. 몸 안쪽이 뜨거웠다.

"거짓말이지?"

80년 전, 이시모토 기치조에게 머리를 얻어맞았을 때의 감각과 꽤나 비슷했다.

목 안쪽에서 뜨거운 것이 치밀어 올랐다. 입을 연 순간, 둑이 터진 것처럼 피가 넘쳐흘렀다.

무릎부터 땅으로 쓰러져 언덕에서 굴러 떨어졌다. 포장도로에 부딪혔을 때, 칼을 든 그림자가 달려가는 것이 보였다.

정말 재수도 없다. 모처럼 되살아났는데 이대로 지옥으로 돌아가는 것인가. 엎드린 채 쓰러진 고조에게 빗방울이 계속해서 쏟아져 내렸다.

4

쿠구구궁.

짐을 챙긴 미요코를 버스 정류장까지 배웅하려 했을 때 굉음이 들렸다.

바닥이 몸을 밀치듯 튄다. 몸을 구부려 발밑에 손을 짚었다. 지진치고는 짧고 둔한 흔들림이었다.

"지금 뭐였어? 천둥?"

미요코가 복도 기둥에 매달린 채 말했다. 와타루는 고개를 갸웃거렸다. 흔들림이 잦아든 것을 확인한 후 천천히 바닥에서 손을 뗐다.

"파견소에 물어볼게. 집에서 기다려."

미요코가 멍하니 끄덕였다. 와타루는 집을 뛰쳐나왔다.

미요코가 임시로 살고 있는 집은 마을 남쪽 끝에 위치했다. 초등학생 때까지 어머니와 살았던 집은 팔아버렸다는 듯, 서둘러 다른 집을 찾아 빌렸다고 했다.

발밑을 주의하면서 구불구불한 논두렁길을 빠져나갔다. 우산은 쓰고 있었지만, 파견소에 도착했을 무렵에는 온몸이 흠뻑 젖어 있었다.

안을 들여다보자, 비슷하게 젖은 생쥐 꼴인 이누마루 순경이 수화기를 붙들고 있었다. 그 목소리가 긴장감으로 팽팽했다.

"무슨 일이 있었나요?"

통화가 끝나기를 기다려 물었다. 이누마루 순경은 책상에 양손을 대고는 마음을 진정시키려는 듯 심호흡을 했다.

"현도 68호에서 토사 붕괴가 발생했어요. 덴구즈 산의 남쪽, 아까 저희가 지나온 길입니다."

산길에서 본 '붕괴 주의'라는 주의 표지가 떠올랐다.

"기지타니에서 나갈 수 없게 되었다는 말인가요?"

"도로 복구 일정은 미정입니다. 비가 그치지 않으면 토사 제거도 불가능하니까요."

이누마루 순경은 페트병의 물을 입에 담더니, 사무실로 돌아가 성급한 손놀림으로 컴퓨터를 조작하기 시작했다. 야외 스피커에서 차임벨이 울려 퍼졌다. 이누마루 순경은 마이크에 대고 토사 붕괴가 발생했다고 전하고, 비가 잦아들 때까지 외출을 삼가라고 호소했다.

벽의 시계는 6시 40분을 가리키고 있었다. 이미 해는 떨어진 후였다. 언제 도키오가 흉행을 시작하더라도 이상하지 않다.

"현경 본부 사람들은요?"

"30분 전에 쓰케야마 경찰서로 철수했습니다. 남아 있는 건 저뿐입니다."

이누마루 순경의 얼굴은 마치 백지장 같았다.

고조는 뭘 하고 있을까. 그렇게 생각한 찰나에 스마트폰이 울렸다. 화면에는 익숙한 번호가 떴다. 바로 전화를 받았다.

빗소리에 뒤섞여 휴우, 휴우 하고 숨을 내쉬는 소리가 들렸다. 불길한 예감이 엄습한다.

"여보세요."

"하라와타, 무사해?"

모깃소리만큼 작은 목소리였다.

"고조 씨? 어떻게 된 거예요?"

"도키오의 칼에 베였어. 이건 죽을지도 몰라."

고조는 심하게 기침했다.

"어디 계세요?"

"가, 간노지로 오르는 길의 입구 부근이야."

스마트폰이 땅에 떨어지는 소리가 들리더니, 더 이상 아무 소리도 들리지 않았다. 잡음처럼 빗소리만이 울려 퍼졌다.

와타루는 이누마루 순경에게 의사를 데리고 와달라고 요청하고는 파견소를 뛰쳐나갔다.

진흙과 피가 뒤섞인 것이 뱀처럼 꿈틀대며 언덕을 흘렀다.

고조는 길 한복판에 엎드린 채 쓰러져 있었다. 셔츠 뒤편이 찢어져 새빨갛게 물들어 있었다. 오른쪽 어깨에서 엉덩이에 걸쳐 피부가 크게 찢어졌고, 호흡에 맞춰 닫혔다가 열렸다가를 반복했다.

"여어, 넌 괜찮아? 난 좀 별로야."

고조는 가벼운 말투로 말하더니 괴로운 듯 기침했다. 비와 피와 콧물로 얼굴이 엉망진창이다.

"이누마루 씨가 진료소의 선생님을 부르러 갔어요. 조금만 참으세요."

"소용없어. 난 죽을 거야. 어떻게 아냐고? 두 번째이기 때문이지."

고조가 붉게 젖은 이를 보였다. 튀어나오는 침에도 피가 뒤섞여 있었다.

"안 죽을 거예요. 그보다 누구에게 공격당한 겁니까?"

"못 봤어."

논두렁길 건너편에서 이누마루 순경의 발소리와 외침 소리가 들렸다.

"작별 선물 하나 줄게. 왼쪽 주머니야."

고조가 턱으로 신호했다. 그의 말대로 주머니에 손을 넣었다. 꽤 묵직한 그것을 쥐었다. 권총이다.

"저, 쏠 줄 모르는데요."

"얼빠진 소리 하지 마. 이 마을을 지킬 수 있는 건 너뿐이야. 네가 도키오를 죽여. 벌집으로 만들어버려."

둘의 발소리가 바로 근처까지 다가왔다. 와타루는 서둘러 바지 뒷주머니에 권총을 숨겼다.

"으악. 이런 심한 상처, 처음 보는데."

진료소의 와카모토 의사는 고조를 보자마자 어깨를 들썩였다. 70대 노인으로, 사복 차림인 탓에 의사보다는 환자로 보였다.

와타루도 상처를 내려다보았다. 칼이 그다지 날카롭게 벼려지지 않은 것인지, 두꺼운 종이를 무리해서 찢은 것처럼 피부가 뒤틀려 있었다.

"탐정인 우라노 큐 씨죠? 당신은, 그러니까……."

"조수입니다."

"아니야. 종자야."

고조가 몹시 까슬거리는 목소리로 말했다.

와타루, 와카모토, 이누마루 순경 세 명이 힘을 합쳐 고조를 들것에 올린 후, 와타루가 다리 쪽, 이누마루 순경이 머리 쪽을 들고 와카모토가 상처를 수건으로 지혈하며 진료소로 향했다.

고조는 어느샌가 의식을 잃은 상태였다.

진료소는 철근 콘크리트로 만들어진 무기질적인 건물로, 창문이 작고 문도 금고처럼 두꺼웠다. 도키오가 엽총을 난사하며 들이닥치더라도 여기라면 살아남을 수 있을 듯했다.

고조를 진료실로 옮긴 후, 와타루와 이누마루 순경은 대기실로 돌아가 히터로 옷을 말리면서 처치가 끝나기를 기다렸다.

인테리어가 크림색으로 통일되어 있기에 진료소다운 따뜻함이 느껴졌다. 접수 카운터에는 도자기로 만들어진 도키오 캐릭터 인형이 놓여 있었다.

건너편 통로에는 2층으로 오르는 계단이 보였다. 화상 후유증을 앓고 있는 스즈무라는 이 위쪽 병실에 누워 있을까.

오후 7시 20분. 진료실에서 나온 와카모토는 10년은 늙은 것처럼 홀쭉해져 있었다.

"상처 소독과 봉합은 했지만, 상태가 심각해. 서둘러 수혈하지 않으면 위험하겠는데."

와카모토는 커튼을 들추고는 작은 창문을 통해 논밭에 쏟아져 내리는 비를 바라보았다. 빗줄기가 약해질 기미는 보이지 않았다. 도로가 복구되는 것은 한참 있어야 할 듯했다. 와카모토는 한숨을 내쉬고는 진료실로 돌아갔다.

할 수 있는 일을 하는 수밖에 없다. 와타루는 짝, 하고 볼을 두드리고는 의자에서 몸을 일으켰다.

"이누마루 씨, 범인은 다시 사람을 덮칠 겁니다. 빨리 잡지 않으면 위험해요."

"그건 그렇지만요. 단서도 뭐도 없습니다. 더군다나 믿고 있던 우라노 선생님이 이래서야 도대체 뭘 할 수 있을까요?"

이누마루 순경은 당장이라도 울음을 터뜨릴 것 같았다.

"진정하세요. 범인은 칼을 가지고 있어요. 지난주 금요일, 이누마루 씨는 마을 집들을 순서대로 방문해서 수상한 물건이 없는지 탐색하셨다고 했죠? 그 시점에 칼을 숨기고 있던 사람은 없었고요. 그렇다면 범인은 이 불시 수색 후에 칼을 손에 넣었다는 말이 되죠."

"뭐, 그렇겠네요."

"일단 6일 토요일에 가사이가 니미 방면으로 향하는 게 목격된 이후, 오카야마 현경은 도검전문점을 감시했을 거예요. 그런 와중에 칼을 살 수는 없었겠죠. 범인은 어디에서 칼을 손에 넣었을까요?"

정확히 말하면 범인이 도키오가 아닌 평범한 건달이었다면 경계 태세가 채 갖추어지지 않은 6일의 이른 시간에 칼을 살 수도 있었으리라. 하지만 범인이 도키오인 이상, 7일 오후 3시까지는 가사이였다는 말이 된다. 캠핑장에서 스물네 명을 죽인 범인이 도검점을 찾으면 아무리 그래도 신고가 들어왔을 것이다.

"흐음. 그러게요." 이누마루 순경은 팔짱을 긴 채 고개를 숙였지만, 갑자기 콧구멍을 넓혔다.

"설마, '아카고코로시'인가요?"

"네. 범인은 향토자료관에서 칼을 훔쳤을 겁니다."

이누마루 순경은 스마트폰으로 향토자료관에 전화를 걸었다. 곧장 전화가 연결되었고, 영업시간이 아니라는 안내음이 흘러나왔다. 폐관은 오후 6시, 지금은 이미 7시 40분이다.

"안 되네요. 전화를 안 받습니다."

이누마루 순경은 통화를 끊고는 작게 고개를 저었다.

범인과 이어지는 선은 달리 없다.

"가 보죠."

와타루의 말에 이누마루 순경이 굳은 얼굴로 끄덕였다. 왼손은 허리춤의 홀스터를 쥐고 있었다.

진료소를 나오자마자 스마트폰이 울렸다. 미요코를 집에 두고 나온 것이 떠올랐다. 화면에는 메시지 알림이 대량으로 도착해 있었다.

"하라와타, 어디에 있어?"

전화를 받자 미요코의 긴장된 목소리가 들렸다.

와타루는 연락이 늦어진 것을 사과하고, 고조가 도키오에게 공격당한 사실을 전했다.

"다들 죽는다는 말이야?"

미요코의 목소리가 뒤집혔다. 이런 목소리를 듣는 것은 처음이었다. 와타루는 머리를 쥐어짰다.

"미요코, 진료소의 와카모토 선생님, 알아?"

"어렸을 때 신세를 진 적 있어."

"그 건물에 숨겨달라고 해. 튼튼하니까 범인도 안으로 못 들어올 거야."

"진료소라." 미요코가 반복했다. "알았어. 부탁해볼게."

섣불리 누군가에게 다가가지 말라고 못을 박고 와타루는 전화를 끊었다.

그로부터 향토자료관에 도착하는 것이 꽤 큰일이었다.

기지 강변의 길을 10분 정도 오르자, 아까까지 그곳에 있던 통나무 다리가 사라진 채였다. 불과 10미터 앞에 자료관이 있음에도 비가 거세서 윤곽조차 보이지 않았다.

둘이 우뚝 서 있자, 근처에 있는 집의 문이 열리더니 노파가 얼굴을 내밀었다. 화려한 자수가 들어간 스웨터를 입고, 머리에는 수건을 두르고 있었다. 노파는 정신없이 손을 흔들었지만, 그것이 자신들을 부르는 손짓이라는 것을 깨닫는데 시간이 걸렸다.

"6시에 엄청 큰 소리가 들려서 말이야. 봤더니 통나무가 산산조각이 나서 떠내려가고 있었어."

노파는 떠들기를 좋아하는 듯, 홀딱 젖었네, 얼른 뜨뜻한 욕조에 들어가는 게 좋아, 라며 해맑은 소리를 계속 늘어놓았다.

"강 위쪽에 다리가 하나 더 있어요. 조금 돌아가기는 하지만 그쪽으로 가 보죠."

이누마루 순경이 원망스러운 듯 덴구바라 산을 올려다보았다. 와타루는 노파에게 감사 인사를 하고는 강변길로 돌아갔다.

산길을 올라, 강의 폭이 좁아진 곳에서 다리를 건너 다시금 산을 내려갔다. 10분 후에 향토자료관이 보였을 때는 다리가 납처럼 무거워져 있었다.

이누마루 순경이 여닫이문을 밀어 열었다. 문은 잠겨 있지 않았다.

안에 들어서도 빗소리가 조용해지지 않았다. 어딘가 창문이라도 열려 있는 걸까. 와타루는 벽을 손으로 더듬으며 조명을 켰다.

"우와앗!"

이누마루 순경이 튀어 올랐다.

바닥에 혈흔이 묻어 있었다. 피는 채 마르지 않았고, 서로

기지타니 향토자료관 평면도

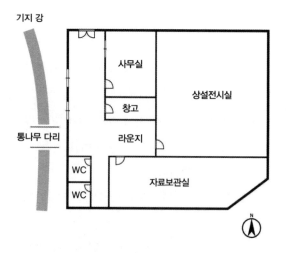

기지 강

통나무 다리

사무실

창고

라운지

상설전시실

WC

WC

자료보관실

N

다른 농도로 붉게 물들어 있었다. 혈흔은 보폭 정도의 간격을 사이에 두고 복도 끝 라운지로 이어졌다.

"누, 누구 있습니까?"

이누마루 순경이 권총을 손에 든 채 말했다. 대답은 없었다.

창구의 아크릴판 너머로 사무실을 들여다보았다. 이쪽도 특별한 이상은 없었다.

복도를 나아가자, 예상대로 오른쪽 창문이 크게 깨져 있었다. 불어 닥친 비로 로커와 의자가 젖어 있었다.

창 바깥으로는 기지 강이 보였다. 복도 바닥에는 뾰족한 돌이 떨어져 있었다. 도키오가 안으로 들어오기 위해 창문을 깬 것으로 생각했지만, 그렇다면 바닥에 발자국이 있을 터였다. 강 위쪽에서 굴러 떨어진 돌이 창문을 깬 걸까.

혈흔은 라운지 오른쪽의 문으로 이어져 있었다. 문에는 '자료보관실'이라고 적힌 새로 만든 듯한 플레이트가 붙어 있다. 자동잠금장치가 작동하지 않게 하고자, 문 아래쪽에는 고무 스토퍼가 끼워진 채였다.

이누마루 순경은 라운지를 가로질러 문의 손잡이를 잡았다. 비릿한 냄새가 비강을 찔렀다.

"흐아악!"

이누마루 순경이 엉덩방아를 찧었다. 권총이 바닥을 굴렀다.

질서정연하게 놓인 수납 선반에 끼인 채, 여자가 피투성이로 쓰러져 있었다. 얼굴 한복판에 주름이 잡혀 울음을 터뜨리기 직전의 아기와 같은 표정으로 경직되어 있었다.

여자의 팔다리가 부자연스럽게 뒤틀려 있다고 생각했지
만, 바로 그렇지 않다는 사실을 깨달았다. 얼굴의 위치가 이
상하다. 어깨 위쪽에 아무것도 없는 대신, 무릎 사이에 얼굴
이 자리 잡고 있었다.

"이건…… 누구죠?"

"니시나 아야카 씨. 로쿠구루마 다카시의 후임입니다."

와타루는 숨을 멈추고 바로 위에서 여자를 내려다보았다.
좌우의 어깨 사이로 뼈와 살이 들어찬 단면이 보였다.

여자는 목이 잘려 있었다.

5

오후 8시 20분. 이누마루 순경은 향토자료관 안에 범인이
숨어 있지 않다는 사실을 확인한 후, 스마트폰으로 경찰 본
부에 신고했다.

우라노 큐도 고조 린도도 없다. 마을 주민들을 지키려면
직접 도키오를 찾아내야만 한다.

와타루는 오한과 구역질을 견디며 니시나 아야카의 사체
를 관찰했다. 목이 없는 사체를 보는 것은 물론 처음이다. 양
친이 목이 잘려 죽었을 때, 와타루는 아직 갓난아기였다.

혈흔을 밟지 않도록 조심하며 사체를 둘러보았다. 니시나의 원피스는 어깨와 옆구리가 터져 있고, 피부에도 상처가 벌어져 있었다. 도키오는 니시나를 칼로 베어 중상을 입힌 후, 목을 잘라낸 듯했다.

목의 단면은 더러웠다. 단번에 잘라낸 것이 아니라 힘을 실어 무리해서 베어 떨어뜨린 듯 보였다. 흉기는 고조를 덮친 것과 같은 칼이 틀림없으리라.

잘린 머리의 오른쪽 귀에는 담갈색 기구가 끼워져 있었다. 이어폰치고는 후크가 너무 크다. 보청기일까.

오른발에 신은 실내화의 고무에는 작은 유리 파편이 박혀 있었다. 복도를 걷다가 창문의 깨진 유리 파편을 밟은 것이리라. 낙석이 창문을 깼을 때, 니시나는 아직 살아 있었다는 말이 된다.

자료보관실 바닥에는 수납 선반에서 떨어진 책과 파일 케이스가 여기저기 흩어져 있었다. 그것들 옆에 1미터 정도의 가늘고 긴 나무상자가 떨어져 있었다. 뚜껑과 몸통을 연결하듯 붙어 있던 전통지가 봉합 부위에 따라 뜯긴 채였다. 뚜껑을 열어보았지만, 안에는 아무것도 없었다. 도키오가 봉인을 풀고 아카고코로시를 가지고 간 것이다.

와타루가 현기증을 느끼며 자료보관실을 나서자, 이누마루 순경이 본부에 보고를 마친 참이었다.

"도로가 복구될 때까지 현장 보존에 힘쓰라네요. 뭘 한가

한 소리를 하는지. 다시 희생자가 나올 텐데."

평소와는 다른 사람처럼 화를 냈다. 이누마루 순경은 와타루의 얼굴을 보더니 스스로를 달래듯 심호흡했다.

"죄송합니다. 와타루 씨. 뭔가 알아내셨나요?"

"역시 아카고코로시가 도난당했어요. 범인은 흉기를 손에 넣기 위해 이곳으로 온 것 같습니다."

와타루는 자료보관실에서 본 것에 대해 설명했다.

"범인은 정면 입구로 안에 들어선 후, 사무실의 니시나 씨를 위협해서 아카고코로시가 있는 자료보관실로 안내하라고 했겠죠. 니시나 씨가 복도를 지날 때 신발 바닥에 유리 파편이 박힌 것 같습니다. 범인은 자료보관실에서 니시나 씨에게 아카고코로시를 꺼내게 한 후에 곧장 칼을 휘둘러 니시나 씨를 살해. 칼집에서 피를 뚝뚝 흘리며 복도를 빠져나가 정문을 통해 밖으로 나간 것 같습니다."

그리고 마을 중심부로 돌아가려다가 고조의 모습을 발견하고는 그를 등 뒤에서 벤 것이다.

"저건 뭔가요?"

이누마루 순경은 허리를 굽혀 자료보관실을 들여다보았다. 사체의 손 앞에 매우 오래된 T자형 지팡이가 떨어져 있었다. 자료로서 보관할 만한 물건으로는 보이지 않는다. 니시나의 개인 물품일까.

"묘하네요. 니시나 씨의 어머니가 지팡이를 짚고 다니는 건 본 적 있지만, 니시나 씨의 다리는 멀쩡했을 텐데요."

"어머니도 이 마을에 사나요?"

"네. 지난달 말에 딸과 함께 기지타니의 연립주택으로 이사 왔어요."

문득 가슴이 뛰는 것을 느꼈다.

"어머니가 딸이 돌아오지 않아 걱정하고 있을 텐데, 경찰에 연락은 없었나요?"

이누마루 순경의 표정이 어두워졌다. 최악의 가능성이 머리를 스쳤다.

"연락해보겠습니다."

이누마루 순경은 연립주택의 주인에게 연락을 취하더니, 번호를 물은 후에 전화를 다시 걸었다. 곧장 딸깍, 하고 수화기를 드는 소리가 들렸다.

"여보세요. 경찰인데요……."

니시나의 모친은 무사한 모양이었다. 이누마루 순경은 "진정하고 들으세요"라고 서두를 깐 후에 딸이 살해당했다는 사실을 전하고는 두세 마디 질문한 후에 전화를 끊었다. 사체의 목이 잘린 사실은 숨겼다.

"니시나 씨는 드라마를 좋아해서 직장의 텔레비전으로 〈팔묘촌〉을 본 후에 귀가하겠다고 말했다네요. 그래서 귀가가 늦어져도 이상하게 생각하지 않았다고."

미요코도 그렇고 니시나도 그렇고 이 마을에는 긴다이치

고스케의 팬이 많은 것 같다.

"그리고 니시나 씨는 난청 때문에 보청기를 사용하긴 했지만, 다리는 불편하지 않았다고 합니다. 어머니가 쓰던 지팡이도 없어지지 않았고요."

이누마루 순경은 스마트폰을 집어넣더니 깨진 창문을 통해 마을을 내다보았다. 가옥의 불빛이 비에 번져서 보였다. 기지 강의 물살도 더욱 거세 보였다.

"저는 파견소로 돌아가겠습니다. 와타루 씨도 같이 가실래요?"

이누마루 순경이 레인코트의 후드를 뒤집어쓰며 물었다.

도키오는 없으니까 이곳에 남을 이유는 없다. 하지만 빨리 도키오의 정체를 파악해서 그 움직임을 멈추지 않으면 살육은 막지 못한다. 여기에 남겨진 단서가 기지타니를 구할 마지막 남은 카드다.

고민한 끝에 와타루는 작게 고개를 저었다.

"저는 조금 더 남아 있겠습니다. 이누마루 씨도 부디 몸조심하세요."

이누마루 순경은 긴장한 채 끄덕이더니 향토자료관을 뒤로했다.

마음을 다잡고 복도를 둘러보았다. 와타루가 신경 쓰이는 것은 창문이었다.

왜 도키오는 창문을 통해 향토자료관에 들어오지 않았을까.

상황을 정리해보았다. 니시나의 신발 바닥에는 깨진 창문의 유리 파편이 박혀 있었다.

도키오가 니시나를 협박해서 자료보관실로 안내하라고 명령했을 때, 이미 창문은 깨져 있었다는 말이 된다.

그렇다면 도키오가 침입하기 위해 창문을 깬 걸까? 앞서 검토한 바와 같이 이 가능성은 없다. 물론 창문을 깨고 복도로 들어올 수는 있지만, 그런 경우에는 바닥에 흔적이 남았을 터였다. 발자국 같은 것이 보이지 않는 이상, 창문은 굴러 떨어진 돌에 의해 깨진 것이라고 봐도 좋으리라.

그러면 이 창문은 언제 깨진 걸까. 고조가 칼에 베인 것이 6시 40분의 일이니까, 도키오는 늦어도 6시 20분 정도에는 칼을 가지고 나가야만 한다. 창문은 그보다 먼저 깨졌다는 말이 된다.

니시나는 폐관할 때까지 사무실에서 근무하다가 6시부터는 〈팔묘촌〉을 시청 중이었다. 〈팔묘촌〉이 시작하기 전인지 방송 중이었는지는 제쳐두고, 니시나가 사무실에 있을 때 창문이 깨진 것은 틀림없다. 만약 복도에 있을 때 창문이 깨졌다면 골판지로 창문을 막거나 널브러진 유리를 정리했을 터. 난청에 더해 천장을 때리는 비나 공조기 소리가 창문이 깨지는 소리를 삼켰기에 그녀는 사태를 깨닫지 못했으리라.

그런 때 도키오가 찾아왔다. 이때의 도키오는 아직 일본도를 가지고 있지 않았다. 통나무 다리를 건넌 도키오는 강에 면한 창문이 깨져 있는 것을 발견했으리라. 불이 켜져 있으니까 안에는 직원이 있을 테지만, 창문이 깨진 것을 방치 중이라는 사실을 통해 직원이 그것을 깨닫지 못했다는 것을 추측할 수 있었을 것이다. 안을 들여다보니 '자료보관실'이라고 플레이트가 붙은 문이 있고, 자동잠금장치가 걸리지 않도록 스토퍼까지 걸려 있었다. 도둑으로서는 너무 행운이 넘쳐서 오히려 걱정될 정도의 상황이다. 바보처럼 솔직하게 정면 입구로 들어가는 것보다는 창문을 통해 침입하는 쪽이 훨씬 안전하리라는 생각까지 들 정도다.

하지만 도키오는 창문이 아니라 정면 입구를 이용했다. 뭔가 이유가 있을 터였다.

가령 오사베 구조처럼 도키오의 시력이 현저히 낮았다면? 하지만 그 정도로 눈이 좋지 않은 사람이 일몰 후 큰비가 내리는 가운데 고조를 덮쳤으리라고는 생각하기 어렵다.

갑자기 심장박동이 빨라졌다. 온몸의 땀샘에서 땀이 솟구쳐 나왔다.

신체적인 원인은 그 밖에도 생각할 수 있다. 도키오가 빙의한 인물의 다리가 불편해서 창문을 넘을 수 없었다면? 지팡이를 이용해서 걷는 것 자체에는 지장이 없다면, 빗소리에 뒤섞여 뒤에서 사람을 베는 것 정도라면 가능하리라.

그렇다, 지팡이다. 자료보관실에 떨어져 있던 지팡이는 니시나가 아니라 도키오의 것이었다. 칼집에 넣은 일본도가 있다면 지팡이 대신으로 쓸 수 있다. 그렇기에 도키오는 지팡이를 놓고 가버린 것이다.

거기까지 생각했을 때 흥분이 공포로 바뀌었다.

기지타니에는 다리가 불편한 남자가 한 명 있다. 간노지의 화재로 중상을 입은 스즈무라 아이지다.

이누마루 순경에 의하면 스즈무라는 퇴원 후에도 혼자서는 생활하지 못하고, 진료소에서 와카모토 선생님에게 신세를 지고 있다고 했다. 와타루는 하필이면 미요코를 그 진료소로 보내고 말았다.

조급한 마음을 억누르며 미요코에게 전화를 걸었다.

"지금 거신 번호는 전원이 꺼져 있거나……."

망했다.

목이 베여 고통스러운 표정을 짓는 미요코의 모습이 뇌리에 떠오른다.

와타루는 향토자료관을 뛰쳐나갔다.

6

마을에 사람의 기척은 없었다.

스마트폰 시계는 오후 9시 반을 표시하고 있었다. 어떤 집에도 불이 들어와 있지 않았다. 와타루에게 들리는 것은 빗소리뿐이다. 와타루는 스마트폰으로 길을 밝히면서 서둘러 진료소로 향했다.

주민들은 모두 살해당한 걸까. 솟구쳐 오르는 불안을 애써 머리 바깥으로 털어냈다.

밤이 깊었다고 할 만한 시간도 아닌데 불빛이 전혀 보이지 않는 것이 이상했다. 정전이 발생한 것이 분명했다. 큰비로 전기 설비가 망가졌거나, 혹은 78년 전과 마찬가지로 도키오가 송전선을 끊어버린 것일지도 모른다.

진료소에 도착하자 돌계단을 올라 문의 손잡이를 비틀었다. 자물쇠가 잠겨 있어서 움직이지 않았다. 인터폰을 눌러도 소리는 울리지 않는다.

초조한 마음을 억누르고 문을 노크했다.

몇 초의 침묵 끝에 딸깍, 하고 자물쇠를 여는 소리가 들렸다.

고개를 든 순간, 콧등에 강한 충격을 받았다. 돌계단을 굴러 떨어져 후두부를 자갈에 부딪혔다.

서둘러 몸을 일으키려는데, 다시금 얼굴에 충격이 느껴졌다. 너무 아픈 나머지 숨을 쉴 수 없었다.

재빨리 발끝으로 어둠을 걷어찼다.

"우엑."

부드러운 감촉과 함께 거친 비명이 들렸다. 스즈무라가 아닌, 보다 익숙한 목소리였다.

"고조 씨?"

스마트폰을 주워 현관을 비추자, 고조가 배를 감싸 안고 웅크린 채였다. 가슴에서 엉덩이까지를 붕대로 감아서 하얀 고치 같았다. 옆에는 도자기 인형이 바닥을 굴렀다.

"하라와타? 뭐 하는 거야. 난 상처 입은 사람이라고."

고조가 숨을 몰아쉬며 외쳤다. 대량으로 땀을 흘려서 피부가 파충류처럼 번들번들 빛났다.

"제가 할 말이에요. 움직여도 되는 건가요? 수혈을 받지 않으면 위험하다고 선생님이 말했는데."

"명탐정은 불사신이거든. 돌팔이 의사 할배라면 진료실에서 코를 골고 있어."

"혹시 다시 염라대왕에게 상처를 치료받은 건가요?"

"아니야. 특효약이 들고 있는 것뿐이야. 덕분에 뇌즙이 부글부글 끓고 있지."

고조는 창백한 입술을 들어 올리더니, 본 적 있는 검은 파우치에서 주사기를 꺼냈다. DUCHESS 사건을 해결했을 때 오사베 조장에게 받은, 기운이 난다는 마늘 주사였다.

"대단하네요. 뽀빠이의 시금치 같군요."

고조는 눈썹을 모으더니 멸종 위기종을 보는 듯한 표정을 지었다.

"너, 야쿠자 조장이 대원에게 주는 약이 정말로 그저 그런 마늘 주사라고 생각한 거야?"

뭔지 잘 모르겠지만, 그보다는 미요코다. 딱 보기에 대기실에는 아무도 없는 듯했다.

입구에 놓인 신발 중에는 본 적 있는 미요코의 스니커즈와 깁스용 검정 샌들이 있었다. 미요코와 스즈무라는 둘 다이 안에 있는 것이다.

와타루가 계단을 오르려 할 때 고조가 팔을 잡았다.

"기다려. 어디 가는 거야?"

"2층입니다. 미요코가 살해당할지도 몰라요."

"미요코?"

와타루는 조급한 마음을 억누르며 미요코가 진료소에 숨어 있는 점, 향토자료관에서 직원이 살해당한 점, 현장 상황을 통해 도키오가 스즈무라에게 빙의했다고 추리할 수 있는 점을 정성껏 설명했다.

"그렇군. 잘 생각했네. 뒷마무리가 허술하긴 해도, 너로서는 잘했어. 나머지는 내게 맡겨."

고조는 어깨를 팡, 하고 두드리더니 와타루에게서 권총을 빼앗아 계단을 올랐다. 와타루도 도키오 인형을 쥐고 그 뒤를 따랐다.

2층 복도에는 네 개의 문이 있었다. 오른쪽 세 개가 개인실, 왼쪽이 다인실이다.

78년 전, 이 마을에서 서른 명의 목숨을 빼앗은 남자가 어딘가의 방에 숨어 있다.

와타루는 마른침을 삼켰다.

"귀를 막아둬."

고조는 권총을 고쳐 쥐더니 허리를 낮추고 오른쪽 바로 앞, 첫 번째 개인실의 문에 손을 가져다 댔다.

문이 열리는 소리.

아무도 없었다.

고조는 가만히 문을 닫고는 두 번째 문에 다가섰다. 같은 자세로 손잡이를 당겼다.

그 순간, 눈 부신 빛이 시야를 감쌌다. 누군가가 손전등을 이쪽으로 향했다. 고조가 얼굴을 가리는 틈에 방에서 수상한 자가 뛰어나왔다.

"죽여!"

고조가 외쳤다.

눈을 가늘게 뜬 채로 도키오 인형을 휘둘렀다. 둔탁한 감촉. 인형 목 윗부분이 산산조각이 나며 깨지고 손전등이 바닥을 굴렀다.

고조는 수상한 자의 머리카락을 쥐고 머리를 벽에 처박았다. 권총의 손잡이로 얼굴을 때렸다. 퍽, 하고 얼굴 살이 뭉개지는 소리가 들렸다.

"도망칠 수 있다고 생각했어? 안타깝군."

고조는 입술 사이에 권총을 꽂아 넣었다. 수상한 자는 몸을 쭉 늘어뜨린 채 움직이지 않았다.

손전등을 손에 들고 수상한 자의 얼굴을 비췄다.

자신도 모르게 숨을 삼켰다.

"잠깐만요, 사람을 잘못 봤어요!"

"잘못 봤다고? 내가 찾던 건 이 녀석 맞는데?"

와타루는 할 말을 잃었다.

그런 바보 같은 이야기가.

손전등이 비춘 것은 미요코였다.

"죽어!"

고조가 안전장치를 풀고 방아쇠를 당겼다.

와타루는 고조를 향해 몸을 던졌다. 총소리에 뒤이어 머리 위에서 유리가 떨어졌다. 고조가 쓰러진 틈에 와타루는 미요코를 등 뒤로 숨겼다.

고조는 곧장 몸을 일으키더니 총구를 와타루에게 향했다.

"위험하잖아. 상처가 벌어지면 어떡하라고."

"죄송합니다."

"비켜. 죽여버린다."

총구가 미간에 닿았다. 눈이 까슬까슬하고 심장이 목에서 튀어나올 것만 같았다.

"무슨 말씀을 하시는 거예요. 도키오는 스즈무라 아이지입니다."

"아니야. 증거를 보여주지."

고조는 왼손으로 세 번째 문을 열었다.

손전등을 향하자, 스즈무라가 벽을 등지고 앉아 있었다. 케이블 타이로 양손과 양발이 묶인 채 하반신은 오줌으로 젖어 있었다. 입에는 수건, 코에는 거즈가 가득 차 있었고, 얼굴이 풍선처럼 부푼 채였다. 목에는 과거 우라노에게 만년필에 찔린 상처가 남아 있었다.

"내가 습격당했을 때 이 녀석은 이미 죽어 있었어. 죽은 자는 칼을 휘두를 수 없지. 네 추리는 틀렸어."

스즈무라는 질식사한 상태였다. 도키오의 수단과는 명백하게 다르다. 그 말은 곧.

"고조 씨가 죽였나요?"

"맞아. 이 녀석은 소나 의식의 방법을 알고 있지. 다시 혼을 부르면 귀찮잖아."

도키오가 기지타니로 향한 것을 알고 고조가 "나도 기지타니에 볼일이 있었는데"라고 말한 것이 떠올랐다.

"다시 한번 말하지. 거기서 비켜."

고조의 눈빛은 진지했다. 진짜로 미요코를 죽일 생각인 듯했다.

"싫습니다. 탐정이라면 제대로 설명해주세요."

와타루는 지지 않고 고조를 노려보았다. 심장이 터질 것 같지만, 피할 수는 없는 노릇이었다.

몇 초간의 침묵. 빗소리가 귀에 점점 크게 들렸다.

고조는 숨을 내쉬더니, 쓴웃음을 지으며 총구를 내렸다.

"어쩔 수 없네. 설명해주지. 내게는 네 여자를 죽일 이유가 있다는 점을 말이야."

7

고조는 미요코를 병실 의자에 앉힌 후 총을 쥔 채 침대에 앉았다. 미요코는 입을 굳게 닫은 채 고개를 숙이고 있었다.

와타루는 문 앞, 미요코를 보호하는 위치에 서서 고조의 말을 기다렸다.

"네 추리에는 체온이 없어."

고조가 교사 같은 말투로 말을 시작했다. 딸깍, 하고 분침이 울리더니 벽시계가 9시 40분을 가리켰다.

"얼굴이 보이지 않고 숨소리도 들리지 않아. 인귀라고 해도 원래는 인간이야. 도키오가 사람을 죽일 때 무슨 생각을 했을지 잘 생각해봐."

고조는 와타루에게 시선을 향한 채 왼손의 손가락을 세 개 세웠다.

"소나 의식 후, 도키오가 일으킨 사건은 세 개. 첫 번째는 12월 27일, 오사카 시 주오 구의 우가진 병원에서 서른 명을 죽인 사건. 두 번째는 1월 20일, 교토 부 나가오카쿄 시의 도키와칸 고등학교에서 스물여섯 명을 죽인 사건. 세 번째는 2월 6일, 효고 현 가토 시의 캠핑장에서 스물네 명을 죽인 사건이야.

주목할 건 살해당하지 않은 녀석들이야. 첫 번째 사건에서는 시설 내에 있던 인간이 전부 죽었고 생존자는 없지. 다만 두 번째 사건에서는 3학년 A반에서 생존자가 한 명, 학교 전체에서는 350명이 넘는 생존자가 있어. 세 번째 사건에서도 여덟 명의 캠핑객이 살아남았어.

특히 신경 쓰이는 건 세 번째야. 캠핑객은 전부 서른두 명. 그럴 마음만 먹었다면 전부 죽일 수 있었을 테고, 그러는 편이 쓰케야마 사건의 희생자 수와도 비슷하지. 왜 도키오는 어설프게 스물네 명만 죽이고 살육을 멈췄을까?"

고조는 어깨를 움츠리고 도발하듯 와타루를 바라보았다.

인귀는 생전의 악행과 수법이 비슷할수록 보다 강한 쾌락을 느낀다고 했다. 쓰케야마 사건의 피해자는 서른 명. 그보다 적은 수를 죽였는데 눈앞의 생존자를 살려준 것은 분명 뭔가 걸리기는 한다.

"죽이는 수는 그렇게까지 중요하지 않다는 건가요?"

"체셔가 클럽의 드링크에 농약을 섞어 젊은이들을 불안에 빠뜨린 건 실제 범행의 사망자 수를 세이긴도 사건에 비슷하게 맞추기 위해서야. 죽이는 사람 수에 의미가 없다면 그렇게 귀찮은 짓은 하지 않았겠지."

고조가 익살스러운 몸짓으로 총구를 좌우로 흔들었다.

"그럼 어째서 도키오는 캠핑객을 놓아준 거죠?"

"힌트는 이거야."

고조는 주머니에서 스마트폰을 꺼냈다.

"스마트폰?"

"맞아. 첫 번째 사건에서는 서른 명이 죽었지만, 스마트폰은 전혀 망가지지 않았지. 세 번째 사건에서는 스물네 명이 죽고, 여섯 개의 스마트폰이 부서진 상태였어. 어떤 사건이든 희생자 수와 파괴된 스마트폰 수를 더하면 딱 서른이 되지."

"두 번째 도키와칸 고등학교 사건은 희생자가 스물여섯명, 망가진 스마트폰은 세 개였으니, 더해도 삼십은 안 되는데요."

"분명 그 말이 맞아. 하지만 거기에 텔레비전을 더해봐. 도키오가 교실에 들이닥쳤을 때, 학생들은 약물 남용 방지 시청각 자료를 시청 중이었어. 사건 후, 이 텔레비전은 화면이 깨진 상태로 발견되었다고 했지. 사망자가 스물여섯 명, 스마트폰이 세 개, 거기에 텔레비전이 한 개. 더하면 딱 삼십이야."

"우연 아닌가요?"

"아니야. 도키오의 머릿속을 들여다볼 수 있는 단서는 그가 남긴 문장에 있어. 녀석의 최고 걸작이라고 하자면, 그건 물론 〈진자 인간의 공포〉야."

극비 수술로 기계의 심장을 얻은 소년이 흉악 범죄로 일본 전국을 전율케 한다는 그 진부한 이야기가 이 사건과 어떤 관련이 있다는 말인가.

"도키오는 자신이 '진자 인간'이라고 믿고 있었다는 말인가요?"

"아깝군. 그 이야기의 결말을 기억해? 진자 시계에 의식이 이식된 도키오가 영원히 시간을 계속 새기는 거야.

물론 생전의 도키오에게는 기계가 의식을 가진다는 건 허풍에 가까운 이야기였겠지. 산속 마을에서 자란 도키오는 영화도 제대로 본 적 없었을 거야. 지옥에 떨어진 도키오는 인귀가 되어 죽은 이들을 계속해서 괴롭혔어. 한편 나처럼 지옥에서 현세를 관찰하는 것에 흥미를 가진 자는 드물지. 도키오는 기술의 진화를 알지도 못한 채 78년이 흘렀어. 그리고 어느 날, 갑자기 현세로 되살아나 기계가 술술 떠들어 대는 모습을 목격한 거야. 도키오가 어떻게 생각했을까?"

와타루는 자신도 모르게 숨을 삼켰다. 고조가 득의양양하게 미소 지었다.

"도키오가 스마트폰을 부순 건 피해자들이 도움을 요청하는 걸 막기 위해서가 아니었어. 도키오는 스마트폰에서 들리는 목소리나 텔레비전에 비친 인간을 기계가 된 진짜 인간이라고 착각한 거야. 녀석은 세 건의 사건에서 딱 서른 명씩 죽일 생각이었어. 캠핑장에서 생존자를 놓아준 건 그 이상 죽이면 쓰케야마 사건의 희생자 수를 넘어버린다고 생각했기 때문이야."

그렇게 말하는 고조 또한 오바라초의 파친코 가게나 시부야 역 지하의 대형 디스플레이에 비친 여자아이에게 기쁜 듯 말을 걸었었다. 현세를 계속 지켜보던 고조조차 이 정도라면, 도키오가 음성이나 영상과 살아 있는 인간을 구별하지 못했던 것도 무리는 아니다.

"도키오는 스마트폰이나 텔레비전 안의 인간이 살아 있다고 믿고 있었어. 이건 도키오의 정체를 파악할 중요한 단서라 할 수 있지."

고조는 스마트폰을 테이블에 놓더니, 다리를 바꿔 꼬고는 다시금 권총을 들었다.

"향토자료관의 니시나 아야카 살해를 생각해보지. 네 추리도 도중까지는 좋았어. 하지만 복도 창문을 통해 안으로 들어오지 않았다고 해서 범인의 다리가 불편하다고 단정하는 건 너무 비약이 심해. 도키오가 굳이 그런 몸을 골라서 옮길 이유도 없고. 애초에 도키오가 통나무 다리를 건넜다고 단정해서는 안 되는 거야. 도키오는 너와 마찬가지로 덴구바라 산 쪽으로 먼 길을 돌아 자료관에 간 거야."

분명 와타루와 이누마루 순경은 향토자료관 안에 들어갈 때까지 창문이 깨진 것을 깨닫지 못했다. 하지만……

"왜 그렇게 돌아간 거죠?"

"이유는 두 가지를 생각할 수 있어. 첫 번째는 도키오가 자료관 주변에 통나무 다리가 있다는 사실을 알지 못했을 경우야. 78년 전에 도키오가 죽었을 때 이 다리가 아직 놓여 있지 않았다면 당연히 도키오는 덴구바라 산 위쪽의 다리를 건널 수밖에 없다고 생각했겠지."

'어때?'라고 질문하는 듯 와타루를 바라보았다. 향토자료관이 언제 세워졌는지는 모른다. 하지만 도도메장 주인의 말에 따르면 통나무 다리는 향토자료관의 건립과 동시에 세워졌다고 했었다.

"도키오는 향토자료관에 아카고코로시가 보관되어 있던 걸 알고 있었죠. 즉, 도키오가 죽은 1938년에는 향토자료관이 완성되어 있었다는 말이 됩니다. 통나무 다리는 향토자료관이 만들어진 것과 같은 해에 세워졌다고 하니까, 도키오도 다리의 존재를 알고 있었을 거예요."

"과연 내 종자군."

고조는 장소에 어울리지 않는 미소를 보였다.

"그럼 두 번째 이유가 정답이라는 말이 돼. 이쪽은 물리적인 이유야. 도키오가 자료관으로 향하려던 때, 통나무 다리는 이미 사라진 채였다. 그래서 덴구바라 산 위쪽 다리를 건널 수밖에 없었다."

와타루는 머릿속으로 시계침을 돌렸다. 통나무 다리가 쓸려 내려간 것은 오후 6시, 고조가 칼에 베인 것이 6시 40분이다. 통나무 다리를 건널 수 없다는 것을 깨달은 후, 덴구바라 산을 오르고 내려서 향토자료관으로 향하는 데 10분. 니시나를 죽이고 아카고코로시를 가지고 나오는데 10분. 다시 덴구바라 산을 빠져나와 마을로 돌아오는 데 20분. 그 직후에 고조를 덮쳤다고 한다면, 아슬아슬하게 시간 안에 들어간다.

"꽤 아슬아슬한 줄타기네요."

"가능성은 그것 말고는 없어. 도키오가 향토자료관을 방문했을 때 통나무 다리는 이미 쓸려 내려간 상태였어. 하지만 여기에 아까의 추리를 더하면 묘한 결론에 도달하게 되지."

"아까의 추리?"

"도키오는 말을 하는 기계를 인간이라고 믿고 있었다는 점 말이야. 니시나는 드라마를 좋아해서 오후 6시부터 7시까지 사무실에서 〈팔묘촌〉을 본다고 선언한 상태였어. 만약 이 시간에 도키오가 향토자료관을 찾았다면 어떻게 될까. 보통은 방문객을 깨닫고 텔레비전을 끌 테지만, 니시나는 청력에 문제가 있었어. 도키오가 시야에 들어오기까지 그녀는 텔레비전을 계속 보고 있었을 테고, 그렇다면 도키오는 그곳에 다른 한 명의 인간이 있다고 믿었을 거야. 니시나를 죽이고 텔레비전을 부수지 않은 건 이상하지. 사무실의 텔레비전에 이상은 있었어?"

"아니요."

그런 일이 벌어졌다면 창구에서 사무실을 들여다보았을 때 깨달았을 것이다.

"그렇다면 도키오가 침입했을 때, 니시나는 텔레비전을 보고 있지 않았던 거야. 즉, 니시나의 살해 시각은 오후 6시 이전이거나 7시 이후라는 말이 되지."

"네?"

와타루는 미간을 눌렀다. 그렇다면 시간 계산이 맞지 않게 된다.

"이건 이상해. 통나무 다리로 기지 강을 건너지 않은 이상, 도키오가 자료관에 찾아오는 건 오후 6시 이후여야만 해. 나아가 〈팔묘촌〉의 방송 시각과도 겹치지 않는다고 하면 니시나를 죽인 건 7시 이후였다는 말이 되지.

하지만 내가 도키오에게 칼에 베인 건 6시 40분이야. 이건 니시나가 살해당한 시각보다 빠르지. 내가 도키오에게 습격당한 건 자료관에서 니시나를 죽이기 이전이라는 말이 돼."

"그건 이상합니다. 아카고코로시는 향토자료관에 보관되어 있었으니까요."

"애초에 아카고코로시가 나무상자에 봉인된 건 100년도 전의 일이야. 지금 이 마을에 아카고코로시를 본 적 있는 인간은 없지. 누구도 아카고코로시와 다른 일본도를 구별할 수는 없다는 말이야. 나를 덮쳤을 때 도키오가 가지고 있던 칼은 아카고코로시와는 다른 물건이었어."

고조에게 중상을 입힌 칼과 니시나를 죽이고 가져간 칼. 칼은 두 자루가 있다는 말인가.

"도키오는 어떻게 첫 번째 칼을 손에 넣은 거죠?"

"그게 문제야. 히메지에서 기신 선 열차에 올라탔을 때, 가사이는 맨손이었어. 단도라면 몰라도 커다란 일본도를 다른 사람 모르게 가지고 돌아다닐 수는 없지. 그렇다고 해서 경찰이 엄중 경계를 서고 있는 가운데 가사이가 도검전문점에서 칼을 샀다고도 보기 어려워. 도키오가 칼을 손에 넣은 건 기지타니에 도착한 후라는 말이 되지.

하지만 금요일에 실시한 치안 대책팀의 불시 수색으로 기지타니에 수상한 물건을 숨긴 녀석은 없는지 철저하게 조사했어. 이 시점에서도 일본도는 발견되지 않았어. 언제 다시 불시 수색이 행해질지 알 수 없는데 주말에 칼을 사러 간 녀석도 없겠지."

"역시 아카고코로시였던 거 아닌가요?"

"아니야. 분명 불시 수색 시점에 일본도를 숨기고 있던 주민은 없었어. 하지만 수색 후, 아무것도 모른 채 외부에서 기지타니로 온 녀석이 한 명 있지. 바로 이 녀석이야."

고조는 총구로 미요코의 정수리를 두드렸다. 미요코는 붉게 충혈된 눈으로 괴로운 듯 와타루를 보고 있었다.

"미요코가 어떻게 칼을 손에 넣었다는 거죠?"

"정말로 모르는 거야? 아까까지 잘 돌아가던 머리는 어디

갔어? 반대로 묻겠는데, 이 시대에 일본도를 가지고 있는 녀석이 얼마나 있을까? 배우나 칼 수집가, 혹은 야쿠자 정도겠지."

핏기가 가시는 것이 느껴졌다. 미요코와 마쓰야니구미의 사무소에 인사하러 갔을 때 칼등으로 목을 얻어맞은 것이 떠올랐다. 야쿠자 중에서도 칼을 수중에 놓을 법한 옛날 법도를 따르고 있는 조직은 극히 일부이리라.

"이 여자는 마쓰야니구미 조장, 마쓰야니 넨자쿠의 딸이야. 칼 정도는 쉽게 손에 넣을 수 있겠지."

"미요코를 뭐라고 생각하시는 건가요? 대학생이 칼을 가지고 다닐 이유 따위 없습니다."

"마쓰야니구미와 오사베구미는 전쟁 직전의 초긴장 상태야. 마쓰야니 조장은 당연히 딸에게 위험이 닥칠 것을 걱정했을 거야. 하지만 조직원을 경호원으로 붙이면 오히려 적에게 딸이 있는 위치를 알려주는 꼴이 되지. 그래서 만일을 대비해 딸에게 무기를 쥐어준 거야."

분명 검도부 전 주장인 미요코에게는 딱이다. 하지만.

"만약 미요코가 일본도를 몰래 가지고 있었다고 해도, 도키오가 그걸 알 수 있을 리 없잖아요. 도키오는 미요코의 부친에 대해서는 모를 테니까요."

"물론이야. 도키오는 스스로 일본도를 찾아낸 게 아니야. 이 여자가 도키오에게 칼을 건넨 거지."

고조가 당연하다는 듯 말했다. 미요코가 칼을 건네는 모습
이 머리에 떠올라, 곧장 그것을 지워버렸다.

"애초에 이 마을에 사는 사람들은 작년 말 간노지에서 소
나 의식이 열린 것에 대해 알지 못해. 하지만 너, 이 녀석에
게 인귀의 존재를 가르쳐줬지? 덕분에 이 여자는 못을 핥는
인간이 도키오라는 걸 알 수 있었어."

"왜 미요코가 도키오에게 칼을 건네야만 하는데요?"

"당연하잖아. 나를 죽이게 하기 위해서지."

순간 고조가 한 말의 의미가 이해되지 않았다.

미요코가 도키오에게 고조를 죽이라고 시켰다는 말인가?

"마쓰야니구미와 오사베구미는 클럽 '시료'의 발포 사건에
서 상대가 먼저 쐈다고 서로 주장 중이야. 그러던 때 오사베
구미에 엄청 솜씨가 좋은 탐정이 드나들었다는 정보가 마쓰
야니구미 조장의 귀에 들어갔지. 마쓰야니구미가 먼저 총을
쐈다는 증거가 드러나면, 마쓰야니구미의 상부 단체인 맛코
카이가 사과를 하게 되어버려. 마쓰야니구미에게 있어서 나
는 눈엣가시였겠지.

그 소문의 명탐정이 조장의 딸 바로 근처에 나타났어. 아
버지가 딸에게 지시한 건지 딸이 성급하게 행동한 건지는
알 수 없어. 이 여자는 칼을 건네는 대신 나를 죽이라고 도
키오에게 부탁한 거야."

와타루는 자신을 격려하듯 고개를 저었다. 그런 것은 거짓

말이다. 백번 양보해서 미요코가 도키오에게 칼을 건넸다고
해도 분명 다른 이유가 있을 터였다.

"미요코는 도쿄에서 자신의 인생을 되찾으려 하고 있었어
요. 아버지를 위해 고조 씨를 죽인다는 건 말도 안 됩니다."

"저기 말이야. 네가 납득할 수 있는지 어떤지가 문제가 아
니야."

고조는 목소리에 분노를 담더니 침대에서 몸을 일으켰다.

"애초에 동기 따윈 애매한 법이지. 사람의 감정 같은 건 나
중에 어떻게든 설명할 수 있어. 중요한 건 팩트라고. 나를 습
격했을 때, 도키오가 가지고 있던 칼은 아카고코로시가 아
니야. 불시 수색 후, 기지타니로 일본도를 가지고 온 건 이
여자밖에 없어. 즉, 이 녀석이 도키오에게 칼을 건넸어. 이게
정답이야."

고조의 추리는 논리적이었다. 하지만 미요코가 아버지에
게 협력했다고는 도저히 생각할 수 없다.

미요코는 가만히 고개를 숙인 채 눈썹을 파르르 떨었다.
그녀는 뭔가 숨기고 있는 걸까.

그때, 몇 시간 전에 들은 말이 귀에 되살아났다.

"어차피 누군가 되살아나는 거라면 긴다이치 고스케였다면 좋
았을 것 같아서."

바보 같다. 그런 이유로 사람을 죽인다니 말도 안 된다.

그런 생각과는 반대로 자신 안에서는 어떤 확신이 강해지

고 있었다.

염라대왕은 죽은 자를 되살릴 수 있다고 했다. 고조 린도가 실패하면 다른 탐정이 선택받을 수도 있으리라. 두 번째 선수로 긴다이치 고스케가 대기하고 있을 가능성은 충분했다.

과거, 고조 린도가 와타루의 마음을 지탱한 것처럼 긴다이치 고스케가 미요코의 히어로였다면? 이 세상을 뜬 탐정을 현대로 되살려서 만나서 이야기하고 감사 인사를 하고 싶다. 그런 동기에 휩싸였다고 해도 이상하지 않다.

미요코는 고조를 죽음으로 몰아넣음으로써 긴다이치 고스케를 되살리려고 한 것이다.

"야, 쓰레기. 죽고 싶지 않으면 도키오가 있는 곳을 말해."

고조는 권총을 고쳐 쥐더니 미요코의 정수리에 총구를 가져다 댔다. 다시금 안전장치를 풀고 방아쇠에 손가락을 걸었다.

이 남자는 우라노 큐와는 다르다. 정말로 죽일 셈이다.

"……저는 몰라요."

"일본어를 말이야?" 고조의 목소리는 낮고 날카로웠다. "도키오가 누구에게 빙의했는지 말해. 답하지 않으면 널 죽일 거야."

"정말로 아무것도 몰라요. 믿어주세요."

고조는 총을 옆으로 눕히더니 손잡이로 미요코의 얼굴을 때렸다. 의자가 옆으로 쓰러지고, 미요코는 콧등을 침대 모서리에 부딪혔다. 웅크린 채 쓰러진 미요코는 고개를 들더니 미친 것처럼 정수리를 쓰다듬기 시작했다. 총상이 생기지 않은 것을 확인하더니 끈이 끊어진 것처럼 머리를 늘어뜨렸다.

고조는 미요코의 머리카락을 난폭하게 쥐고는 머리를 침대에 얹었다. 미요코가 기침을 터뜨렸고 코에서는 피가 분출했다. 고조는 가마에 총구를 들이밀었다.

"이번이 마지막이다. 도키오는 누구야?"

미요코는 입을 반쯤 열고는 의지하듯 이쪽을 바라보았다.

와타루가 할 수 있는 것은 더는 없었다. 고조의 추리는 옳다. 미요코는 인귀에게 손을 빌려주고 말았다. 와타루가 애원하더라도 고조는 주저 없이 미요코를 죽이리라.

와타루가 아무 말도 하지 않는 것을 보더니 미요코의 얼굴에서 표정이 사라졌다. 풀썩, 하고 어깨를 떨구고는 초점이 맞지 않는 눈으로 고조를 올려다보았다. 미요코를 지탱하던 부목의 마지막 하나가 부러진 것을 알 수 있었다.

"죄송합니다."

"질문에 답해."

고조의 표정은 달라지지 않았다.

"제, 제가 칼을 건넨 상대는……."

입술 끝이 치켜 올라갔다. 미요코는 사람 좋아 보이는 미소를 띠고 있었다.

갑자기 기시감이 느껴졌다. 지금과 완전히 똑같은 장면을 자신은 만난 적이 있다.

보닛이 움푹 팬 경차와 통행인의 차가운 시선, 평소와는 다른 사람처럼 힘이 들어가 있던 할아버지의 목소리, 덩치 큰 경찰관의 여우처럼 보이는 고집 센 얼굴.

마치 시간이 되돌아간 것처럼 10년 전 여름의 기억이 되살아났다.

"혹시 얼굴의 상처, 스스로 그런 거야?"

덩치 큰 경찰관의 질문을 받은 와타루는 거짓을 자백해서 그 자리를 넘기려고 했다. 제대로 살아가려면 제대로 도망쳐야 한다. 경찰에게 대드는 것보다 스스로 때린 것으로 해서 그 자리를 넘기는 편이 좋다. 와타루는 그렇게 생각했었다.

하지만 우라노 큐는 거짓말을 용서하지 않았다.

"와타루 군, 너는 진실을 말해야 해."

우라노는 진실을 간파하고 와타루가 죄를 뒤집어쓰는 것을 막아주었다.

그리고 지금. 미요코가 놓인 상황은 그날의 와타루와 똑같았다. 그럼에도 와타루는 미요코를 내팽개치려 하고 있다.

"마쓰야니 가문의 인간은 절대로 거짓말하지 않아."

기억이 줄줄이 되살아난다. 귀 안쪽으로 마쓰야니 넨자쿠의 목소리가 들렸다.

미요코가 정말로 도키오에게 칼을 건넸다면, 고조에게 간파당한 시점에 자신이 한 일을 인정하지 않았을까. 하지만 미요코는 아무것도 모른다고 말했다.

"조금은 세상만사를 의심하는 게 좋겠어."

이건 분명, 오바라초의 주먹밥집에서 야에 사다와 대치했을 때 고조가 말한 대사다.

"남겨진 기록이 진실이라고는 단정할 수 없지."

야에 사다 사건의 진상은 자료에 기재된 것과 완전히 달랐다. 같은 일이 이번 사건에서도 일어났을 수 있다.

스스로도 깨닫지 못하는 사이에 하나의 가설이 머릿속에 떠올랐다.

쓰케야마 사건은 정말로 후세에 알려진 것처럼 '30인 살인사건'이 맞을까?

머릿속에 퍼져 있던 여러 단서가 겹쳐지더니 하나의 사실을 가리켰다.

그런가. 그런 거였나.

"잠시만요."

목에서 목소리가 흘러넘쳤다.

둘이 동시에 이쪽을 바라보았다. 고조는 평온해 보였지만, 미요코의 얼굴은 눈물과 땀과 코피로 엉망이었다.

"뭔데?"

고조가 귀찮은 듯 입술을 핥았다.

와타루는 1분 정도 생각하며 추리에 잘못이 없는 것을 확인한 후에 천천히 입을 열었다.

"당신의 추리는 틀렸어요."

기세 좋게 말할 생각이었지만, 목에서 새어 나온 건 금속이 마찰하는 듯한 소리였다.

고조는 몇 초 가만히 있다가 총구로 미요코의 옆머리를 통통 두드렸다.

"머리, 괜찮은 거야?"

"괜찮습니다. 도키오에게 칼을 건넨 건 미요코가 아닙니다."

자신이 동경하던 탐정에게 창끝을 내밀고 있다는 것이 믿기지 않았다.

미요코가 거짓 자백을 내뱉지 않게 하려면 이러는 수밖에 없다.

"걱정말게. 자네라면 할 수 있어."

마지막으로 우라노 큐의 목소리가 들렸다.

8

"무카이 도키오는 어떻게 칼을 손에 넣었을까. 그걸 알기 위해서는 78년 전의 사건을 올바르게 이해해야 합니다."

와타루는 가방에서 보고서를 꺼내 테이블에 펼쳤다.

고조는 미요코에게서 떨어져 앞으로 기울인 자세로 침대

에 앉은 채였다. 오른손에는 여전히 권총을 쥐고 있었다.

"쓰케야마 사건에 진범이 따로 있다는 말이야?"

"아니요. 무카이 도키오가 범인이라는 사실은 틀림없습니다. 다만, 이 사건에는 두 가지 의문점이 있어요. 첫 번째는 유서입니다."

와타루는 보고서를 넘겨 유서의 복사본을 펼쳤다.

"도키오는 세 통의 유서를 남겼습니다. 첫 번째는 범행에 이르게 된 경위를 자세히 적은 것. 두 번째는 누나에게 남긴 것. 세 번째가 범행 후에 갈겨 쓴 것이죠. 이 세 번째 유서를 적기 위해 도키오는 강 상류의 민가에 들러 소년에게 연필과 수첩을 받았습니다. 이때 도키오는 중상을 입고 있었죠. 아홉 번째의 이케타니 쓰구오의 집에서 쓰구오에게 도끼로 등을 찍혔기 때문입니다. 도키오는 왜 이런 상태에서 유서를 쓰려고 한 걸까요?"

"그거야 범행이 제대로 풀리지 않았기 때문이지. 쏴야 할 사람을 쏘지 못하고 쏘지 않아도 될 사람을 쐈다. 그런 구절이 있었잖아?"

고조가 유서의 한 구절을 암기했다.

"도키오는 결행 전, 편집적일 정도로 집요하게 준비했습니다. 마을 사람이 도움을 요청할 경우를 대비해 경찰이 찾아오는 데 걸릴 시간을 계측하거나, 엽총이 고장 날 때를 대비해 예비 엽총을 빈집에 숨겨두기도 했죠. 이렇게 주도면밀하게 준비한 도키오가 막상 범행을 마친 후에 연필과 종이를 받으러 간다는 건 이상하지 않나요?"

"서른 명을 죽이고 났더니 쓰고 싶은 게 생각났나 보지."

"그건 아닙니다." 와타루는 강하게 고개를 저었다. "도키오는 누나에게 남긴 유서 말미에 '앞으로 유서를 한 통 더 남길 예정이니 그것도 봐주세요'라고 적었어요. 도키오는 범행을 시작하기 전에 범행 후에 또 하나의 유서를 쓰고자 마음먹었습니다."

"응? 그 '한 통 더'라는 건 범행 후에 적은 게 아니라 사전에 적은 가장 긴 유서를 말하는 거 아니야?"

"문맥을 볼 때 어느 쪽으로도 해석할 수 있습니다. 그래도 이것을 봐주세요." 와타루는 두 번째 유서의 복사본을 고조에게 향했다. "누나에게 남긴 유서입니다. 다섯 장의 편지지는 어느 쪽이건 오른쪽 여백이 검게 오염되어 있습니다."

고조는 눈썹을 모은 채 종이를 응시했다. 와타루는 첫 번째 유서를 옆에 나열했다.

"한편, 이쪽은 범행에 이르는 경위를 자세히 적은 유서입니다. 편지지는 전부 열두 장. 이쪽은 페이지가 넘어가면서 오염이 심해지고 있다는 걸 알 수 있죠."

고조는 가만히 두 종이를 비교해보았다.

"그렇군."

와타루와 같은 결론에 이른 듯 턱수염을 쓰다듬으며 끄덕였다.

"쓸 때마다 오염이 늘어난 건 이 오염이 연필의 검은 심과 편지지가 스쳐서 생긴 것이기 때문입니다. 오른손잡이가 세로줄이 있는 종이에 글자를 쓰면, 손날과 편지지가 스쳐서 새끼손가락의 뿌리에서 손목까지 검어지죠. 편지지 오른쪽의 오염은 검게 변한 손이 종이와 스칠 때 묻은 것이라고 볼 수 있습니다.

누나에게 남긴 유서는 1페이지부터 5페이지까지 전부 검게 오염되어 있습니다. 도키오는 꽤 많은 양의 문장을 적은 후에 이 유서를 쓴 거겠죠. 도키오는 우선 범행에 이르는 경위에 대한 유서를 적고, 다음으로 누나에 대한 유서를 썼습니다.

문제의 '앞으로 유서를 한 통 더 남길 예정이니 그것도 봐주세요'라는 구절은 누나에게 쓴 유서 말미에 등장합니다. 이 유서를 적었을 때 도키오는 경위를 적은 유서를 이미 다 쓴 상태였어요. 즉, '한 통 더'란 범행 후에 적은 유서를 가리킨다는 말이 됩니다."

"그렇군."

고조가 다시 한번 끄덕였다.

"이야기를 되돌리죠. 도키오는 그 정도로 주도면밀하게 준비했는데, 왜 마지막 유서를 쓰기 위한 필기구를 준비해두지 않았을까요. 이게 첫 번째 의문점입니다.

도키오가 유서를 쓸 때 사용한 연필과 편지지는 기지타니에서 10킬로미터 떨어진 마가타의 생가에서 발견되었습니다. 자택에서 떨어진 장소에서 필기구가 발견되었다는 말은 할머니가 보지 못하게끔 숨어서 유서를 작성했기 때문이라고 생각할 수 있죠.

하지만 도키오는 기지타니의 빈집에 엽총을 숨겨두었어요. 아이를 빈집에 모아서 소설을 들려준 걸 보더라도 당시의 기지타니에는 숨어들더라도 문제가 되지 않는 빈집이 있었다는 사실을 알 수 있죠. 숨어서 유서를 쓰기 위해 굳이 덴구바라 산을 넘어 옆 마을까지 나갈 필요는 없습니다.

마가타의 집에서 발견된 연필과 편지지는 도키오가 쓰고 나서 놓아둔 게 아니에요. 세 번째 유서를 쓰기 위해 준비해 둔 것이었던 겁니다."

고조의 표정이 확연히 달라졌다. 멍하니 벌린 입술과는 대조적으로 눈동자는 형형하게 빛났다.

"도키오는 필기구를 준비해두었습니다. 하지만 계획이 틀어진 탓에 그걸 사용하지 못하게 되었죠. 이게 진실입니다.

기지타니 주민을 몰살한 후, 이어서 마가타 주민을 죽이고 마지막으로 유서를 쓰고 자살한다. 이게 바로 도키오의 진짜 계획이었습니다. 송전선을 절단했을 때, 기지타니뿐만 아니라 마가타도 정전시켰던 건 처음부터 양쪽 마을을 덮칠 계획이었기 때문입니다. 하지만 아홉 번째 집에서 도끼에 등을 찔혀 중상을 입었기에, 도키오는 어쩔 수 없이 마가타에서의 살육을 단념한 겁니다."

첫 번째 유서에는 도키오가 기대를 품은 채 기지타니에서 마가타로 이주했지만 그곳에서도 전혀 상대해주지 않아 지금까지 이상으로 낙담했다는 사실이 적혀 있다. 도키오는 미야케 유코와 나오요시 부부뿐 아니라, 거짓말을 그대로 믿은 마가타의 모든 사람들도 증오했다.

"생각대로는 되지 않았다."

악몽에서 깨어난 아이 같은 얼굴로 고조가 도키오의 말을 암송했다. 마지막으로 적은 유서의 한 구절이었다.

"복수를 반밖에 이루지 못했다. 그 말은 그런 의미였던 건가."

와타루는 강하게 끄덕였다.

30인 살인사건, 그건 사건 후 현장을 본 사람들이 붙인 이름에 지나지 않는다.

무카이 도키오가 그린 그림은 그것보다 훨씬 거대했다.

"아니, 잠깐만. 그렇게 마가타를 증오했는데 범행 후의 유서에 아무것도 쓰지 않은 건 이상하지 않나?"

고조는 보고서를 들추더니 세 번째 유서를 펼쳤다.

"이거 봐봐. '유코는 도망쳤다. 또한 나오요시를 살려둔 것도 원통하다.' 도키오는 마지막 유서에서 제대로 풀리지 않은 지점을 적었어. 도키오가 마가타를 덮칠 생각이었다면 여기에서 뭔가 언급하지 않는 건 부자연스러운데.”

“네. 이 유서는 누군가가 고쳐 쓴 거거든요.”

“고쳐 썼다고?”

고조는 말끄러미 유서를 바라보았다.

“지쿠고 다카시라는 마가타 출신의 젊은 경찰관이 처음에 사체를 발견했을 때 유서의 글자를 고쳐 쓴 거겠죠. 마가타 주민들은 도키오를 따돌려 참극으로 이끌어 놓은 장본인이면서 결국 누구 한 명 다치지 않고 살아남았다는 말이 됩니다. 유서가 있는 그대로 보도되면, 마가타는 기지타니와 비슷하거나 그 이상으로 사람들의 저주를 받게 될 겁니다. 지쿠고는 재빨리 유서에 손을 대 이 저주를 막은 겁니다.”

고조는 자료를 들어 올리더니 구멍이 생길 정도로 들여다보았다.

“종이를 찢은 흔적은 없어. 여러 장의 유서에서 한 장만 뺀 것처럼 문장이 부자연스럽게 얽인 부분도 없고. 어떻게 고쳐 썼다는 거야?”

“단서는 오자입니다. 이 유서에는 ‘나오요시直芳’라는 이름이 나오지만, 기지타니에 그런 인물은 없기에 미야케 나오요시直良라는 글자를 같은 발음의 다른 한자로 잘못 적은 것으로 여겨졌습니다. 하지만 첫 번째 유서에는 올바르게 나오요시의 이름이 ‘直良’이라고 적혀 있고, 아무리 서둘렀다고 해도 ‘良’을 사용빈도가 낮은 ‘芳’이라고 잘못 썼다는 것은 위화감이 있죠."

고조는 갑자기 숨을 들이켜더니 밟힌 개구리 같은 목소리를 냈다.

"깨달으셨나 보군요. 지쿠고는 현장에 남아 있던 연필로, 유서에 선을 더한 겁니다. 원래는 '마가타眞方를 살려둔 것도 원통하다'라는 글자였겠죠. 이 '眞方'에 세로획과 가로획을 하나씩 더해 '直芳'으로 바꾼 겁니다."

"머리가 잘 굴러가던 놈이군. 시골 경찰을 하기에는 아까운데."

와타루는 깊게 끄덕였다.

"지금까지의 내용을 바탕으로 다른 하나의 의문점을 생각해보죠. 두 번째 수수께끼는 쓰케야마 사건에 쓰인 일본도의 출처입니다."

"누군가 도키오에게 칼을 건넸는지 알 수 없다는 이야기 말이야?"

"네. 도키오의 유서에는 검도애호가인 지인에게 일본도를 양도 받았다고 적혀 있습니다. 임시로 이 지인을 X라고 해보죠. X가 아닐까 의심되는 인물은 두 명 있습니다. 이누마루 순경의 증조부이자 정원사인 반바 도시오와 불량 치과의사인 이시가미 에이지입니다.

검사국은 수사를 종결할 때까지 어느 쪽이 X인지를 간파하지 못했습니다. 저는 처음에 이 기록을 읽었을 때, X가 세상의 눈을 신경 써서 도키오에게 일본도를 건넨 걸 인정하지 않았기 때문이라고 생각했어요.

하지만 이누마루 순경에 의하면 증조부인 반바는 거짓말을 못하는 사람으로, 일본도를 건넨 것도 인정했다고 합니다. 가령 불량 치과의사인 이시가미가 야쿠자와의 인연이 있었다고 하더라도, 그가 칼을 건네지 않았다고 증언한다면 검사국은 정원사인 반바를 X라고 판정했겠죠. 그렇다는 말은 검사국이 X를 특정하지 못한 건 반바뿐만 아니라, 이시가미도 의혹을 인정했을 경우뿐입니다.

칼은 하나밖에 발견되지 않았는데, 도키오에게 칼을 건넸다고 말하는 사람이 두 명 있다. X가 특정되지 않은 진짜 이유는 이거였던 겁니다."

고조는 꿀꺽하고 목을 위아래로 움직였다.

"도키오가 사건을 위해 입수한 칼이 두 자루였던 건가."

"네. 검사국이 마지막까지 X를 특정할 수 없었던 건 둘 중 어느 한쪽이 거짓말을 했기 때문이 아니라, 둘 다 사실을 말했기 때문입니다.

도키오가 칼을 두 자루 준비한 건 기지타니와 마가타, 두 마을을 덮치기 위해서였어요. 보고서에 의하면 도키오가 자살한 시점에 기지타니를 덮칠 때 사용한 칼은 날이 심하게 상해 있었다고 했습니다. 마가타에서도 한바탕 날뛰기 위해서는 부족하죠. 도키오는 그렇게 될 걸 예측해서 두 번째 칼을 준비해둔 겁니다.

　그렇기는 하지만 두 자루의 칼을 허리에 차고 사람을 베는 건 쉽지 않죠. 기지타니의 빈집에 엽총과 실탄을 숨겨둔 것처럼, 두 번째 칼을 마가타로 향하는 산길 어딘가에 숨겨두었을 겁니다. 땅에 묻었는지 나무에 있는 구멍에 넣었는지 자세한 건 모릅니다. 하지만 마가타의 습격은 실현되지 않았고, 칼은 하나밖에 발견되지 않았죠. 거기에다 지쿠고가 유서에 손을 댐으로써 마가타가 습격 대상이었던 사실이 묻혀서 검사국은 다른 하나의 칼의 존재를 깨닫지 못한 겁니다."

　그도 전모를 파악했으리라. 고조는 길게 숨을 내쉬더니 권총을 협탁에 얹은 채 손을 뗐다.

　"현재로 이야기를 되돌려보죠. 인귀로서 되살아난 도키오는 다시금 기지타니를 방문합니다. 그리고 산속에 숨겨 둔 칼을 꺼내서 고조 씨를 덮쳤죠. 도키오의 일본도는 미요코가 건넨 것이 아니라 도키오가 78년 전에 지인에게 양도받은 것이었습니다.

그렇다면 이 칼은 어떤 상태였을까요. 칼집이나 칼 주머니에 넣어두긴 했겠지만, 칼이 녹슬거나 손잡이가 썩거나 한 건 틀림없겠죠. 고조 씨를 덮친 건 칼이 잘 베이는지 확인하기 위해서였을 겁니다."

실제로 고조의 등에 난 상처는 두꺼운 종이를 부리해서 찢은 것처럼 피부가 뒤틀려 있었다.

"너무 심하네. 내가 테스트 대상이야?"

고조가 독기가 빠진 얼굴로 중얼거렸다.

"지금까지의 추리를 바탕으로 생각해보면, 향토자료관에서 니시나 씨가 살해당한 사건도 진상이 다르다는 사실을 알 수 있습니다.

도키오가 향토자료관을 찾은 것은 역시 아카고코로시를 손에 넣기 위해서겠죠. 산속에서 찾은 칼의 성능에 만족하지 못했기에 밤이 깊어지기 전에 또 하나의 칼을 손에 넣으려고 한 겁니다.

니시나 씨가 〈팔묘촌〉 시청을 마치고 귀가하려던 7시 넘은 시각, 일본도를 가진 도키오가 나타납니다. 갑자기 목이 베인 니시나 씨는 패주 무사의 혼에 습격당했다고 생각했을지도 모르겠네요. 다행히 상처가 얕았기에 니시나 씨는 복도를 달려가 자료보관실로 숨어들었습니다. 복도에 남아 있던 혈흔은 이때 상처에서 흐른 거겠죠.

자료관의 수장품 중에 무기가 될 만한 것이라고 하면, 아카고코로시밖에 없습니다. 니시나 씨는 도키오에게 저항하고자 나무상자를 꺼내 뚜껑을 열었습니다. 하지만 뚜껑을 열자, 안에 들어 있던 건 낡은 지팡이였던 거죠."

고조는 비꼬는 듯한 미소를 지었다.

"아카고코로시는 훨씬 전에 도난당한 거군."

"네. 아마도 마쓰야니 가문의 짓일 테죠. 아카고코로시가 나무상자에 봉인된 상태라는 걸 기회로 삼아 똑같이 생긴 나무상자를 만들어 진짜와 바꿔치기했겠죠. 안에 지팡이를 넣어둔 건 아무것도 들어 있지 않으면 흔들었을 때의 소리나 무게 때문에 들킬 수 있었기 때문일 테고요.

무아지경으로 뚜껑을 연 니시나 씨는 상자 안을 보고 절망했겠죠. 그때 도키오가 나타나 그녀에게 치명타를 입힙니다. 도키오도 아카고코로시를 찾았겠지만, 칼은 어디에도 없습니다. 도키오는 결국 사체를 남기고 자료관을 떠났습니다. 이렇게 도키오가 자료보관실에서 아카고코로시를 꺼내 간 듯한 현장이 만들어진 겁니다."

근거는 없지만 78년 전, 이시가미가 도키오에게 건넨 일본도가 아카고코로시였을 가능성도 있다. 기지타니 사람들이 봉인해둘 생각이었던 아카고코로시는 산속에서 새로운 피를 마실 날을 기다리고 있었을지도 모른다.

고조가 벽의 시계를 올려다보았다. 시침이 10시를 가리키고 있었다.

"그렇다면 도키오의 정체는 그 남자인가."

"네. 78년 전, 도키오는 기지타니에서 덴구바라 산을 넘어 마가타로 향하는 도중에 칼을 바꾸고자 계획했습니다. 도키오가 아카고코로시를 숨긴 건 덴구바라 산 중턱입니다.

이런 큰비가 내리는 가운데 밀쩡한 주민은 산에 들어가지 않겠죠. 하지만 단 한 명, 덴구바라 산에 올라 커다란 짐을 짊어지고 내려온 인물이 있었습니다."

노인을 부르는 이누마루 순경의 목소리가 귀 안쪽에서 되살아났다.

"저희가 기지타니에 도착했을 때, 이누마루 순경이 데리러 간 옛 사냥꾼인 이구치 미쓰오. 그자가 도키오의 정체입니다."

고조는 침대에서 내려와 상반신을 굽힌 채 바닥에 이마를 찧었다.

"내가 잘못했어."

와타루는 온몸의 힘이 빠져 바닥에 쭈그리고 앉았다. 진상을 말한 고양감과 고조가 사과한 것에 대한 놀라움, 무엇보다 미요코가 죽지 않았다는 안도감으로 가슴이 엉망진창이었다.

당사자인 미요코는 코피투성이인 채 멍하니 침대 모서리에 기댄 채였다. 살해당하기 직전이었기에 무리도 아니다.

와타루가 자신도 모르게 어깨를 껴안으려고 할 때…….

"감상에 젖어 있을 여유는 없어."

고조가 협탁의 권총을 손에 들더니 와타루의 코끝에 내밀었다.

"할배를 죽이고 와."

평소처럼 농담하는 것인가 생각했지만, 고조의 표정은 진지했다.

"네가 한 추리야. 네가 책임을 져야지."

와타루는 침을 삼켰다. 고조가 말한 것처럼 이것은 자신의 책임이다.

"알겠습니다."

와타루는 고조가 내민 권총을 받아들었다. 고조가 입술 끝을 들어 올렸다.

"마늘 주사 필요해?"

"괜찮습니다."

와타루는 심호흡을 한 후에 병실을 나섰다.

9

이누마루 순경에게 전화로 확인하자, 이구치의 집은 마을의 동쪽, 진료소에서 겨우 20미터 떨어진 곳에 있었다.

목조로 된 단층 건물이었다. 지붕 기와가 3분의 1 정도 벗겨졌고, 주춧돌을 가리듯 풀이 자라 있었다. 문기둥에 '이구치 미쓰오'라는 푯말이 걸려 있었다.

오른손으로 머리 높이로 권총을 조준한 채 왼손으로 문기둥의 벨을 울렸다. 20초 정도 기다렸지만, 답은 없었다.

대문을 넘어 미닫이문에 손을 가져다 댔다. 자물쇠는 잠겨 있지 않았다. 힘을 빼고 천천히 옆으로 밀었다.

거실에 사람의 모습이 보였다.

생각하는 것보다 빠르게 방아쇠를 당겼다. 총신이 튀어 오르고 굉음이 고막을 꿰뚫었다.

머리가 풍선처럼 터지고 파편이 거실에 흩뿌려졌다. 하지만 그것은 도도메장에 있던 것과 같은 도키오의 등신대 인형이었다.

온몸의 모공에서 땀이 분출했다. 심호흡한 후 양손으로 권총을 고쳐 쥐었다.

마루 건너편에 좁은 복도가 뻗어 있었다. 불빛은 없고 몇 걸음 앞은 암흑으로 뒤덮여 있다.

도키오는 바깥을 걸어 다니는 중인지, 혹은 어둠에 몸을 숨기고 있는지. 어느 쪽이든 지금 총소리를 듣고 와타루가 도키오를 죽이려고 한다는 사실을 깨달았을 것이다. 어느 하나가 죽을 때까지 끝나지 않으리라.

문득 묘안이 떠올랐다. 도키오는 스마트폰 음성을 사람 목소리라고 믿고 있다. 처마 끝에 스마트폰을 놓아두면 와타루가 거기에 있다고 착각하지 않을까. 와타루는 스마트폰의 유튜브 앱으로 야도카리 요코에의 인터뷰 동영상을 틀고는 그것을 현관 밖에 놓았다.

미닫이를 닫고 어둠에 눈이 순응하기를 기다렸다. 손전등은 사용할 수 없다. 집 안에 도키오가 있는 경우, 와타루가 있는 곳을 알려주는 꼴이 되기 때문이다.

마루에 발을 얹었다. 권총을 쥔 채로 천천히 복도를 나아갔다.

창문으로 들어오는 희미한 빛으로 오른쪽에 장지문이 보였다. 소리를 내지 않게 조심하며 문을 옆으로 밀었다. 과일이 썩은 냄새. 텔레비전과 테이블, 벽에는 수납 선반, 거실일까.

안쪽에는 또 하나의 방이 있었다. 디지털시계의 숫자가 암흑 속에 떠 있는 것처럼 보였다. 바닥에는 이불. 침실이다.

소리에 귀를 기울이며 천천히 방을 가로질렀다. 이불에서 땀과 곰팡이 냄새가 났다. 더 안쪽으로 나아가자 복도에 세 개의 문이 이어졌다. 오른쪽부터 욕실, 부엌, 화장실이었다. 순서대로 안을 들여다보았지만, 사람의 모습은 없었다.

도키오는 밖에 있는 것이리라. 허리의 힘이 빠지고 그 자리에 주르륵 쓰러질 것만 같았다.

빠른 발걸음으로 침실과 거실을 빠져나와 현관으로 돌아

갔다.

왼손으로 미닫이문을 열었다. 빗소리가 귓가를 두드렸다.

그때 묘한 사실을 깨달았다.

재생을 시킨 동영상의 음성이 멈춰 있었다.

처마 끝의 스마트폰을 바라보았다. 액정화면에 방사 형태의 금이 생겨 있었다. 실수로 떨어뜨렸을 때 생길 만한 금이 아니다. 강한 힘에 의해 화면이 깨져 있었다.

온몸의 털이 곤두섰다.

재빨리 좌우를 둘러보았다.

문기둥 뒤편에서 노인이 일본도를 내리쬈었다.

집 안으로 몸을 피하는 것과 동시에 미닫이문이 찢어졌다. 집 안쪽으로 도망치려다가 발이 걸려 엉덩방아를 찧었다.

도키오가 집 안으로 따라 들어와 일본도를 휘둘렀다. 어울리지 않는 교복을 입고 이마에는 머리띠를 두르고 있었다.

"나한테 무슨 용건이지?"

동굴 안에서 울리는 듯한 목소리였다.

권총을 들려고 했지만, 팔이 저려서 들어 올리지 못했다.

칼이 공기를 갈랐다. 순간적으로 얼굴을 피하자 목 뒤에 격통이 일었다. 칼등이다. 시야가 흔들리고 숨을 내쉴 수가 없었다.

"나한테 용건은 없는 거지?"

도키오가 칼을 비스듬히 고쳐 쥐었다.

통증으로 말이 나오지 않았다.

"그렇다면 죽어!"

도키오가 팔을 내리쳤다. 칼이 그리는 궤적 끝에 와타루의 목이 있었다.

하라다 가문의 인간은 자주 목이 잘린다.

부모님과 같은 방식으로 죽는 것은 싫다. 재빨리 목을 뒤로 뺐다.

갈 곳을 잃은 칼끝이 가슴을 갈랐다.

절로 눈꺼풀을 감았다.

빗소리.

가슴에 압박감이 느껴졌지만, 통증은 샘솟지 않았다.

실눈을 뜨자, 도키오가 칼을 쥔 채 이를 갈며 서 있었다. 천천히 가슴팍을 내려다보았다. 칼끝은 셔츠를 찢은 곳에 멈춰 있었다.

"젠장."

도키오는 칼을 잡아 뺐다.

와타루는 재빨리 권총을 들어 올려 방아쇠를 당겼다. 총알이 다 떨어질 때까지 도키오의 머리를 반복해서 쏘았다.

도키오의 얼굴은 피와 뇌수에 젖어 형태가 사라져버렸다. 손에서 칼이 떨어졌다. 도키오는 흐느적흐느적 어깨를 떨더니, 뒤로 나자빠졌다.

와타루는 권총을 마루에 내려놓고는 단추를 풀고 셔츠 앞

섬을 열었다. 우라노에게 빌린 방검조끼의 섬유에 얕은 상처가 생겨 있었다.

몸을 일으켜 도키오, 다시 말해 이구치 미쓰오의 사체를 내려다보았다.

과거에 입이었던 구멍에 피가 고여 있었다. 그곳에 쇠못이 하나 가라앉아 있었다.

전말

1

"그건 말이 안 되지."

마쓰야니 넨자쿠는 피우던 담배를 재떨이 바닥에 쑤셔 넣었다.

오사카 시 주오 구, 네코야나기구미 사무소 2층. 마쓰야니 넨자쿠와 오사베 구조의 극비회담은 교착 상태가 이어지고 있었다.

"마쓰야니 씨, 제 체면을 세워준다고 생각해주시죠. 위로금 800만 엔. 이걸로 타협을 보죠."

올해 91세의 네코야나기구미의 고문, 네코야나기 마타조가 축 처진 눈썹을 더욱 낮췄다.

2월 8일 저녁. 맛코카이와 이바라키카이는 간부들 간에 회합을 가졌지만, 서로 양보하지 못한 채 교섭은 결렬. 곧장 전쟁에 돌입하나 싶었던 한밤중, 쌍방과 우호 관계인 네코야나기구미가 중재를 표명. 마쓰야니구미와 오사베구미의 각 조장에 의한 이례적인 직접 담판이 열리게 되었다.

"네코야나기 씨, 당신도 알고 있잖아요. 우리 쇼조는 취해서 사람을 쏠 만한 남자가 아닙니다. 이건 오사베의 계략입니다. 아니라고 말하고 싶으면 가게의 CCTV 영상을 내놓으면 될 것 아닙니까?"

마쓰야니 넨자쿠는 미간을 좁힌 채 몇 번이고 입에 담은 주장을 반복했다.

"당신네 부하가 이유도 없이 우리 형제를 쐈습니다. 이건 사실입니다. 우선 사과의 말이 없으면 더는 아무 말도 할 생각 없습니다."

새치름한 얼굴의 래브라도 리트리버와 마찬가지로, 오사베 구조도 단 한 발도 양보할 생각은 없어 보였다.

"잘도 말하는군. 8년 전, 당신네가 우리 선대의 집에 강도질을 하러 들어온 게 원흉이잖아."

"그렇네요. 그 무렵은 묘한 타이밍에 우리한테 압수수색이 들어왔었죠."

"내가 손을 썼다고 말하고 싶은 건가? 바보 같군. 이젠 됐어!"

마쓰야니는 책상을 내리치며 몸을 일으켰다. 그때 뽀글뽀글 파마를 한 마스야니구미 조직원이 달려 들어왔다.

"뭐야? 대화 중이잖아."

"보스, 큰일입니다. 와카모토한테 연락이 왔는데, 기지타니에서 괴한이 난동을 부려 사상자가 여럿 나왔다고 합니다."

마쓰야니의 얼굴에서 핏기가 사라졌다.

"미, 미요코는 무사하냐?"

"아마도요. 다만 와카모토도 혼란에 빠진 듯, 무슨 말을 하는지 잘 모르겠습니다."

"뭐라고 하는데?"

"그게, 미요코 씨의 애인이라는 청년이 살인범을 사살해서 대량 살인을 막았다고 합니다."

마쓰야니는 콧물을 들이켜더니, 맥없이 바닥에 쓰러져서는 딱딱한 동작으로 오사베를 돌아보았다.

"미요코의 애인이라는 건 당신네 사무소에 드나들던 애송이인가?"

그 말을 들은 오사베는 마쓰야니보다 놀란 표정을 지었다.

"탐정사무소의 청년 말인가요? 그 친구에게 그런 배짱이 있다니 놀랍습니다."

"당신네 부하가 아니었어?"

"아닙니다. 솔직히 말하자면, 우리도 그들에게 도움을 받았습니다."

몇 초간의 침묵 후, 마쓰야니는 참지 못하겠다는 듯이 안도의 웃음을 터뜨렸다.

"어떠십니까, 두 분."

네코야나기 마타조는 이때다 싶은 듯이 둘 사이에 끼어들었다.

"여기서는 그 남자를 봐서 타협을 하시죠."

2

쇼난 대학부속 도쿄병원 7층, 담배와 술 냄새가 충만한 병실에 한 명의 부상자와 두 명의 노인의 모습이 있었다.

"지난번에 만났을 때와는 처지가 바뀌어버렸네요."

휠체어에 앉은 구니나카 고야가 코에 주름을 잡은 채 말했다. 아들인 아쓰시는 어쩌고 있는가 하면, 고조가 병실에서 담배를 피우는 모습을 용서할 수 없다는 듯 검은 테 안경의 안쪽에서 매서운 눈으로 고조를 노려보고 있었다.

"70세와 90세의 할배들한테 문병을 받다니, 나도 슬슬 늙어가나 보네."

고조는 자신도 모르게 자조한 후, 노인 같은 트림을 했다.

"저기, 선생님. 제 아버지는 어떤 사람이었나요?"

고야는 천천히 휠체어에서 몸을 내밀었다.

"지카하루 말인가. 그 녀석은 외로운 남자였어. 학생 시절 소매치기 의혹을 받고 경찰한테 심하게 얻어맞았지. 이후로는 사람을 믿지 못하게 되었어. 민완 형사로서 이름이 알려진 후에도 동료에게 의지하지 않았지."

귀신 형사라고 일본을 떠들썩하게 했던 80년 전의 나날을 떠올렸다. 그 과묵한 남자가 경찰서장의 자리에 오르다니, 당시에는 예상도 하지 못한 일이었다.

고조가 감상에 빠져 있는데, 고야가 갑자기 껄껄 웃음을 터뜨렸다.

"뭐가 웃기는데?"

"아니, 죄송합니다. 실은 아버지도 고조 선생님에 대해 거의 비슷한 말씀을 하셨거든요."

고조도 고독해 보였다는 말인가.

이런 장사를 하다 보면 아무래도 사람을 믿지 못하게 된다. 고조는 약 15년간 혼자서 일해 왔다. 하지만 죽기 전 해, 고조 앞에 조수가 되고 싶다고 말하는 요리사가 나타났다.

고조는 그 남자를 믿어 보기로 했다. 아니, 믿고 싶었다. 하지만 남자는 고조를 배신하고 다리 위에서 고조를 죽였다. 끝내 목숨을 빼앗은 것은 고조 쪽이었지만, 그 직후, 고조도 스미다 강에 몸을 던져 죽었다. 스스로 보기에도 한심한 인생이다.

"그래도 지금의 고조 씨는 고독해 보이지 않네요."

고야가 귀여운 아이를 보는 듯한 표정을 지었다.

뭐야 이 녀석은. 애송이 주제에 건방지게.

아니, 강한 척하는 건 그만두자. 염라대왕의 정나미가 떨

어지지 않도록 열심히 움직인 덕에 조금은 운이 좋아졌을지
도 모른다.

"그런데, 그때 그 조수분은 무사한가요? 기지타니에서도
함께였다고 들었는데요."

아쓰시가 문득 떠오른 듯 물었다.

"잠깐만. 하라와타는 내 조수가 아니야."

고조는 즉각 수정했다.

"그 녀석은 내 동료야."

3

따뜻한 햇볕이 비치는 3월의 한낮. 히가시나카노의 작은
극장에서 〈사령의 창자〉(영화 〈이블 데드〉의 일본 상영 제목―옮긴이)
를 관람한 와타루와 미요코는 중화요리점 저백계에서 탄탄
면을 먹고 있었다.

"내가 정말로 긴다이치 고스케를 좋아해서 고조 린도를
죽이려 했다고 생각한 거야?"

화제는 악령을 되살린 젊은이들의 공포의 하룻밤을 그린
영화 감상에서 저절로 기지타니 사건으로 흘러갔다. 미요코
가 고조에게 누명을 썼을 때, 와타루가 그것을 믿으려 했던
것을 미요코는 아직도 마음에 담아두고 있었다.

"미안. 미요코가 사람을 죽일 리 없지."

와타루가 얌전히 고개를 숙이자,

"아니. 긴다이치 고스케랑 만날 수 있는 게 확실하다면, 나, 그 정도는 할 거야."

미요코는 아무렇지도 않게 말했다.

"그래도 염라대왕이 긴다이치 고스케를 되살려 보내주지 않는다면 내가 지옥으로 떨어지는 것뿐이잖아. 그건 손해야. 아무것도 하지 않고 천수를 누리면 어차피 극락에서 만날 수 있을 텐데."

그렇군. 듣고 보니 그럴지도 모른다.

와타루가 마지막 면을 먹으려 한 그때.

끼이익, 쾅!

브레이크를 밟는 듣기 싫은 소리에 이어서 고막을 꿰뚫는 듯한 굉음이 울렸다. 와타루는 자신도 모르게 눈을 감았다.

"지금 뭐였어?"

어깨를 움츠린 미요코가 포렴 건너편으로 눈길을 향했다. 소리는 큰길 쪽에서 들렸다. 교통사고인가.

"잠깐 상황 좀 살펴보고 올게."

와타루는 가게를 나서 10미터 정도 떨어진 차도로 향했다.

검은 세단이 창고 셔터를 들이받은 채 멈춰 있었다. 도로에는 자전거가 넘어져 있고 교복 차림의 소녀가 웅크린 채였다. 셔터를 들어 올려 창고 안을 보자, 남자가 바닥에 쓰러져 있었다. 앞 유리를 뚫고 나가 바닥에 떨어지며 얼굴을 콘크리트에 부딪힌 듯했다. 두건을 반쯤 벗은 것처럼 얼굴의 피부가 벗겨져 턱 뼈가 노출된 채였다. 숨은 쉬지 않는 듯했다.

세단이 자전거를 칠 것 같아서 핸들을 돌려 창고를 들이받은 걸까.

"응?"

쓰러진 자전거 바구니에 빈 콜라 캔이 들어 있었다. 소녀가 움찔 몸을 떨더니 포장도로에 구토했다.

"아, 하라와타 씨."

역 쪽에서 두 명의 경찰관이 달려왔다. 연상 쪽은 안면이 있는 사람이었지만, 젊은 쪽은 처음 보는 사람이었다. 연상쪽이 남자의 사체를 확인했고, 젊은 쪽이 소녀를 보도로 옮긴 후 구급차를 불렀다.

"하라와타 씨, 사고가 난 순간을 보셨나요?"

연상의 경찰관이 물었다. 와타루는 고개를 저었다.

"이쪽 분은?"

젊은 경찰관이 의아한 듯 동료를 바라보았다.

"아, 이분은 우라노 탐정사무소의……."

손을 들어 말을 막았다.

직함은 정확하게. 조금 부끄럽지만, 자신감을 담아 입을 열었다.

"탐정 하라와타입니다."

◈ **옮긴이의 말**

※일부 스포일러가 포함되어 있으니 주의해주세요.

    1981년, 미국에서 개봉된 호러 영화 〈이블 데드〉는 그 섬뜩함과 잔혹성, 그리고 곳곳에 숨은 유머 요소로 많은 사람을 매료했습니다. 작가 스티븐 킹이 '올해 가장 사납고 독창적인 호러 영화'라고 평가한 이 영화에는 되살아난 악령이 사람들을 죽이는 내용이 담겨 있습니다. 피와 살점이 난무하는 스플래터 영화의 대표 격으로 꼽히는 〈이블 데드〉의 성공으로 개봉 당시 스물한 살에 불과했던 샘 레이미 감독은 널리 이름을 떨치게 되었고, 이후 〈이블 데드〉의 여러 후속편을 비롯하여 〈스파이더맨〉 시리즈와 같이 굵직한 작품까지 연출하는 거장 감독으로 우뚝 서게 됩니다. 그리고 2013년, 〈이블 데드〉는 새로운 감독에 의해 리메이크되어 공개되기에 이릅니다. 동 시리즈는 한국에서는 같은 제목으로 공개되었지만, 일본에서는 원작과 리메이크작 모두 〈사령의 창자死霊のはらわた〉라는 제목으로 개봉되었습니다.

이 책의 저자 시라이 도모유키는 1990년생입니다. 도호쿠 대학 법학과 재학 시절 SF&추리소설 동아리에서 활동한 그는 영향을 받은 작가로 요코미조 세이시, 미쓰다 신조, 아메무라 고飴村行를 꼽은 적이 있습니다. 이 세 작가의 공통점은 미스터리와 호러 분야 모두에서 두각을 나타냈다는 점입니다. 그렇게 미스터리뿐 아니라 호러적인 요소를 사랑하는 저자는 대학 시절 스플래터 영화에 빠져 있었다고 밝히기도 했습니다. 그런 저자이니만큼 〈이블 데드〉 시리즈를 보고 깊은 감명을 받았을 것이라고 쉽게 추측할 수 있습니다. 그는 이 영화의 콘셉트(죽은 자가 산 자의 몸을 빌려 되살아나 사람들을 죽인다는 줄거리)와 일본판 제목 〈사령의 창자〉를 활용하여《명탐정의 창자》를 구상하기에 이릅니다.

이 책 서두의 '기록'에 기재된 여러 사건은 인물명과 발생 지역, 시대 등이 다소 바뀌기는 했지만, 실제 일본에서 과거에 벌어진 엽기 사건을 바탕으로 하고 있습니다. 과거에 범상치 않은 범행을 저지른 자들이 현재에 되살아나면 어떻게 될까. 저자는 이러한 '특수 설정'을 바탕으로 이야기를 풀어 나갑니다. 저자는 2014년, 스물네 살에《인간의 얼굴은 먹기 힘들다》로 데뷔한 이래, '특수 설정 미스터리'라는 장르의 소설을 꾸준히 발표해 온 작가입니다. 특수 설정이란 말 그대로 '해당 작품에서만 존재하는, 현실에서는 있을 수 없는 특별한 설정'을 말합니다. 특수 설정 미스터리는 일본의

미스터리 작가들이 꾸준히 작품을 발표해 온 장르지만, '특수 설정'이라는 표현이 독자들에게 널리 퍼진 계기를 말할 때 저자의 《도쿄 결합 인간東京結合人間》은 빼놓을 수 없습니다. '관 시리즈'로 유명한 아야츠지 유키토가 저자의 해당 작품을 읽고 '귀축계 특수 설정 퍼즐러'라는 표현으로 저자를 높게 평가한 것이 해당 표현이 널리 퍼지게 된 계기가 되었기 때문입니다.

아야츠지 유키토가 시라이 도모유키를 평가하며 '귀축계'라는 단어를 사용한 점('귀축'이란 야만적이고 잔인한 짓을 하는 사람을 비유적으로 이르는 말입니다), 그리고 저자가 호러 소설과 스플래터 영화에 심취해 있었다는 점에서 쉽게 상상할 수 있듯, 저자의 소설에는 폭력적이고 선정적이며 그로테스크한 작품이 많습니다. 이미 소개된 저자의 작품 《인간의 얼굴은 먹기 힘들다》와 《그리고 아무도 죽지 않았다》를 읽은 분이라면 아시겠지만, 기발한 설정과 정교한 트릭이 펼쳐지는 가운데 일부 눈살이 찌푸려지는 장면이 나오는 것은 사실입니다. 언급한 두 작품이 그나마 '순한 맛'의 작품이었기에 국내에 소개할 수 있었다는 점에서 알 수 있듯, 시라이 도모유키의 작품은 그 뛰어난 작품성에도 불구하고 피와 살점이 난무하는 저자의 스타일로 인해 일부 저평가를 받기도 했습니다.

하지만 이 작품 《명탐정의 창자》나 이미 내 친구의 서재를 통해 소개된 《명탐정의 제물—인민교회 살인사건》(이하 《명탐정의 제물》)의 경우, 그런 잔혹한 묘사나 그로테스크함은 최대한 억누르고 독자들에게 대중적으로 다가가고자 한 저자의 의도가 물씬 느껴집니다. 시라이 도모유키는 먼저 쓰고 싶은 작품의 얼개와 추리 기법, 그리고 그것을 풀어나갈 커다란 틀을 정한 후에 그것을 한층 더 비트는 데 필요한 특수 설정을 나중에 추가하는 방식으로 집필을 진행한다고 합니다. 작중에 등장하는 트릭과 향후에 벌어질 수수께끼 풀이를 완벽하게 만드는 데 필요한 기발한 설정을 떠올리는 그의 기지에는 종종 감탄을 금하기 어려울 때가 많습니다. 다만 그런 과정에서 추리나 트릭 자체에만 몰두하다 보니 이야기 자체의 개연성이나 캐릭터성이 다소 약했던 것이 사실입니다. 하지만 이《명탐정의 창자》부터는 그런 비판마저 극복해 냄과 더불어 캐릭터에 생명을 불어넣고 이야기의 짜임새를 탄탄히 다지는 데 성공했습니다. 그런 저자의 노력이 빛을 발하기도 했는지《명탐정의 창자》와《명탐정의 제물》모두 일본 내에서 대중적인 인기와 더불어 높은 평가를 받았고,《명탐정의 제물》의 경우 2022년 '본격 미스터리 베스트 10' 1위를 비롯해 일본 내의 이른바 4대 미스터리 랭킹 전체에서 높은 순위를 차지하기 데 이르렀습니다.

지금 이 옮긴이의 말을 읽고 계신 독자분 중에는 앞서 언급한《명탐정의 제물》을 먼저 읽은 분도 많을 것 같습니다. 《명탐정의 제물》과 마찬가지로《명탐정의 창자》또한 '명탐정의'라는 제목이 붙어 있기에 이 두 작품을 흔히 말하는 시리즈물, 즉 같은 주인공이 등장하여 활약하는 소설이라 생각한 분도 분명히 계시겠죠. 그런 분들은 이 책을 읽고 조금 당황하시지 않았을까 싶습니다. 이 두 작품 사이에는 같은 세계관을 공유하는 점이나 한 명의 등장인물이 살짝 겹치는 점 말고는 그다지 연관성이 없기에 그야말로 독자분들의 '생각대로는 되지 않았다'라고 할 수 있을지 모릅니다. 사실 일본에서는 이 《명탐정의 창자》가 먼저 출간되었지만, 작품의 시대적 순서를 고려하여 한국에서는 《명탐정의 제물》을 먼저 소개하게 되었다는 점도 사족으로서 언급해두고 싶습니다.

여기서 다소 변명 같지만, 그럼에도 불구하고 《명탐정의 ○○》라는 제목을 가진 이 두 작품을 시리즈물이라고 표현할 수 있는 이유를 두 가지 소개하고 싶습니다. 우선 이 두 작품은 실제 있었던 희대의 사건을 모티프로 삼아 뛰어난 미스터리로 승화시켰다는 점에서 상당한 유사점을 지닙니다. 물론 《명탐정의 창자》가 과거의 여러 사건을 기반으로 삼아 현재 시점에 벌어지는 사건을 새롭게 재창조해 낸 것에 비해 《명탐정의 제물》은 시대 자체를 과거로 옮겨 전 세계를 놀라게 한 거대한 사건 속으로 주인공 일행이 직접 뛰어들어 숨겨진 미스터리를 풀어낸다는 점에서 어느 정도 차이가 있습니다. 하지만 과거의 일을 바탕으로 삼으면서도 가공의 인물과 기발한 트릭을 담아 사건을 새롭게 직조하고 변주함으로써 현실과 소설을 교묘하게 비틀어 우리에게 시공간을 넘어서는 체험을 하게 만들어 준다는 점에서는 역시 궤를 같이하는 작품이라 할 것입니다. 《명탐정의 창자》의 작중에도 언급되는 요코미조 세이시의 소설 《팔묘촌》에 등장하는 '긴다이치 고스케'는 사실 요코미조 세이시가 창작한 가상의 탐정이지만, 이 책에서 '실존 탐정'이라고 언급되는 부분은 이처럼 소설과 현실의 세계를 교묘히 뒤섞고자 하는 저자의 재치라 할 수 있습니다.

그리고 두 번째 유사점으로는 책을 전부 읽어야만 책의 제목을 완벽히 이해할 수 있다는 점을 꼽을 수 있습니다. 《명탐정의 제물》에서 '제물'이 어떤 충격적인 의미를 지니는지는 책을 끝까지 읽지 않으면 이해할 수 없듯, 《명탐정의 창자》의 '창자' 또한 이중적 의미를 지닙니다. 작중에 옮긴이 주석으로 간략히 설명한 것처럼 '창자'의 일본어 발음은 '하라와타'입니다. '간노지 사건' 후반부에 우라노 큐의 배에서 창자가 흘러나오는 모습을 본 스즈무라 아이지가 "명탐정의 창자다"라고 중얼거리는 대사와 작품 마지막에 하라다 와타루가 "탐정 하라와타입니다"라고 자신을 소개하는 대사는 사실 같은 구조의 문장입니다. 명탐정 우라노 큐의 조수로서 그가 해결하는 사건을 '창자처럼' 소화해 내기에만 급급하던 하라와타가 드디어 탐정으로 진화했다는 사실을 이중적 의미의 제목(이 책의 일본어 제목은 《명탐정 하라와타》로도 읽을 수 있습니다)으로 표현하고 있다는 점에서도 저자의 천재성을 엿볼 수 있습니다.

여기서 《명탐정의 창자》와 《명탐정의 제물》을 사랑해주신 독자분들에게 희소식이 있습니다. 《명탐정의 제물》에 등장하는 모 인물이 주인공이 되어 활약하는 스핀오프 작품을 저자가 준비하고 있다고 합니다. 이번에는 또 어떤 활약상을 보여줄지, 명탐정 시리즈가 이대로 끝나는 것이 아쉬웠던 독자분들은 즐거운 마음으로 저자의 행보를 기대해주셨으면 합니다.

마지막으로, 이미 경지에 오른 것으로 보이던 저자 시라이 도모유키는 차기작 《엘리펀트 헤드》로 또다시 진화를 거듭했습니다. 기존 작품처럼 그로테스크한 풍미를 물씬 풍김에도 불구하고 《엘리펀트 헤드》가 2023년에 2년 연속으로 '본격 미스터리 베스트 10' 1위를 차지하게 되었다는 점에서, 이제 일본의 본격 미스터리계를 말할 때 시라이 도모유키는 절대 빼놓을 수 없는 존재가 되었다고 감히 선언해도 좋을 것 같습니다. 더욱 탄탄한 트릭과 확실한 재미로 무장한 《엘리펀트 헤드》 또한 내 친구의 서재를 통해 소개될 예정이니, 국내의 많은 미스터리 팬분들도 꼭 한번 손에 들고 본격 미스터리의 진수를 맛봐주셨으면 합니다.

2024년 구수영

명탐정의 창자

1판 1쇄 발행 2024년 1월 31일
1판 3쇄 발행 2024년 3월 25일

지은이 시라이 도모유키
펴낸이 문준식
디자인 공중정원
제작 제이오

펴낸곳 내 친구의 서재
등록 2016년 6월 7일 제2020-000039호
주소 서울시 성북구 정릉로305, 104-1109 우편번호 02719
전화 070-8800-0215 **팩스** 0505-099-0215
이메일 mytomobook@gmail.com **인스타그램** mytomobook

ISBN 979-11-91803-25-9 03830